David Seinsche wurde 1982 geboren und begann bereits in seiner Kindheit, Welten mithilfe seiner Phantasie zu gestalten und auszuschmücken. Später brachte er diese dann zu Papier, erst als Redakteur, dann als Schriftsteller. Heutzutage reist er oft in die finnische Wildnis, um literarische Ideen zu entwickeln. Sein Debut-Roman *Sternenfinsternis* erschien im Jahr 2018, gefolgt von den Thrillern *Der Kreuziger* im Jahr 2020 und *Die Bestie* im Jahr 2022.

DAVID SEINSCHE

SO TÖDLICH DER WALD

EIN FINNLAND-KRIMI

Erstausgabe Oktober 2023

Copyright © 2023 dp Verlag, ein Imprint der
dp DIGITAL PUBLISHERS GmbH
Made in Stuttgart with ♥
Alle Rechte vorbehalten

So tödlich der Wald

ISBN 978-3- 98778-261-9
E-Book-ISBN 978-3- 98637-728-1
Hörbuch-ISBN: 978-3-98637-734-2

Covergestaltung: Anne Gebhardt
Umschlaggestaltung: ARTC.ore Design
Unter Verwendung von Abbildungen von
stock.adobe.com: © 花Kasumi , © Andy
shutterstock.com: © Peangdao, © Sergii Figurnyi, © Piotr Krzeslak,
© Mia Stendal
Lektorat: Astrid Pfister
Satz: dp DIGITAL PUBLISHERS GmbH
Druck und Bindung: Books on Demand GmbH, Norderstedt

Prolog

Das kleine Zimmer, in dem sich Johannes Burgmeister befand, roch muffig. Nicht verwunderlich, war es doch Teil eines Kellers, der sich unterhalb eines abgehalfterten Hochhauses in einer der schlimmsten Gegenden Münchens befand.

Hier hat bestimmt seit Jahren niemand mehr ordentlich durchgelüftet, dachte er, und warf einen Blick auf das schmale Fenster, das sich zu seiner Rechten in einer Höhe von rund zweieinhalb Metern befand.

Das Glas war so verschmutzt, dass man nur mit einiger Fantasie den blauen Himmel sehen konnte, und die Schmutzränder waren so verkrustet, dass man das Fenster bestimmt nur noch mit dem Einsatz massiver Gewalt öffnen konnte. Falls der Mechanismus überhaupt noch funktionierte, denn der verrostete Griff flößte Burgmeister nicht gerade ein Gefühl von Zuversicht ein. Die nackte Glühbirne, die in der Mitte des Raumes matt in ihrer Fassung leuchtete und immer wieder flackerte, half auch nicht, diesen Eindruck zu ändern. Aber er war schließlich nicht hier, um sich als Innenausstatter zu betätigen, sondern um ein Geschäft zum Abschluss zu bringen. Ein Geschäft, an dem er viele Monate gearbeitet hatte.

»Hast du das Geld?«, fragte sein Gegenüber, ein stämmiger Mann, der noch nicht einmal sein fünfundzwanzigstes Lebensjahr erreicht hatte, wie Burgmeister wusste, dafür aber schon unter massivem Haarausfall litt. Der Mann saß hinter einem wackeligen Plastiktisch, während hinter ihm zwei muskulöse über zwei Meter große Männer mit Sonnenbrillen standen.

Solche Trottel, sagte Burgmeister zu sich selbst. *Wollen gefährlich aussehen, aber wenn etwas passiert, checken die gar nicht, was los ist, so dämmerig, wie es hier ist.*

»Klar«, antwortete er selbstbewusst und hielt zur Unterstreichung seiner Aussage einen schwarzen, unscheinbaren Reisekoffer hoch. »Hast du den Stoff?«

Der Mann, der sich selbst *Jochen* nannte, sagte nichts, sondern drehte demonstrativ den Kopf zur Seite und nickte kurz. Direkt zu seinen Füßen, befand sich eine Sporttasche.

»Zeig ihn mir«, forderte Burgmeister ihn auf.

Jochen, der in manchen Kreisen auch aufgrund seiner großen Hände *Der Rochen* genannt wurde, rührte sich nicht von der Stelle. »Erst das Geld«, sagte er.

Burgmeister zuckte mit den Schultern, legte den Koffer auf den Tisch, öffnete ihn und drehte ihn dann so, dass sein Gegenüber einen Blick hineinwerfen konnte.

»Wie viel ist das?«, wollte Jochen wissen.

»Exakt das, was wir vereinbart haben«, antwortete Burgmeister. »Hundert Euro pro Gramm. Jetzt du.«

Der stämmige Mann beugte sich zur Seite und hob die Sporttasche hoch, dann zog er den Reißverschluss auf und offenbarte ihm den Inhalt.

»Wie abgesprochen«, verkündete er. »Drei Kilo reinstes Kokain.«

Burgmeister sah kurz in die Tasche und begutachtete die zahlreichen, mit weißem Pulver gefüllten Päckchen. »Wer garantiert mir, dass du mich nicht verarschst?«

»Ich bin ein Ehrenmann«, antwortete Jochen und legte eine der massigen Hände auf die Brust. »Du kannst gerne probieren. Solltest du später eine Beschwerde haben, kannst du dich ja an den Kundendienst wenden. Die helfen immer gern weiter.«

Die beiden Gorillas hinter ihm kicherten leise wegen dieser humoristischen Darbietung.

Burgmeister, der die Aussage nicht im Mindesten witzig fand, setzte trotzdem ein Lächeln auf. »Guter Scherz. Okay, dann nehme ich die Tasche jetzt und gehe.«

»Willst du nicht noch auf einen Kaffee bleiben und ein wenig Small Talk machen?«

»Eigentlich nicht«, gab Burgmeister zurück. »Ich habe keine Lust, länger in diesem Loch zu verweilen als nötig.«

»Schade. Ich wollte dir nämlich einen Vorschlag machen«, sagte Jochen jetzt und lehnte sich zurück.

»Und der wäre?«, fragte Burgmeister, alle Sinne in Alarmbereitschaft.

»Es wäre eine kleine Abweichung von unserer Vereinbarung. Was hältst du davon, wenn ich das Geld und das Koks nehme, und du verbringst noch etwas Zeit mit meinen Freunden? Sie würden dich nämlich gern näher kennenlernen.«

»Vielen Dank, aber ich bin nicht schwul«, gab Burgmeister trocken zurück und griff nach der Tasche.

»Das war kein Angebot«, erklärte der stämmige Mann und legte eine Hand schwer auf die Reisetasche.

Das leichte Lächeln, das er bisher zur Schau getragen hatte, war nun einem grimmigen Gesichtsausdruck gewichen.

»Wenn ich es mir recht überlege, klingt dein Vorschlag ziemlich interessant«, erwiderte Burgmeister. »Aber nur, wenn meine Freunde auch dazukommen dürfen.«

Zwei Sekunden später wurde die rostige Metalltür am Eingang des Zimmers nach innen aufgestoßen, und vier weitere Sekunden später war es gefüllt mit fünf weiteren Männern, alle gekleidet in die Uniform der polizeilichen Eingreiftruppe.

»Darf ich mich vielleicht vorstellen?«, fragte Burgmeister und fuhr fort, ohne auf eine Antwort zu warten. »Du kennst mich zwar unter dem Namen Max Gärner, aber mein richtiger Name ist Polizeioberkommissar Johannes Burgmeister. Mein Beruf ist es Leute wie dich und deine Kumpanen hinter Gitter zu bringen.«

Jochen verzog keine Miene und ließ seine Hand auf der Tasche liegen. Dann zog er die Mundwinkel nach oben und entblößte dabei eine Reihe blitzweißer Zähne, die so gerade standen, dass sie einer Truppe von Soldaten ähnelten. »Denkst du wirklich, dass ich nicht weiß, wer du bist?«, fragte er. Dann rief er laut: »JUNGS!«

Kurz darauf brach die Hölle los. Aus einem Nebenraum, dessen Tür von einem hohen Karton verdeckt gewesen war, stürmten plötzlich drei bewaffnete Männer herein und eröffneten umgehend das Feuer. Die fünf Polizisten sowie Burgmeister reagierten nur eine halbe

Sekunde verzögert und begannen ebenfalls, ihre Waffen abzufeuern. Die Kugeln pfiffen durch die Luft und bohrten sich teilweise in den unverputzten Zement an den Wänden, teilweise aber auch in Fleisch. Die Luft war erfüllt von gebrüllten Befehlen, dem Widerhallen zahlreicher Schüsse und dem Geräusch, von sterbenden Menschen.

Das Feuergefecht dauerte nur zwanzig Sekunden, aber für Burgmeister fühlte es sich wie eine Ewigkeit an. Als alles vorbei war, war der Raum gefüllt mit Leichen.

Der Oberkommissar, der wie durch ein Wunder nicht getroffen worden war, betrachtete fassungslos das Blutbad.

»Scheiße«, entfuhr es ihm.

Es war kurz vor fünf Uhr morgens, und das Land lag friedlich da. Von den frisch abgeernteten Feldern stiegen dichte Nebelschwaden auf und vermischten sich mit den zarten Sonnenstrahlen der frühen Herbstsonne. Vor wenigen Tagen hatte offiziell die jährliche Elchjagd-Saison begonnen, und allerorten rückten die lokalen Vereine aus, um ihren Anteil an der staatlich festgelegten Beute zu erhalten. Die Elchjagd war seit vielen Jahren per Gesetz reguliert, da es in Finnland nicht viele Raubtiere gab, die diesen majestätischen Tieren gefährlich werden konnten und die Population auf diese Weise unter Kontrolle gehalten werden musste, um Verkehrsunfälle und von Elchen verursachte Forstwirtschaftsschäden so gut wie möglich zu begrenzen.

Rund zehn Kilometer außerhalb der in der nordkarelischen Provinz gelegenen Kleinstadt Nurmes befand sich eines der freigegebenen Jagdgebiete. Am Straßenrand der Kuhmontie, die sich von Süd nach Nord zog, standen zwanzig Pick-up-Trucks aufgereiht da. Die zugehörigen Eigentümer, allesamt Männer und Mitglieder des lokalen Jagdvereins, trafen gerade die letzten Vorbereitungen für die heutige Jagd und überprüften ihre Waffen und Ausrüstung auf vollständige Funktionstüchtigkeit. Natürlich hatten sie dies bereits zu Hause getan, aber es gehörte einfach dazu, direkt vor einer Pirsch noch einmal alles zu überprüfen.

Angeführt wurden sie von einem Mittsechziger namens Pekka Nevalainen, der schon so lange Vorsitzender des Vereins war, dass sich die jüngeren Mitglieder nicht mehr an seinen Vorgänger erinnern konnten. Nevalainen war ein Bär von einem Mann. Er war groß, breitschultrig, trug sein Haupthaar zu kurzen Borsten geschnitten und seinen Vollbart hingegen so lang, dass er ihm bis über die Brust reichte. Für die Jagd hatte er seine wallenden Barthaare zusammengebunden, damit sie ihn nicht bei der Pirsch behinderten.

Um die großen und durchaus scheuen Tiere im unwegsamen und von Menschen kaum berührten Nadel- und Laubwald zu finden, hatten die Jäger einige abgerichtete Hunde mitgebracht, denen man anmerkte, wie sehr sie sich danach sehnten, endlich loslegen zu dürfen. Die Männer – Frauen waren in diesem Verein nicht zur Jagd zugelassen – waren guter Dinge und freuten sich auf die Pirsch. Nicht etwa, weil sie besonders blutrünstig waren, sondern weil es sich um ein traditionelles Handwerk handelte, das einen nicht unwichtigen

Teil der finnischen Kultur bildete.

Nevalainen blickte sich aus gelassenen, beinahe wasserblauen Augen um und zählte die Anwesenden, die er selbstverständlich alle mit Namen kannte. Nachdem er registriert hatte, dass alle Teilnehmer bereit waren, stieß er einen hohen Pfiff aus, um die Aufmerksamkeit der Jäger auf sich zu lenken.

»Huomenta«, sagte er auf Finnisch, was mit einem einfachen »Guten Morgen« übersetzt werden konnte.

Als sich alle Männer um ihn versammelt hatten, erklärte er, wie die heutige Jagd vor sich gehen würde. Die Teilnehmer würden in vier Gruppen zu je fünf Mann aufgeteilt werden. Drei der Trupps sollten von altgedienten Mitgliedern des Vereins angeführt werden, während Nevalainen ebenfalls eine Gruppe anführen und gleichzeitig die Hauptverantwortung tragen würde. Um sich nicht aus den Augen zu verlieren, aber dennoch ein weites Gebiet abdecken zu können, würden sich die einzelnen Trupp-Mitglieder in einem Abstand von zehn Metern zueinander positionieren, und jeder Zweite würde einen Hund bei sich haben. Zwischen den Gruppen würde wiederum ein Abstand von vierzig Metern bestehen. Als sich alle an ihre Position begeben hatten, pfiff der Vereinsvorsitzende erneut und gab damit das Signal zum Aufbruch.

Wie ein Mann gingen die Gruppen gleichzeitig los und traten in den dichten Wald hinein. Obwohl die Hunde ungeduldig waren, waren sie trainiert genug, dass sie weder an ihren Leinen zerrten noch laut bellten. Oftmals dauerte eine Jagd mehrere Stunden, denn die Elche in der Gegend schienen zu spüren, was ihnen bevorstand, und begaben sich oft tief in die Wälder hinein.

Nach einiger Zeit stand die Sonne hoch am Himmel und hatte die letzten Nebelschwaden schon lange vertrieben, als Nevalainen seiner eigenen Gruppe eine Rast befahl und die anderen Trupps über Funk ebenfalls davon in Kenntnis setzte. Die Männer setzten sich auf Steine, die man oft in den finnischen Wäldern als Überbleibsel der letzten Eiszeit fand, sowie auf umgestürzte und mit Moos bewachsene Bäume und packten ihre Brotboxen und Trinkflaschen aus. Bisher hatten die Hunde noch keine Witterung aufgenommen, was aber niemanden sonderlich zu beunruhigen schien. Obwohl die Jagdteilnehmer guter Dinge waren, sprachen sie nur das Nötigste miteinander und führten ihre Tätigkeiten präzise und leise aus, schließlich wollten sie die Elche nicht aufschrecken.

Der Wald lag still da, und nicht einmal die Vögel schienen Lust zu haben, ihr Lied zu singen.

Plötzlich krachte es, als ob ein Blitz eingeschlagen hätte.

Die Männer sahen sich verwirrt um und blickten dann zum Himmel, aber da war nicht einmal ein Wölkchen zu sehen. Schließlich dämmerte ihnen, dass es sich um einen Schuss gehandelt haben musste. Da die einzelnen Jagdgruppen inzwischen über ein Gebiet von mehreren Kilometern verteilt waren, waren die Truppführer über Funk miteinander verbunden und nahmen umgehend Kontakt zueinander auf. Einer nach dem anderen bestätigte, dass niemand von ihren Leuten geschossen hatte.

Schnell kam daher die Frage auf, ob es noch weitere Jagdgruppen geben könnte, von denen sie nichts wussten. Das war aber unwahrscheinlich, schließlich meldete sich jeder, der auf die Elchjagd gehen wollte, bei dem örtlichen Verein an, so verlangte es eine ungeschriebene Vereinbarung. Der Verdacht machte sich breit, dass es sich um Wilderer handeln könne. Davon gab es leider viel zu viele, und trotz eines Teams aus Sonderermittlern hatte es die Polizei bisher nicht geschafft, nennenswerte Erfolge vorzuweisen. Nach kurzer Beratung mit den anderen Truppführern fasste Nevalainen einen Entschluss und gebot den Hundeführern, die Tiere von der Leine zu lassen. Die Jagdhunde, endlich befreit, sprinteten sofort los und preschten in den unwegsamen Wald hinein. Ihre Herren folgten ihnen, so gut es ging, verloren die Tiere im dichten Gehölz aber bald aus den Augen. Nach einigen Minuten gaben es die Männer auf, über den unebenen Waldboden zu rennen, und gingen stattdessen im schnellen Schritt weiter, die Gewehre locker in der Armbeuge haltend. Es dauerte mehr als zwanzig Minuten, bis die Hunde endlich zu bellen anfingen, als Signal, dass sie etwas gefunden hatten. Die Männer traten auf eine kleine Lichtung und sahen, dass sich die Tiere im Halbkreis um ein am Boden liegendes Etwas versammelt hatten. Erst, als ihnen die Hundeführer per Handzeichen signalisierten, still zu sein, hörten sie mit dem Bellen auf, blieben aber immer noch in angespannter Haltung um ihren Fund herum stehen.

Der Vereinsvorsitzende trat ebenfalls hinzu und rechnete damit, ein totes Wild zu finden. Umso erstaunter war er, als er erkannte, um was es sich tatsächlich handelte. Vor ihm, rücklings auf dem Boden ausgestreckt, lag eine menschliche Leiche.

»Perkele!«, fluchte einer der Jäger, der gerade hinter dem Vereinsvorsitzenden aus dem Dickicht kam.

Als schließlich auch die anderen Gruppen angekommen waren, war Nevalainen bereits damit beschäftigt, sich den Toten genauer anzusehen. Er war männlich und schätzungsweise dreißig Jahre alt. Sein Gesicht war glattrasiert und zu einer merkwürdigen Fratze verzogen, so als sei er überraschend gestorben. Dem großen Einschussloch in seiner Brust nach zu urteilen, war er nicht auf natürlichem Wege umgekommen. Der Vereinsvorsitzende erkannte sofort, dass das Kaliber, mit dem der Mann erschossen worden war, von einem Jagdgewehr stammen musste, wie es sie in Finnland zuhauf gab. Er wollte gerade in die Knie gehen und die Leiche anfassen, hielt dann aber inne und besann sich eines Besseren. Über Funk kontaktierte er eines der jüngsten Mitglieder, das am Waldrand zurückgeblieben war, um auf die Autos und die mitgebrachte Ausrüstung aufzupassen. Er teilte ihm nur das Nötigste mit und wies ihn an, die Polizei zu rufen. Am Ende gab er noch seine Standortkoordinaten durch, die er von seinem am Gürtel befestigten GPS ablas.

Kapitel 1

»Na super«, murmelte Johannes Burgmeister, als er träge blinzelnd den Vorhang ein Stück zur Seite schob und aus dem Fenster sah. Dem Sonnenstand nach zu urteilen, war es schon Mittag. Allerdings konnte man das in Finnland um diese Jahreszeit nie so genau wissen, vor allem nicht, wenn man wie er bisher nur kurze Zeit in dem nordischen Land verbracht hatte. Um sich zu vergewissern, warf er einen Blick auf die neben seinem Bett stehende Uhr. Tatsächlich war es bereits kurz nach vierzehn Uhr. Er hatte also über zehn Stunden geschlafen. Das war allerdings nicht weiter verwunderlich, da er gestern erst mitten in der Nacht zurückgekommen und direkt ins Bett gefallen war, kaum dass er es geschafft hatte, seine Kleidung auszuziehen. Langsam setzte er sich auf, rieb sich die müden Augen, wühlte durch seine Haare und stieg dann benommen aus dem Bett. Beinahe wäre er hingefallen, doch er konnte sich gerade noch am Bettpfosten festhalten.

»Alter«, sagte er leise, gähnte ausgiebig und beugte mehrfach langsam seine Beine, um die Durchblutung anzuregen.

Als das Kribbeln in seinen Unterschenkeln aufgehört hatte, stieg er vorsichtig über die auf dem Boden verstreuten Kleidungsstücke und tappte über den kühlen Holzboden ins Bad. Dort tastete er an der Wand neben der Tür herum, um den Lichtschalter zu finden, denn in diesem Raum gab es kein Fenster, das Tageslicht hätte hereinlassen können.

»Wo ist denn das verdammte Ding?«, murmelte er.

Schließlich fand er den Schalter, drückte ihn tief in die Fassung und das Oberlicht flammte auf. Es war so grell, dass er unwillkürlich die Augen zusammenkniff und gleichzeitig den Elektriker sowie den Besitzer des Hauses verfluchte. Als sich seine Augen weitgehend an die brutale Helligkeit gewöhnt hatten, beugte er sich über das Waschbecken, drehte den Wasserhahn auf und ließ das eiskalte Wasser in seine zu einem Trichter geformten Hände laufen. Einer Schaufel gleich hob er die Hände hoch und schüttete sich das kühle Nass ins Gesicht. Diese Prozedur wiederholte er noch einige Male, bis er das Gefühl hatte, einigermaßen erfrischt zu sein. Dann drehte er den Hahn wieder zu und richtete sich auf. Der Mann, der ihn aus dem Spiegel heraus anblickte, sah aus, als hätte er seine besten Jahre bereits lange hinter sich. Unter den Augen befanden sich so dunkle Ringe, dass man denken konnte, Burgmeister hätte sich für ein Goth-Treffen geschminkt. Die dunklen Haare, die normalerweise kurz geschnitten waren, waren in den vergangenen Wochen gewachsen und sahen aus, als würden sie einem unter Strom gesetzten Eichhörnchen gehören. Auf seiner Stirn hatten sich tiefe Falten eingegraben, die den Oberkommissar unwillkürlich an die Schützengräben des Ersten Weltkriegs erinnerten, die er einmal bei einem Urlaub in Ost-Frankreich besucht hatte.

Seine Nase stand leicht schief, was einer Schlägerei vor mehreren Jahren geschuldet war. Die Lippen waren schmal und leicht nach unten gezogen, was ihm den

Ausdruck eines missmutigen Menschen verlieh, der im Leben nicht viel zu lachen hatte.

Hast du ja auch nicht, dachte er.

Das seiner Meinung nach Interessanteste und noch immer Schönste an ihm waren seine Augen. Diese glichen farblich reifen Kastanien, lagen vergleichsweise tief in ihren Höhlen und hatten einen nicht unerheblichen Erfolg bei Frauen. Zumindest vermutete er das, denn er war seit einigen Jahren verheiratet, und bei seiner Arbeit hatte er vor allem mit Männern zu tun. Burgmeister wandte sich ab und stieg in die kleine Duschkabine, wobei der Begriff Kabine in diesem Zusammenhang übertrieben erschien, denn viel eher handelte es sich dabei um eine mit einem Vorhang abgetrennte Ecke, in dessen Boden sich ein vergitterter Abfluss befand. Während er das warme Wasser genoss und dem gleichmäßigen Brummen der Wasserpumpe lauschte, dachte er an den vergangenen Abend zurück.

Ursprünglich hatte er nur vorgehabt, zur örtlichen ABC-Tankstelle zu fahren und sich zwei Dosen Bier und eine Tiefkühlpizza zu holen. Doch dann war er irgendwie dort hängengeblieben, als der Kassierer, der, wie er im Laufe des Abends erfahren hatte, Mika hieß und einige Jahre in Deutschland studiert hatte, ihn auf einen Drink eingeladen hatte. Aus einem Glas waren schließlich mehrere geworden, und immer mehr von Mikas Freunden hatten sich dort eingefunden. Letzten Endes war Burgmeister so betrunken gewesen, dass er es nicht mehr allein geschafft hatte, in seine Unterkunft zu gelangen.

»Geile Nacht«, sagte er laut und grinste schief. Als das Duschwasser langsam kühler wurde und sich die

Pumpe dem Geräusch nach zu urteilen immer mehr abmühte, drehte er die Dusche ab, band sich ein Handtuch um die Hüften und ging zurück in das Hauptzimmer, einem Raum mit dem Ausmaß von stattlichen zehn Quadratmetern. Vor etwa zwei Wochen war er nach Nurmes gekommen und hatte ein wenig außerhalb des knapp achttausend Einwohner zählenden Ortes eine kleine Hütte gemietet. In unmittelbarer Nähe befand sich das *Break Sokos Hotel Bomba*, ein Ressort am Nordufer des Pielinen-Sees, der unter den rund einhundertsiebenundsiebzigtausend Gewässern Finnlands komfortabel den vierten Platz einnimmt und zum Nationalerbe gehört. Er wusste von diversen Reiseseiten im Internet, dass man hier gut Hechte und Zander, aber auch Binnenlachse und Bachforellen angeln konnte. Nicht, dass ihn das sonderlich interessierte, denn das Einzige, was er von Fischen wusste, war, dass man sie essen konnte. Als Oberkommissar der Münchner Polizei hätte er sich auch im Bomba-Hotel ein Zimmer leisten können, aber er war kein großer Freund davon, viel Geld auszugeben, und außerdem benötigte er keinen Luxus. Das war neben einer Vielzahl an anderen Dingen etwas, was ihm seine Frau nahezu täglich vorwarf. Burgmeister öffnete das breite Fenster und atmete die frische Luft, die vom See herübergeweht kam, tief ein. So eine saubere Luft gab es in München einfach nicht, und so eine Ruhe erst recht nicht, dachte er, während er seine Kleidung vom Fußboden aufklaubte und sich anzog. Als er sich seine Hose, sein Shirt, seine Windjacke und seine Schuhe übergezogen hatte, überprüfte er, ob er seinen Zimmerschlüssel und seine Geldbörse bei sich hatte, und verließ dann die

Hütte. Da es bereits Herbst war, war es draußen schon relativ kühl. Er zog den Reißverschluss seiner Jacke hoch, atmete nochmals tief ein und wandte sich dann in Richtung des Bomba-Restaurants, welches nur wenige Hundert Meter entfernt erbaut worden war. Der Beamte hatte einen Bärenhunger und stapfte daher zielstrebig den Pfad entlang an der Hotelanlage vorbei. Zu dieser Jahreszeit war der Sommer praktisch schon vorbei, und die Nächte konnten bereits empfindlich kühl werden. Dennoch waren überall Touristen unterwegs. Der Sprache nach zu urteilen, in der sie sich unterhielten, stammten sie irgendwo aus Osteuropa. Er tippte auf Russland, war sich aber nicht sicher, und eigentlich war es ihm auch egal. Eine Gruppe Kleinkinder tollte auf dem am Weg befindlichen Spielplatz herum, und er hielt kurz inne, um ihnen bei ihrem Treiben zuzusehen. Beim Anblick der spielenden Kinder dachte er unwillkürlich an seine Tochter, die jetzt gerade sicher in der Schule war und sich auf das Leben vorbereiten ließ. Oder, wie er es nannte, den Drill über sich ergehen ließ. Burgmeister schüttelte kurz den Kopf, um die aufkommende Wehmut zu vertreiben, und ging dann weiter, bis er an seinem Ziel angekommen war. Das zweistöckige und aus Holz gefertigte Gebäude stammte aus den späten neunzehnhundertsiebziger Jahren und war ein exakter Nachbau des Mitte des achtzehnten Jahrhunderts in Russland von Jegor Bombin errichteten Bomba-Hauses. Die Kopie, die in Nurmes stand, diente sowohl als Restaurant für Laufkundschaft, als auch als Standort für unterschiedlichste Veranstaltungen. Im Sommer gab es hier oft

Theatervorstellungen und traditionelle Folklore zu bestaunen, während man im Winter von hier aus Schnee-Langlaufen oder die Umgebung auf einem Schneemobil erkunden konnte. Auch Wanderwege fanden sich hier zuhauf, und ein Golfplatz, auf dem man seine Fähigkeiten ausbauen konnte und der zu den besten Plätzen in ganz Finnland zählte.

Doch nichts davon interessierte Burgmeister, als er durch den Haupteingang des Bomba-Hauses trat. Den kleinen Souvenirladen zu seiner Linken ließ er unbeachtet und wandte sich direkt zum Restaurantbereich, der sich in einem großen, über zwei Stockwerke gehenden Raum befand. Er suchte sich einen Tisch in der Ecke aus und wartete darauf, dass die Bedienung vorbeikam, während er bereits die Speisekarte studierte. Er hatte sich gerade etwas aussuchen wollen, als sein Handy in der Hosentasche vibrierte. Er zog es hervor und warf einen Blick auf den kleinen Bildschirm. Es war die Nummer seiner Frau. Genervt legte er das Handy neben sich auf den Tisch, betrachtete weiter die Speisekarte und wartete darauf, bis sein Telefon aufhörte, langsam über den Tisch zu wandern. Als die Anruferin auch nach zwei Minuten noch nicht aufgegeben hatte, begann Burgmeister langsam, sich Gedanken zu machen. Was wollte seine Frau so früh von ihm? War vielleicht etwas mit seiner Tochter? Schlagartig regte sich sein Gewissen. Schließlich nahm er das Handy wieder in die Hand und drückte auf den *Annehmen*-Knopf.

»Na endlich«, ertönte die Stimme seiner Frau aus dem Lautsprecher.

»Freut mich auch, dich zu hören«, antwortete der Polizist. »Wie geht es dir an diesem wunderschönen Tag, mein Schatz?«

»Hör gefälligst auf damit.«

»Okay«, lenkte er ein. »Was willst du? Ist irgendwas mit Janine?«

»Deiner Tochter geht es gut. Ich will nur wissen, wo du gerade steckst.«

»Was geht es dich an?«, fragte er unwirsch.

»Ganz einfach. Wenn dir was passiert, dann bin ich für die Beerdigung verantwortlich, und ich habe keine Lust, einen Haufen Schotter ausgeben zu müssen, nur weil du dich irgendwo am anderen Ende der Welt aufhältst und ich deine Leiche nach Hause überführen muss.«

»Schade. Dabei gibst du doch so gern sinnlos Geld aus.«

Seine Frau schnaufte abfällig. »Also, wo bist du?«

»In Finnland.«

»Warum gerade da?«

»Weil ich einen Ort gesucht habe, an dem ich weit weg von dir bin, und mehr konnte ich mir nicht leisten.«

»*Wolltest* du dir nicht leisten«, korrigierte sie ihn.

»Wie auch immer«, sagte er und winkte ab. »Jetzt weißt du, wo ich bin, und kannst wieder beruhigt tun, was du am besten kannst.«

»Und das wäre?«

»Keine Ahnung, ich hatte gehofft, du würdest es mir sagen.«

»Schon gut. Schönen Aufenthalt noch.«

»Ohne dich? Garantiert.«

Ohne ein weiteres Wort zu verlieren, beendete sie das Gespräch. Burgmeister hielt sein Handy noch einige Sekunden an sein Ohr, bevor er es wieder auf den Tisch legte. Schlagartig war ihm sein Appetit vergangen. Gerade, als der Kellner an seinen Tisch treten und seine Bestellung aufnehmen wollte, packte der Oberkommissar seine Sachen wieder ein und verließ das Lokal.

In der Polizeistation von Nurmes herrschte Hochbetrieb. Natürlich kam es hin und wieder vor, dass Jagdunfälle geschahen, aber normalerweise waren die Betroffenen nur verletzt. Als die Meldung eingetroffen war, dass es einen Toten gegeben hatte, hatten die Polizisten alles stehen und liegen gelassen und waren mit angeschalteten Sirenen zum Unfallort gefahren. Sogar der Leiter der Dienststelle, ein altgedienter Recke namens Keijo *Keke* Niemi, hatte sich persönlich aufgemacht, um den Ort des Geschehens in Augenschein zu nehmen und gleichzeitig klarzustellen, dass der Fall oberste Priorität besaß. Der Dienststellenleiter war lange in der Hauptstadt Helsinki stationiert gewesen und hatte dort in seinen über fünfundzwanzig Dienstjahren einiges erlebt, von Autounfällen über Grabschändung bis hin zu teils blutigen Schlägereien, und auch die eine oder andere Leiche hatte er bereits zu Gesicht bekommen.

Während die Einsatzfahrzeuge am Straßenrand abgestellt wurden und eine Schar Polizisten damit beauftragt worden war, die umliegende Gegend abzusichern, ging Niemi mit einer Handvoll Beamter durch den Wald zum Fundort der Leiche, was eine Zeit lang dauerte, da sich die Fundstelle einige Kilometer im unwegsamen Gelände befand. Da Nurmes über keine eigene Spurensicherung verfügte, hatte er in der etwa einhundertdreißig Kilometer entfernten Stadt Kuopio angerufen und bereits ein Team angefordert. Die Männer und Frauen waren natürlich noch unterwegs, also überprüfte er zuerst selbst die Leiche und wies seine Männer an, die nähere Umgebung zu untersuchen und etwaige Spuren zu markieren. Niemi beugte sich über den Toten und betrachtete für einige Minuten die offensichtliche Todesursache, bevor er sich abwandte, und einige Worte mit dem noch immer vor Ort befindlichen Pekka Nevalainen wechselte. Er ließ sich die Geschehnisse im Detail erklären, bevor er sämtliche Anwesenden anwies, sich für weitere Befragungen unverzüglich zur Polizeistation in Nurmes zu begeben. Als die Spurensicherung aus Kuopio schließlich eintraf und sich um alles Weitere kümmerte, fuhr er zurück zur Station. Vor dem Haupteingang hatte sich bereits die gesamte Jagdgruppe mit Ausnahme von Nevalainen versammelt, der angeboten hatte, noch am Tatort zu bleiben und den Leuten von der Spurensicherung zu helfen.

Niemi baute sich vor den Männern auf und befahl ihnen, sich ins Innere des Gebäudes zu begeben und dort darauf zu warten, aufgerufen zu werden. Die Fragen, die auf ihn einprasselten, ignorierte er geflissentlich und bahnte sich einen Weg durch die Masse an Leibern. Drinnen rief er seine Abteilungsleiter zusammen und richtete einen Krisenstab ein, wo alle Informationen zusammenlaufen und einzeln bewertet werden sollten.

Es war bereits Abend, als der letzte der Jäger befragt und dann nach Hause geschickt worden war. Jeder Einzelne hatte die Anweisung erhalten, mit niemandem über die Geschehnisse zu reden, auch wenn Niemi nicht annahm, dass sich die Männer daran halten würden. Schon sehr bald würde die örtliche Tageszeitung auf den Fall aufmerksam werden, und dann würde es unbequem werden, sollte er bis dahin noch keine handfesten Informationen vorweisen können.

»Mitä tietoja meillä on? – *Welche Informationen haben wir?*«, fragte er den Leiter des Krisenstabs, einen Polizisten mittleren Alters namens Paavo Bergfors. Der Beamte war Finnland-Schwede, und sein Vater stammte ursprünglich aus Stockholm, wie Niemi wusste.

»Ei mitään konkreettista – *Nichts konkretes*«, antwortete Bergfors.

Niemand hatte etwas gesehen. Niemand kannte den Toten. Niemand hatte aus Unachtsamkeit seine Waffe abgefeuert.

Natürlich wunderte das den Dienststellenleiter überhaupt nicht. Schließlich hatten alle Jäger einen Ruf zu verlieren, und würde jemand zugeben, dass seine Waffe aus Versehen losgegangen war oder derjenige sogar aufgrund einer Verwechslung geschossen hatte, wäre er nicht nur bei den anderen Mitgliedern des Vereins untendurch gewesen, sondern würde auch mit einer Anklage wegen Totschlags rechnen müssen. Auch von irgendwelchen Fremden hatte keiner etwas gewusst. Niemi hatte mehr Fragen als Antworten, und das gefiel ihm überhaupt nicht. Da das Opfer niemandem bekannt war, musste es sich zwangsläufig um jemanden handeln, der weder in Nurmes noch in der näheren Umgebung wohnte.

Vielleicht stammte er aus einer der Nachbarstädte, überlegte er, während er aus dem Fenster blickte.

Gewissheit über die Identität des Toten würde wohl erst die Obduktion bringen, denn weder hatte das Opfer irgendwelche amtlichen Dokumente mit sich getragen, noch sonst irgendetwas, durch das man es hätte identifizieren können. Bis die Obduktion abgeschlossen war, konnten allerdings noch Tage vergehen. Bisher war nur eines gewiss: Der Mann war durch einen Schuss direkt in die Brust getötet worden, und zwar aus nächster Nähe. Was im Umkehrschluss bedeutete, dass auch ein gezielter Mord nicht auszuschließen war.

Niemi hoffte, dass er bald Ergebnisse würde vorweisen können, bevor die Provinzverwaltung auf den Fall aufmerksam wurde und die Ermittlungen an sich riss. Er war ein guter Polizist, und würde seine Kompetenz angezweifelt werden, wäre das weder für ihn noch für die Moral seiner Leute förderlich.

Als Burgmeister das Restaurant verlassen hatte, hatte er überlegt, ob er wieder zurück in seine Unterkunft gehen sollte, hatte sich dann aber dagegen entschieden. Er wollte jetzt nicht in seiner Bude sitzen und vor sich hin brüten. Darum hatte er einen Pfad eingeschlagen, den er schon kannte und der ihn ein Stück weit an der Westseite des Sees entlangführen würde, und dann in einer Schleife durch den Wald bis zum städtischen Strand. Während er immer wieder innehielt, um auf den ruhig daliegenden See zu blicken, versuchte er, seine Gedanken von seiner Frau abzulenken. Auch über seine Tochter Janine wollte er nicht zu viel nachdenken. Er vermisste sie sehr, auch wenn sie mit ihren vierzehn Jahren gerade massiv in der Pubertät steckte und ihm das Leben zur Hölle machte, wenn sich ihr die Gelegenheit dazu bot. Doch wenn er ehrlich zu sich selbst war, musste er zugeben, dass sich diese Gelegenheit nicht allzu oft bot, denn Burgmeister ermittelte sehr oft verdeckt und war deshalb manchmal wochenlang nicht zu Hause. Während der laufenden Ermittlungen war es ihm strikt untersagt, Kontakt zu seiner Familie oder zu irgendwelchen Freunden zu haben, um sie, seine Kollegen und sich selbst nicht zu gefährden. Entsprechend hatte er nie wirklich Zeit mit seiner Tochter verbracht, und als Janines Hormone angefangen hatten, verrückt zu spielen, hatte sie aufgehört, ihn Papa zu nennen und ihn stattdessen nur noch bei seinem Vornamen gerufen. Obwohl das für ihn zuerst gewöhnungsbedürftig und zugegebenermaßen etwas schmerzhaft gewesen war, hatte er sich irgendwann dann doch damit abgefunden. Er musste zugeben, dass ihm mittlerweile sogar gefiel, von ihr mit seinem richtigen Namen angesprochen zu werden, denn er hatte sich nie wirklich als gesetzter, fest im Leben stehender Vater gesehen, sondern eher als der gute Freund, der immer für jeden Blödsinn zu haben war.

Als seine jüngste Ermittlung in einem Fiasko mit mehreren Toten geendet hatte, war ein wahrer Sturm über ihn hereingebrochen. Sein Abteilungsleiter hatte ihn mit sofortiger Wirkung suspendiert und ihm die Interne Ermittlung auf den Hals gehetzt. Seine Frau, mit der er seit Jahren schon in einer Art Dauerstreit lag,

hatte die Gelegenheit genutzt und ihn aus der gemeinsamen Wohnung geschmissen. Um dem Dauerstress
zumindest ein wenig zu entgehen und etwas Ruhe zu
finden, hatte er sich schließlich dazu entschlossen, in
die tiefste finnische Provinz zu reisen. Auf der Suche
nach einem abgelegenen Fleckchen war er auf Nurmes
gestoßen. Der Ort lag zwar an einem durchaus wichtigen Knotenpunkt im finnischen Nordkarelien, war
aber trotzdem so weit ab vom Schuss, dass man hier ge-
trost untertauchen konnte. Burgmeister sprach zwar
Englisch, hatte aber einen schweren Akzent und aufgrund der wenigen Nutzung oft Wortfindungsschwie-
rigkeiten. Dass er so gut wie kein Finnisch konnte, war
für ihn in diesem Moment kein Hindernis, sondern
eher ein Grund gewesen, hierher zu kommen, denn so
konnte er so gut wie allen Gesprächen aus dem Weg gehen. Er atmete die frische Luft ein und stieß sie langsam wieder aus. Normalerweise hätte er, wenn seine
Gedanken so am Rotieren waren, eine Zigarette geraucht, aber er hatte vor fast vier Jahren aufgehört, als
sein Arzt ihm offenbart hatte, dass das Risiko für Lun-
genkrebs in der letzten Zeit bei ihm deutlich gestiegen
war. Kein Wunder, denn zuletzt hatte er fast eine
Schachtel pro Tag geraucht. Obwohl es ihm fehlte, eine
Zigarette zwischen den Lippen zu haben, den Rauch zu
inhalieren und dabei seine Gedankengänge zu ordnen,
war es ihm seine Gesundheit doch wert gewesen, mit
diesem offensichtlichen Laster aufzuhören.

Er überlegte gerade, in den örtlichen Kiosk zu gehen
und sich eine Kleinigkeit zu trinken zu besorgen, als
sein Blick, auf die andere Straßenseite fiel. Dort befand
sich ein weiter Platz, an dem eine Bühne sowie einige

Stände errichtet worden waren. Er hatte in der ersten Woche seines Aufenthalts einen Abstecher dorthin gemacht, um zu sehen, wie sich die Menschen hier verhielten. Ihm gefiel es, wie scheinbar sorglos die Leute umher flanierten und sich angeregt mit anderen unterhielten. Burgmeister hatte im Vorbeigehen versucht, das eine oder andere finnische Wort aufzuschnappen, hatte es aber schnell wieder aufgegeben, denn die Sprache war vom Deutschen so weit entfernt wie die Erde von der Sonne. Er wusste, dass sich Finnisch auch von den anderen nordischen Sprachen drastisch unterschied, wodurch es ungleich schwieriger war, wenigstens den Zusammenhang eines Gesprächs nachzuvollziehen. Die geringe Mimik, die die Finnen außerdem im Allgemeinen zur Schau trugen, war dabei keine große Hilfe.

Obwohl es schon später Nachmittag war, hatten sich zahlreiche Menschen auf dem Platz eingefunden und schienen in eine lebhafte Diskussion vertieft zu sein. Die Ansammlung von Pick-ups ließ ihn unwillkürlich an das Jahrestreffen der Hillbillys in Kentucky zurückdenken, an dem er vor vielen Jahren mal teilgenommen hatte, als Janine noch nicht auf der Welt gewesen war. Auf den Ladeflächen stapelten sich diverse Ausrüstungsgegenstände, und der Kleidung der herumstehenden Männer nach zu urteilen, handelte es sich hierbei entweder um Soldaten oder um Jäger, denn ausnahmslos alle trugen zumindest eine Jacke in Tarnfleck, manche auch dazu passende Hosen. Der eine oder andere hatte zusätzlich eine orangene Warnweste übergezogen. Nach einem prüfenden Blick auf die Gesichter der Männer verwarf Burgmeister die Theorie der Soldaten schnell wieder, denn alle trugen ihre Haare oder zumindest ihre Bärte lang. In der Armee lief man so nicht herum, das wusste er aus seiner eigenen Wehrdienstzeit. Aber wenn es sich bei dieser Versammlung tatsächlich um Jäger handelte, warum waren sie dann nicht im Wald? Aus purer Neugier, und weil er nichts Dringendes vorhatte, überquerte der Beamte die Straße und stellte sich neben einen der Männer in Tarnkleidung. Dieser bemerkte den Neuankömmling zunächst nicht, sondern unterhielt sich weiter mit seinem Kumpan. Erst, als Burgmeister ihn in gebrochenem Englisch ansprach, wandte sich ihm der Mann zu.

»What happened?«, fragte der Deutsche mit starkem Akzent, bei dem sich das englische Wort für *Was* eher wie das norddeutsche *Watt* anhörte.

Der Angesprochene sah ihn aus zusammengekniffenen Augen an, antwortete aber nicht. Auch der andere, der gerade noch in die Unterhaltung involviert gewesen war, musterte den Fremden jetzt aus tief liegenden braunen Augen. Burgmeister wiederholte seine Frage, aber auch das war nicht von Erfolg gekrönt. Einen dritten Versuch wollte er nicht wagen, denn die beiden Männer sahen jetzt schon so aus, als wären sie gelinde gesagt nicht gerade erfreut über die Störung und würden jeden Augenblick über ihn herfallen. Als er sich umschaute, bemerkte er, dass auch die übrigen Teilnehmer der Versammlung ihre Gespräche eingestellt hatten und ihn mit einer Mischung aus Abweisung und offener Feindseligkeit anstarrten. Plötzlich wurde Burgmeister ziemlich warm unter seiner Windjacke. Er hoffte, dass er sein Englisch nicht falsch eingeschätzt und gerade unwissentlich die hier versammelten Finnen mitsamt ihren Ahnen beleidigt hatte. Während er fieberhaft darüber nachdachte, wie er glimpflich aus dieser Situation herauskommen könnte, erregte etwas oder vielmehr jemand auf der anderen Seite des Platzes die Aufmerksamkeit der Gruppe. Ein Mann, der aus einer Seitenstraße getreten war, ging geradewegs auf die Männer zu. Burgmeisters geschultes Auge erkannte an der Autorität ausstrahlenden Gangart des Mannes, dass es sich hierbei um einen Polizisten handeln musste. Dass er eine Uniform trug, war natürlich ebenfalls hilfreich. Nachdem der Beamte wenige Meter vor Gruppe stehen geblieben war, erhob er die Stimme und sagte einige Worte zu den Versammelten, die den Deutschen nun vollkommen vergessen zu haben schienen und sich stattdessen komplett auf den Mann konzentrierten. Wenn die Stimmung bisher angespannt gewesen war, so schien sie jetzt in geballte Wut umzuschwenken, denn hier und da wurde es laut, und einige Jäger meldeten sich aufgeregt zu Wort. Obwohl Burgmeister nichts verstand, konnte er dem Tonfall dennoch entnehmen, dass es nicht gerade freundlich war, was er da hörte. Der Uniformierte schien sich von der zunehmenden Lautstärke nicht beeindrucken zu lassen, sondern antwortete weiterhin in kurzen, aber klaren Sätzen auf die auf ihn einprasselnden Kommentare. Irgendwann schien der Jagdgruppe entweder die Lust, oder die Energie auszugehen, denn einer nach dem anderen wandte sich grummelnd den geparkten Autos zu. Einige der Wagen fuhren mit quietschenden Reifen los, zweifelsohne in der Absicht, damit den Unmut der Fahrer zu verdeutlichen. Es dauerte einige Minuten, bis alle Jäger vom Platz gefahren waren, und schließlich waren nur noch Burgmeister und der finnische Polizist übrig. Ihre Blicke trafen sich kurz. Der Oberkommissar überlegte kurz, ob er es riskieren sollte, seinen Amtskollegen anzusprechen, als sich dieser bereits abwandte und zurück in die Seitenstraße ging.

Komische Sache, dachte Burgmeister, während er dem sich entfernenden Mann hinterher sah. Schließlich stand er allein auf dem Marktplatz und fühlte sich mit einem Mal unglaublich allein.

Vielleicht hättest du doch in ein Land reisen sollen, in dem du die Sprache beherrschst, dachte er. *Und wo es wärmer ist*, fügte er in Gedanken hinzu, als ihn ein Schauder überlief. Doch jetzt war es zu spät dafür. Er hatte den gesamten Aufenthalt im Voraus bezahlt, und bei seiner Ankunft war ihm in gebrochenem Deutsch klargemacht worden, dass er keine Rückzahlung zu erwarten hatte, wenn er vorzeitig abreisen würde. Seine Laune war am Tiefpunkt angelangt, und er beschloss, zurück in seine Unterkunft zu gehen. Vorher wandte er sich aber noch nach links zum K-Market genannten Supermarkt um, in der Hoffnung, wenigstens einige Biere ergattern zu können. Für etwas Härteres hätte er ans andere Ende des Ortes gehen und in das *Alko* genannte Geschäft gehen müssen. Von außen betrachtet, schien der Supermarkt recht groß zu sein, aber als Burgmeister durch die Eingangstür trat, stellte er fest, dass der Laden deutlich weniger Platz bot, als er angenommen hatte, und verschachtelt aufgebaut war er obendrein.

Und ich war der Meinung, nur bei Ikea würde man durch ein Labyrinth gehen müssen, dachte der Beamte und verdrehte die Augen.

Etwas versteckt zwischen den Wurst- und Käseregalen fand er schließlich, was er gesucht hatte. Er nahm sich drei Dosen des bekanntesten finnischen Bieres, griff sich noch zwei abgepackte und mit Wurst und Käse belegte Brötchen und ging dann zur Kasse.

»Terve«, begrüßte ihn die Verkäuferin fröhlich, zog die Sachen über den Warenscanner und nannte ihm den Betrag.

Das Glück des Polizisten war es, dass der Preis seines Einkaufs zusätzlich auf einem Display angezeigt wurde, denn er hatte die von der Kassiererin genannte Zahl natürlich nicht verstanden. Er zog einen Geldschein hervor und überreichte ihn der jungen Frau. Diese musterte ihn ein wenig merkwürdig, bevor sie die Banknote schließlich entgegennahm und ihm das Wechselgeld überreichte. Er nahm seine Bierdosen und Brötchen, steckte sie in die Jackentaschen und verließ den Laden wieder, um sich zielstrebig auf den Weg zurück zu seiner Behausung zu machen.

Zwei Tage später wusste jeder Einwohner von Nurmes, dass es bei der Jagd zu einem Todesfall gekommen war. Die lokale Tageszeitung hatte sich sofort, nachdem sie von dem Vorfall gehört hatte, auf die Geschichte gestürzt und einen Artikel auf Seite Eins veröffentlicht. Es waren zwar noch lange nicht alle Details bekannt, aber das hinderte weder den Reporter noch die Einwohner daran, teils wilde Spekulationen sowohl

über den Tathergang, als auch über die Identität des Toten anzustellen. Burgmeister befand sich gerade in der
ABC-Tankstelle und bezahlte seine Tiefkühlpizza.

»Schon gehört?«, fragte Mika, während er das Geld
entgegennahm und in die Kasse legte.

Er war gerade einmal neunzehn Jahre alt, wie Burgmeister erfahren hatte, und trug seine Haare zu Dread-
locks geflochten.

»*Was*?«, entgegnete der Polizist.

»Vorgestern gab es einen Jagdunfall mit einem Toten.«

»Passiert das öfter?«

»Hin und wieder«, erklärte der Tankstellenmitarbei-
ter freimütig. »Aber so weit ich gehört habe, wurde der
Typ direkt in die Brust getroffen.«

»Autsch.«

»Die Polizei ist an der Sache dran, aber die rücken
nicht mit der Sprache raus.«

»Das ist normal«, erwiderte Burgmeister. »Kein Polizist will schließlich, dass ihm irgendjemand in die Ermittlungen reingrätscht. Vor allem, wenn man noch
nicht viel weiß.«

»Reingrätscht?«, fragte Mika, der das Wort offensichtlich nicht kannte.

»Ihn stört«, erklärte Burgmeister.

»Ah«, sagte der Mitarbeiter nickend.

»Ich bin dann mal wieder weg, sonst taut die Pizza
noch auf.«

»Hei«, verabschiedete Mika ihn.

»Servus.«

Burgmeister steckte den Pizzakarton in eine Tüte und ging nach draußen, wo er bereits von einem Uniformierten erwartet wurde.

»Anteeksi«, sprach ihn der Polizist auf Finnisch an.

Der Deutsche erkannte den anderen als denjenigen Beamten, der kürzlich auf dem Marktplatz mit der aufgebrachten Jagdtruppe gesprochen hatte.

»I do not speak Finnish«, antwortete Burgmeister.

»Ich spreche etwas Deutsch«, sagte der Finne mit deutlichem, aber dennoch verständlichen Akzent, wobei er die *Sch*-Laute wie ein gezischtes *Sssss* aussprach, denn im Finnischen gab es den *Sch*-Laut nicht. Außerdem rollte er das *R*, wie es in der finnischen Sprache üblich war.

Der deutsche Beamte reagierte überrascht. »Das hätte ich nicht erwartet.«

»Ich habe während meines Studiums einen Kurs in Deutsch gemacht«, sagte der Polizist. »Ich heiße Keijo Niemi und leite die Polizei in Nurmes.«

»Mein Name ist Johannes Burgmeister. Freut mich. Habe ich etwas falsch gemacht?«

»Nein. Ich brauche Ihre Hilfe.«

»Inwiefern?«

»Das möchte ich mit Ihnen auf der Wache besprechen.«

»Tut mir leid, aber ich habe bereits eine Verabredung«, log Burgmeister.

»Mit Ihrer Pizza?«, entgegnete Niemi und warf einen kurzen Blick auf die Plastiktüte in Burgmeisters Hand.

Der Deutsche seufzte. »Wenn Sie es genau wissen wollen, ich bin im Urlaub und möchte meine Ruhe haben. Wenn es also nichts Dringendes ist ...«

»Leider ist es aber etwas Dringendes«, antwortete der Dienstellenleiter. »Sie bekommen von mir auch eine neue Pizza. Versprochen.«

»Ich sehe, ich kann Sie nicht davon abhalten, meine Zeit in Anspruch zu nehmen. Dann gebe ich mich eben geschlagen«, lenkte Burgmeister ein.

»Sie wurden geschlagen?«

»Nein, das ist nur eine Redensart in Deutschland und bedeutet, dass ich klein beigebe.«

»Tut mir leid, aber ich verstehe immer noch nicht.«

Der Deutsche atmete tief durch. »Ich komme mit.«

Niemis Miene hellte sich sogleich auf. »Fahren wir doch mit meinem Auto«, sagte er und zeigte auf den Streifenwagen, der nur zehn Meter entfernt auf dem Parkplatz stand.

»Nach Ihnen«, antwortete Burgmeister.

»Wie bitte?«

Im Geiste zog der Deutsche eine Grimasse. »Fahren wir.«

Auf der örtlichen Polizeistation fühlte sich Burgmeister direkt wie zu Hause. Hier war zwar deutlich weniger los als in seiner Arbeitsstelle im Zentrum Münchens, aber die hiesigen Beamten schienen ebenso beschäftigt zu sein wie seine eigenen Kollegen. Niemi führte ihn durch die Eingangshalle und an einigen geschlossenen Türen vorbei in sein Büro und bot ihm einen Stuhl an. Als sich beide hingesetzt hatten, verschränkte der Dienststellenleiter die Hände vor sich auf dem Tisch.

»Alles, was ich Ihnen jetzt sage, ist vertraulich«, leitete er das Gespräch ein.

»Verstanden«, bestätigte der Deutsche nickend.

»Vor zwei Tagen gab es im nahen Wald einen Unfall. Ein Mann wurde erschossen.«

Der Oberkommissar nickte. »Davon habe ich gehört.«

»Bisher wissen wir nur, dass er in die Brust getroffen wurde«, fuhr Niemi fort. »Die Eintrittswunde deutet auf einen Schuss aus nächster Nähe hin.«

»Gibt es am Rücken eine Austrittswunde?«

»Ei.«

»Bitte?«

»Das bedeutet *Nein*.«

»Das deutet für mich eher darauf hin, dass der Schütze ein gutes Stück entfernt gewesen sein muss«, erklärte Burgmeister. »Welches Kaliber war es denn?«

»Das wissen wir noch nicht«, gab der Dienststellenleiter zu. »Wir warten noch auf die Analyse.«

»Sonst etwas? Wer ist der Tote? Welche Kleidung trug er? Gehörte er zum Jagdverein?«

Niemi schüttelte bei jeder Frage den Kopf.

»Entschuldigen Sie, wenn ich das so unverblümt sage, aber Sie tappen offenbar vollkommen im Dunkeln. Das ist natürlich bedauerlich, aber was wollen Sie von mir?«

»Ihre Hilfe.«

»Das sagten Sie bereits. Ich bin mir allerdings nicht sicher, ob ich Ihnen wirklich behilflich sein kann. Ich habe nämlich normalerweise mit Drogen zu tun.«

Als der Dienststellenleiter ihn fragend und skeptisch anblickte, kam Burgmeister der Gedanke, dass dies vielleicht die falsche Formulierung für das war, was er tat.

»In Deutschland ermittele ich bei Verbrechen, die mit Drogen zu tun haben«, erklärte er. »Kokain, Heroin, solche Sachen. Mit gewaltsamen Todesfällen durch Waffengewalt habe ich normalerweise nichts zu tun. München ist nicht so brutal, wie Sie vielleicht denken. Außerdem gibt es in Deutschland viele Gesetze, die den Waffenbesitz stark regulieren. Tut mir leid, aber Sie wenden sich hier an den Falschen.«

Der Finne schien, seiner Mimik nach zu urteilen, von dieser Abfuhr nicht gerade begeistert zu sein. Burgmeister entschied, sich nicht darum zu kümmern. Er stand auf, verabschiedete sich höflich und verließ das Büro.

Die Sonne ging gerade unter und zauberte ein unvergleichliches Wechselspiel aus Rot und Gelb an den Abendhimmel. Das Wasser lag ruhig da, nur hier und da kräuselte sich die Oberfläche, wenn ein Fisch heraufkam, um sich ein unvorsichtiges Insekt zum Abendessen zu schnappen. Burgmeister stand am Strand und betrachtete das Naturschauspiel. Obwohl er es am liebsten nicht zugegeben hätte, ließ ihn der geschilderte Fall einfach nicht los. Schon, als er die Polizeistation verlassen hatte, hatte sein Gehirn angefangen, sich eingehend mit den Ermittlungen zu beschäftigen. Er musste zugeben, dass der Fall interessant klang, und er hatte Lust, darin involviert zu sein. *Was sollte er außerdem sonst mit seiner Zeit anfangen?*, dachte er. *Bier trinken und darauf warten, seinen Job und seine Tochter zu verlieren?* Mit einem Ruck wandte er sich ab und ging mit weit ausholenden Schritten voran.

»Niemi«, rief er, als er den Beamten auf dem Parkplatz der Polizeistation entdeckte.

Der Finne war gerade dabei, seinen Wagen aufzuschließen und hatte offenbar Feierabend.

»Herr Burgmeister«, antwortete der Dienststellenleiter, als er den Deutschen erkannte.

»Sie haben mich überzeugt. Ich mache mit.«

Niemis Miene hellte sich auf. »Das freut mich sehr.«

»Wann legen wir los?«

»Nyt.«

Auf den fragenden Blick des Deutschen hin kramte der finnische Beamte in seinem Wortschatz und fand schließlich das deutsche Äquivalent. »Jetzt.«

Zurück in der Station rief Niemi den stellvertretenden Leiter der Station, Paavo Bergfors, zu sich. Nur zehn Minuten später waren alle drei im Büro des Dienststellenleiters versammelt, und Burgmeister ließ sich in den folgenden Minuten noch einmal ganz genau erklären, was die Beamten bisher wussten. Zum allgemeinen Bedauern war es nicht viel.

»Okay«, hob der Deutsche an. »Bevor wir irgendetwas machen, möchte ich, dass wir auf einer Wellenlinie sind. Warum möchten Sie, dass ich Ihnen helfe? Sie haben doch sicher mehr als genug Ermittler hier.«

»Die haben wir natürlich«, antwortete Niemi. »Ich bin ehrlich zu Ihnen: Wir sind hier eine kleine Stadt, und die Leute kennen sich untereinander. Ich möchte, dass der Fall von jemandem untersucht wird, der unvoreingenommen ist und einen objektiven Blick hat.«

»Sie denken, dass Ihre eigenen Ermittler kuschen könnten?«

»Was bedeutet das?«

»Den Schwanz einziehen, sich zurückziehen, jemanden decken«, erklärte Burgmeister.

»Ja«, antwortete Niemi.

»Und vermutlich brauchen Sie auch jemanden, dem Sie die Schuld in die Schuhe schieben können, wenn die Sache schief geht.«

Als der Dienststellenleiter darauf nicht antwortete, winkte der Oberkommissar ab. »Schon verstanden. Gut, ich übernehme. Als Erstes machen wir der Spurensicherung und der Pathologie Dampf. Die sollen alles andere hintanstellen und sich auf unseren Fall konzentrieren. Die sollen uns sagen, welches Kaliber benutzt wurde, aus welcher Art von Waffe der Schuss stammte, und wer der Tote überhaupt ist. Außerdem will ich, dass eine allgemeine Nachrichtensperre verhängt wird. Wer auch immer mit der Presse spricht, soll mindestens mit einer Geldstrafe rechnen müssen.«

Niemi übersetzte das Gesagte so gut wie möglich für Bergfors, fragte aber immer wieder bei Burgmeister nach, wenn er ein Wort nicht verstanden hatte.

Heiliger Kuhdarm, dachte der Deutsche und seufzte innerlich. »Niemi, nichts gegen Ihre Fähigkeiten, aber ich denke, dass es gut wäre, wenn wir einen Dolmetscher an Bord hätten.«

»Warum?«

»Weil ich denke, dass Sie viele andere Dinge zu erledigen haben, als zu übersetzen«, antwortete Burgmeister diplomatisch. »Ich werde mit vielen Leuten sprechen müssen, und wie Sie wissen, sind meine Finnisch-Kenntnisse so gut wie nicht vorhanden. Englisch ist auch nicht gerade meine Stärke.«

Der Dienststellenleiter schien zu verstehen, worauf der Oberkommissar hinauswollte.

»Ich werde bei der Zentrale nachfragen, ob es jemanden gibt, der dafür infrage kommt«, kündigte er an. »Ich kann aber nichts versprechen.«

»Wie lange wird das dauern?«

»Das weiß ich nicht«, gab Niemi offen zu. »Aber ich werde mein Bestes geben.«

»Je schneller, desto besser«, erwiderte der Deutsche. »Denn ich glaube, je länger wir hier rumeiern, desto kälter wird die Spur.«

»Ich tue, was ich kann«, wiederholte der Dienststellenleiter.

»Gut. Für heute kann ich nichts mehr machen, außerdem ist es schon spät. Ich möchte gerne zurück in meine Unterkunft. Gibt es jemanden, der mich fahren kann?«

»Ich bringe Sie persönlich«, erklärte Niemi.

Burgmeister stand auf und schickte sich an, zu gehen, als ihn der Beamte zurückhielt.

»Herr Burgmeister, wären Sie bitte so freundlich, mir Ihre Handynummer zu geben? Ich möchte Sie erreichen können.«

»Klar«, antwortete der Oberkommissar und diktierte Niemi die Nummer.

Der Dienststellenleiter tippte sie in sein Handy und rief dann kurz an. Auf Burgmeisters Display leuchtete es, und er speicherte die Nummer ab.

»Jetzt können wir los.«

Kapitel 2

Als Burgmeister am nächsten Tag aufwachte, fühlte er sich erfrischt. Kurz, nachdem Niemi ihn nach Hause gebracht hatte, war er ins Bett gegangen und trotz seines hektisch arbeitenden Gehirns schnell eingeschlafen. Als er einen Blick auf sein Handy warf, sah er, dass der Dienststellenleiter bereits mehrfach versucht hatte, ihn zu erreichen. Er drückte die Taste für den Rückruf und wartete darauf, dass der andere abnahm.

»Niemi«, meldete sich der Dienststellenleiter. »Danke, dass Sie mich zurückrufen.«

»Guten Morgen«, begrüßte ihn der Deutsche. »Was gibt es?«

»Wir haben die Information aus Joensuu bekommen, dass es dort einen Polizisten gibt, der fließend Deutsch spricht«, erklärte Niemi.

»Und?«

»Ich wollte Ihnen nur Bescheid sagen, dass er in zwei Stunden hier sein wird.«

»Alles klar, dann komme ich zu Ihnen. Geben Sie mir eine halbe Stunde.«

»Kiitos«, bedankte sich Niemi und legte auf.

Gemeinsam mit dem Dienststellenleiter und Bergfors wartete Burgmeister in dessen Büro auf die Ankunft des Beamten aus Joensuu. Der deutsche Polizist ging im

Geiste bereits durch, welche Schritte wann in der Ermittlung stattfinden sollten und machte sich entsprechende Gedanken-Notizen. Die Fähigkeit, sich viele Dinge gleichzeitig zu merken, ohne sie aufschreiben zu müssen, war etwas, dessen er sich rühmen konnte und dass ihm in Deutschland schon oft geholfen hatte. Leider hatte sich diese Begabung nur auf seine Arbeit beschränkt, was dazu geführt hatte, dass er nicht nur einmal den Geburtstag seiner Frau vergessen hatte, von irgendwelchen Jahrestagen ganz zu schweigen.

An der hölzernen Bürotür klopfte es jetzt leise.

»Ovi on auki! – *Die Tür ist offen*«, sagte der Dienststellenleiter mit lauter Stimme auf Finnisch.

Die Tür ging nach innen auf und ein junger Mann in Anzug und Krawatte trat ein.

»Matti Halonen«, sagte der Mann. »Päivää.«

»Päivää«, grüßten Niemi und Bergfors zurück.

Burgmeister sagte nichts, betrachtete den Neuankömmling aber aufmerksam von oben bis unten.

Steif wie ein Brett und gekleidet wie ein Hilfslehrer, urteilte er abschätzig.

»Sie sind Kriminaloberkommissar Johannes Burgmeister, nehme ich an?«, sprach ihn der junge Mann in absolut akzentfreiem Deutsch an.

»Der bin ich«, antwortete der Deutsche.

»Mein Name ist Matti Halonen. Nennen Sie mich einfach Matti.«

»Ich heiße Johannes.«

»Freut mich. Mir wurde gesagt, dass ich hier gebraucht werde, um zu dolmetschen. Ich nehme an, Sie sind es, der meine Dienste benötigt?«

»Korrekt«, bestätigte Burgmeister. »Wo haben Sie so gut Deutsch gelernt?«

»Mein Vater ist Deutscher«, erklärte Halonen. »Ich bin daher zweisprachig aufgewachsen, und auf der Universität in Helsinki habe ich meine Dissertation über die deutsche Sprache und die Auswirkungen auf Europa geschrieben.«

»Interessant«, sagte Burgmeister. »Dann haben Sie sich wahrscheinlich auch mit der jüngeren deutschen Geschichte auseinandergesetzt?«

»Unter anderem.«

»Wer war Joseph Goebbels?«

»Ich weiß zwar nicht, warum Sie das fragen, aber er war Reichspropagandaminister in den Jahren 1939 bis 1945. Er war einer der wichtigsten Vertrauten von Adolf Hitler und ein starker Antisemit. Außerdem war er Doktor der Philosophie und nur hundertfünfundsechzig Zentimeter groß.«

»Welche kriminalistische Erfahrung haben Sie?«

»Keine«, gab Halonen zu. »In Joensuu bearbeite ich Verkehrsdelikte.«

Ganz toll, dachte Burgmeister missmutig. Ein Schreibtischhengst, der keine Ahnung von Ermittlungen im Feld hat. Das kann ja heiter werden.

»Danke, mehr muss ich nicht wissen«, sagte er und winkte ab. »Sind Sie über den vorliegenden Fall informiert worden?«

»Nur bedingt«, erklärte der junge Finne.

»Okay, dann gebe ich Ihnen jetzt eine kurze Übersicht.«

»Darf ich mich vorher noch setzen?«

»Wenn Sie das möchten«, antwortete Burgmeister und fuhr ohne Pause fort. »Wir haben einen durch Schusswaffengebrauch zu Tode gekommenen Mann. Er wurde vor drei Tagen ungefähr zehn Kilometer von hier entfernt während einer Jagd im Wald entdeckt. Die Leute, die ihn gefunden haben, haben erklärt, dass sie kurz vorher einen Schuss gehört hätten. Sie denken, dass es sich um einen Jagdunfall handelt. Bisher ist nur bekannt, dass das Opfer männlich und schätzungsweise dreißig Jahre alt ist. Der Tod trat durch einen Schuss in die Brust ein.«

»Wer leitet die Ermittlungen?«, wollte der Finne wissen.

»Ich«, antwortete der Oberkommissar. »Herr Niemi hat mich dazu überredet.«

»Überredet?«

»Mit mir verhandelt.«

»Ich weiß, was *überredet* bedeutet«, erklärte Halonen. »Aber warum musste er Sie überreden?«

»Weil ich eigentlich gerade Urlaub habe.«

»Verstanden. Dann ist es umso schöner, dass Sie uns helfen. Ich denke, wir sollten ...«

»Um ehrlich zu sein, möchte ich gar nicht wissen, was Sie denken«, unterbrach ihn Burgmeister. »Ich möchte ausschließlich, dass Sie für mich dolmetschen.«

Der Finne schien von dieser Information überrascht zu sein, jedenfalls deutete der Deutsche es aus dem kurzen Zucken der rechten Augenbraue des anderen.

»Verstehen Sie mich nicht falsch«, fügte Burgmeister hinzu. »Aber Ihre Aufgabe ist es normalerweise, über

die Bestrafung von Rasern und Falschparkern zu entscheiden. Ich hingegen mache seit Jahren nichts anderes, als richtige Verbrecher hinter Gitter zu bringen.«

»Wenn Sie das so sehen.«

»Jetzt möchte ich, dass Sie die Pathologie anrufen und
denen Feuer unterm Hintern machen. Ich werde sprechen, und Sie übersetzen. Kriegen Sie das hin?«

»Deswegen bin ich hier«, erklärte Halonen knapp.

Burgmeister und sein Dolmetscher gingen in ein auf
der anderen Seite der Station befindliches Zimmer,
welches normalerweise als Konferenzraum genutzt
wurde. Der Deutsche hatte den Dienststellenleiter explizit darum gebeten, damit er in Ruhe ermitteln und
seine Erkenntnisse festhalten konnte, ohne in seiner
Konzentration gestört zu werden. In dem Zimmer gab
es einen langen Tisch, mehrere Stühle und in der Ecke
eine Pinnwand, die zur Freude des Oberkommissars
komplett sauber war. Sämtliche Anstecknadeln waren
in der linken oberen Ecke befestigt und sogar nach den
Farben und Formen ihrer Plastikköpfe sortiert worden.
In der Mitte des Tisches stand ein Telefon und wartete
auf seinen Einsatz.

»Wählscheibe«, murmelte Burgmeister und schüttelte wegen dieser veralteten Technik innerlich den
Kopf. In Deutschland gab es zwar auch noch Festnetz-
telefone, aber die meisten Ermittler verließen sich ausschließlich auf ihr Handy. »Matti, wir werden jetzt telefonieren. Kommen Sie mit diesem Apparat zurecht?«

»Natürlich«, bestätigte der Finne.

»Rufen Sie bitte die Pathologie an.«

Halonen nahm den Hörer zur Hand, wählte die Telefonnummer der Pathologie in Kuopio und lauschte dem Freizeichen.

»Nicht vergessen«, ermahnte Burgmeister seinen finnischen Dolmetscher. »Sie sagen genau das, was ich Ihnen vorgebe.«

Halonen nickte just in dem Moment, als sich am anderen Ende der Leitung eine weibliche Stimme meldete.

»Patologia Kuopio«, sagte die Frau.

»Täällä on Matti Halonen, päivää«, stellte sich der Finne in seiner Sprache vor und lauschte dann kurz, was sein deutscher Kollege sagte, bevor er es übersetzte. »Ich rufe wegen der Leiche an, die vor drei Tagen bei Ihnen eingeliefert wurde. Haben Sie schon Ergebnisse der Obduktion vorliegen? – Noch nicht?«

»Die sollen mal Gas geben«, ermahnte Burgmeister mürrisch.

»Sie sagen, dass sie vermutlich in vier Tagen Ergebnisse vorweisen können«, erklärte Halonen.

»Vermutlich in vier Tagen?«, fragte der Deutsche und fügte hinzu: »Wollen Sie mich verarschen? Die sollen sich sofort daran machen. Spätestens morgen Nachmittag will ich alles über den Toten wissen! Und damit meine ich *alles*, angefangen von der Konfektionsgröße bis zur Beschaffenheit seiner Nasenhaare. Verstanden?«

»Das ist nicht so einfach«, übersetzte Halonen die Antwort, die er von der Pathologie bekam.

»Warum nicht?«

»Weil gerade einige Kollegen im Urlaub sind.«

»Das ist mir scheißegal«, verkündete der Oberkommissar. »Entweder, die ziehen jetzt den Finger aus dem Arsch, oder sie kriegen eine Dienstaufsichtsbeschwerde, die sich gewaschen hat. Na los, übersetzen Sie das«, forderte er den Finnen auf.

»Sie sagen, dass sie es bis morgen Abend schaffen können, wenn sie Überstunden machen.«

»Dann sollen sie eben länger arbeiten! Kann ja nicht so schwer sein, verflucht noch mal.«

»Kiitos«, sagte der Dolmetscher dankend zu seinem Gegenüber am anderen Ende der Leitung und legte dann auf.

Burgmeister wirkte selbstzufrieden. »Sehen Sie, Matti, so wird das bei uns in Deutschland gemacht, wenn jemand meint, seinen Job nicht erledigen zu wollen.«

»Ich habe noch nie davon gehört, dass so viel geflucht wird«, erwiderte Halonen skeptisch.

»Glauben Sie mir, nur so kriegt man die Leute dazu, das zu tun, was man will. Als Nächstes rufen wir die Spurensicherung an. Mal sehen, ob die mehr zu bieten haben.«

Erneut wählte der Finne eine Nummer und stellte sich vor. »Sie haben also bereits Ergebnisse? Sehr gut«, sagte Halonen kurz darauf auf Finnisch ins Telefon. »Der Bericht ist bereits auf dem Weg?«

»Was heißt *auf dem Weg*?«, wollte der Deutsche wissen.

»Per Kurier. Sollte also bald hier sein«, antwortete sein Dolmetscher.

»Da bin ich ja mal schwer gespannt«, sagte Burgmeister ironisch.

»Kiitos paljon«, bedankte sich Halonen und legte auf. »Und jetzt?«

»Während wir auf diesen Kurier warten, holen Sie bitte die Zeugenaussagen sämtlicher Jäger, die bei der Entdeckung der Leiche anwesend waren.«

»Wird gemacht.«

»Und einen Kaffee, schwarz.«

Halonen fixierte den Deutschen für einen Moment, bevor er das Zimmer verließ, um seine Aufgaben zu erfüllen.

Burgmeister ging währenddessen ans Fenster und betrachtete den ruhig daliegenden See, der sich nur rund einhundertfünfzig Meter von der Polizeistation entfernt befand. Auf der Wasseroberfläche hatten sich einige Möwen niedergelassen und schaukelten träge im leichten Wind, während etwas weiter entfernt ein Ruderboot, auf den der Begriff *Nachen* am besten passte, von einer Person in Richtung des Ufers gerudert wurde.

Sein Handy, das er vorhin auf dem Tisch abgelegt hatte, begann plötzlich zu klingeln. Der Deutsche nahm es zur Hand und warf einen Blick auf das Display, woraufhin er sich schnell entschloss, den Anruf vorerst zu ignorieren.

»Wollen Sie nicht rangehen?«, fragte Halonen, als er das Zimmer betrat und sah, was der Oberkommissar tat.

Unter dem Arm des finnischen Polizisten klemmte ein Stapel schmaler Aktenhefter.

»Nee«, antwortete Burgmeister. »Ist mein Vorgesetzter, und mit dem will ich gerade ganz und gar nicht sprechen.«

»Aber es könnte wichtig sein.«

»Ist es nicht«, entschied der Deutsche und betrachtete die Papiere. »Sind das alle?«

»Ja.«

»Ziemlich wenig. Was ist mit dem Kaffee?«

»Der kommt noch«, antwortete Halonen. »Wollen Sie die Aussagen durchsehen?«

»Ich nehme an, dass die auf Finnisch sind, oder?«

»Natürlich.«

»Wie soll ich sie dann lesen? Setzen Sie sich und lesen Sie sie mir vor.«

Der Finne tat wie verlangt, nahm sich einen Stuhl und breitete die Hefter vor sich aus, bevor er den ersten vom Stapel zog.

»Aussage Jussi Alavahtola, Mitglied des Jagdvereins Nurmes«, las er vor. »Hier steht: Alavahtola befand sich bei seiner Jagdgruppe, als er aus dem Wald einen Schuss vernahm. Gemeinsam mit den anderen machte er sich umgehend auf den Weg und entdeckte einige Minuten später die Leiche. Laut ihm befand sich seine Waffe im geladenen, aber gesicherten Zustand und war über seine Schulter gelegt.«

»Die ganze Zeit über?«, fragte Burgmeister.

»Ja. So macht man das hier bei der Jagd«, informierte ihn Halonen. »Das Gewehr wird mit dem Lauf nach oben über die Schulter getragen. Falls die Waffe aus Versehen losgeht, geht der Schuss nach oben und gefährdet niemanden. Es gibt auch die Variante, dass keine Munition geladen ist, aber bei einer Jagd muss man schnell sein und so wenig Lärm wie möglich machen. Da kann schon das Geräusch von Patronen, die in die Waffe geschoben werden, dafür sorgen, dass die Beute flieht.«

»Sie kennen sich ja offenbar gut aus.«

»Ich habe das eine oder andere von meinem Vater gelernt.«

»Steht da noch etwas?«, fragte der Oberkommissar und zeigte auf das Blatt.

»Nur, dass er die Leiche nicht näher hat sehen können.«

»War er die ganze Zeit über bei seinem Team?«

»Das steht hier so.«

»Er ist nicht mal kurz zwischendurch verschwunden, um zu pissen?«

»Geht hieraus nicht hervor.«

»Gut. Nächste Aussage«, verlangte der Deutsche.

»Wollen wir diese nicht noch zu Ende lesen?«

»Die nächste«, wiederholte Burgmeister seine Forderung.

Der Finne nahm den nächsten Hefter vom Stapel und las vor. Im Großen und Ganzen war es eine Wiederholung der vorigen Aussage.

»Nächste«, sagte Burgmeister ungeduldig.

Die Prozedur wiederholte sich mehrfach, bis sie beim untersten Hefter angekommen waren.

»Aussage Pekka Nevalainen, Vereinsvorsitzender«, erklärte der Finne. »Der Truppführer war einer der ersten, die die Leiche entdeckt haben. Er hat auch die Polizei verständigen lassen.«

»Nevalainen ist also derjenige, dem wir zu verdanken haben, dass wir hier sitzen«, sagte Burgmeister.

»Hier steht, dass er die Leiche näher in Augenschein genommen und die Schusswunde in der Brust entdeckt hat.«

»Steht da etwas darüber drin, welche Waffe oder Kaliber er vermutet?«

»Nur, dass er, was die Größe der Wunde angeht, von einem Jagdgewehr ausgeht. Das genaue Kaliber hat er aber nicht genannt.«

»Ich denke, dieser Nevalainen ist für uns am meisten interessant«, verkündete der Deutsche.

»Warum?«

»Weil er der Einzige ist, der mehr gesagt hat als die anderen. Außerdem ist er der Chef oder Leiter, oder wie man auch immer zu dieser Position sagt. Er scheint also mehr Erfahrung zu haben. Ist doch in Finnland so, dass die Leitung bei jemandem liegt, der sich am Besten auskennt, oder?«

»Ja«, bestätigte Halonen. »Genauso wie in Deutschland.«

»Wenn Sie wüssten«, erwiderte Burgmeister und winkte ab. »Wir haben längst nicht immer jemanden in der Leitung, der weiß, was er tut. Wir warten jetzt erst einmal die Ergebnisse der Spurensicherung ab.«

»Und dann?«

»Seien Sie mal nicht so ungeduldig«, ermahnte der Deutsche den Finnen. »Alles zu seiner Zeit.«

»Wenn Sie das sagen.«

»Wo bleibt eigentlich der Kaffee ...«

Ein paar Augenblicke später wurde die Zimmertür von außen geöffnet, und ein Beamter in Uniform steckte den Kopf herein.

»Kuriirilta tuli kirje«, sagte er und blickte den Finnen an.

»Kiitos«, antwortete Halonen und wandte sich an Burgmeister. »Die Unterlagen der Spurensicherung sind da.«

»Sehr gut«, befand der Deutsche. »Holen Sie diese bitte.«

Nach nur zwei Minuten kam Halonen zurück und trug einen Umschlag in seiner rechten Hand, den er wortlos an Burgmeister übergab.

»Dann schauen wir doch mal«, sagte dieser, riss die Lasche auf und warf einen Blick auf den Inhalt.

Natürlich auf Finnisch, dachte er und sagte dann laut: »Matti, Ihre Fähigkeiten sind erneut gefragt.«

Der Finne nahm die wenigen Papiere entgegen und las sie stumm.

»Weihen Sie mich auch ein?«, fragte Burgmeister mürrisch.

»Entschuldigung«, sagte der Finne. »Hier steht erst mal viel darüber, mit welchen Methoden gearbeitet wurde.«

»Überspringen Sie das.«

»Die Leiche wurde auf dem Rücken liegend aufgefunden. Es gibt keine Anzeichen dafür, dass sie herumgedreht worden ist, jedenfalls hat sich am unter dem Toten befindlichen Boden keine Spur dazu gefunden. Es gibt weder Schleif- noch Blutspuren im nahen Unterholz, was bedeutet, dass er an dem Ort gestorben ist, wo er später gefunden wurde.«

»Weiß man, welches Kaliber benutzt worden ist?«

»Das ist eine Sache der Pathologie.«

»Natürlich«, sagte Burgmeister seufzend. »Und die haben sich bisher bekanntlich noch nicht die Mühe gemacht, sich die Leiche mal anzuschauen. Sonst noch etwas?«

»Im Umkreis des Fundorts wurden zahlreiche Stiefelspuren gefunden.«

»Wurden Abdrücke davon genommen?«

»Abdrücke?«, fragte Halonen zurück.

»Um zu prüfen, wem vom Jagdtrupp welche Stiefelabdrücke gehören.«

»Davon steht hier nichts«, erklärte der Finne nach einem kurzen prüfenden Blick auf die Unterlagen.

»Fordern Sie bitte eine Information hierüber an«, verlangte Burgmeister. »Steht da etwas von gefundenen Patronenhülsen?«

»Nein.«

»Fragen Sie dies auch an.«

»Verstanden. Können Sie aus den vorhandenen Informationen irgendetwas kombinieren?«

»Einiges«, erklärte der Deutsche. »Am helllichten Tag wird ein Mensch erschossen. Keiner kennt ihn, keiner will es gewesen sein. Alle waren bei ihren Jagdgruppen, und angeblich ist niemand zwischendurch mal außer Sicht gewesen. Wissen Sie, wonach das für mich klingt?«

»Nein.«

»Nach einem gezielten Mord«, sagte Burgmeister. »Und die ganze Jagdgesellschaft deckt den Mörder.«

»Sie meinen, eine Verschwörung?«

»Genau das meine ich«, bestätigte der Oberkommissar. »Die Aussagen aller Jäger sind so gut wie identisch. Das ist so, als wenn Sie einer Schulklasse als Hausaufgabe geben, ein Gedicht auswendig zu lernen. Die allermeisten Kinder nudeln das Gedicht nur lustlos herunter, und der Lehrer tut sich anschließend schwer, eine Bewertung vorzunehmen. Dabei muss er dann auf jedes noch so kleine Detail achten. Aussprache, Gestik, Mimik und Sprechgeschwindigkeit.«

»Was hat das jetzt mit den Aussagen zu tun?«

»Es wurde nicht auf Details geachtet. Es wurde einfach nur aufgeschrieben, was die Jäger gesagt haben.«

»Was werden wir jetzt machen? Wollen Sie jeden einzelnen erneut einladen und einem Verhör unterziehen?«

»Nein«, antwortete Burgmeister. »Wir werden Hausbesuche machen.«

»Bei wem wollen wir anfangen? Bei Nevalainen?«

»Wieder falsch. Wir suchen uns einfach irgendjemanden aus und fahren dorthin. Wie wäre es mit diesem Jussi Alavahtola? Haben Sie ein Auto?«

»Einen Dienstwagen.«

»Dann mal los.«

Der erste Jäger, den sie aufsuchten, wohnte außerhalb von Nurmes in einer kleinen Siedlung namens Tervapuro, rund fünfzehn Minuten nördlich von der Kleinstadt. Um dorthin zu gelangen, musste man auf die Kuhmontie fahren, die ein Teil der Landstraße Fünfundsiebzig war, welche sich über Hunderte Kilometer von Südwest nach Nordost erstreckte.

»Hier müssen wir abbiegen«, sagte Halonen und setzte den Blinker.

»Auf diesen Schotterweg?«

»Ja. Jedenfalls sagt das Navigationssystem, dass wir hier lang müssen«, fügte der Finne hinzu und zeigte auf

das Display, das in die Mittelkonsole des Wagens eingelassen war.

»Warum ist hier nicht asphaltiert?«

»Weil es nicht nötig ist. Wir Finnen sind sehr natur-
verbunden, und auch, wenn wir uns der modernen Zivilisation angeschlossen haben, lieben wir es, auf dem
Land alles so weit wie möglich so zu belassen, wie es
früher war.«

»Aha«, meinte Burgmeister neutral.

Die Straße war uneben und kurvig, was Halonen aber
nicht daran hinderte, mit mehr als fünfzig Kilometern
pro Stunde zu fahren. Obwohl der Deutsche angeschnallt war, hielt er sich an seinem Sitz fest und überlegte, was wohl passieren würde, wenn ihnen ein anderes Fahrzeug entgegenkommen würde. Garantiert
würde sein Begleiter nicht in der Lage sein, rechtzeitig
zu bremsen, und sie würden entweder im Graben oder
in der Fahrgastzelle des anderen Wagens landen. Das
Auto schlitterte durch eine besonders enge Kurve, und
Burgmeister spürte, wie die Fliehkräfte an seinem Leib
zerrten.

»Fahren Sie langsamer«, forderte er den anderen auf,
»oder wollen Sie uns umbringen?«

»Keine Sorge, ich weiß, was ich tue.«

»Ist mir scheißegal! Fahren Sie einfach normal.«

Als Antwort nahm Halonen den Fuß vom Gaspedal
und ließ den Wagen langsamer werden.

»Danke«, sagte Burgmeister und spürte, wie ihm die
Schweißperlen auf der Stirn standen.

Als das Navigationssystem verkündete, dass sie ihr
Ziel erreicht hatten und der Finne den Wagen parkte,

atmete der deutsche Beamte hörbar auf. In diesem Moment wollte er nichts lieber, als sich eine Zigarette anzustecken, und kramte bereits in seinen Taschen, bis ihm einfiel, dass er schon vor langer Zeit mit dem Rauchen aufgehört hatte.

Er wandte sich dem Haus zu, vor dem sie zum Stehen gekommen waren.

Es war nach typisch finnischer Art aus Holz gebaut und rot gestrichen worden und verfügte über eine lange Veranda, die über eine dreistufige Treppe erreichbar war. Das Haus wurde von einem erhöhten Giebeldach gekrönt. Burgmeister, der solche Häuser aus dem ländlichen Deutschland kannte, wusste, dass dieser Bereich oftmals als Speicher oder, wenn es mal Besuch gab, als Gästebereich verwendet wurde. Zwanzig Meter zu ihrer Linken befand sich ein Hundezwinger, aus dem sie ein Schäferhund aus ruhigen, aber wachsamen Augen beobachtete. Der Oberkommissar zweifelte keinen Augenblick daran, dass dieses so ruhig wirkende Tier jederzeit in der Lage wäre, sie zu zerfleischen. Bei einer seiner Ermittlungen in Deutschland hatte er es einmal mit einem Drogenhändler zu tun gehabt, der zur Tarnung seiner Geschäfte eine Hundezucht geführt hatte. Als der Zugriff erfolgte, hatte er erlebt, wie wild und bissig die Tiere sein konnten.

»Halten wir uns lieber von dem Köter fern«, sagte er über die Schulter in die Richtung, in der er Halonen vermutete.

Als keine Antwort kam, drehte er sich um. Der Finne betrachtete gerade interessiert einen Haufen Steine.

»Was zum Teufel machen Sie da?«, fragte Burgmeister ihn.

»Entschuldigung, ich habe mich nur gerade daran erinnert, wie mein Vater damals, als ich klein war, auch solche Steine aufgehäuft hat.«

»Wozu macht man sowas?«

»Meistens findet man sie auf dem Acker und trägt sie zur Seite, um ungestört sähen und ernten zu können«, erklärte Halonen. »Die Steine kann man für vieles nutzen. Entweder für eine Grundstücksbegrenzung oder man erhitzt sie im Ofen und kann sie dann nachts ins Bett stecken.«

»Da verbrennt man sich doch die Füße.«

»Natürlich macht man das nur im Winter, wenn es draußen richtig kalt ist«, sagte der Finne. »Normalerweise kommen sie in eine Bettpfanne unter die Matratze.«

»Klingt wie im neunzehnten Jahrhundert«, meinte der Deutsche abfällig. »Noch nie was von Zentral-Heizung gehört?«

»Im Winter kann die Stromversorgung zusammenbrechen, wenn zu viel Schnee auf den Leitungen liegt«, dozierte Halonen. »Da ist es immer gut, wenn man weiß, wie man es auf andere Art warm haben kann.«

»Meinetwegen. Kommen Sie jetzt? Wir haben nicht den ganzen Tag Zeit.«

Die beiden Beamten gingen auf die Veranda, und da Burgmeister keine Klingel fand, schlug er kurzerhand mit der Faust mehrfach gegen die Tür. Nach einem kurzen Moment wurde sie von innen geöffnet, und ihnen blickte das Gesicht einer Frau von etwa fünfunddreißig Jahren entgegen.

»Päivää«, grüßte Halonen sie und stellte sich und seinen Begleiter vor. »Onko Jussi Alavahtola kotona?«

»Ei«, antwortete die Frau und schüttelte den Kopf.

»Milloin hänen on tarkoitus tulla kotiin?«

»Jussi lähti vain pienelle kävelylle«, antwortete sie.

»Was haben Sie gesagt?«, fragte der Deutsche.

»Ich habe gefragt, ob Jussi da ist, aber er ist gerade spazieren gegangen.«

»Fragen Sie, ob wir drinnen warten dürfen.«

»Das ist hier nicht Brauch«, erklärte Halonen.

»Dann warten wir eben draußen. Warm genug ist es ja.«

Der Finne informierte die Frau über ihr Vorhaben und wandte sich dann ab, als sie die Tür wieder schloss.

Sie mussten allerdings nicht lange warten, denn schon nach rund zehn Minuten bog ein breitschultriger Mann in die Einfahrt ein und kam auf sie zu.

»Päivää«, begrüßte Halonen ihn und ging einen Schritt auf ihn zu.

Der andere blieb stehen und musterte die beiden Männer kritisch.

»Oletko sinä Jussi Alavahtola?«, fragte der Finne.

»Olen«, antwortete der Angesprochene einsilbig.

»Minä olen Matti Halonen ja tässä on Johannes Burgmeister«, stellte der Dolmetscher sich und seinen Kollegen vor.

»Poliisista?«

»Kyllä«, bestätigte Halonen.

»Worüber sprechen Sie beide?«, fragte Burgmeister ungeduldig.

»Ich habe ihn gefragt, ob er Jussi Alavahtola ist, und dann habe ich uns beide vorgestellt. Danach habe ich ihm bestätigt, dass wir von der Polizei sind.«

»Fragen Sie ihn, ob wir irgendwo in Ruhe reden können. Wenn möglich draußen.«

»Warum nicht im Haus?«

»Weil ich möchte, dass wir ungestört sind. Außerdem ist mir seine Frau nicht geheuer.«

»Warum nicht?«, wollte Halonen wissen.

»Sie wirkt auf mich ziemlich abweisend.«

»Das ist die normale finnische Zurückhaltung«, versuchte ihn der Finne, zu beschwichtigen.

»Oder Verklemmtheit. Jedenfalls möchte ich mit ihm allein sprechen.«

Der finnische Beamte zuckte mit den Schultern und übersetzte das Gesagte. Nach der Antwort des anderen wandte er sich wieder Burgmeister zu. »Er sagt, wir sollen ihm folgen.«

»Wohin?«

»Einige Hundert Meter entfernt hat er eine Scheune, da sind wir ungestört, sagt er.«

»Okay, aber wir werden ihm nicht den Rücken zukehren.«

»Warum sagen Sie so etwas?«

»Weil man jemandem, den man zu einem Mord befragt, niemals eine ungeschützte Stelle bietet.«

»Denken Sie denn, er war es?«

»Möglich ist alles«, gab Burgmeister zu bedenken. »Nach Ihnen.«

Alavahtola führte sie ein Stück die Schotterstraße hinab, bevor er sich nach links wandte, scheinbar mitten in den Wald. Erst, als der Deutsche die Stelle genau betrachtete, erkannte er, dass hier ein schmaler Trampelpfad zwischen den Bäumen hindurchführte.

»Mit dem Auto fährt er hier sicher nicht durch«, gab er kund.

»Hier gibt es viele Schuppen, die als Werkstatt dienen«, erklärte Halonen. »In manchen wird auch Schnaps gebrannt.«

»Illegal, schätze ich?«

»Definitiv, denn der Alkoholhandel ist dem Staat vorbehalten.«

»Aber ich kriege das Zeug doch überall.«

»Das ist so weit auch richtig«, bestätigte Halonen. »Aber sobald der Alkoholgehalt 4,7 Prozent übersteigt, müssen Sie in die Alko-Geschäfte gehen.«

»Das erklärt, warum ich außer Bier nie etwas im Supermarkt gefunden habe ... Prima Idee, die Sauferei hinter die eigenen vier Wände zu verbannen. Aus den Augen, aus dem Sinn.«

»Sie sind ganz schön zynisch.«

»Und Sie haben eine wundervolle Kombinationsgabe«, sagte Burgmeister.

Halonen wollte gerade etwas erwidern, als sie auch schon auf eine Lichtung traten. Vor ihnen erhob sich ein Holzkonstrukt, welches den Titel Scheune kaum verdiente. Die dicken Holzbalken, aus denen das Gebäude errichtet worden war, waren bereits stark verwittert und teilweise mit dichten Moosflechten bewachsen. Das Tor, oder was noch davon übrig war, hing schief in den Angeln und machte den Eindruck, jeden Moment einfach aus der Fassung fallen zu wollen.

»Hübsch«, kommentierte der Deutsche den Anblick trocken. »Ich weiß nicht, wie es mit Ihnen ist, aber ich werde da garantiert nicht reingehen.«

»Warum nicht?«

»Weil ich Schiss habe, dass mir der ganze Bau auf den Schädel knallt. Bleiben wir doch hier draußen.«

Halonen erklärte Jussi, dass sie auf der Lichtung bleiben wollten, woraufhin der Jäger nur gleichgültig mit den Schultern zuckte.

»Matti, fragen Sie ihn, ob er bei dem Jagd-Vorfall dabei war.«

»Aber das wissen wir doch schon.«

»Fragen Sie ihn einfach.«

Der Dolmetscher tat wie aufgetragen und hörte sich dann die Antwort an. Diese bestand aus einem kurzen *Kyllä.*

»Ja«, übersetzte der Dolmetscher.

»Und?«

»Und *was?*«

»Er soll uns genau erzählen, was er dort gemacht und was er gesehen hat.«

Alavahtola berichtete ihnen in den nächsten Minuten, wie er die Geschehnisse am Jagdtag erlebt hatte. Halonen unterbrach ihn immer wieder und dolmetschte dann das Gesagte ins Deutsche. Burgmeister ließ ihn sprechen und hörte einfach nur zu.

Als beide Finnen schließlich schwiegen, fragte der Deutsche: »Seit wann hat er eine Waffe? Seit wann ist er Mitglied im Verein? Wie gut kennt er die anderen Mitglieder?«

Nach einem kurzen Gespräch wandte sich Halonen an seinen Kollegen. »Er sagt, dass er seit elf Jahren dabei ist, und seinen Waffenschein hat er vor neun Jahren gemacht. Er und die anderen Mitglieder veranstalten regelmäßige Treffen im Vereinshaus.«

»Wie regelmäßig?«

»Zwei bis drei Mal im Monat.«

»Wie gut kennt er die anderen?«

»Wie meinen Sie das?«

»Ist er mit den anderen Mitgliedern befreundet? Machen sie öfter mal etwas außerhalb des Vereins miteinander, oder beschränkt sich der Kontakt ausschließlich auf die Treffen im Klubhaus?«

Halonen stellte Alavahtola alle Fragen, die Burgmeister gestellt hatte und lauschte der Antwort.

»Mit dem einen oder anderen ist er schon seit der Schulzeit befreundet. Viele der Menschen, die hier geboren wurden, bleiben ihr ganzes Leben lang hier.«

»Ist in Deutschland nicht viel anders«, erklärte Burgmeister. »Also kennt er die meisten nur vom Verein. Fragen Sie ihn, ob er einem von ihnen zutrauen würde, einen Menschen mit einem Wildtier zu verwechseln, oder ob er denkt, dass jemand zu blöd ist, seine Waffe korrekt zu führen.«

»Er sagt, dass sie alle gut geübt sind und sehr wohl in der Lage sind, Mensch und Tier voneinander zu unterscheiden. Die Waffen werden kurz vor Jagdbeginn immer noch von einem anderen Vereinsmitglied geprüft.«

»Wer hat seine Waffe geprüft?«

»Pekka Nevalainen, sagt er.«

»Okay, fürs Erste sind wir hier fertig«, sagte der Deutsche. »Wir fahren jetzt zu einem der anderen und überprüfen Alavahtolas Alibi.«

»Kiitos«, bedankte sich Halonen bei dem Jäger.

Alavahtola wandte sich wortlos ab und ging in den Schuppen. Die beiden Beamten wandten sich wieder dem Waldpfad zu und standen schon bald darauf wieder vor ihrem Auto.

»Haben Sie eine Zigarette für mich?«, fragte Burgmeister.

»Ich rauche nicht.«

»Ich auch nicht«, antwortete der Deutsche und schickte sich an, die Fahrertür zu öffnen.

»Wollen Sie etwa fahren?«

»Nach dem Höllenritt von vorhin glauben Sie doch nicht wirklich, dass ich mich noch einmal in Ihre Hände begebe, oder? Schlüssel bitte.«

Halonen grub in seinen Hosentaschen und fischte schließlich den Wagenschlüssel heraus, den er dann dem deutschen Beamten übergab.

»Zu wem wollen wir jetzt?«, fragte der Finne, nachdem er sich auf dem Beifahrersitz angeschnallt hatte.

»Haben Sie die Zeugenliste dabei?«

»Hier«, antwortete er und zog ein gefaltetes Blatt Papier aus seiner Jackentasche.

»Den dritten von oben«, verlangte Burgmeister.

»Sven Knudsen«, las Halonen vor.

»Tippen Sie die Adresse ins Navi ein, dann können wir direkt dorthin fahren.«

Als der Finne der Aufforderung nicht sofort folgte, fügte der Deutsche hinzu: »Bitte.«

Das Navigationsgerät lotste sie zurück auf die Kuhmontie und dann in Richtung Nurmes. Direkt nach dem Ortsschild überquerten sie den Kreisverkehr und fuhren dann weiter in westlicher Richtung, bis sie an der ABC-Tankstelle vorbeikamen, die Burgmeister kannte. Von dort ging es nach links auf eine schmale Straße.

»Immerhin asphaltiert«, kommentierte der Deutsche, während er das Fahrzeug langsam über die schmale Straße steuerte.

Schließlich blieben sie vor einem Haus stehen, welches dem von Alavahtola beinahe wie ein Ei dem anderen ähnelte.

»Die hatten wohl denselben Architekten«, meinte Burgmeister geringschätzig.

»In Finnland hat man früher oft so gebaut«, erklärte Halonen geduldig. »Auch heute sehen die Häuser oftmals noch so aus.«

»Danke, Herr Dozent«, gab der Deutsche zurück, schaltete den Motor aus und stieg aus. »Hoffen wir, dass er daheim ist.«

»Ich klopfe mal an.«

Halonen und Burgmeister gingen zur Haustür und wollten gerade anklopfen, als sich die Tür bereits von innen öffnete und ein Mann mittleren Alters heraustrat.

»Päivää«, begrüßte ihn der Dolmetscher und stellte sich und den Deutschen vor.

»Stellen Sie ihm die gleichen Fragen wie vorhin diesem Alavahtola«, verlangte der Oberkommissar.

Die Antworten deckten sich mit denen des anderen Jägers.

»Und seine Waffe wurde geprüft von ...?«, fragte Burgmeister.

»Pekka Nevalainen.«

»Wieder dieser Kerl. Werden alle Waffen vom Vereinschef untersucht?«

»Nein«, antwortete Halonen, nachdem er die Antwort von Knudsen übersetzt hatte. »Nur die bei seinem eigenen Trupp. Aber er ist der erfahrenste Jäger weit und breit, und hier gilt es als große Ehre, seine Waffe vom Vereinsvorsitzenden höchstpersönlich geprüft zu bekommen.«

»Fragen Sie Knudsen auch noch, ob alle Mitglieder seines Trupps die ganze Zeit zusammen waren.«

»Er sagt, dass alle immer sichtbar gewesen sind. Das heißt also, dass es keiner von ihnen gewesen sein kann.«

»Heißt es nicht«, widersprach ihm Burgmeister.

»Nicht?«

»Nein, denn die Leute könnten sich gegenseitig decken und sich Alibis verschaffen, und keiner würde es je bemerken.«

»Warum sollten sie das tun?«

»Weil sie ein Verein sind«, erklärte der Deutsche. »In Deutschland kommt es immer wieder vor, dass Vereinsmitglieder so stark zusammenhalten, dass es beinahe einer mafiösen Familie gleicht.«

»Finnen sind aber ehrliche Menschen.«

»Das mag sein, aber auch ehrliche Menschen haben Angst vor dem Gesetz. Erst recht, wenn es um einen Todesfall geht.«

»Minulla on vielä töitä«, schaltete sich Knudsen wieder in das Gespräch ein.

»Was sagt er?«, fragte der Oberkommissar.

»Er sagt, dass er noch etwas zu tun hat. Haben Sie noch eine Frage?«

»Momentan nicht. Kommen Sie, wir haben noch viel zu tun.«

Halonen verabschiedete sich von dem Jäger und folgte dem Deutschen dann zum Auto.

»Wo fahren wir jetzt hin?«

»Zu Pekka Nevalainen«, erwiderte Burgmeister. »Ich will wissen, was das für ein Typ ist. Vorher holen wir uns aber erst einmal was zu essen. Ich habe Hunger.«

Im östlichen Teil des Ortes, nahe des Marktplatzes, wo Burgmeister vor wenigen Tagen die Versammlung der Jagdteilnehmer und die Intervention des lokalen Polizeichefs miterlebt hatte, gab es ein kleines, aber in den Augen des Deutschen feines Restaurant. Dort wurden neben Pizza und diversen Salaten auch hausgemachte Burger angeboten. Bisher hatte er den Laden nur von außen gesehen und hin und wieder durch das Fenster in den Gastraum geblickt, aber jetzt entschied er, dass er dem Geschäft einen Besuch abstatten wollte. Er parkte den Wagen direkt vor der Eingangstür und zog die Handbremse so weit wie möglich an, denn die Straße war hier stark abschüssig, und er wollte unbedingt vermeiden, dass sich das Fahrzeug selbstständig machte und dabei beschädigt wurde.

»Schon mal hier gewesen?«, fragte er seinen finnischen Begleiter.

»Nein«, erwiderte der andere. »Ich war noch nie zuvor in Nurmes.«

»Dabei ist es doch die Touristenattraktion schlechthin«, gab Burgmeister ironisch zurück und wies theatralisch auf die leere Straße.

Sie gingen an einigen am Straßenrand aufgestellten Tischen vorbei und betraten das Lokal. Er hatte das Gefühl, in eines der Diner zu kommen, die er in den USA vielfach besucht hatte. Die Wände waren mit Holz vertäfelt, und an jeder freien Stelle hing ein Bild, entweder von der Landschaft oder von Persönlichkeiten, die hier einmal eingekehrt waren. Burgmeister betrachtete die Fotos und stellte fest, dass er niemanden von den abgelichteten Personen erkannte.

Wahrscheinlich alles irgendwelche Finnen, dachte er. *Oder die Verwandtschaft des Inhabers, so genau konnte und wollte er es gar nicht wissen.*

Am Fenster reihten sich mithilfe von Holzwänden voneinander abgetrennte Nischen mit Tischen und dazugehörige Sitzbänke, die durchaus gemütlich wirkten. Für ihn war das Wichtigste in diesem Moment allerdings die Speisekarte, die hinter Plexiglas an die Wand gedübelt war. Von den Beschreibungen der Speisen verstand er kein Wort, aber die dazugehörigen Bilder lieferten ihm einen guten Hinweis darauf, was genau hier angeboten wurde. Sein Herz machte einen kleinen Freudensprung, als er erkannte, dass hier sogar Dönerteller angeboten wurden. In München hatte er oft türkisch gegessen, aber seit er nach Nurmes gekommen war, hatte er keinen Döner mehr verzehrt und entschied sich daher umgehend, genau das zu bestellen.

»Was wollen Sie essen, Matti?«, fragte er seinen Begleiter.

»Ich denke, ich nehme einen Salat.«

»Einen Salat, hm? Okay. Bestellen Sie bitte für mich einen Dönerteller, und ein Bier dazu.«

»Wird gemacht.«

Halonen trat an den Tresen und gab die Bestellung auf, während Burgmeister für sie beide einen passenden Tisch aussuchte. Schließlich entschied er sich für einen Platz in einer Nische direkt gegenüber der Eingangstür und holte Besteck sowie Servietten für zwei. Der Finne kam kurz darauf dazu und setzte sich ihm gegenüber, mit dem Rücken zur Tür.

»Wollen Sie wirklich auf diesem Stuhl sitzen?«, fragte der Deutsche.

»Wie meinen Sie das?«

»Als Polizist müssen Sie immer auf der Hut sein. Mit dem Rücken zur Tür zu sitzen, könnte Sie das Leben kosten.«

»Glauben Sie wirklich, es würde jeden Moment jemand hereinkommen und versuchen, mich umzubringen?«

Burgmeister machte eine ausladende Geste. »Es sind schon die seltsamsten Dinge passiert.«

»Ich bin zwar nicht so erfahren wie Sie, aber ich denke nicht, dass uns genau hier und gerade jetzt etwas zustoßen wird. Wir befinden uns ja nicht in einem Thriller.«

»Das Leben ist manchmal brutaler als jeder Film«, philosophierte der Deutsche. »Bei einem Film kennen die Beteiligten immerhin das Drehbuch, aber im echten Leben ist jeder kommende Moment eine große Unbekannte. Sie wissen nie, was als Nächstes geschieht.«

»Sie klingen irgendwie verbittert.«

»Ich spreche nur aus Erfahrung. Wenn Sie erlebt hätten, was ich erlebt habe, würden Sie auch so denken.«

»Was haben Sie denn erlebt?«, wollte Halonen neugierig wissen.

»Ich bin seit zwanzig Jahren bei der Polizei, und seit zehn davon bin ich als verdeckter Ermittler tätig. Ich habe mit einigen der übelsten Zeitgenossen zu tun gehabt, die Sie sich nur vorstellen können. Drogenhändler und -opfer, und Leute, die ihre Kinder verkauft haben, um an den nächsten Schuss zu kommen. Einige davon waren harmlos, oft genug ist es aber vorgekommen, dass man mir nach dem Leben getrachtet hat.«

»Das ist doch bestimmt eine ziemliche Belastung, oder?«

»Das können Sie laut sagen«, erwiderte Burgmeister und nickte unterstreichend.

»Warum machen Sie diese Arbeit dann?«

»Weil einer sie machen muss, und weil ich gut bin in dem, was ich tue.«

»Haben Sie denn auch Spaß daran?«

»Manchmal«, gab der Deutsche zu. »Wenn ich einen Dealer hochnehme, habe ich immer das Gefühl, der Gesellschaft einen Dienst erwiesen zu haben.«

»Also sind Sie der Held, der im Verborgenen agiert.«

»Ja, so kann man es sagen.«

In diesem Moment kam ein Angestellter mit zwei Tellern in den Händen zu ihnen und postierte sich vor den beiden Polizisten.

»Kebab?«, fragte er.

»Für mich«, antwortete der Oberkommissar und hob einen Zeigefinger.

Der Angestellte bugsierte den Teller geschmeidig auf den Tisch vor dem Deutschen und stellte dann den Salatteller vor Halonen ab.

»Kiitos«, sagte Burgmeister.

»Ole hyvä«, antwortete der Kellner und ging zurück, um sich dem zu widmen, was er getan hatte, bevor das Essen fertig gewesen war.

Der Deutsche beugte sich über seinen Teller und atmete das Aroma tief ein. Ja, dies war genau das, was er jetzt brauchte. Ein Berg Fleisch, dazu ein ebenso großer Berg von Pommes, diverse Salatarten und eine große Portion Zaziki. Am Tellerrand befand sich außerdem auch noch ein ordentliches Stück Fladenbrot, welches sogar noch dampfte.

»Mahlzeit«, sagte er und stach die Gabel in sein Essen.

»Guten Appetit«, antwortete Halonen und machte sich über seinen Salat her.

Während des Essens schwiegen sie, aber der Finne beobachtete den Oberkommissar, während er langsam seinen Salat aß und immer wieder einen Schluck Wasser trank. Zwischendurch ging Burgmeister zu dem bereitgestellten Kühlschrank und nahm sich ein weiteres Bier. Als sie ihre Mahlzeit schließlich beendet hatten, lehnte sich Burgmeister zurück, hielt die Hand vor den Mund und stieß einen unterdrückten Rülpser aus.

»Das habe ich gebraucht«, gab er zufrieden kund. »Wenn Sie mich bitte für einen Augenblick entschuldigen ... ich gehe mal eben pissen.«

»Natürlich«, antwortete Halonen und tupfte sich die Lippen mit seiner Serviette ab.

Der Oberkommissar sah sich kurz um und entdeckte dann die passende Tür, auf dem ein stilisiertes Männchen vor einer ebenso gezeichneten Schüssel stand. »Na wenigstens DAS verstehe ich«, kommentierte er, schob die Tür auf und verschwand dahinter.

Nach fast zehn Minuten kehrte er zurück an den Tisch.

»Hat ein bisschen länger gedauert«, erklärte er ungefragt. »Mein Darm hat sich gemeldet, und Sie wissen ja, wie es ist: Alles, was keine Miete zahlt, muss raus.«

»Eigentlich wollte ich das gar nicht wissen«, antwortete Halonen. »Möchten Sie noch etwas essen, oder können wir los?«

»Ich kann immer.«

»Aber jetzt fahre ich wieder.«

»Warum denn das?«

»Weil Sie zwei Bier getrunken haben.«

»Ich bin aber nicht betrunken, wenn Sie das meinen.«

»Das meine ich auch gar nicht«, erklärte der Finne. »Aber in Finnland gibt es empfindliche Strafen auf Fahren unter Alkoholeinfluss. Selbst, wenn nur eine geringe Menge nachgewiesen wird, kann es Sie einige Hundert Euro kosten.«

»Echt?«, fragte Burgmeister skeptisch.

»Ja«, bestätigte Halonen nickend. »Wenn Sie über 0,5 Promille haben, sind bis zu hundertzwanzig Tagessätze, Freiheitsstrafe und Fahrverbot möglich. Wobei sich der Tagessatz nach dem Einkommen des Verkehrssünders richtet.«

»Wow«, meinte Burgmeister. »Und ich dachte, dass die Finnen entspannter sind beim Thema Alkohol. Auch wenn man den harten Stoff nur in bestimmten Läden bekommt.«

»Finnland und Alkohol sind immer noch ein Klischee, auch wenn es von den Finnen gerne gepflegt wird.«

»Okay, dann fahren Sie eben«, gab der Deutsche klein bei und überreichte Halonen den Autoschlüssel.

»Danke. Fahren wir jetzt zu Nevalainen?«

»Ja, das tun wir. Ich bin wirklich gespannt, was das für einer ist.«

»Der wohnt tatsächlich hier?«, fragte Burgmeister, als sie nur drei Minuten später vor einem alleinstehenden Haus parkten.

»Laut den Unterlagen ist das die richtige Adresse«, antwortete Halonen und stellte den Motor ab.

Das Gebäude, in dem Nevalainen zu wohnen schien, unterschied sich drastisch von den anderen, die sie im Laufe des Tages besucht hatten. Das Haus bestand vollständig aus grob behauenen Steinen, die mit etwas Mörtel aneinandergefügt waren und den Eindruck einer mittelalterlichen Burg erweckten. Jedoch gab es anstatt einer Zugbrücke eine schwer aussehende hölzerne Tür, die über eine ebenso aus Holz gefertigte, dreistufige Treppe erreichbar war. Auf der vorgebauten und ebenfalls auf Steinen ruhenden Veranda befand sich ein massiver Holztisch mit zwei Stühlen, und in der Ecke stand ein Schaukelstuhl, der gut gepolstert war und zum gemütlichen Verweilen einlud. Die Veranda selbst war mindestens fünf Meter breit, schätzte Burgmeister und spürte einen Anflug von Neid in sich aufsteigen. In Deutschland hatte er sich immer so ein Haus gewünscht, doch sein Gehalt hatte nur für eine Etagenwohnung am Außenrand Münchens gereicht, die schon für zwei Erwachsene zu klein war, und erst recht, wenn man noch eine Teenagerin dazurechnete, die einen ausgeprägten Sinn für Privatsphäre, aber dafür umso weniger Lust auf Ordnung hatte. Beim Gedanken an Janine spürte er einen Stich im Herzen. Er vermisste sie unfassbar.

Als sie vor der Pforte standen, erkannten sie, dass es weder eine Klingel noch einen Türklopfer gab, sondern dass an der Seite eine Glocke befestigt war, die im leicht wehenden Wind schaukelte.

»Schön«, befand der Deutsche bewundernd und sagte dann zu seinem Begleiter: »Wollen Sie?«

Halonen zog an dem an der Glocke befestigten Seil. Umgehend erscholl ein wohlklingendes und mehrfach den Klang wechselndes *Gong*, das den Deutschen unwillkürlich an Kirchengeläut erinnerte.

Zwischen den Glockenschlag mischte sich nun das Geräusch eines sich im Schloss drehenden Schlüssels, und kurz darauf wurde die Tür geöffnet. Ein von tiefen Falten durchzogenes, aber definitiv weibliches Gesicht blickte den beiden Polizisten entgegen.

»Hyvää päivää«, wünschte Halonen einen guten Tag. »Onko Pekka Nevalainen kotona?«

»On«, antwortete die Frau, die nach Burgmeisters Schätzung mindestens neunzig Jahre alt sein musste.

»Voimmeko tulla sisään?«

»Tulkaa vain«, sagte die Frau, schob die Tür auf und ließ die beiden Männer herein.

»Lassen Sie mich raten«, raunte der Oberkommissar. »Sie haben die Alte gefragt, ob Nevalainen hier wohnt.«

»Auch«, antwortete Halonen. »Und dann habe ich sie gebeten, uns hereinzulassen. Johannes, Ihr Finnisch ist gar nicht übel.«

Burgmeister antwortete darauf nicht, sondern folgte der alten Frau.

Die Atmosphäre im Haus wirkte auf den Deutschen ebenfalls wie eine Burg aus dem Mittelalter. Oder wie eines der Häuser der US-Kolonialverwaltung, wie er sie in den Vereinigten Staaten besucht hatte.

Die alte Frau führte sie ins Wohnzimmer, wo ein Mann an einem Tisch saß und einen Teller Erbsensuppe löffelte. Neben dem Teller lagen ein halber Laib Brot, ein Messer und ein Stück Käse. Der Mann sah auf und betrachtete die Neuankömmlinge. Während sich auf dem Kopf nur kurze Borsten befanden, war dessen Bart so lang, dass er bis zur Brust reichte. Obwohl der Mann absolut still dasaß, erkannte der Oberkommissar, dass er sehr muskulös war. Er war sich ziemlich sicher, dass der Mann einem ausgewachsenen Reh locker den Hals brechen konnte ... einem erwachsenen Menschen erst recht.

»Oletko Pekka Nevalainen? – *Sind Sie Pekka Nevalainen?*«, erkundigte sich der Dolmetscher und brach damit das Schweigen.

»Olen – *Bin ich.*«

Der Finne stellte erneut sich und den Deutschen vor und wandte sich dann an Burgmeister. »Was möchten Sie wissen?«

»Zuallererst möchte ich erfahren, seit wann er im Jagdverein ist, wann er zum Vorsitzenden gewählt wurde und ob er alle Mitglieder gut kennt.«

Halonen übersetzte die Fragen und lauschte dann der Antwort. »Er fragt, warum wir das wissen wollen.«

»Weil wir Schnüffler sind.«

»Soll ich das wirklich übersetzen?«

»Sagen Sie ihm, dass wir in dem Todesfall im Wald ermitteln und daher Informationen brauchen.«

Der Finne wandte sich erneut an seinen Landsmann und erklärte ihm, was Burgmeister soeben gesagt hatte.

»Als er seinen Waffenschein gemacht hat, das war ungefähr vor vierzig Jahren, ist er auch in den Verein eingetreten. Vorsitzender ist er seit mehr als fünfundzwanzig Jahren. Was die Mitglieder angeht, so läuft es im Verein so, dass jeder, der Mitglied werden will, bei ihm persönlich vorsprechen muss. Er prüft sowohl deren Kenntnisse als auch die psychische Eignung.«

»Gab es schon mal jemanden, den er abgelehnt hat?«

»Hin und wieder«, übersetzte Halonen das von Nevalainen Gesagte. »Erst vor vier Monaten hat er einen Mann nicht zum Verein zugelassen.«

»Warum nicht?«

»Weil er nicht den Eindruck machte, Autorität anerkennen zu können. Auf der Jagd gibt es immer Gruppenführer, und an das Wort dieser Leute muss man sich immer halten.«

»Man darf seine eigene Meinung nicht sagen?«

»Nicht, wenn man gerade auf der Pirsch ist«, erklärte Halonen.

»Als ich die Mitgliederliste durchgesehen habe, ist mir aufgefallen, dass keine einzige Frau dabei war. Hat das einen bestimmten Grund?«

»Die Jagd ist hier traditionell den Männern vorbehalten«, erklärte der Finne. »Frauen sind daher nicht erwünscht.«

»Warum nicht?«

»Aus Tradition«, erwiderte der Dolmetscher.

»Ich dachte, die Finnen seien, was die Gleichberechtigung angeht, fortschrittlicher.«

»In manchen Dingen wird an den alten Bräuchen festgehalten, besonders auf dem Land. Dazu gehört auch, dass Frauen nicht an der Waffe sein dürfen, sondern ...«

»… Heim und Herd hüten?«, kam ihm Burgmeister zuvor.

»So in etwa. Die Frauen zerlegen später das gejagte Wild und kümmern sich um die Weiterverarbeitung.«

»Während sich die Männer in ihre Sessel fläzen, Pfeife rauchen und Jagdgeschichten zum Besten geben«, sagte der Deutsche. »Ziemlich patriarchalisch, finden Sie nicht?«

»Ich muss zugeben, dass ich es auch überholt finde, aber so ist es nun einmal. Ich kenne allerdings auch Vereine, wo es ausdrücklich erwünscht ist, dass Frauen mit auf die Jagd gehen.«

»Bevor wir jetzt eine Grundsatzdiskussion über die Gleichstellung der Geschlechter führen, möchte ich lieber noch etwas von Nevalainen wissen, und zwar, ob er dafür bürgen kann, dass alle, die vor wenigen Tagen an der Jagd teilgenommen haben, integre Charaktere sind. Ich will wissen, ob er sich vorstellen kann, dass einer von ihnen dazu in der Lage wäre, auf einen Menschen zu schießen.«

»Er sagt, dass er alle Leute gut kennt und davon überzeugt ist, dass sich alle im Griff haben.«

»Kann er dafür bürgen, dass sämtliche Teilnehmer die ganze Zeit über bei ihren Gruppen waren?«

»Er sagt, er kann.«

»Wie erklärt er sich dann, dass einer der Männer seiner Gruppe für einige Minuten außer Sicht war?«

Auf den verwirrten Blick des Finnen hin fügte Burgmeister drängend hinzu: »Fragen Sie ihn.«

»Er möchte den Namen der Person wissen.«

»Vielleicht später. Ich will von ihm wissen, wie er sich die kurzzeitige Abwesenheit eines der Jagdteilnehmer erklären kann.«

»Er sagt, ihm sei nicht bekannt, dass sich jemand von seiner Gruppe entfernt hat. Ich weiß davon auch nichts. Woher haben Sie diese Information?«

»Das erkläre ich Ihnen nachher.«

»Ich möchte es aber gerne jetzt wissen.«

»Ich auch«, sagte Nevalainen in stark gefärbtem, aber verständlichem Deutsch.

Burgmeisters Überraschung schien ihm ins Gesicht geschrieben zu sein. »Sie verstehen meine Sprache?«

»Ja«, bestätigte der Vereinsvorsitzende.

»Warum haben Sie das nicht gleich gesagt?«

»Weil Sie nicht danach gefragt haben.«

Der Oberkommissar zog ein missbilligendes Gesicht, fasste sich aber gleich darauf wieder. »Nachdem Sie offensichtlich verstehen, was ich sage, beantworten Sie mir bitte die folgende Frage: Glauben Sie, dass jemand von Ihren Leuten den Erschossenen auf dem Gewissen hat?«

»Ich bin mir nicht sicher, ob ich richtig verstanden habe, was Sie gesagt haben.«

»Ob er von einem Ihrer Männer ermordet worden ist, will ich wissen.«

»Wie kommen Sie darauf?«

»Das ist jetzt nicht relevant. Glauben Sie, oder glauben Sie nicht, dass das Opfer im Wald ermordet worden ist?«

Der Finne schien seine Antwort sorgsam abzuwägen, bevor er antwortete. »Ich glaube nicht.«

»Und wie erklären Sie sich dann, dass der Tote in der Nähe Ihrer Jagdtruppe aufgefunden wurde, nachdem kurz davor ein Schuss zu hören gewesen war?«

»Das weiß ich nicht«, gab Nevalainen zu.

»Wissen Sie es nicht, oder wollen Sie es nicht sagen?«

»Ich weiß es nicht«, wiederholte der Vereinsvorsitzende.

Burgmeister nickte, als ob er sich mit dieser Aussage abfinden würde. »Matti, wir gehen.«

»Was sollte denn das jetzt?«, fragte Halonen, als sie wieder im Auto saßen.

»Ich wollte ihm nur etwas Angst machen«, antwortete Burgmeister im unschuldigen Ton.

»Das haben Sie ganz sicher geschafft. Aber warum?«

»Weil die Leute hier wissen sollen, dass wir es nicht einfach bei einem Unfall bewenden lassen werden. Sie sollen denken, dass wir *wissen*, dass dieser Mann im Wald gezielt getötet worden ist, und sie sollen denken, dass wir außerdem wissen, wer es war.«

»Und dann?«

»Dann wird sich der wahre Mörder früher oder später selbst verraten.«

Halonen schien darüber nachzudenken, während er den Motor startete und zurück auf die Straße fuhr. »Wohin jetzt?« fragte er.

»Ich denke, für heute lassen wir es gut sein«, entgegnete Burgmeister. »Bringen Sie mich bitte zu meiner Unterkunft, drüben beim Bomba-Haus.«

Der Finne nickte und fuhr los.

»Sind Sie schon wach?«, fragte Matti Halonen am nächsten Morgen am Telefon.

»Nein«, antwortete der Oberkommissar verschlafen.

»Soll ich dann später noch mal anrufen?«

»Ist jetzt auch schon egal. Was wollen Sie denn?«

»Ich dachte, dass es Sie interessieren würde, dass vor wenigen Minuten der Bericht der Pathologie eingetroffen ist«, erklärte der Finne.

»Geht also doch«, gab Burgmeister zufrieden zurück. »Ich bin in einer Stunde auf der Station.«

»Soll ich Sie abholen?«, bot Halonen an.

»Ich werde zu Fuß gehen. Frische Luft tut mir bestimmt gut.«

»Alles klar, ich warte dann hier auf Sie.«

»Sorgen Sie aber dafür, dass es Kaffee gibt«, sagte der Deutsche und legte auf.

Burgmeister schälte sich aus seiner Bettdecke, führte eine kurze Katzenwäsche durch, indem er sich Wasser ins Gesicht schaufelte, und dieses dann mit dem Handtuch abrieb. Danach zog er sich an. Als er seine Sachen zusammengesucht hatte, dachte er daran, dass er eine Waffe benötigen könnte. Seine eigene Dienstwaffe war ihm abgenommen worden, als er vom Dienst suspendiert worden war. Der Oberkommissar nahm sich daher fest vor, Niemi um eine Pistole zu bitten, öffnete die Appartementtür und trat nach draußen, wo er von lautem Vogelgezwitscher begrüßt wurde. Auf den Bäumen ringsherum hatte sich eine Horde Singvögel niedergelassen und begrüßte den Tag. Burgmeister schloss die Augen und nahm das Konzert für einige Augenblicke in sich auf, bevor er sich zielstrebig nach Nordwesten wandte und die Straße entlangging. Er hätte auch durch den Wald gehen können, aber ihm erschien der asphaltierte Weg schneller, und er wollte keine Zeit verlieren. Nach etwas mehr als vierzig Minuten gelangte er endlich an seinen Zielort. Zu dieser Tageszeit war es auf den Straßen etwas geschäftiger. Viele ältere Leute gingen spazieren, während sich auf der Straße zahlreiche Autos befanden, die ihre Insassen entweder zur Arbeit oder zum Einkaufen brachten. In der Empfangshalle der Polizeistation orientierte er sich kurz und ging dann einen schmalen Gang entlang, an dessen Ende ihn die Tür zu Keke Niemis Büro erwartete. Er klopfte einmal laut an und trat dann ein.

»Guten Morgen«, sagte der Dienstellenleiter und sah von seinem Schreibtisch auf.

»Huomenta«, begrüßte ihn Burgmeister.

»Sie lernen also Finnisch?«

»Habe ich gestern aufgeschnappt«, antwortete der Deutsche.

»Wie kann ich Ihnen helfen?«

»Ich möchte Sie darum bitten, mir eine Waffe auszuhändigen.«

Niemi lehnte sich zurück und betrachtete den Oberkommissar genauer. »So einfach ist das leider nicht«, erwiderte er schließlich.

»Warum nicht? Sie sind doch der Boss hier, oder nicht?«

»Das ist richtig«, bestätigte der Dienststellenleiter. »Aber auch ich muss mich an gewisse ... Regeln halten. Um Ihnen eine Waffe geben zu können, müsste ich zuerst mit dem Provinzvorsteher sprechen, und um das tun zu können, bräuchte ich von Ihnen eine Kopie Ihres Ausweises, Ihres Waffenscheins und einen psychologischen Eignungstest.«

»Gibt es da keine Abkürzung?«

»Nein. Außerdem sind Sie Ausländer, und dann unterliegt das Ganze nochmals anderen Regeln.«

»Vorausgesetzt, Sie haben irgendwann all diese Dokumente, wie lange würde es dann dauern, bis ich eine Waffe bekomme?«

»Zwei bis drei Monate, wenn es schnell geht und Ihre Angelegenheit Priorität bekommt«, erklärte Niemi. »Warum haben Sie denn Ihre eigene Waffe nicht dabei?«

»Weil ich Urlaub habe«, sagte Burgmeister und vermied bewusst das Wort *Suspendierung.* »Außerdem hätte es bei der Einreise vielleicht Verwicklungen gegeben, und die wollte ich umgehen. Sie wissen ja, wie das ist. Man braucht spezielle Genehmigungen, auf die man ewig warten muss, und selbst, wenn man die dann endlich hat, gibt es immer irgendeine Person, die es nicht glauben will und einen Aufstand macht.«

»Der einzige Grund, Ihnen sofort eine Schusswaffe aushändigen zu dürfen, wäre, wenn Ihr Leben akut bedroht ist. Denken Sie, dass es so ist?«

»Soll ich ehrlich zu Ihnen sein?«

»Ja.«

»Ich ermittele in einem Mordfall, in den ein ganzer Haufen Jäger verwickelt ist. Alle besitzen mindestens ein Gewehr, vermutlich aber auch Faustfeuerwaffen. Wenn sich einer von denen bedroht fühlt, psychisch nicht auf der Höhe ist oder vielleicht auch ganz einfach nur gelangweilt, kann es gut sein, dass ich mit einem Loch im Kopf aufwache. Reicht das?«

»Vielleicht«, antwortete Niemi. »Ich werde sehen, was ich tun kann.«

»Danke.«

»Noch etwas?«, wollte der Dienststellenleiter wissen.

»Nein, momentan nicht.«

»Wie kommen Sie mit Matti Halonen zurecht?«

»Soweit ist alles gut. Der Junge tut, was ich von ihm möchte, und auch sonst ist er recht umgänglich. Er ist allerdings sehr unerfahren, was daher noch zu Problemen führen könnte.«

»Freut mich, zu hören, dass Sie zufrieden sind. Von was für Problemen sprechen Sie?«

»Ich meine, dass er uns durch seine Unerfahrenheit und Naivität in Gefahr bringen könnte. Zumindest könnte er unwissentlich die Ermittlungen behindern.«

»Ich hoffe, dass Sie ihm helfen, sich zurechtzufinden.«

»Natürlich«, bestätigte Burgmeister.

»Gibt es noch etwas, was Sie mir vielleicht sagen möchten?«

»Nein, das ist im Moment alles. Ich werde mich jetzt wieder den Ermittlungen widmen.«

Burgmeister verließ das Büro und begab sich an das andere Ende des Gebäudes, wo Halonen schon auf ihn wartete.

»Kaffee«, sagte der Finne und zeigte auf eine neu aussehende Kaffeemaschine, die in einer Ecke vor sich hin blubberte.

»Wo kommt die Maschine denn plötzlich her? Haben Sie die aus den Beständen der Polizei *konfisziert* oder aus der Asservatenkammer geklaut?«

»Weder noch«, antwortete Halonen. »Ich habe heute früh kurz bei einem Elektronikladen angehalten und die Maschine gekauft.«

»Ich hoffe, Sie haben die Quittung noch, denn das können Sie alles dienstlich geltend machen. Außerdem haben Sie damit einen Garantieanspruch, falls die Kiste kaputtgeht.«

»Ich werde darauf achten. Möchten Sie Zucker und Milch?«

»Danke, aber ich trinke ihn immer schwarz«, antwortete der Oberkommissar, nahm sich eine Tasse und ging zur Maschine, um sich einen Kaffee einzuschenken.

Er nippte kurz und verzog dann das Gesicht. »Wie viele Löffel Pulver haben Sie denn eingefüllt?«

»Zwei«, antwortete Halonen.

»Netter Versuch, aber bei mir brauchen Sie mindestens vier gehäufte Löffel. Alles andere ist nur gefärbtes Wasser. Sie trinken nicht oft Kaffee, oder?«

»Nein, normalerweise trinke ich Tee.«

»Niemand ist perfekt. Egal, Hauptsache, es ist Koffein drin. Sie sagten vorhin, dass der Bericht der Pathologie eingetroffen sei. Haben Sie ihn schon gelesen?«

»Ja«, bestätigte Halonen. »Ich wollte Sie direkt auf den neuesten Stand bringen können, wenn Sie hier ankommen.«

»Und? Was steht drin?«

»Im Großen und Ganzen eine Bestätigung dessen, was wir bereits wissen. Das Opfer wurde aus einer Entfernung von etwa zwanzig Metern mit einem Jagdgewehr erschossen.«

»Kaliber?«

»9,3 mal 62.«

»Das ist aber ordentlich«, kommentierte Burgmeister. »Wie sieht die Patrone aus?«

»Es gibt keine.«

»Wie bitte?«

»Im Bericht steht explizit, dass in der Schusswunde keine Patrone gefunden wurde.«

»Aber es gibt doch keine Austrittswunde, oder etwa doch?«

»Nein.«

»Wie erklären die Damen und Herren Pathologen dann, dass keine Munition vorhanden ist?«

»Gar nicht.«

»Im Bericht der Spurensicherung stand, dass keine Hülse oder sonstiges gefunden wurde.«

»Ich erinnere mich daran«, sagte Halonen.

»Also hat entweder die Spurensicherung oder die Pathologie geschlampt oder ... Ich möchte die Leiche gern selbst in Augenschein nehmen«, beschloss der Oberkommissar.

»Warum?«

»Weil ich einen Verdacht habe. Rufen Sie in der Pathologie an und sagen Sie denen, dass wir kommen. Wie lange brauchen wir mit dem Auto dorthin?«

»Etwa zwei Stunden, wenn der Verkehr normal ist.«

»In Ordnung, dann rufen Sie an und sagen denen Bescheid. Ich gehe pissen, und dann fahren wir los.«

»Schöne Gegend«, befand Burgmeister aus dem Fenster schauend, während Halonen den Wagen über die Landstraße steuerte, die sie auf direktem Wege ins rund hundertdreißig Kilometer in südwestlicher Richtung entfernte Kuopio bringen würde.

Zu beiden Seiten der Straße wechselte sich Mischwald mit Feldern und kleineren und größeren Gewässern ab. Hier und da befanden sich wenige, abgelegene Höfe, manche von ihnen verfallen, die meisten aber bewohnt. Gepaart mit der hellen, aber nicht stechenden Sonne, wirkte die Umgebung wie aus einem Gemälde des bekannten Malers Andreas Aschenbach, der von 1815 bis 1910 in Deutschland gelebt und gewirkt hatte.

»Waren Sie schon einmal in Kuopio?«, fragte ihn der Dolmetscher.

»Nein«, entgegnete der Oberkommissar. »Ich bin zwar dort mit dem Flieger angekommen, doch der Flughafen liegt ja außerhalb der Stadt.«

»Im Vergleich zu Nurmes leben in Kuopio deutlich mehr Menschen. Nach den jüngsten Zählungen sind es knapp 120.000 Einwohner.«

»Für finnische Verhältnisse ziemlich groß, oder?«

»Es ist die neuntgrößte Stadt des Landes«, dozierte Halonen. »Das Zentrum der Stadt liegt auf einer Halbinsel im Kallavesi-See und nimmt knapp fünfundvierzig Quadratkilometer ein.«

»Sie kennen sich ja gut aus«, bemerkte Burgmeister.

»Ich wurde dort geboren und bin dort aufgewachsen.«

»Sie sagten doch, dass Sie aus Joensuu sind.«

»Dort arbeite ich«, erklärte Halonen.

»Ach so. Waren Sie schon einmal in München?«

»Nein, aber ich war mal als Jugendlicher in Castrop-Rauxel.«

»Warum gerade dort? Ist ja jetzt nicht unbedingt das interessanteste Ziel für Teenager.«

»Schüleraustausch«, erklärte der Finne. »Ich habe drei Monate bei einer deutschen Familie gewohnt, und danach kam der Sohn der Familie für drei Monate zu uns.«

»Haben Sie noch Kontakt?«

»Nicht mehr, nachdem Alex – so hieß der Junge – vor vier Jahren bei einem Autounfall ums Leben gekommen ist.«

»Wie kommt es eigentlich, dass Sie in Joensuu und nicht in Kuopio arbeiten? Verstehen Sie mich nicht falsch, aber sehr oft bleiben Menschen ihr ganzes Leben lang am selben Ort, vor allem, wenn es sich dabei um eine Großstadt handelt.«

»Ich habe in Kuopio BWL studiert, aber eigentlich wollte ich immer zur Polizei. Als in Joensuu eine Stelle ausgeschrieben wurde, habe ich mich kurzerhand beworben und wurde nach einigen Tests genommen.«

»Sie sind aber ein vereidigter Polizist, oder? Oder sind Sie ein normaler Büro-Angestellter?«

»Ich bin ein richtiger Polizist«, erwiderte der Finne.

»Wollen Sie auf der Karriereleiter irgendwann noch höher steigen, oder reicht es Ihnen, Falschparker zur Kasse zu bitten?«

»Mir gefällt meine Arbeit«, gab Halonen zurück.

»Gefällt es Ihnen auch, mit mir zusammen zu ermitteln?«

»Durchaus«, gestand der andere. »Es ist mal etwas vollkommen anderes.«

»Klingt ja sehr überzeugend.«

»Wir Finnen sind nicht so geübt darin, unsere Freude zu zeigen«, erklärte Halonen. »Meistens sind unsere Gesichter eher wie Steine.«

»Klingt für mich nach kollektiver Verklemmung«, fand Burgmeister.

»Für Sie vielleicht. Für uns ist es Alltag und ein Teil unserer Identität.«

»Wie lange dauert es eigentlich noch, bis wir da sind?«, wechselte der Oberkommissar das Thema.

»Noch ungefähr vierzig Minuten«, antwortete der Dolmetscher nach einem Blick auf das Navigationsgerät.

»Bei der nächsten Möglichkeit halten Sie bitte an.«

»Warum?«

»Weil ich pissen muss.«

»Haben Sie das nicht, bevor wir losgefahren sind?«

»Sie hören sich schon an wie meine Mutter. Aber wenn Sie es genau wissen wollen: Doch, habe ich. Doch jetzt muss ich wieder. Ein ganz normaler menschlicher Vorgang. Nennt sich in Fachkreisen *Verdauung*.«

»Ist ja schon gut, ich habe verstanden«, lenkte Halonen ein. »Da vorne ist eine Haltebucht«, fügte er hinzu und setzte den Blinker.

Kaum, dass sie angehalten hatten, stieg Burgmeister aus und ging schnellen Schrittes hinter einen Baum, um sich zu erleichtern. Während er seinem menschlichen Bedürfnis nachging, warf er einen Blick nach links auf den nahe gelegenen Strand. Wie er inzwischen wusste, wurde Finnland auch das *Land der tausend Seen* genannt, was im Vergleich zur Wirklichkeit allerdings schwer untertrieben war. In der Realität besaß Finnland ungefähr 170.000 Gewässer, die als See gewertet wurden. Entsprechend oft kam es vor, dass man sich bei einer Wanderung plötzlich an einer Wasserfläche wiederfand. Im Augenwinkel nahm er plötzlich eine Bewegung wahr und beschloss, genauer hinzusehen. Als er erkannte, was sich da im hohen Gras bewegte, musste er unwillkürlich grinsen. Anscheinend hatte sich dort ein junges Liebespaar eingefunden und sich spontan dazu entschlossen, ihrer gegenseitigen Zuneigung auch körperlich Ausdruck zu verleihen. Er überlegte, ob er dem Pärchen einen Schrecken einjagen sollte, ließ diesen Gedanken aber kurz darauf wieder fallen. Es war nicht seine Sache, hier den Sittenwächter zu spielen. Sollten die jungen Leute doch ihrer Interpretation des Jedermannsrechts frönen, wenn sie schon zu Hause keine Möglichkeit dazu hatten. Anders wäre es gewesen, wenn es seine eigene Tochter gewesen wäre, die sich dort im Gras vergnügte. Dann wäre der Junge garantiert mit mehr als einem blauen Auge nach Hause gegangen, und Janine hätte mindestens vier Monate Hausarrest bekommen.

Burgmeister schüttelte aus, furzte leise und ging dann zurück zum Wagen, wo Halonen bereits auf und ab ging.

»Sind Sie nervös?«, fragte er den Finnen.

»Nein. Ich vertrete mir nur etwas die Beine und entspanne meine Muskeln.«

»Aha«, meinte Burgmeister. »Brauchen Sie noch ein paar Minuten?«

»Nein, wir können gern weiterfahren.«

Sie setzten sich wieder in den Wagen und fuhren los.

»Hupen Sie mal«, verlangte der Deutsche, als sie sich der Einfahrt zur Straße näherten.

»Warum?«

»Tun Sie es einfach.«

Halonen drückte mehrfach auf die Hupe. »Warum habe ich das gerade getan?«

»Sagen wir einfach, dass ich jemanden grüßen wollte«, antwortete Burgmeister geheimnisvoll und grinste.

»Wir kommen gleich auf die Autobahn«, sagte Halonen, als sie das Ortsschild von Siilinjärvi nördlich von Kuopio passiert hatten.

Diesen Ort kannte Burgmeister, denn nur wenige Kilometer weiter südlich der Stadt befand sich der Flughafen der Region. Wobei für ihn das Wort *Flughafen* nicht unbedingt passend war. Schließlich gab es nur eine Startbahn und ein Terminal, das eher mit der Größe eines mittleren Münchner Kaufhauses vergleichbar war, auch wenn in einem Laden in der Hauptstadt mehr los war.

»Prima, dann können wir ja wenigstens endlich schneller fahren«, gab der Deutsche zurück. »Mir geht diese Langsamfahrerei nämlich auf den Keks.«

»In Deutschland ist auf den Landstraßen doch auch nur einhundert Kilometer pro Stunde erlaubt, oder nicht?«

»Ja, aber bei langen Strecken gibt es immer eine Autobahn. Nur, wer absichtlich bummeln will, nimmt die Landstraße.«

»Wir Finnen sind der Natur sehr verbunden«, erklärte der Dolmetscher. »Darum bauen wir ganz bewusst nur wenige Autobahnen. Wir genießen die Wälder und Seen, und wir lieben unsere einheimischen Tiere.«

»Ich mag die Tiere in Deutschland auch, vor allem gegrillt mit etwas Zitrone dran. Die überleben auf einer Autobahn natürlich nicht sehr lange, darum meiden sie diese, wo sie können«, gab Burgmeister zurück und warf einen Blick nach links, wo ein ihm vertrautes Schild ungefähr zwanzig Meter hoch aufragte. »Hey, ist das etwa ein echter Lidl?«

»Ist kein finnisches Imitat, wenn Sie das meinen. Lidl ist schon seit einigen Jahren in Finnland ansässig und versucht, hier Fuß zu fassen.«

»Klappt es?«

»Das kann ich ehrlich gesagt nicht sagen«, antwortete Halonen. »Soweit ich aber weiß, sind die Finnen relativ skeptisch, auch wenn die Preise gut und die Warenauswahl groß ist.«

»Gibt es auch deutsche Produkte?«

»Soweit ich weiß, ja.«

»Lassen Sie uns auf dem Rückweg dort anhalten, denn ich vermisse einige Dinge aus Deutschland. Vielleicht finde ich die ja hier.«

Halonen bog an der nächsten Ampel links ab und fuhr die lang gezogene Auffahrt auf die Autobahn entlang. Vorschriftsmäßig beschleunigte er dann und wechselte auf die korrekte Spur.

»Wollen Sie nicht schneller fahren?«, fragte Burgmeister ungeduldig.

»Warum? Wir haben die vorgeschriebene Geschwindigkeit bereits erreicht.«

Der Deutsche warf einen Blick auf den Tacho. »Hundertzwanzig?«

»Ja, natürlich.«

»Da kann ich ja schneller laufen.«

»Tut mir leid, dass Sie die geltenden Gesetze nicht mögen«, antwortete Halonen ironisch.

»Muss Ihnen nicht leidtun, Sie können ja nichts dafür«, gab Burgmeister auf ebensolche Weise zurück.

Die Fahrt von Siilinjärvi bis zum Stadtzentrum von Kuopio dauerte nur noch rund zwanzig Minuten, da um diese Uhrzeit – es war gerade dreizehn Uhr durch – zum Glück nicht viel Verkehr herrschte. Die Autobahn teilte die Stadt von Norden nach Süden in zwei Hälften, wobei sich der Großteil Kuopios auf der östlichen Seite befand. Halonen nahm jetzt die Abfahrt Nummer Siebzig, die sich weit vor ihrem eigentlichen Ziel befand, aber die einzige Möglichkeit war, die Universitätsklinik von Kuopio, zu erreichen, wo sich die einzige Pathologie in ganz Mittelfinnland befand. Der Weg führte sie parallel zur Schnellstraße noch ein ganzes Stück nach Süden, bevor das Navigationssystem schließlich verkündete, dass sie die Klinik erreicht hatten.

»Mir tut der Rücken weh«, sagte Burgmeister, stieg aus und streckte sich mehrfach, um seine müden Muskeln wieder daran zu erinnern, zu welchem Zweck sie existierten.

Halonen wartete, bis der Deutsche fertig war. »Haben Sie Ihre Maske dabei?«

»Was für eine Maske?«, wollte der Oberkommissar wissen.

»Die, um sich und andere zu schützen, was denn sonst?«

»Die Pandemie ist doch schon längst vorbei.«

»Ja, aber das Virus ist trotzdem immer noch da, und in Finnland ist es so, dass in Gesundheitseinrichtungen noch immer eine Maske getragen werden muss. Sehen

Sie dieses Schild dort?«, fragte Halonen und zeigte auf einen großen Aufkleber an der Eingangstür.

»Ich bin mehrfach geimpft und habe kurz vor meinem Flug noch einen Booster bekommen. Das sollte ja wohl reichen!?«

»Tut es aber nicht«, widersprach ihm der Finne gelassen. »Ich werde reingehen und nachsehen, ob ich einen Mundschutz für Sie bekommen kann.«

Burgmeister zuckte mit den Schultern, als wollte er damit aussagen *Machen Sie doch, was Sie wollen*, ließ seinen Begleiter aber gewähren. Zwei Minuten später kam Halonen wieder zu ihm zurück und überreichte ihm eine Einmalmaske. »Zum Glück hatte einer der Pfleger eine übrig«, erklärte er.

»Da bin ich aber sehr froh«, gab der Deutsche zurück, zog sich den Schutz über Mund und Nase und zupfte an der einen oder anderen Ecke, bis das Stück Stoff korrekt saß.

Genau in diesem Moment hörte er den Klang einer ihm wohlbekannten Melodie. Er griff in seine Hosentasche und zog sein Handy hervor. Auf dem Display leuchtete die Nummer seiner Tochter im Rhythmus der Titelmusik der alten Serie *Meister Eder und sein Pumuckl.*

»Warten Sie einen Moment«, sagte er zu Halonen und drückte auf *Annehmen*.

»Hallo Papa«, sagte die junge Frauenstimme am anderen Ende der Leitung.

»Hallo Tochter«, erwiderte er.

»Wie geht es dir?«

»Soweit ganz gut«, antwortete er unverbindlich. »Hör mal, können wir etwas später telefonieren? Ich bin gerade ziemlich beschäftigt.«

»Bist du das nicht immer?«, meinte Janine und seufzte hörbar. »Was machst du denn gerade?«

»Arbeiten.«

»Ich dachte, du bist im Urlaub.«

»Bin ich auch eigentlich, aber ich wurde von der örtlichen Polizei um Unterstützung gebeten, und da ich nicht viel zu tun hatte, habe ich zugesagt.«

»Rufst du mich nachher an, wenn du Zeit hast?«

»Aber natürlich. Wie wäre es mit heute Abend?«

»So gegen acht Uhr?«, fragte sie.

»Einverstanden. Bis dann.«

»Bis dann.«

Er wollte den Anruf eigentlich gar nicht beenden, aber seine Tochter sah es wohl anders und legte auf.

»Sie haben eine Tochter?«, fragte der Finne, der das Gespräch ein wenig mitgehört hatte.

»Geht Sie nichts an«, erwiderte Burgmeister und steckte das Telefon zurück in die Tasche. »Nach Ihnen.«

Gemeinsam durchschritten sie die selbstöffnende Tür und fanden sich im großzügig eingerichteten Eingangsbereich der Klinik wieder. Obwohl sich Finnland schon seit vielen Jahren der Internationalität verschrieben hatte, waren die diversen Wegweiser ausschließlich in Finnisch beschriftet, entsprechend hatte Burgmeister keine Ahnung, wo sie hingehen sollten.

»Also, wohin?«, verlangte er zu wissen.

Halonen studierte die Schilder für einen langen Moment. »Erst nach links, und dann irgendwann nach rechts zu den Aufzügen. Ein Stockwerk tiefer wieder nach links und dann einen Gang entlang. Dann sollten wir direkt vor der Pathologie ankommen.«

»Dann mal los. Gehen Sie voran.«

Der Weg gestaltete sich schwieriger als gedacht, denn die Gänge und Abzweigungen in der Universitätsklinik waren verschlungen angelegt und wirkten wie ein Labyrinth. Mehrfach verliefen sich die beiden und mussten ein Stück des Weges zurückgehen, bis sie endlich eine breite, aus Stahl und Chrom bestehende Tür mit der Aufschrift *Patologia* erreichten.

»Hier sind wir richtig«, verkündete Halonen.

»Ist ja schlimmer als in einem Irrgarten. Hoffentlich finden wir auch wieder den Weg zurück«, kommentierte Burgmeister.

Forschend betrachtete er die Türfassung und fand schließlich einen großen, metallenen, in die Wand eingelassenen Schalter. Bevor Halonen etwas sagen konnte, betätigte er die Taste und hörte ein sonores Summen. Kurz darauf wurde die schwere Tür zur Seite aufgeschoben und ein älterer Mann in einem weißen Kittel, mit Haarnetz und Maske stand vor ihnen. Der Dolmetscher begrüßte ihn auf Finnisch und erklärte seinem Gegenüber die Situation. Der andere Finne nickte mehrfach und forderte sie dann auf, ihm zu folgen. An einer Wand reihten sich die einzelnen Schubladen auf, in denen die Leichname derjenigen aufbewahrt wurden, die obduziert werden sollten.

»Scheint so, als würden diese Dinger überall auf der Welt genutzt werden«, sagte Burgmeister zu seinem Begleiter. »Ich hätte in die Aktien des Herstellers investieren sollen.«

»Haluatteko nähdä ruumiin?«, fragte der Mann im Kittel.

»Was sagt er?«

»Ob wir uns den Toten ansehen wollen?«, übersetzte Halonen.

»Deswegen sind wir hier.«

Nachdem der Finne Burgmeisters Antwort übersetzt hatte, zog der Pathologe eine Schublade auf und offenbarte den mit einem weißen Leinentuch verhüllten Leichnam. Er zog das Tuch bis zur Hüfte zurück und legte den Toten frei. Das Einschussloch klaffte wie ein Krater in der Mitte der Brust des toten Mannes. Während Halonen einen Würgereiz unterdrücken musste, blieb der Deutsche vollkommen unbeeindruckt.

»Haben Sie Handschuhe für mich?«, fragte er, und da sein Dolmetscher seiner Aufgabe offenbar gerade nicht nachkommen konnte, zeigte er pantomimisch, wie er sich imaginäre Handschuhe überstreifte.

Der Pathologe schien zu verstehen und reichte ihm zur Antwort eine Packung, aus der ein blauer Einweghandschuh ragte. Der Deutsche nahm die Schachtel entgegen und zog zwei Stück heraus, bevor er die Packung an seinen Begleiter weiterreichte.

»Nein, danke«, erwiderte der Finne hastig.

»Dann halt nicht«, sagte der Oberkommissar und gab dem Pathologen die Schachtel zurück. »So, dann schauen wir uns das doch mal genauer an.«

Er beugte sich über die Leiche, betastete vorsichtig die Wunde und warf einen Blick in das Innere des Leichnams.

»Volltreffer«, sagte er mit leiser Stimme. »Matti, sehen Sie sich das mal genauer an!«

»Ich möchte das lieber nicht tun.«

»Haben Sie sich nicht so. Sie können dabei noch was lernen.«

Widerwillig beugte sich der Finne vor und warf einen Blick in die Wunde, bevor er sich hastig wieder abwandte.

»Jetzt seien Sie doch keine Memme«, schalt Burgmeister ihn. »Der Kerl ist schon tot, und außerdem haben Sie doch bestimmt schon einmal ein Steak durchgeschnitten und sich das Innere angeschaut. Ist hier auch nicht viel anders.«

Halonen atmete tief durch.

»Na gut«, sagte er schließlich und beugte sich erneut vor.

»Sehen Sie das hier?«, fragte der Deutsche fachmännisch. »Die Patrone ist direkt unter dem Brustbein eingedrungen. Soweit ich sehen kann, wurde dabei die Leber verletzt. Fragen Sie mal den Quacksalber, ob das so weit richtig ist.«

Der Finne übersetzte die Frage und sagte dann zu Burgmeister: »Er sagt, dass Sie recht haben.«

»Ist sie stark verletzt worden?«

»Ja«, antwortete Halonen auf die Antwort des Pathologen hin.

»Aber es wurden keine Überreste der Patrone gefunden?«

»Nein.«

»Normalerweise finden sich selbst bei Dum-Dum-Geschossen noch Überreste, entweder an der Wunde oder drumherum«, überlegte der Oberkommissar laut. »Matti, erinnern Sie sich daran, wie viel Zeit zwischen dem Schuss und dem Eintreffen der Jagdgruppe bei der Leiche vergangen ist?«

»Ich glaube, so um die zwanzig Minuten.«

»Genug Zeit also, um ein Projektil zu entfernen, wenn man weiß, was man tut.«

»Sie meinen also …?«

Burgmeister richtete sich auf und fixierte seinen Begleiter. »Ich bin mehr denn je davon überzeugt, dass dieser Mann hier ermordet worden ist. Jetzt stellt sich nur noch die Frage, warum und von wem.«

»Können wir das herausfinden?«, fragte Halonen.

»Wir werden es zumindest versuchen. Machen Sie bitte ein paar Fotos von dem Toten.«

»Warum denn das?«

»Das erkläre ich Ihnen später. Wir sind hier fertig«, sagte der Deutsche, streifte sich die Handschuhe ab und warf sie in einen Eimer aus Edelstahl. »Sagen Sie dem Pathologen, dass er uns sofort informieren soll, sollte er noch etwas herausfinden.«

»Hey, vergessen Sie den Besuch bei Lidl nicht«, sagte Burgmeister, als sie von der Autobahn abfuhren.

Halonen lenkte den Wagen auf den großen Parkplatz vor der Filiale.

»Was wollen Sie denn überhaupt kaufen?«, fragte er.

»Das weiß ich noch nicht«, antwortete der Oberkommissar. »Einfach mal schauen, was die so haben.«

Drinnen herrschte Hochbetrieb, denn scheinbar hatte wohl die ganze Stadt beschlossen, zur selben Zeit einkaufen zu gehen, obwohl es erst kurz nach vierzehn Uhr war.

»Du meine Güte, das ist ja schlimmer als auf der Wiesn«, bekundete der Deutsche und drängte sich an einer mitten im Gang stehenden Gruppe vorbei.

»Was ist das, die Wiesn?«, fragte Halonen.

»Das ist eine andere Bezeichnung für das Münchener Oktoberfest«, erklärte Burgmeister und baute sich vor dem Fleischregal auf. »Das sollten Sie doch kennen. Im Endeffekt fährt man mit ein paar Fahrgeschäften, falls man eine Familie hat, ansonsten setzt man sich ins Bierzelt, lässt sich volllaufen und grölt irgendwelche Ballermann-Hits. In jedem Fall die ideale Möglichkeit, sein Erspartes auf den Kopf zu hauen. Hmmm ...«, machte er und studierte die Auslage.

Schließlich griff er ins Fach und zog eine Packung heraus, deren Etikett er zwar aufgrund der fremden Sprache nicht lesen, aber trotzdem erkennen konnte, was sich darin befand.

»Haben Sie schon einmal Leberkäse gegessen?«, wandte er sich an Halonen.

»Nein.«

»Sollten Sie unbedingt mal probieren. Wissen Sie, was dazugehört?«

»Was denn?«

»Brezeln und Senf.«

Er fand das Laugengebäck im Brotbereich, und Senf gab es ebenfalls in diversesten Geschmacksrichtungen. Burgmeister packte noch eine Packung Milchschnitten in seinen Einkaufskorb und stellte sich an der Kasse an. Auf die Worte, die die Kassiererin zu ihm sagte, erwiderte er nichts, sondern warf stattdessen einen Blick auf das Display der Kasse. Er holte Scheine und Münzen aus seinem Geldbeutel und drückte sie der Kassenkraft in die Hand, bevor er seine Waren in eine gerade gekaufte Plastiktüte steckte. Den etwas seltsamen Blick der Dame an der Kasse ignorierte er geflissentlich.

»Sie wissen schon, dass es mehr als selten ist, dass man hier mit Bargeld bezahlt, oder?«, informierte ihn Halonen, während sie zurück zum Auto gingen. »Die Finnen nutzen normalerweise die Bank- oder Kreditkarte.«

»Ich bin aber kein Finne«, erwiderte Burgmeister. »Ich mag Bargeld und nutze es auch, da habe ich wenigstens das Gefühl, dass ich die Kontrolle darüber habe, wo meine Kohle hingeht.«

»Ist Ihre Sache, aber ich denke, Sie sollten anfangen, sich an die finnischen Gebräuche zu gewöhnen, wenn Sie vorhaben, länger hier zu sein.«

»Ich bleibe nur so lange, wie es nötig ist.«

»Wenn Sie meinen«, gab Halonen zurück und beendete damit die Diskussion.

»Warum haben Sie eigentlich keine Kühlbox im Kofferraum?«, wollte der Oberkommissar wissen.

»Wozu sollte ich eine haben?«

»Für den Fall, dass Sie einmal mit dem Wagen liegen bleiben und lange auf die Pannenhilfe warten müssen. Es lohnt sich immer, Lebensmittel und ausreichend Getränke an Bord zu haben.«

»Haben Sie etwa Sorge, dass Ihre Einkäufe verderben, bis wir wieder in Nurmes sind?«

»Könnte doch sein«, sagte Burgmeister ausweichend.

»Ich kann Sie beruhigen, die Straße ist um diese Uhrzeit nur wenig befahren, und wir werden bestimmt höchstens eineinhalb Stunden benötigen, um nach Nurmes zurückzukehren.«

»Wie war das mit den eineinhalb Stunden?«, fragte der Deutsche missmutig und schaute zum wiederholten Male auf seine Uhr.

»Wie hätte ich denn wissen können, dass genau hier und heute ein Unfall passiert?«, gab der Finne zurück.

»Vorbereitung ist eben das halbe Leben.«

Tatsächlich waren sie nach dem ersten Drittel ihrer Rückfahrt in einen Stau geraten, der durch einen umgekippten Lastwagen verursacht worden war. Laut des Navigationssystems gab es keine adäquate Ausweichroute, und so hatten sie sich damit abfinden müssen, in der Reihe der wartenden Autos zu bleiben, bis die Aufräumarbeiten so weit fortgeschritten waren, dass sie die Unfallstelle passieren konnten.

»Können Sie denen nicht sagen, dass sie schneller machen sollen?«

»Was soll ich denen sagen? *Meine Lebensmittel werden schlecht, macht mal schneller?*«

»Ja«, war die schlichte Antwort des Oberkommissars.

»Sie wissen so gut wie ich, dass es nicht so leicht ist, einen umgestürzten Lastwagen von der Straße zu kriegen. Wir werden uns gedulden müssen. Tut mir wirklich leid für Ihre Einkäufe, aber ...«

»Jetzt wäre eine Kühlbox wirklich fein.«

»Hören Sie auf«, sagte Halonen genervt. »Sie benehmen sich wirklich wie ein kleines Kind.«

Burgmeister musste grinsen. »Vielleicht haben Sie recht. Aber mich stört es halt, wenn etwas nicht nach Plan verläuft.«

»Sie sind erwachsen, Sie sollten eigentlich wissen, dass selbst die besten Pläne manchmal nicht funktionieren und man sich den Gegebenheiten anpassen muss.«

»Ich sollte mal die anderen Autofahrer fragen, ob einer einen tragbaren Ofen bei sich hat.«

Halonen schüttelte den Kopf über die kruden Ideen seines Begleiters.

»Oder wir sammeln Holz und machen ein schönes Feuer. Man kann Leberkäse auch gut in der Glut garen.«

»Tun Sie doch, was Sie wollen.«

»Höre ich da etwa Resignation in Ihrer Stimme?«

»Ja«, gab der Finne zu. »Ich kann Sie ja doch nicht daran hindern, Dummheiten zu machen.«

»Das sagt meine Frau auch immer.«

»Welches Verhältnis haben Sie eigentlich zu ihr?«

»Zu Petra? Unser derzeitiges Verhältnis besteht darin, uns so weit wie möglich aus dem Weg zu gehen.«

»Kann ich gar nicht verstehen.«

»Oh, er wird ironisch.«

»Ich will jetzt nicht mehr mit Ihnen sprechen«, sagte Halonen und blickte nach links aus dem Fahrerfenster.

Burgmeister wollte noch etwas hinzufügen, beschloss aber dann, dieses Mal nicht das letzte Wort haben zu wollen. Stattdessen schnallte er sich ab und stieg aus.

»Was machen Sie da?«

»Ich vertrete mir nur die Beine. In meinem Alter ist es wichtig, die Muskeln fit zu halten. Zu viel Sitzen kann Gift für den Rücken sein. Kommen Sie mit?«

»Nein, danke.«

»Dann eben nicht«, sagte der Oberkommissar und schob die Autotür von außen zu. Er tat einige Schritte auf und ab, bevor er zielstrebig am Straßenrand entlang bis zu der Unfallstelle ging, um sich selbst ein Bild zu machen. Die Rettungskräfte waren gerade vollauf damit beschäftigt, sich um den havarierten Lastwagen zu kümmern, und nahmen daher keine Notiz von ihm. In gebührendem Abstand blieb er stehen, um die Arbeiten nicht zu stören, nahm aber jedes Detail in sich auf. Es handelte sich um einen Zweiachser mit hoher Ladefläche, der auf die linke Seite gefallen war. Den Bremsspuren nach zu urteilen, hatte der Fahrer in einer Rechtskurve die Kontrolle verloren.

Vermutlich zu schnell gewesen, kombinierte der Oberkommissar. *Oder er wollte einem Tier ausweichen*, fügte er in Gedanken hinzu.

Der Fahrer war schon abtransportiert worden, soweit er sehen konnte. Ein großer Traktor stand bereit, um den umgestürzten Lastwagen wieder aufrecht zu stellen, allerdings waren die Einsatzkräfte noch darum bemüht, eine Art Gegengewicht oder einen Keil zu installieren, damit der Sattelschlepper nicht einfach nur über den Asphalt gezogen wurde. Da er nichts tun konnte, ging Burgmeister schulterzuckend zurück zu ihrem eigenen Wagen.

»Und?«, erkundigte sich Halonen, als sich der Deutsche wieder auf den Beifahrersitz gesetzt hatte.

»Sind noch dabei. Wird noch etwas dauern.«

»Hören Sie, es tut mir wirklich leid um Ihre Lebensmittel. Ich kann verstehen, dass Sie sich wirklich darauf gefreut hatten.«

»Ist schon gut«, erwiderte Burgmeister und winkte ab. »Ich habe schon schlimmere Enttäuschungen in meinem Leben hinter mir.«

»Was denn zum Beispiel?«

»Das erzähle ich Ihnen vielleicht ein anderes Mal. Ich werde jetzt ein wenig schlafen. Wecken Sie mich, wenn es weitergeht.«

»Wachen Sie auf«, sagte Halonen irgendwann und berührte den Oberkommissar sanft an der Schulter.

Durch die Berührung schreckte Burgmeister auf und saß plötzlich kerzengerade in seinem Sitz.

»Entschuldigung, ich wollte Sie nicht erschrecken.«

»Schon gut«, erwiderte der Oberkommissar. »Geht es weiter?«

»Ja.«

»Na endlich. Wie spät ist es?«

»Viertel nach Fünf.«

»Wie lange werden wir noch bis Nurmes brauchen?«

»Vorausgesetzt, dass nicht noch ein Unfall passiert, werden wir in etwa fünfundvierzig Minuten an der Station ankommen.«

»Wissen Sie was? Bringen Sie mich am besten gleich in mein Appartement. Sie fahren danach zur Station und verständigen mich, falls etwas sein sollte.«

»Einverstanden«, sagte Halonen, startete den Motor und legte den ersten Gang ein, um langsam anzufahren.

Als sie an der Stelle vorbeikamen, wo sich der Unfall ereignet hatte, waren die Spuren so gut wie nicht mehr zu sehen. Der Lastwagen war abgeschleppt worden, und die diversen Trümmerteile waren fein säuberlich aufgeräumt worden. Nur die Bremsspuren zeugten noch davon, dass sich hier überhaupt etwas zugetragen hatte. Als sie die Unfallstelle passiert hatten, beschleunigte der Finne den Wagen langsam, ebenso wie die anderen Autofahrer, die gemeinsam mit ihnen gewartet hatten. Die Sonne neigte sich bereits dem westlichen Horizont zu, und die Straße, die sich mitten durch die Wälder schlängelte, wurde hier und da bereits in Schatten gehüllt. Burgmeister hatte allerdings momentan keinen Sinn für die eigentümliche Schönheit dieses Anblicks, denn seine Gedanken kreisten schon wieder um seine Einkäufe, die die Reise garantiert nicht überlebt hatten.

Der Oberkommissar schloss die Tür seiner Unterkunft hinter sich und drehte den Schlüssel zwei Mal um, als wollte er sichergehen, dass er auf keinen Fall gestört werden würde. Er streifte sich die Schuhe ab und ging zu der kleinen Kochnische, die sich im Wohnbereich seiner Unterkunft befand. Mithilfe einer Schere, die dringend einer Schärfung bedurfte, packte er den Leberkäse aus und betrachtete ihn eingehend.

Sieht eigentlich ganz okay aus, überlegte er. *Ich versuche es einfach, man lebt schließlich nur einmal.*

Er schaltete den Ofen an, stellte die Temperatur auf zweihundert Grad ein und schob den Bret dann auf die mittlere Schiene, wo dieser langsam vor sich hin garen sollte. Seine Muskeln waren vom langen Sitzen verspannt, darum beschloss er, sich eine ausgedehnte Dusche zu gönnen. Heute war das Wasser erstaunlicherweise länger heiß als sonst, und so nutzte er die Zeit, um sich ausgiebig zu waschen und im Geiste die diversen Fehltritte seiner Jugend sowie zahlreiche verlorene Diskussionen noch einmal im Detail durchzugehen und zu überlegen, wie er wohl heutzutage reagieren würde. Erstaunlicherweise fand er davon nicht so viele, dafür aber umso mehr in der jüngeren Vergangenheit, und hier besonders das Gespräch, das in seiner Suspendierung geendet hatte. Er zog sich etwas Bequemes an und ging zum Ofen hinüber, um seine Mahlzeit zu prüfen. Laut Verpackung benötigte der Leberkäse ungefähr eine Stunde, bis er vollständig durchgegart war. Burgmeister öffnete die Ofenklappe, zog das Essen mitsamt Ofenblech ein Stück nach vorne und stach eine Gabel hinein. Die knusprig braune Oberseite gab leicht nach und offenbarte dann einen Blick ins Innere, das ein zartes Rosa aufwies.

Fertig, dachte er und spürte prompt, wie ihm das Wasser im Mund zusammenlief.

Er stellte die Schale auf einen Teller und bugsierte diesen auf den schmalen Tisch, der eines der wenigen Möbelstücke darstellte, die es hier gab. Dann legte er noch zwei Brezeln auf den Tisch und legte die Senftube bereit. Burgmeister schnitt ein Stück des Leberkäses ab und schob es sich in den Mund. Genüsslich kaute er und schloss dabei die Augen, für einen Moment alles um sich herum vergessend und sich zurück in seinen Lieblingsbiergarten in München versetzend. Mit etwas Wehmut erinnerte er sich an die Zeit zurück, wo er ohne Sorgen einfach nur existiert und sich regelmäßig mit seinen damaligen Freunden getroffen hatte, um durch die Stadt zu ziehen und einen drauf zu machen. Viele Jahre war das nun her, und von den Freunden von damals war heute keiner mehr übrig geblieben, denn entweder hatten sie aus unterschiedlichen Gründen die Stadt verlassen, oder der Kontakt war schlichtweg eingeschlafen.

Da er nicht alles schaffte – immerhin handelte es sich bei dem Leberkäse um ganze fünfhundert Gramm –, wickelte er den Rest in Alufolie und legte ihn für den morgigen Tag in den Kühlschrank.

Jetzt musst du dich ausruhen, sagte ihm sein Körper. Aber Burgmeister wusste, dass er, wenn er sich jetzt hinlegen würde, sofort einschlafen und dann tief in der Nacht aufwachen würde. Noch vor zehn Jahren wäre das überhaupt kein Problem für ihn gewesen, aber inzwischen musste er zugeben, dass er dies nicht mehr so einfach wegsteckte.

Ich werde alt, dachte er, obwohl er erst vor wenigen Monaten seinen vierzigsten Geburtstag gefeiert hatte. Er beschloss, einen Verdauungsspaziergang zu machen, zog sich an und verließ die kleine Hütte.

Der Spaziergang führte ihn zum nahen Strand, der sich zwischen seiner Unterkunft und dem Bomba-Haus befand. Zwischenzeitlich hatte er überlegt, seinen Dolmetscher anzurufen und ihn zu fragen, ob sich schon etwas Neues ergeben hatte, aber dann hatte er doch keine Lust darauf gehabt. Halonen würde sich schon melden, wenn es irgendetwas gab, bei dem seine Unterstützung nötig war. Burgmeister beobachtete, wie sich die Sonne anschickte, hinter dem Horizont zu verschwinden, und genoss es, wie sich der orangefarbene Feuerball im still daliegenden Wasser des Sees spiegelte. Einige Meter entfernt hatte sich ein junges Ehepaar eingefunden und spielte mit einem kleinen Mädchen im seichten Wasser. Er schätzte das Kind auf ungefähr fünf Jahre. Es hatte neben einem blauen Plastikeimer noch eine kleine Schippe und einige Sandformen dabei und es schaufelte unermüdlich Wasser in den Behälter, nur um ihn kurz darauf wieder auszugießen und sich dabei totzulachen. Während die Mutter damit beschäftigt war, eine Decke auszubreiten und drei Sitzkissen darauf zu drapieren, war der Vater bei dem Mädchen und hielt die Hände wie eine Schale, damit das Kind ihm zwischendurch Muscheln geben konnte. Während er die Familie gedankenverloren beobachtete, jauchzte das Kind ein ums andere Mal, wenn es eine besonders schöne Muschel fand und ihrem Vater stolz vor das Gesicht hielt. Er verstand zwar nicht die Worte, die der Mann sagte, erkannte jedoch an der Tonlage, wie sehr er seine Tochter lobte und sich mit ihr über ihre Funde freute. Schließlich rief die Mutter etwas, und der Vater nahm das Kind auf den Arm und trug es zu der Decke.

Burgmeister dachte an damals, als Janine noch klein gewesen war. Er war zu dieser Zeit schwer damit beschäftigt gewesen, seine Karriere voranzutreiben, und war daher oft erst sehr spät nach Hause gekommen. Meistens war seine Tochter schon eingeschlafen gewesen, wenn er heimgekommen war, und er hatte sie nur noch im Schlaf beobachten und ihre Hand streicheln können. An manchen Wochenenden hatte er es allerdings geschafft, sich freizunehmen und mit seiner Familie in den Park zu gehen oder sogar zum Starnberger See zu fahren, der sich etwa vierundzwanzig Kilometer

südlich von München befand. Leider hatte immer gefühlt die ganze Landeshauptstadt zur gleichen Zeit beschlossen, dorthin zu fahren, und so war es stets
schwierig gewesen, einen schönen Platz zu finden. Oftmals war er schon genervt gewesen, wenn es etwas länger gedauert hatte, einen Parkplatz zu ergattern, und
dann war es nur noch schlimmer geworden, wenn er
sich mit einer Badetasche an der einen und einem
Kleinkind an der anderen Hand einen Weg durch die
vielen Besucher hatte bahnen müssen. Seine Frau hatte
natürlich auch geholfen, aber Burgmeister hatte trotzdem immer das Gefühl gehabt, dass alles an ihm hängen geblieben war. Dies alles war aber immer sofort be-
deutungslos geworden, wenn er in das Gesicht seiner
Tochter gesehen hatte. Sie war stets begeistert gewesen
und hatte anscheinend keine Probleme damit gehabt,
mit wenig Platz auszukommen. Außerdem war sie zu
jedem Menschen freundlich gewesen, ein Wesenszug,
den sie garantiert nicht von ihm geerbt hatte.

Burgmeister nahm gerade einen Schluck aus seiner
Limonadenflasche, die er mitgenommen hatte, als er
bemerkte, dass das kleine finnische Mädchen direkt
vor ihm stand.

»Mikä sinun nimesi on?«, fragte die Kleine in ihrer
Sprache.

»Tut mir leid, ich verstehe nicht«, antwortete der Polizist.

»Minä olen Saara. Otatko syötävää«, sprach die
Kleine unbeirrt und hielt eine Hand nach vorne.

Er verstand immer noch kein Wort, aber die Geste
war universell für *Guck mal, ich habe etwas für dich.*

Unwillkürlich lächelte Burgmeister und ging in die Hocke.

»Für mich?«, fragte er.

Das Mädchen hielt weiter die Hand ausgestreckt. Darin befand sich ein großes Fleischbällchen. Der Deutsche nahm es entgegen und betrachtete es, während er in seinem Kopf fieberhaft nach dem richtigen Wort suchte.

»Kiitos?«, sagte er schließlich zögerlich.

»Ole hyvä«, antwortete die Kleine.

»Saara«, rief der Vater herüber. »Tule.«

»Hei hei«, sagte das Mädchen zum Abschied und lief dann wieder zurück zu ihren Eltern.

Der Oberkommissar stand wieder auf, biss von dem Fleischbällchen ab und sah der Kleinen hinterher. Der Vater sah zu ihm herüber, und Burgmeister hob die freie Hand zum Gruß. Der andere Mann erwiderte den Gruß mit einem kurzen Nicken und widmete sich dann wieder seiner Familie. Der Deutsche überlegte, was er heute noch hatte tun wollen, aber egal, wie sehr er sich anstrengte, er wusste es einfach nicht mehr.

Wird mir schon wieder einfallen, dachte er, trank seine Flasche leer und ging dann zurück zu seiner Behausung.

Kapitel 3

Am nächsten Morgen wachte er in seinem Bett auf und streckte sich genüsslich. Als er von seinem Strandspaziergang nach Hause gekommen war, war er so müde gewesen, dass er sich ausgezogen und danach sofort hingelegt hatte. Die vergangene Nacht war ruhig gewesen, und er fühlte sich tatsächlich zum ersten Mal seit längerer Zeit erholt. Als er einen Blick auf sein Handy warf, um zu prüfen, wie spät es war, bemerkte er, dass jemand mehrfach versucht hatte, ihn anzurufen. Er öffnete das Anrufprotokoll und erschrocken weiteten sich seine Augen. Da standen der Name und die Telefonnummer seiner Tochter sowie die Uhrzeiten, wann sie versucht hatte ihn zu erreichen.

Verdammt, schalt er sich, als ihm wieder einfiel, dass er ihr gestern versprochen hatte, sie am Abend anzurufen.

Verdammt, verdammt!

Er wollte sie gerade zurückrufen, aber dann kam ihm in den Sinn, dass sie um diese Uhrzeit mit Sicherheit in der Schule war. Burgmeister schrieb ihr also stattdessen eine kurze Entschuldigungs-SMS und versprach ihr darin, sie stattdessen am heutigen Nachmittag anzurufen. Dann stand er auf und ging zur Kochnische hinüber, befüllte die Kaffeemaschine und schaltete sie ein. Danach schnitt er sich ein Stück kalten Leberkäses ab und aß dazu die letzte Brezel, die er noch hatte. Zwischendurch schaute er immer wieder auf sein Handy, ob Janine geantwortet hatte. Eine Antwort von ihr war allerdings noch nicht eingetroffen ... was bedeutete, dass sie entweder noch keine Zeit oder, was er viel mehr befürchtete, keine Lust gehabt hatte, ihm zu schreiben. Natürlich konnte er verstehen, dass sie wütend war, schließlich hatte er sie wegen seiner Dusseligkeit versetzt. Er schickte noch eine weitere Nachricht hinterher, in der er nochmals um Entschuldigung bat, und zog sich dann an. Während er noch dabei war, sein Hemd überzustreifen, klopfte es an der Tür.

»Wer ist da?«, fragte er laut.

»Matti Halonen«, erwiderte sein Dolmetscher.

»Einen Moment, ich bin gleich da.«

Der Oberkommissar knöpfte sich hastig das Hemd zu und öffnete dann die Tür.

»Guten Morgen«, sagte Halonen. »Darf ich reinkommen?«

»Von mir aus«, antwortete Burgmeister und schob die Tür weiter auf.

»Was machen Sie gerade?«

»Darauf warten, dass Sie mich endlich abholen.«

»Entschuldigen Sie bitte, ich wusste nicht, dass ich zu spät bin.«

»War nur ein Witz«, erklärte der Deutsche. »Wenn Sie es genau wissen wollen, habe ich gerade erst gefrühstückt und bin im Begriff, mich anzuziehen.«

Halonen lächelte pflichtschuldig wegen des zweifelhaften Versuchs des Oberkommissars, lustig zu sein. »Wie war das Telefonat mit Ihrer Tochter?«, wollte er wissen.

»Welches Telefonat?«, fragte Burgmeister unschuldig.

»Ich habe gestern mitbekommen, dass Sie mit Ihrer Tochter ausgemacht hatten, sie am Abend anzurufen.«

»Hat Ihnen Ihre Mutter nicht beigebracht, dass es unhöflich ist, anderer Leute Telefonate zu belauschen?«

»Entschuldigung.«

»Wenn Sie mich jetzt bitte in Ruhe lassen könnten, damit ich mich fertig anziehen kann, wäre ich Ihnen sehr verbunden.«

Burgmeister ging in das Schlafzimmer und suchte sich seine restliche Kleidung zusammen. Rund zehn Minuten später war er fertig und ging zurück zu seinem finnischen Kollegen, der stumm, mit den Händen auf den Oberschenkeln, auf einem Stuhl saß und aussah, als würde er im Sekretariat einer Schule sitzen und darauf warten, vom Direktor ausgeschimpft zu werden.

»Bin fertig«, sagte der Oberkommissar knapp.

Burgmeister klopfte leise mit den Fingerkuppen an die Tür des Dienststellenleiters in Nurmes und öffnete diese dann, Halonen direkt hinter ihm. Vor Niemis Schreibtisch, mit dem Rücken zur Tür, saß eine Person und unterhielt sich angeregt mit dem leitenden Polizisten, verstummte aber abrupt, als sie bemerkte, dass sie nicht mehr allein waren. Der Oberkommissar staunte nicht schlecht, als sich die Person umdrehte und sich als Pekka Nevalainen entpuppte.

»Herr Burgmeister«, begrüßte ihn der Dienststellenleiter.

»Guten Morgen. Tut mir leid, dass ich Sie störe«, antwortete der Deutsche. »Ich wollte Sie nur über die neuesten Erkenntnisse informieren.«

»Gerne.«

»Mir wäre es lieber, wenn wir das ausschließlich unter Profis besprechen würden«, sagte Burgmeister und warf einen kurzen Blick auf den Vereinsvorsitzenden.

Niemi schien den Wink zu verstehen und sprach einige finnische Worte mit seinem Besucher. Dieser stand daraufhin auf und wandte sich zum Gehen. Dabei fixierte er den Oberkommissar allerdings mit einem so durchdringenden Blick, dass sich der Deutsche unwillkürlich wie ein Reh im Fernlicht eines heranbrausenden Autos fühlte. Nevalainen drängte sich an dem Oberkommissar und Halonen vorbei und verließ das Zimmer.

»Was wollte der denn hier?«, fragte Burgmeister den Dienststellenleiter, als sie nur noch zu dritt waren.

»Er hat mir von Ihrem Besuch erzählt.«

»Und? Fühlt er sich belästigt?«

»Ganz im Gegenteil«, erklärte Niemi. »Er sagte, dass er sich sehr darüber freut, dass wir einen offensichtlichen Profi wie Sie bei uns haben.«

»Das ist erstaunlich. Ich hatte nicht den Eindruck, dass er es so gut fand, von uns aufgesucht zu werden.«

»Nevalainen möchte ebenso wie wir, dass der Fall rasch aufgeklärt wird«, erklärte der Dienststellenleiter.

»Das glaube ich ehrlich gesagt weniger, aber das ist ein anderes Thema. Halonen und ich waren gestern in Kuopio.«

»Warum?«, wollte Niemi wissen.

»Wir haben uns die Leiche persönlich angeschaut. Der Bericht der Pathologie war leider nicht so eindeutig, und außerdem wollte ich mir den Toten genauer ansehen. Inzwischen bin ich fest davon überzeugt, dass er ermordet wurde.«

»Wie kommen Sie darauf?«

»Dem Opfer wurde in die Brust geschossen, und zwar an eine Stelle, die nicht durch einen zufälligen Schuss getroffen wird. Der Schütze hat also sorgfältig gezielt und wusste demzufolge ganz genau, was da vor seinem Lauf war. Es gibt keine Austrittswunde, also müsste sich die Patrone noch im Körper des Opfers befinden. Tut sie aber nicht, und in der Umgebung hat die Spurensicherung auch keine Hülse gefunden. Außerdem gab es keine eindeutigen Fußabdrücke. Ich denke, dass dem Täter klar war, dass im Laufe des Tages viele Leute dort herumtrampeln würden.«

»Also denken Sie, dass der Schuldige ganz bewusst seine Spuren verwischt hat?«

»Exakt«, bestätigte Burgmeister.

»Und nun?«

»Ich werde natürlich weiter ermitteln. Das Wichtigste ist jetzt, herauszufinden, wer das Opfer ist. Denn sobald wir das erfahren, können wir feststellen, was er beruflich gemacht hat, mit wem er sich abgegeben hat und dann herausfiltern, wer sich seinen Tod gewünscht haben könnte. Halonen hat einige Fotos vom Gesicht des Opfers gemacht. Matti, haben Sie zufällig ein USB-Kabel dabei?«

»Nein, tut mir leid«, erwiderte Halonen.

»Ich habe eines«, kam ihnen Niemi zur Hilfe und

fischte sogleich eines aus seiner Schublade. »Was wollen Sie denn damit?«

»Ich brauche einen Computer«, überging Burgmeister die Frage. »Und einen Drucker.«

»Sie wollen Aushänge machen«, kombinierte der Dienststellenleiter.

»Ganz genau. Trotz aller modernen Technologie sind Steckbriefe immer noch sehr hilfreich. Vielleicht findet sich dadurch ja jemand, der das Opfer kannte und uns helfen kann.«

»Nurmes hat eine eigene öffentliche Facebook-Gruppe«, sagte Niemi. »Sie sollten das Foto auch dort veröffentlichen.«

»Das ist eine gute Idee«, gab der Oberkommissar zu.

»Den Computer und Drucker lasse ich Ihnen in Ihren Raum bringen«, versprach der Dienststellenleiter.

»Danke. Wann kann ich mit der Hardware rechnen?«

»Spätestens heute Mittag sollten Sie alles haben, was Sie brauchen.«

»Nochmals danke. Matti, kommen Sie mit.«

»Was machen wir in der Zwischenzeit?«, wollte der Dolmetscher wissen, nachdem Burgmeister die Tür hinter sich geschlossen hatte und sie auf dem Gang der Polizeistation standen.

»Eierschaukeln.«

»Wie bitte?«

»Damit will ich sagen, dass wir nichts tun werden, bis wir den Computer haben.«

»Aber ist das nicht ineffektiv?«

»Ja«, gab der Deutsche zu. »Wir könnten noch andere Zeugen besuchen, aber ich denke, dass uns das nicht weiterbringen wird. Die Leute decken sich offenbar gegenseitig, da werden wir nichts herausfinden können.«

»Klingt natürlich plausibel, aber ehrlich gesagt, würde ich gerne etwas Konstruktives tun. Schließlich befinden wir uns mitten in unserer Arbeitszeit.«

»Irgendwann, wenn Sie älter und erfahrener sind, werden Sie die Vorzüge von Pausen besser zu schätzen wissen. Wir können natürlich auch hektisch sein, aber dann wird es halt Scheiße. Wir haben jetzt schon viele Informationen gesammelt, und einige Teile des Puzzles sind bereits an ihrem Platz. Für den Moment müssen wir warten.«

»Ich bin damit aber nicht einverstanden.«

»Ganz ehrlich? Das ist mir vollkommen egal«, gab Burgmeister schroff zurück. »Entweder, Sie tun, was ich von Ihnen verlange, oder Sie suchen sich eine andere Aufgabe.«

Ohne Halonen nochmals zu Wort kommen zu lassen, ließ ihn der Deutsche kurzerhand stehen und ging in *sein* Büro.

Burgmeister saß auf einem Stuhl und trommelte mit den Fingerspitzen auf der Tischplatte herum. Seit der kurzen Diskussion mit Halonen hatte er den Finnen nicht mehr gesehen. Zuerst war ihm das durchaus recht gewesen, denn er mochte es überhaupt nicht, wenn ein Jungspund daherkam und meinte, ihm etwas über Ermittlungsarbeit erzählen zu können. Wenigstens hatte sich Janine endlich gemeldet. Es war zwar nur ein kurzes *OK* gewesen, aber er wertete diese zwei

Buchstaben dennoch sehr hoch. Vermutlich war sie immer noch sauer auf ihn, aber wenigstens schien sie bereit zu sein, mit ihm zu sprechen.

Es war bereits nach Mittag, und die versprochene Hardware war immer noch nicht geliefert worden. Da sein Magen knurrte, beschloss er, einen Spaziergang zum nicht weit entfernten Marktplatz zu machen, um zu sehen, ob er dort etwas zu essen finden würde. Heute war dort deutlich mehr los als vor einigen Tagen, denn es war offizieller Markttag in Nurmes. Dicht an dicht reihten sich kleine Buden aneinander und boten diverseste Waren feil, angefangen von selbstgefertigtem Schmuck über unterschiedlichste Stoffe bis hin zu Gegenständen, die einige als Accessoires betrachteten, für ihn aber nur überflüssiger Krempel waren.

Petra würde sich hier absolut wohl fühlen, dachte er abfällig, während er einen kurzen Blick auf die Auslagen warf und sich dann einer der Imbissbuden zuwandte. Er postierte sich vor der Schautafel und studierte das angebotene Essen. Schließlich entschied er sich für eine Bratwurst mit Pommes. Nicht, weil diese ihm so gut schmeckte, sondern weil der Name des Gerichts am einfachsten zu merken war. Im Geiste sagte er sich die Wörter immer wieder vor, während er sich in der Warteschlange langsam immer weiter nach vorne bewegte.

Schließlich war er an der Reihe.

»Makkaraa ja ranskalaisia«, brachte er mühsam hervor.

»Sinappi vai ketsuppi?«, fragte ihn der Verkäufer.

Auf den fragenden Blick des Oberkommissars hin schaltete der großgewachsene, schlaksige Mann sofort

und stellte die Frage erneut, dieses Mal auf Englisch:
»Mustard or ketchup?«

»Ketchup«, antwortete Burgmeister.

Ein Smartphone hätte ihm in dieser Situation sehr geholfen, denn im Internet gab es unzählige Programme, mit denen man Texte übersetzen und sich sogar vorlesen lassen konnte. Tatsächlich hatte Burgmeister vor langer Zeit ein Smartphone besessen, aber die ständigen Meldungen bei Whatsapp und anderen Messengern hatten ihn zu sehr von seiner Arbeit abgelenkt. Außerdem hatte er im Fernsehen einmal einen Bericht gesehen, in dem es um Smartphone-süchtige Menschen ging, und das hatte ihn nachhaltig beeindruckt. Um nicht auch einer dieser *Smombies* zu werden, hatte er beschlossen, sein Smartphone gegen ein altes Handy der finnischen Firma Nokia zu tauschen, mit dem er ausschließlich telefonieren, Telefonnummern speichern und Kurznachrichten schicken konnte. Der Verkäufer nickte, notierte die Bestellung auf einem Zettel und tippte gleichzeitig etwas in die Kasse. Daraufhin nannte er dem Deutschen den Betrag und zeigte zur Verdeutlichung auf das Kassendisplay. Burgmeister zückte seinen Geldbeutel und legte den Betrag in bar auf den Tresen.

»Five Minutes«, sagte der Mann und wandte sich sogleich dem nächsten Kunden in der Warteschlange zu.

Der Oberkommissar stellte sich schulterzuckend etwas abseits und übte sich in Geduld. Um die Wartezeit zu überbrücken, beobachtete er die anderen Menschen, die sich dicht an dicht auf dem Platz tummelten. Familien mit kleinen und großen Kindern, ältere Damen, die gemeinsam die Auslagen bewunderten, und einige

Männer, die zusammenstanden und redeten. An einer Ecke, etwas abseits von den anderen Menschen, erkannte er die beiden Jäger, die er zusammen mit Halonen besucht hatte. Sie schienen in eine durchaus hitzige Diskussion vertieft zu sein, der Mimik der beiden Finnen nach zu urteilen. Burgmeister bewegte sich nicht vom Fleck, sondern betrachtete die beiden Jäger aufmerksam. Als sich einer der beiden – Sven Knudsen, erinnerte er sich – zufällig ein wenig drehte und den Oberkommissar entdeckte, verstummte der Finne augenblicklich. Sein Kumpan bemerkte dies und folgte dem Blick seines Kollegen sofort. Beide blickten Burgmeister nun stumm und durchdringend an, und der Deutsche bemerkte, wie ihm ein wenig unwohl wurde.

»Food is ready«, rief ihm der Essensverkäufer genau in diesem Augenblick zu.

Dankbar für diese Ablenkung nahm Burgmeister seine Bestellung, die auf einem Pappteller drapiert war, in die Hand. Als er sich wieder zu den beiden Jägern umdrehte, waren diese verschwunden.

Auch gut, dachte er, stach die Plastikgabel in die gebratene Wurst und biss ein Stück ab, nur um sofort schmerzerfüllt zurückzuzucken. Die Bratwurst war brühend heiß! Er spuckte das abgebissene Stück auf den Boden und holte mehrfach tief Luft, um die Hitze in seinem Mund so gut wie möglich entweichen zu lassen.

»Verdammte Scheiße!«, rief er so laut, dass einige der anderen wartenden Gäste sich zu ihm umdrehten.

»Is something not right?«, fragte der Verkäufer besorgt.

»Heiß! Hot!«, erwiderte Burgmeister japsend.

»I am really sorry.«

Zur Antwort winkte der Oberkommissar nur ab. Mit dem Teller in der einen und der Gabel in der anderen Hand, verließ er den Platz und ging zurück zur Polizeistation. Mehrfach schaute er sich um, konnte aber die beiden Jäger nirgendwo entdecken. Was im Umkehrschluss bedeutete, dass sie zumindest vorerst nicht vorhatten, ihm aufzulauern.

In seinem Büro war weder von seinem Dolmetscher noch von dem versprochenen Computer irgendeine Spur zu sehen.

Wenigstens habe ich meine Ruhe, dachte Burgmeister und setzte sich an den breiten Tisch. Versuchsweise legte er einen Finger auf die Wurst und stellte fest, dass sie zwar immer noch warm, aber nicht mehr so heiß war, dass seine Zunge schmelzen würde. Der Oberkommissar biss nun herzhaft hinein und kaute lange. Die Wurst schmeckte ihm ausgesprochen gut. Obwohl sie nicht so einen besonderen Geschmack hatte wie diejenigen, die auf dem Münchner Tollwood verkauft wurden, genoss er es, ein gutes Stück Fleisch im Mund zu haben. Die Pommes waren zwar inzwischen kühl, aber er aß sie trotzdem mit der freien Hand. Nach dem Mahl rülpste er vernehmlich und nahm dann sein Handy zur Hand. Zeit, seine Tochter anzurufen!

Nach dreimaligem Klingeln nahm Janine ab.

»Hallo?«, fragte sie.

»Hallo Janine«, sagte Burgmeister.

»Papa. Schön, dass du es einrichten konntest, obwohl du so schwer beschäftigt bist.«

Die Ironie hat sie von mir, dachte er. »Ist es momentan ungünstig?«, wollte er wissen.

»Nein, alles gut. Ich bin gerade von der Schule heimgekommen und wollte mir jetzt was zu futtern machen.«

»Ist Mama nicht da?«

»Die arbeitet.«

»Und sie schafft es nicht, dir etwas zu Essen zu machen?«

»Du schaffst es ja auch nicht, mich zur vereinbarten Zeit anzurufen.«

»Touché«, sagte er.

»Papa, wo bist du?«, wechselte sie das Thema.

»In Finnland.«

»Was machst du denn dort?«

»Eine lange Geschichte. Ich erzähle sie dir, wenn ich wieder daheim bin.«

»Wann wird das sein?«

»Das weiß ich noch nicht so genau.«

»So verbindlich wie immer.«

»Janine«, sagte er und seufzte. »Es tut mir leid, dass ich einfach so abgereist bin. Ich hätte dich gerne mitgenommen, aber du hast Schule, und außerdem ...«

»Ist schon gut. Ich weiß übrigens, was bei dir auf der Arbeit passiert ist.«

»Du weißt es?«

»Mama hat es mir gesagt.«

»Was hat sie dir denn genau erzählt?«

»Nicht viel. Nur, dass du einen Fehler gemacht hast und suspendiert wurdest. Außerdem hat sie sich furchtbar über dich und deine Marotten aufgeregt und ist dabei von einem Thema zum nächsten gesprungen. Werdet ihr euch scheiden lassen?«

»Vielleicht«, gab er offen zu. »Ich weiß es wirklich noch nicht.«

»Da ist Mama anscheinend schon einen Schritt weiter. Sie hat gesagt, dass sie froh ist, dass du aus dem Haus bist und sie nicht mehr nervst. War ein bisschen cringe.«

»Cringe?«, fragte er verwirrt nach.

»Peinlich«, erklärte sie. »Sie hat sich echt reingesteigert und ... sie macht den Eindruck, dass sie dich ziemlich hasst.«

»Und das hat sie alles vor dir gemacht?«

»Ja.«

Die alte Schlange, dachte er, sagte es aber nicht laut.

»Wie würdest du dich denn fühlen, wenn sich deine Eltern trennen würden?«, fragte er.

»Um ehrlich zu sein, glaube ich, dass es für mich okay wäre«, erwiderte Janine. »Ich bin ja schon groß, und bei einigen meiner Freunde haben sich die Eltern auch scheiden lassen. Ich weiß also, wie es ist.«

»Ich glaube, es ist noch ein Unterschied, ob man es bei anderen sieht, oder ob es einem selbst passiert.«

»Warum streiten du und Mama eigentlich ständig?«, wollte Janine wissen.

»Soll ich ganz ehrlich zu dir sein?«

»Ich bitte darum.«

»In Ordnung«, sagte er und atmete tief ein. »Ihr gefällt es nicht, wie ich lebe, wie ich arbeite und wie ich als Mensch im Allgemeinen bin. Und mir gefällt es nicht, wie sie sinnlos Geld verpulvert, sich mehr um die Außenwirkung kümmert als um die Familie, und wie sie alles, was ich tue, immerzu kritisiert.«

»War das schon immer so?«

»Nein«, gab Burgmeister zu. »Als Mama und ich jünger waren, war es irgendwie anders. Wir waren wirklich verliebt ineinander.«

»Aber habt ihr euch jemals wirklich geliebt?«

»Ich bin mir nicht sicher, ob ich mit meiner vierzehnjährigen Tochter darüber sprechen möchte.«

»Mit wem denn sonst?«

Burgmeister musste zugeben, dass sie recht hatte. Er hatte keine wirklichen Freunde, und mit seinen Arbeitskollegen oder gar mit einem Psychologen wollte er ganz bestimmt nicht darüber sprechen. Schließlich war er weder eine Heulsuse, noch war er ein Fall für den Therapeuten.

»Sagen wir einfach, dass wir damals der Meinung waren, dass es eine gute Idee wäre, zu heiraten.«

»Ich vermisse dich«, sagte Janine unvermittelt.

»Ich dich auch«, antwortete er und meinte es auch so.

In diesem Moment wurde die Tür geöffnet, und ein Uniformierter kam herein, hinter sich einen Rollwagen mit einem altertümlich anmutenden Computer, einem Röhrenmonitor und Peripherie herziehend und den Oberkommissar fragend ansehend. Burgmeister hob kurz die Hand als Zeichen, dass der andere warten sollte.

»Janine, ich muss Schluss machen«, sagte er ins Telefon.

»Na gut«, erwiderte sie seufzend. »Wann rufst du mich wieder an?«

»Kann ich noch nicht genau sagen. Hier ist sehr viel zu tun.«

»Okay. Dann schreib mir einfach, wenn es für dich passt. Kann auch nachts sein.«

»Nachts solltest du aber schlafen.«

»Damit ich groß und stark werde?«

»Das bist du doch schon. So, jetzt muss ich aber aufhören.«

»Bis bald. Hab dich lieb.«

Ich dich auch, wollte er sagen, aber da hatte seine Tochter bereits aufgelegt.

Der finnische Polizist stand immer noch in der Tür und wartete.

»Stellen Sie den Computer bitte hier auf den Tisch«, sagte Burgmeister und zeigte auf eine Stelle vor sich.

Der Finne verstand zwar die Worte nicht, aber die Geste, und lud seine Fracht daher ab. Nach wenigen Minuten hatte er sämtliche Kabel angeschlossen.

»Wo ist der Drucker?«, fragte Burgmeister.

Der finnische Polizist sah ihn verständnislos an. Dem Oberkommissar fiel partout das englische Wort nicht ein und er versuchte daraufhin, durch Gesten zu erklären, was er meinte, aber der Beamte verstand ihn immer noch nicht. Schließlich gab der Deutsche auf und gab das Handzeichen, dass sich der Finne zurückziehen durfte. Er verließ ebenfalls das Zimmer und ging zu Niemis Büro.

»Herr Burgmeister«, begrüßte ihn der Dienststellenleiter auf die übliche Weise.

»Herr Niemi, vielen Dank für den Computer. Ist zwar ein älteres Modell, aber ich denke, ich komme schon damit zurecht.«

»Das freut mich.«

»Nur leider fehlt der Drucker.«

Der Dienststellenleiter antwortete nicht, sondern nahm sein stationäres Telefon zur Hand und wählte eine Nummer. Dann sagte er einige Worte in seiner Heimatsprache und legte wieder auf.

»Der Drucker wird bald bei Ihnen sein. Wie kommen Sie denn voran?«

»Soweit ganz gut«, antwortete Burgmeister vage. »Haben Sie Halonen gesehen?«

»Ist er nicht bei Ihnen?«

Der Oberkommissar zeigte neben und hinter sich auf leere Stellen, um zu verdeutlichen, dass sein Dolmetscher nicht anwesend war.

»Wenn er Ihnen über den Weg läuft, sagen Sie ihm bitte, dass ich seine Unterstützung brauche«, bat Burgmeister.

»Natürlich«, bestätigte Niemi. »Noch etwas?«

»Nein, passt schon.«

Der Dienststellenleiter nickte und widmete sich daraufhin wieder seinem eigenen Monitor.

Schöne Scheiße, dachte der Deutsche und verließ Niemis Büro.

Wenn er schon nicht arbeiten konnte, wollte er seine Zeit wenigstens nicht komplett vertrödeln, darum ging er nach draußen, orientierte sich kurz und schlug dann einen Weg ein, den er noch nicht kannte. Dass der Teller und das Besteck der Imbissbude noch immer in seinem eigenen Büro standen, hatte er bereits vergessen.

Die schmale Straße, die er entlang ging, führte ihn zu einem Gebäude, das von außen wie ein Gefängnis wirkte, obwohl es nicht eingezäunt war. Auf dem angrenzenden Sportplatz tummelten sich einige junge Leute, woraus er schloss, dass es sich um eine Schule oder um eine ähnliche Bildungseinrichtung handeln musste. *Oder vielleicht auch eine offene Vollzugsanstalt für minderjährige Straftäter,* fügte er im Geiste hinzu. Er zog erneut sein Handy aus der Tasche und suchte im Adressbuch die Telefonnummer seines Vorgesetzten Gert Aubichler in München. Als er sie gefunden hatte, drückte auf die *Anrufen*-Taste und lauschte dem Freizeichen.

»Johannes«, meldete sich ein Bariton.

»Hallo Gert.«

»Wie geht es dir?«

»Danke, alles paletti. Du, ich rufe wegen der internen Ermittlung gegen mich an. Wie ist der Stand?«

»Die Leute von der Aufsicht sind noch damit beschäftigt, die Details zu prüfen.«

»Das heißt?«

»Das heißt, dass sie jeden Stein umdrehen und sich alles ganz genau ansehen.«

»Damit die Anklage gegen mich wasserdicht sein wird?«, fragte Burgmeister abschätzig.

»Als ich mit Tom, dem Leiter der Truppe, zuletzt gesprochen habe, hatte ich den Eindruck, dass sie eher versuchen, dich zu entlasten.«

»Meinst du wirklich?«

»Glaube mir, die Burschen sind besser als ihr Ruf.«

»Wie lange wird das noch dauern?«

»Keine Ahnung«, gab Aubichler zurück. »Ich schätze, dass du noch eine ganze Zeit lang suspendiert sein wirst.«

»Toll«, ätzte der Oberkommissar.

»Nimm es nicht so schwer. Genieße lieber deine freie Zeit, solange es möglich ist.«

»Du meinst, bis ich eingebuchtet werde?«

»Jetzt hör schon auf«, sagte sein Vorgesetzter ernst. »Ich bin sicher, dass sich alles klären wird. Es dauert nur eben seine Zeit.«

»Schon okay. Ich lasse mir einfach die Sonne auf die Wampe scheinen und mache einen auf Lebemann.«

»So ist es recht. Ich würde wirklich gern noch mit dir plaudern, aber die Pflicht ruft.«

»Lass dich von mir nicht aufhalten. Einer muss ja schließlich für Recht und Ordnung sorgen. Du sagst mir aber Bescheid, wenn die Bluthunde zu einem Ergebnis gekommen sind, ja?«

»Darauf kannst du dich verlassen. Pfiad di«, sagte Aubichler und legte auf. Burgmeister steckte sein Telefon zurück in die Tasche. Dann folgte er dem asphaltierten Weg weiter an einigen Wohnhäusern vorbei, bis dieser eine enge Kurve zog und steil bergauf führte. Schließlich fand er sich an einem anderen Gebäude wieder, auf dem in großen Lettern das Wort *Nurmes Talo* geschrieben stand. Durch die bis zum Boden reichenden Fenster konnte er einen Blick ins Innere erhaschen und entschloss sich dazu, durch den Haupteingang zu treten, dessen Türen sich automatisch zur Seite hin öffneten. Links zweigten zwei weitere Türen ab, geradeaus befand sich ein Aufzug, und rechts entdeckte er ein kleines Café. Hinter den links befindlichen Eingängen sah er einige Regale aufragen, die mit Büchern vollgepackt waren.

Eine Bibliothek, kombinierte er und ging spontan hinein. Der Angestellten, die an einem langen Tisch saß und ihren Blick abwechselnd auf einen Stapel Druckerzeugnisse und einen Computermonitor richtete, nickte er kurz zu und trat dann zwischen die Regale, um das

Angebot zu betrachten. Diese Tätigkeit hatte er gerne in München gemacht, wenn er gerade mal nichts zu tun gehabt oder sich nach einem Streit mit seiner Frau auf andere Gedanken hatte bringen wollen. Die Bücher hier waren selbstverständlich alle auf Finnisch. Er studierte dennoch ausführlich die Buchrücken und arbeitete sich von einem Regal zum nächsten vor.

In einem der Zwischenräume stieß er mit einem groß gewachsenen Mann zusammen.

»Sorry«, murmelte er und ging auf eine Seite, um dem anderen Besucher Platz zu machen.

Der andere Mann trat ihm allerdings genau in den Weg. Burgmeister wechselte erneut die Seite, aber der Mann tat es ihm wieder gleich.

»What is it?«, fragte Burgmeister in gebrochenem Englisch.

Der Mann, der ihn um sicher zwanzig Zentimeter überragte, antwortete nicht, aber sein Blick sprach Bände. Es lag Hass in seinen Augen, als er den Deutschen fixierte.

»Can I help you?«, versuchte es Burgmeister noch einmal.

Der andere reagierte nach wie vor nicht, sondern starrte den Oberkommissar weiterhin einfach nur stumm an. Burgmeisters Sinne schärften sich wegen dieser bedrohlichen Situation augenblicklich, und er überlegte, wie er am besten reagieren könnte. Er ließ den Finnen nicht aus den Augen, während er langsam einen Schritt nach dem anderen nach hinten richtete. Er versuchte, zu spüren, ob sich niemand von hinten an ihn anschlich. Eine Bibliothek war zwar nicht gerade der geeignetste Ort, um jemanden in einen Hinterhalt zu locken, aber der Oberkommissar hatte schon ganz andere Dinge erlebt. Er riskierte einen kurzen Blick hinter sich und stellte erleichtert fest, dass dort niemand war. Allerdings musste er ebenso feststellen, dass es eine blöde Idee gewesen war, sich von seinem Gegenüber abzuwenden, auch wenn es nur für zwei Sekunden gewesen war. Diese Erkenntnis kam in Form einer Faust, die ihn jetzt mit voller Wucht auf den rechten Wangenknochen traf. Der Schlag war so hart, dass er taumelte und sich nur durch Glück gerade noch so eben am gegenüberliegenden Regal festhalten konnte. Den zweiten Schlag sah er zwar kommen, konnte ihn aber nicht vollständig abwehren. Instinktiv riss er die Arme nach oben und wandte sich zur Seite in dem Versuch, den Schwung des Schlages zumindest ein wenig abzufangen. Dies gelang ihm zwar, aber dafür schoss ihm jetzt ein unglaublicher Schmerz durch seine Unterarme. Burgmeister fing sich erneut, und sein Verstand schaltete auf den antrainierten Automatismus um. Beim nächsten Schlag duckte er sich instinktiv und rollte sich zur Seite, um außer Reichweite seines Gegenübers zu gelangen. Auf dem Boden liegend, zog er die Beine an und trat dann mit voller Wucht zu. Eigentlich hatte er vorgehabt, den Bauch seines Gegners zu treffen, aber er verschätzte sich und traf stattdessen die Kniescheiben des Mannes. Der Großgewachsene brüllte schmerzerfüllt auf und stolperte rückwärts. Der Deutsche stand geschmeidig auf und setzte sofort nach. Die rechte Hand zur Faust geballt, holte er aus und traf sein Gegenüber mitten auf die Nase. Mit Befriedigung hörte er das schmatzende Knacken eines brechenden Knorpels und holte ein zweites Mal aus. Dieses Mal traf er die Stirn des Mannes, der daraufhin zusammensackte und benommen liegen blieb.

Der Kampf hatte nur wenige Augenblicke gedauert, aber Burgmeister war schweißüberströmt, und sein ganzer Körper schmerzte, allen voran sein Gesicht.

Ich werde zu alt für diesen Scheiß, dachte er, als er sich über den am Boden liegenden Mann beugte und in dessen Taschen wühlte, darauf achtend, nicht noch einmal überrascht zu werden.

»Mitä täällä tapahtuu?«, fragte eine weibliche Stimme hinter ihm laut.

»Er hat mich angegriffen«, antwortete der Deutsche schwer atmend.

»Mitä?«, fragte sie.

»He attacked me«, versuchte es Burgmeister auf Englisch.

Die Frau schüttelte verständnislos den Kopf. Der Oberkommissar versuchte, ihr pantomimisch klarzumachen, was gerade vorgefallen war, und schließlich schien ihr zu dämmern, was er ihr mitteilen wollte, denn sie nickte eifrig.

»Rufen Sie die Polizei«, sagte Burgmeister und hielt sich die Hand ans Ohr, als würde er telefonieren. »Police«, fügte er hinzu.

»Minä soitan«, antwortete die Frau und ging zu ihrem Tisch hinüber, auf dem sich ein kabelgebundenes Telefon befand.

Der Deutsche widmete sich weiter dem bewusstlos am Boden liegenden Finnen, und nach einigem Suchen fand er schließlich in dessen Hosentasche eine lederne Geldbörse.

Wollen wir doch mal sehen, dachte er und ging den Inhalt der Brieftasche durch. Eine Kreditkarte, eine Giro-Karte, eine Versichertenkarte, und natürlich Ausweis und Führerschein, alles auf den Namen Lauri Tiltti. In einem anderen Fach der Geldbörse fand er, wonach er wirklich gesucht hatte: einen Waffenschein und die Mitgliedskarte des lokalen Jagdvereins. Burgmeister presste grimmig die Lippen zusammen.

Er musste geschlagene zwanzig Minuten warten, bis endlich die örtliche Polizei mitsamt zwei Sanitätern eintraf. Bereits kurz nach der Attacke hatten sich einige Kunden der Bücherei versammelt und Burgmeister geholfen, den Angreifer in Schach zu halten. Einer von ihnen, augenscheinlich ein Handwerker, hatte zufälligerweise Kabelbinder bei sich gehabt und dem großgewachsenen Mann die Hände fachmännisch hinter dem Rücken gefesselt. Er und Burgmeister sprachen zwar unterschiedliche Sprachen, verstanden sich aber dennoch auf Anhieb. Der Handwerker, der mit Vornamen Ilkka hieß, wie der Oberkommissar erfuhr, erklärte den finnischen Polizisten den Sachverhalt, und die Uniformierten führten den Angreifer schließlich ab, nachdem dieser von den Sanitätern versorgt worden war.

»Kiitos«, sagte Burgmeister auf Finnisch zu seinem Helfer und verließ dann ebenfalls das Gebäude. Das Adrenalin in seinen Adern war bereits wieder abgeebbt, und immer mehr wünschte er sich, niemals mit dem Rauchen aufgehört zu haben. Er hätte jetzt wirklich eine Zigarette vertragen können.

Er streckte sich kurz und schlug dann den Weg zur Polizeistation ein. Natürlich hätte er auch mit dem Streifenwagen zurückfahren können, aber er hatte das Gefühl, dass ihm ein Fußmarsch guttun würde. Er schritt kräftig aus und fiel plötzlich fast hin. Sein rechter Fuß hatte bei der Auseinandersetzung anscheinend Schaden genommen. Prompt bereute er es, nicht im Auto mitgefahren zu sein.

Backen zusammenkneifen, schalt er sich und ging weiter, jetzt allerdings nicht mehr so schnell. Auf dem Weg begegnete ihm eine alte Dame, die gerade ihren Hund spazieren führte. Dem Blick nach zu urteilen, den sie ihm zuwarf, sah er ziemlich lädiert aus. Er lächelte ihr freundlich zu und ging an ihr vorbei, nicht ohne fast über die locker am Boden schleifende Hundeleine zu stolpern.

»Anteeksi«, sagte die Frau zu ihm.

Burgmeister hob die Hand zum Zeichen, dass alles in Ordnung war, sammelte sich und blickte auf die Straße, an dessen Ende sich die Polizeistation erhob. Es waren nur wenige Hundert Meter, aber für ihn hätten es in diesem Moment auch Dutzende Kilometer sein können. Nach einigen Minuten kam er endlich an und schob schwerfällig die Eingangstür auf. Auf seiner Stirn hatten sich Schweißperlen gebildet, was garantiert nicht von der milden Außentemperatur kam.

»Wo ist der Gefangene?«, fragte er.

Der Uniformierte am Informationsschalter blickte ihn verständnislos an.

»Lauri Tiltti?«, fragte Burgmeister.

»He is in the cell«, antwortete der Polizist in akzentfreiem Englisch.

Der Oberkommissar zeigte erst nach links und dann nach rechts und zuckte danach mit den Schultern, um seinem Gegenüber deutlich zu machen, dass er nicht wusste, wo sich die Zelle befand. Der andere zeigte nach links und bog dann die Hand. Burgmeister nickte und ging den angewiesenen Weg entlang, bis er vor einer vergitterten Tür stand.

So ein Idiot, dachte Burgmeister, als er vor der Zelle stand und seinen Angreifer begutachtete. Mit Befriedigung stellte er fest, dass er dem großgewachsenen Mann auch einigen Schaden zugefügt hatte. Das Gesicht des Mannes war stellenweise geschwollen und bläulich angelaufen, und auf seiner Nase befand sich ein großes Pflaster. Burgmeister betastete reflexartig sein eigenes Gesicht und zuckte schmerzerfüllt zusammen.

»Herr Burgmeister«, sagte Niemi hinter ihm. »Wie geht es Ihnen?«

»Den Umständen entsprechend«, gab der Deutsche zurück.

»Sie sehen wirklich übel aus«, sagte der Finne in bemühtem Deutsch. »Sie sollten zu einem Doktor.«

»Das mache ich, wenn ich Zeit dafür habe. Jetzt will ich erst mal mit diesem Kerl da reden. Ist Halonen wieder aufgetaucht?«

»Ich habe ihn nicht gesehen.«

»Na großartig ... Ich möchte jetzt gerne mit ihm sprechen«, erklärte Burgmeister.

»Was ist eigentlich passiert?«

»Der Typ hat mich in der Bücherei angegriffen und geschlagen.«

»Haben Sie sich gewehrt?«

»Würde der Sack so aussehen, wenn ich es nicht getan hätte?«

Niemi nickte nur.

»Es ist sehr wichtig für mich, dass ich mich jetzt mit ihm unterhalte.«

Niemi sah kurz auf seine Armbanduhr. »Na gut«, lenkte er ein. »Da Halonen nicht hier ist, werde ich für Sie übersetzen.«

»Danke«, antwortete Burgmeister. »Wo führen Sie die Verhöre normalerweise durch?«

»Wir nutzen normalerweise den Raum, in dem Sie momentan untergebracht sind.«

»Oh«, meinte der Oberkommissar. »Dann unterhalten wir uns doch am besten gleich hier mit ihm. Holen Sie bitte zwei Stühle, denn ich habe keine Lust, die ganze Zeit zu stehen, während der Pisser sich da rumfläzen darf.«

»Ist Ihnen eigentlich schon einmal aufgefallen, dass Sie einen sehr harten Umgangston haben?«

»Ja«, bestätigte Burgmeister.

»Ich habe außerdem gehört, dass Sie allgemein nicht gerade freundlich zu den Leuten sind.«

»Das verneine ich nicht. Aber ich sage Ihnen auch gerne, warum. Ich habe die Erfahrung gemacht, dass man verarscht wird, wenn man freundlich ist. Wenn Sie aber hart und unnahbar sind, traut sich niemand, Ihnen Lügen aufzutischen. Lieber werde ich nicht gemocht, erhalte dafür aber Ergebnisse, als dass ich mir Freunde mache, den Fall aber nicht löse und den Täter davonkommen lasse.«

»Warum wurden Sie suspendiert?«

»Wer hat Ihnen davon erzählt?«

»Beantworten Sie bitte meine Frage.«

»Ich werde Ihnen die Kurzfassung geben. Meine letzte Ermittlung in Deutschland ist leider … etwas aus der Bahn geraten. Um genau zu sein, ist die Verhaftung eines Drogenhändlers schiefgelaufen, und es gab Tote.«

»Sind Sie für diese Toten verantwortlich?«

»Ich habe die Ermittlungen geleitet.«

»Ich verstehe.«

»Hören Sie, ich würde wirklich gerne weiter mit Ihnen darüber sprechen, aber ich denke, wir sollten uns lieber auf den aktuellen Fall konzentrieren. Wenn Sie der Ansicht sind, dass ich dafür ungeeignet bin, sagen Sie es mir. Dann werde ich sofort sämtliche Ermittlungen beenden und mich wieder in meine Hütte begeben.«

»Ich möchte, dass Sie weitermachen, aber versuchen Sie bitte wenigstens, etwas gemäßigter aufzutreten.«

»Ich gelobe, dass ich mein Bestes tue«, erklärte Burgmeister feierlich.

Dem Dienststellenleiter schien dies zu genügen, denn er nickte nur und ging dann in den Gang zurück, aus dem sie gekommen waren. Kurz darauf kam er, mit einem Beamten im Schlepptau wieder, der in jeder Hand einen Plastikstuhl trug. Burgmeister setzte sich schwerfällig hin und betrachtete den Delinquenten. Er wollte gerade anfangen, zu sprechen, als sich hinter ihnen jemand leise, aber vernehmlich räusperte.

Der Deutsche und Niemi drehten sich gleichzeitig nach hinten um.

»Tut mir leid, komme ich ungelegen?«, fragte Halonen.

»Ganz im Gegenteil«, antwortete der Oberkommissar. »Ich hatte schon gedacht, dass Sie im See ertrunken sind. Kommen Sie, wir wollen gerade diesen Typen verhören. Er hat mich in der Bibliothek angegriffen.«

»Anscheinend hat er dabei einen guten Treffer landen können«, bemerkte der Dolmetscher und zeigte auf Burgmeisters geschwollenes Gesicht.

»Herr Niemi, ich denke, wir kriegen das allein hin«, wandte sich der Deutsche nun an den Dienststellenleiter.

»In Ordnung«, antwortete der Beamte. »Mein Deutsch wäre wahrscheinlich auch nicht gut genug gewesen.«

Er stand auf und bot Halonen den freigewordenen Platz an.

»Herr Tiltti«, wandte sich Burgmeister nun an den Mann auf der anderen Seite der Gitter. »Sie haben mich in der Bibliothek angegriffen. Warum?«

Halonen übersetzte die Frage. Als nicht sofort eine Antwort kam, stellte er sie noch einmal. Der auf der Pritsche liegende Mann reagierte noch immer nicht.

»Okay, versuchen wir es auf andere Art und Weise. Herr Tiltti, wenn Sie nicht mit mir reden, haben wir andere Möglichkeiten, Sie zum Sprechen zu bringen. Sie werden ins richtige Gefängnis gebracht, wo wir den härtesten Burschen erzählen, dass Sie ein Kind vergewaltigt haben. Was denken Sie, wie lange Sie dort drin überleben?«

Halonen sah den Deutschen fragend an. »Soll ich das wirklich übersetzen?«

»Ich bitte darum.«

Der Finne wiederholte Burgmeisters Worte in seiner eigenen Sprache. Tiltti sah jetzt auf und schien zu überlegen, ob es die Polizisten mit dieser Drohung wirklich ernst meinten. Ein Blick in das grimmige und bläulich verfärbte Gesicht des Oberkommissars schien ihn davon zu überzeugen, dass es sich um keine leere Drohung handelte.

Er setzte sich hin und sagte etwas zu Halonen, der sich daraufhin an Burgmeister wandte.

»Er sagt, dass er nicht weiß, wovon Sie reden.«

»So ein Bullshit«, antwortete der Deutsche. »Es gibt mehrere Zeugen, und die Verletzungen in meinem Gesicht kommen ganz bestimmt nicht vom Rasieren.«

Tiltti sprach weiter.

»Er sagt, dass Sie ihn geschubst und provoziert hätten.«

»Also weiß er doch, wovon ich spreche. Ist ja schon mal ein Anfang.«

»Haben Sie ihn denn geschubst?«, wollte der Dolmetscher wissen.

»Wenn Sie es genau wissen möchten, bin ich durch die Reihen geschlendert und habe mir die Bücher angeschaut. Dabei habe ich ihn aus Versehen angerempelt. Das kann passieren und war nicht meine Absicht.«

»Tiltti sagt, dass Sie ihn geschlagen hätten.«

»Natürlich habe ich das«, erklärte Burgmeister. »Nachdem er auf mich losgegangen ist und mich zu Boden geschickt hat. Sagen Sie mal, Matti, bin ich jetzt derjenige, der verhört wird?«

»Natürlich nicht«, antwortete der Finne.

»Da bin ich aber froh. Was ich gerne von diesem verkommenen Subjekt dort wissen möchte, ist, warum er mich angegriffen hat.«

»Er wiederholt, dass Sie ihn angegriffen haben und er sich nur verteidigt hat.«

»Erzählen Sie ihm doch bitte ein wenig davon, wie mit Kinderschändern im Gefängnis umgegangen wird.«

»Das weiß ich leider nicht.«

»Dann erfinden Sie was, seien Sie kreativ«, gab Burgmeister ungeduldig zurück.

Halonen sprach bestimmt eine Minute, und seine Tonlage schien darauf schließen, dass er Tiltti in schillernden Farben ausmalte, was Gefängnisinsassen mit Leuten taten, die sich an Kindern vergriffen. Allerdings konnte es auch genauso gut bedeuten, dass Halonen gerade ein Kochrezept erläuterte. Burgmeister hoffte auf Ersteres. Schließlich hatte der Dolmetscher geendet und lauschte der Antwort des anderen.

»Er sagt, dass er Sie nicht mag.«

»Wer hätte das wohl gedacht?«

»Und dass er Ihnen eine Lektion erteilen wollte, weil Sie hier herumschnüffeln.«

»Interessant. Weiß er mehr über den Toten im Wald?«

Nach einem kurzen Wörteraustausch sagte Halonen: »Tiltti erklärt, dass er nichts mehr sagen wird, bis sein Anwalt hier ist.«

»Der Penner denkt wohl, dass er sich hier in einem Film oder einem schlechten Roman befindet«, gab Burgmeister unwirsch zurück. »Bis sein Anwalt hier ist, ist er schon im nächsten Knast.«

Der Dolmetscher fragte den hinter Gittern sitzenden Finnen, was er über den Todesfall wusste. »Er sagt, dass er nur das weiß, was auch die anderen wissen.«

»Aha. Das erhärtet meinen Verdacht, dass sich die Burschen untereinander abgesprochen haben. Ich denke, wir verschwenden hier für den Moment nur unsere Zeit. Lassen wir ihn bis morgen kochen, vielleicht ist er ja dann gesprächiger. Sorgen Sie dafür, dass er weder zu essen noch zu trinken bekommt. Lassen Sie ihm die Decke und das Kissen wegnehmen, und außerdem soll das Licht die ganze Nacht über angeschaltet bleiben. Mal sehen, ob er morgen dann immer noch so großspurig ist.«

»Ich bin mir nicht sicher, ob das alles erlaubt ist«, gab Halonen zu bedenken.

»Dann sorgen Sie dafür, dass es erlaubt wird. Von mir aus kriechen Sie Niemi in den Arsch, wenn es sein muss. Hauptsache, der Pisser ist morgen gefügiger. Ich werde jetzt erst einmal duschen und mich ausruhen. Ich fühle mich, als ob ich von einer Walze überrollt worden wäre.«

»Mit Verlaub, so sehen Sie auch aus.«

»Danke für Ihr Mitgefühl.«

»Möchten Sie, dass ich Sie vorher noch zum Arzt fahre?«

»Nein, danke. Bringen Sie mich einfach nur zu meiner Unterkunft.«

»Sind Sie sicher, dass Sie nicht ins Krankenhaus wollen?«, fragte Halonen den Oberkommissar, als sie vor dem Appartement angekommen waren.

»Hören Sie auf, mich zu bemuttern«, gab Burgmeister unwillig zurück. »Sind nur ein paar Kratzer.«

»Aber ich habe Ihr Humpeln bemerkt, als wir zum Auto gegangen sind, und dass Sie Schweiß auf der Stirn haben, beunruhigt mich ebenfalls.«

»Ich sagte, Sie sollen mich in Ruhe lassen! Morgen ist alles wieder in Ordnung.«

Auf den skeptischen Blick des Dolmetschers hin erwiderte der Deutsche nichts, sondern stieg aus und kramte in seinen Taschen, bis er den Hausschlüssel gefunden hatte.

»Gute Nacht«, sagte Halonen aus dem Auto heraus.

»Ihnen auch«, erwiderte Burgmeister, schob den Schlüssel ins Schloss und sperrte die Tür auf.

»Wenn Sie noch etwas brauchen, rufen Sie mich bitte an«, rief ihm der Finne hinterher.

»Okay, *Mama*«, sagte der Deutsche und ging in sein Appartement.

Als er die Tür hinter sich abgeschlossen hatte, lehnte er sich schwer gegen das Holz und ließ sich langsam daran zu Boden gleiten. Sein Fuß schmerzte höllisch, und auch der Rest seines Körpers schien zu schreien: *Ich brauche Hilfe!* Burgmeister hatte es dem Dolmetscher gegenüber nicht eingestehen wollen, aber er hatte das Gefühl, dass sich in seinem Kopf ein Schmied befand und mit einem schweren Hammer stetig gegen den Knochen schlug. Glücklicherweise hatte er aus Deutschland eine kleine Sammlung Tabletten mitgebracht. Der Oberkommissar stand schwerfällig auf, tappte ins Bad und angelte sich seinen Kulturbeutel von der Anrichte. Darin befanden sich unter anderem Aspirin und Ibuprofen, von denen er je eine auspackte.

Auf dem Weg zurück in den Wohnbereich kam er am Kühlschrank vorbei, griff wahllos hinein und förderte zwei Dosen Bier zutage, bevor er zur Couch humpelte und sich dort niederließ. In einer Hand hielt er die Tabletten, während er mit der anderen an der Lasche zog und eine der Bierdosen öffnete. Nach einem langen Schluck des alkoholischen Getränks schob er die Tabletten nach und spülte sie mit einem weiteren Schluck hinunter.

Du wirst alt, flüsterte eine Stimme in seinem Inneren, während er immer wieder von seinem Bier trank.

Burgmeister stellte erst jetzt fest, dass er noch immer seine Jacke und seine Schuhe trug. Der Anorak ließ sich noch leicht im Sitzen abstreifen, aber mit der Fußbekleidung war es nicht so einfach, denn sie waren festgeschnürt, und der Deutsche musste sich nach vorne beugen, um die Schnürsenkel lösen und sich dann die Schuhe abstreifen zu können.

»Verdammte Treter«, nörgelte er halblaut.

Die Welt schien sich um ihn herum zu verzerren.

»Dabei bin ich doch noch gar nicht betrunken«, sagte er in die Stille des Raums hinein.

Er lehnte sich wieder zurück und dachte kurz an seine Jugend, die nun schon fast zwei Jahrzehnte zurücklag. Damals hatte er die ganze Nacht durchsaufen und am nächsten Tag topfit zur Arbeit erscheinen können. Heute brauchte er zwei Tage, um wieder einigermaßen auf dem Damm zu sein. Die erste Dose war bereits leer, und so griff er nach der zweiten, die ihm prompt aus den Fingern rutschte und auf den Boden fiel. Burgmeister beugte sich nach unten und wollte nach dem Behälter greifen, als ihm so schwindelig wurde, dass er sich kaum noch halten konnte. Er spürte, wie sein Magen rebellierte und sich entleeren wollte.

Nicht kotzen, dachte er, während er schwer atmete und versuchte, den Würgereiz zu unterdrücken. Doch es war bereits zu spät. Alles, was er heute gegessen und getrunken hatte, bahnte sich nun einen Weg durch die Speiseröhre und strömte in seinen Mund. Er schmeckte den ekelhaften Geschmack, und reflexartig öffnete er die Lippen. Er hätte schwören können, dass er mehr gegessen hatte, aber alles, was herauskam, war eine breiige Mischung aus Bier und Magensaft. Er hustete mehrmals, als sich immer neue Wellen aus seinem verkrampften Bauch nach oben schoben, und beugte sich vornüber. Als sein Magen endlich leer zu sein schien, wischte er sich den Mund mit dem Ärmel ab.

»Na prima«, sagte er ironisch, als er die streng riechende Lache vor sich betrachtete.

Burgmeister wollte aufstehen und zur Kochnische gehen, um sich den Mund abzutupfen und etwas Wasser zu trinken, kam aber nicht so weit. Kaum, dass er aufrecht stand, machte die Welt scheinbar wieder einen Schwenker nach rechts. Er wollte sich noch irgendwo festhalten, aber seine Glieder reagierten nur noch verzögert auf seine Befehle.

Der Deutsche fiel der Länge nach hin und knallte mit der ohnehin schon verletzten Wange voll auf den Holzboden. Ihm blieb nicht einmal mehr die Zeit für einen Schmerzensschrei, denn mit einem Mal wurde alles um ihn herum schwarz.

Der Oberkommissar wusste nicht, wie spät es war, als er wieder zu sich kam. Er bekam augenblicklich Panik, denn er konnte nichts sehen, geschweige denn etwas spüren. Für einige Minuten lag er einfach nur da und versuchte, seine Atmung unter Kontrolle und sein Gehirn zum Arbeiten zu bekommen. Schließlich beruhigte er sich langsam und versuchte, seine Situation zu analysieren. Dass er so gut wie nichts sah, musste daran liegen, dass es bereits tiefste Nacht und darüber hinaus bewölkt war und somit weder Mond noch Sterne ihr kaltes Licht auf die Erde herabsenden konnten. Mit dieser Erkenntnis schalteten sich auch seine Nerven wieder ein. Nicht, dass sie in irgendeiner Weise Mitleid mit ihm gehabt hätten. Anscheinend hatte sich jede Stelle seines Körpers gegen ihn verbündet, denn es begann, überall gleichzeitig zu schmerzen. Versuchsweise bewegte er einen Finger. Als dieser wie gewünscht reagierte, fühlte sich Burgmeister motiviert, es auch mit anderen Gliedmaßen zu versuchen. Erst ein weiterer Finger, dann noch einer, schließlich die ganze Hand. Auch seine Arme schienen ihm zu gehorchen, allerdings nur widerwillig. Seine Beine waren ein anderes Thema, denn sie verweigerten jedwede Kooperation. Mit viel Mühe schaffte es der Deutsche, sich auf den Rücken zu legen. Über sich sah er undeutlich die mit hellem Holz vertäfelte Decke.

Na also, ich bin doch nicht blind geworden, dachte er.

Allerdings hatte er keine Ahnung, was er nun anstellen sollte. Er fühlte sich wie eine auf den Rücken gedrehte Schildkröte, die auf Gedeih und Verderb ausgeliefert war. Wenigstens konnte er jetzt freier atmen.

Ein Schritt nach dem anderen, sagte er sich immer wieder vor, während er versuchte, im Nebel seiner Gedanken auf eine Idee zu kommen. Schließlich drehte er sich unter großer Anstrengung wieder auf den Bauch und musste erst einmal einige Zeit ein und aus atmen, um die Erschöpfung zu überwinden. Vor seinen Augen tanzten helle Punkte wie Glühwürmchen, was ihn darauf schließen ließ, dass er der Bewusstlosigkeit erneut sehr nahe war.

Nur nichts überstürzen, dachte er träge.

Er schob seine Arme vorsichtig nach vorne und zog den Rest seines Körpers dann mit sich. Sein Ziel war die Haustür. Langsam, mit vielen Pausen, kam er ihr näher und näher, bis er sie endlich erreicht hatte.

Und jetzt?, fragte der Teil seines Gehirns, der nicht so stark in Mitleidenschaft gezogen war wie der Rest seines Körpers.

Ich öffne die Tür und robbe nach draußen, antwortete er sich selbst.

Und wie willst du den Schlüssel umdrehen? Du hast dich gestern eingesperrt, du Vollpfosten.

Scheiße!

Noch während er überlegte, wie er dieses Dilemma lösen sollte, fiel sein Blick auf einen Besen, der nur wenige Meter entfernt in einer Ecke stand und geduldig auf seinen Einsatz wartete. Mit zusammengebissenen Zähnen robbte er zu dem Haushaltsgegenstand und stupste ihn mehrfach mit den Fingerspitzen an, bis der hölzerne Reiniger schließlich umkippte und knapp neben Burgmeisters Kopf zum Liegen kam.

Das würde mir noch fehlen, von einem verfluchten Besen erschlagen zu werden, dachte er.

Er griff nach dem Kehrer, drehte sich langsam um und nahm den Weg zurück zur Tür. Dort angekommen, schob er die Putzhilfe Stück für Stück nach oben, immer an der hölzernen Pforte entlang, bis er auf der Höhe des Schlüssels war. Burgmeister bewegte den Besen jetzt langsam nach rechts, bis er den Schlüsselring erreicht hatte. Er schaffte es tatsächlich, dass sich der Holzstab mit dem Ring verkantete.

Über sein geschundenes Gesicht zuckte ein Lächeln, welches allerdings jäh erstarb, als seine Wangen und Lippen ihm mitteilten, dass es unfassbar wehtat. Nach einigen Augenblicken sammelte er alle Konzentration, die er aufbringen konnte, und drehte den Besen Millimeter um Millimeter, in der Hoffnung, dass dieses Schloss nicht zu den Widerstandsfähigen gehörte. Sein Glück blieb ihm gewogen, denn tatsächlich spielte der Schlüssel mit. Als ein Klacken ertönte, strömte ein derartiges Gefühl von Freude durch Burgmeisters Körper, dass er für einen Augenblick seine missliche Lage vergaß.

»Jawoll«, stieß er hervor.

In seinen Ohren hörte es sich unglaublich laut an, aber in der Realität war es leiser als der Atem eines schlafenden Vogels.

Der Oberkommissar schob den Besen zur Seite und ließ ihn dann los, darauf achtend, dass der Stiel nicht auf ihn fallen konnte. Normalerweise hätte er die Türklinke herunterdrücken müssen, um nach draußen zu gelangen, aber die Tür in seinem Appartement war generell nicht die Beste, und so schwang die Pforte in diesem Moment ein kleines Stück nach außen auf. Dies war ihm schon aufgefallen, als er das erste Mal nach seiner Ankunft die Tür ab- und wieder aufgeschlossen hatte. Damals hatte es ihn geärgert, aber jetzt dankte er allen Göttern, die es in der Welt gab, dass er sich nicht beim Eigentümer beschwert und auf eine andere Unterkunft bestanden hatte.

Draußen war es ruhig und nichts regte sich.

Natürlich nicht, du Idiot, meldete sich der gehässige Teil seines Verstandes wieder zu Wort. *Es ist mitten in der Nacht, und du bist in der tiefsten finnischen Provinz. Hast du etwa eine Party erwartet?*

Halt die Fresse!, schalt er sich selbst und robbte auf die schmale Treppe zu, die ihn nach unten auf die ebene Erde bringen würde.

Die Stufen waren kein großes Hindernis, denn sie waren weder breit noch sonderlich steil.

So, und wohin jetzt, du Genie?

Irgendwo hin, wo ich Hilfe kriege.

Wie wäre es mit einem Krankenhaus?

Wie wäre es, wenn du die Schnauze hältst?

Wie wäre es, wenn du mal in deine Hosentasche schaust und dein Handy herausholst?

Burgmeister wusste nicht, ob er lachen oder weinen sollte, denn als er in die rechte Tasche griff, umfassten seine Finger den wohlbekannten Gegenstand, dem er vor langer Zeit geschworen hatte, ihn zu hassen. Jetzt liebte er das Handy abgöttisch, und er beschloss, es zu heiraten, als es sofort reagierte und sich einschaltete. Auf dem Display leuchtete in großen Lettern das Wort *Notruf* auf. Er drückte die Taste und hielt sich das Telefon ans Ohr.

Kapitel 4

Halonen warf einen Blick auf seinen Handy-Bildschirm. Er war bereits um sechs Uhr aufgewacht und hatte ein leichtes Training absolviert, bevor er gefrühstückt, sich fertiggemacht und dann zur Polizeistation gefahren war, um sich dort mit Burgmeister zu treffen. Er hatte in ihrem gemeinsamen Büro nachgesehen, dort aber nur den Computer sowie den inzwischen gelieferten Drucker vorgefunden. Danach war er in den Zellenbereich gegangen, wo Lauri Tiltti noch immer auf dem Bett lag und Löcher in die Luft starrte, aber auch hier fand er keine Spur von dem deutschen Polizisten. Schließlich war er zu Keke Niemi gegangen und hatte sich nach dem Verbleib des Oberkommissars erkundigt. Der Dienststellenleiter hatte den Deutschen auch nicht gesehen, darum hatte Halonen sein Handy gezückt und Burgmeisters Nummer gewählt.

Er hatte es nun schon vier Mal versucht, und auch seine beiden Kurznachrichten waren unbeantwortet geblieben. Der Finne musste zugeben, dass er sich langsam Sorgen machte. Burgmeister hatte gestern Abend überhaupt nicht gut ausgesehen. Inzwischen war es schon nach zehn Uhr, und noch immer war der Deutsche weder eingetroffen, noch hatte er Anstalten gemacht, sich zu melden. Halonen ging nach draußen und setzte sich in seinen Wagen. Keine zehn Minuten später kam er bei Burgmeisters Appartementhaus an und erklomm die wenigen Stufen zur Tür, wo er gerade anklopfen wollte, zu seinem Erstaunen jedoch feststellte, dass die Tür offen stand. Obwohl der Finne ein Schreibtischbeamter war, hatte er natürlich die polizeiliche Grundausbildung absolviert. Seine Sinne schalteten daher augenblicklich auf Alarmbereitschaft. Er untersuchte den Eingang und stellte fest, dass nichts beschädigt war. Also konnte ein gewaltsames Eindringen schon einmal ausgeschlossen werden. Trotzdem blieb er vorsichtig, als er die Tür langsam aufschob. Direkt vor sich sah er den umgefallenen Besen und, was deutlich schwerwiegender war, einen relativ kleinen, aber unverkennbaren Blutfleck auf dem Boden. Halonen ging in die Hocke und berührte behutsam die Stelle, wo sich der rote Fleck gebildet hatte.

Trocken, dachte er, zu seinem eigenen Erstaunen auf Deutsch.

Langsam erhob er sich wieder und ging weiter in die Unterkunft hinein, sein Gehör aufs Äußerste konzentriert und jederzeit bereit, sich gegen einen etwaigen Angreifer zur Wehr zu setzen. Sein umherstreifender Blick fiel zuerst auf den Tisch, auf dem sich noch immer die beiden Bierdosen befanden, dann auf die in seltsamer Stellung auf dem Boden liegenden Schuhe und schließlich auf die Jacke, die unordentlich auf der Couch lag. Vor dem Sitzmöbel fand er eine eingetrocknete Pfütze, die verdächtig nach Erbrochenem aussah. Ein tiefer Atemzug bestätigte ihm, dass es sich um ehemaligen Mageninhalt handelte.

»Johannes?«, fragte er leise in den Raum hinein.

Als keine Antwort erfolgte, rief er den Namen noch einmal, dieses Mal etwas lauter.

Noch immer keine Reaktion.

Er beschloss, im Bad nachzusehen, aber dort fand er nichts von Bedeutung. Im Schlafzimmer war nur das Bett und ein paar Kleidungsstücke und er bemerkte, dass dort alles ordentlich war. Da sich außer ihm niemand in dem Appartement befand, ließ er seine Deckung ein wenig sinken. Zurück im Wohnbereich untersuchte er die Kochecke und fand zwei Packungen mit Tabletten, von denen jeweils eine fehlte.

»Perkele«, fluchte er auf Finnisch.

In diesem Moment kombinierte er, dass Burgmeister den ältesten Fehler gemacht hatte, den man mit Medikamenten und Alkohol machen konnte. Er nahm sein Handy zur Hand und wählte die Telefonnummer des örtlichen Krankenhauses.

»Hallo«, sagte der Finne, nachdem er die Tür zum Krankenzimmer geöffnet hatte und den Oberkommissar auf einer der anscheinend in jedem Krankenhaus gleich aussehenden Liegen entdeckte.

»Selber hallo«, murmelte Burgmeister.

Der Finne nahm sich einen Stuhl und setzte sich neben das Krankenbett. »Wie geht es Ihnen?«

»Ganz berauschend«, antwortete der Deutsche matt.

»Was ist eigentlich passiert?«, fragte Halonen.

»Ich glaube, mir hat ein Elefant auf den Kopf geschissen und mich dann mit seinem Rüssel umklammert, bevor Affen auf mir herumgetanzt sind.«

»Sie stehen gewaltig unter Drogen, oder?«

Tatsächlich hatte der Oberkommissar, nachdem die Ambulanz ihn gefunden und hierhergebracht hatte, einige Medikamente verabreicht bekommen, die ihn ganz benommen machten. Auch jetzt hing er an einem Tropf, dessen Schlauch in seinem rechten Arm mündete.

Entsprechend knapp war die Antwort: »Yap.«

»Wie lang werden Sie hierbleiben müssen?«

»Keine Ahnung. Der Doktor hat irgendwas gesagt, aber ich habe natürlich kein Wort verstanden.«

»Ich werde nachfragen.«

»Matti?«

»Ja?«

»Wo waren Sie gestern die ganze Zeit über?«

»Unterwegs«, sagte der Finne vage.

»Ich hätte Sie sehr gut brauchen können.«

»Das hörte sich gestern aber noch ganz anders an.«

»Sie legen aber auch jedes Wort auf die Goldwaage«, sagte Burgmeister und versuchte, sich ein wenig höher zu drapieren.

Der Erfolg war eher mittelmäßig, denn kaum, dass er sich bewegt hatte, schoss ein scharfer Schmerz von seinem Fuß herauf, was seine Mimik schlagartig entgleisen ließ.

»Warten Sie, ich helfe Ihnen«, bot Halonen an.

»Schon gut«, erklärte Burgmeister unwillig zwischen zusammengebissenen Zähnen. »Ist halb so wild.«

»Jetzt haben Sie sich nicht so. Ein wenig Hilfe hat noch niemandem geschadet.«

Der Finne griff seinem Kollegen unter die Arme und zog ihn sanft nach oben, wobei er sehr darauf achtete, dem Verletzten so wenig Schmerzen wie möglich zu bereiten. Schließlich hatten sie es geschafft, und der Deutsche ließ erschöpft seinen Kopf ins weiche Kissen sinken.

»Kommen Sie für ein paar Minuten allein zurecht?«, fragte Halonen seinen Amtskollegen.

»Ich bin erwachsen, *Mami*.«

»Wenn ich daran denke, warum Sie hier im Krankenhaus sind, wage ich das zu bezweifeln.«

Zur Antwort zog Burgmeister einen Mundwinkel nach oben, was in seinem zerschlagenen Gesicht für eine Grimasse sorgte, die jeder Halloween-Maske zur Ehre gereicht hätte.

»Ich bin gleich wieder da«, sagte der Finne.

Er fragte sich durch, bis er den behandelnden Arzt gefunden hatte. Einige Antworten später kam er erneut ins Krankenzimmer.

»Willkommen zurück«, sagte Burgmeister schwach.

»Ich habe gerade mit dem Doktor gesprochen. Er sagt, dass Sie hätten sterben können.«

»Da habe ich aber Glück gehabt.«

»Außerdem muss Ihr Fuß behandelt werden. Falls Sie es noch nicht gemerkt haben, er ist extrem verstaucht, und die Röntgenbilder zeigen, dass sogar der eine oder andere Haarriss vorhanden ist. Ihr Gesicht sieht wirklich schlimm aus, das wird aber in wenigen Tagen wieder vollkommen verheilt sein. Was Sie jetzt brauchen, ist Ruhe.«

»Das heißt, ich darf hier nicht raus?«, wollte der Deutsche wissen.

Halonen streckte die Arme leicht zu den Seiten aus. »Sie dürfen jederzeit gehen, man kann Sie ja nicht hier festhalten. Aber der Doktor empfiehlt, dass Sie wenigstens drei bis vier Tage in der Klinik bleiben, bis Sie sich wieder einigermaßen erholt haben. Besser wären allerdings mindestens zwei Wochen.«

»Das ist zu lange«, erklärte Burgmeister kopfschüttelnd. »Da draußen befindet sich ein Mörder auf freiem Fuß, und je länger ich hier herum dödele, desto schwerer wird es, ihn zu erwischen.«

»Meinen Sie wirklich, dass es Sinn macht, einen Mörder zu jagen, wenn Sie selbst kaum laufen können?«

»Wer soll es denn sonst tun? Sie etwa?«

»Nein«, gab Halonen zu. »Allein schaffe ich das nicht. Aber jemanden dabei zu haben, bei dem ständig die Gefahr besteht, dass er bewusstlos umkippt, wird bestimmt nicht dazu beitragen, dass wir in dem Fall weiterkommen.«

Burgmeister musste zugeben, dass das Argument des Finnen durchaus Sinn ergab. In seinem aktuellen Zustand war er tatsächlich zu nichts zu gebrauchen.

»Okay, Matti, Sie haben gewonnen«, gab er schließlich klein bei. »Ich werde noch ein wenig hierbleiben. Aber in der Zwischenzeit dürfen wir nicht einfach die Hände in den Schoß legen. Falls Sie schon auf der Wache waren, werden Sie vielleicht bemerkt haben, dass der Computer da ist. Nur der Drucker lässt noch auf sich warten.«

»Der ist inzwischen auch eingetroffen«, erklärte der Finne.

»Hurra. Ich möchte, dass Sie die Flugblätter, über die wir gesprochen haben, erstellen und in der ganzen Stadt verteilen. Auch auf der städtischen Facebook-Seite soll ein Aufruf gepostet werden. Vielleicht liest ihn ja jemand. Kriegen Sie das allein hin?«

»Ja.«

»Wenn Sie damit fertig sind, sprechen Sie mit der lokalen Presse. Die sollen den Steckbrief auf der ersten

Seite abdrucken. Ist das alles erledigt, kommen Sie wieder hier her und erstatten mir Bericht.«

»Einverstanden«, sagte Halonen. »Was soll denn auf dem Aushang draufstehen?«

»Ein Bild des Opfers sollte sich noch auf Ihrem Handy befinden. Dazu der Text, ob jemand diesen Mann gesehen hat. Schreiben Sie auch darauf, dass uns jeder Hinweis willkommen ist. Gibt es in Finnland ein Belohnungssystem, wenn ein Zivilist dazu beiträgt, einen Verdächtigen zu schnappen?«

»Soweit ich weiß, ja.«

»Gut. Schreiben Sie erst einmal eintausend Euro für sachdienliche Hinweise aus. Wenn Sie dafür von Niemi die Freigabe benötigen, holen Sie diese ein.«

»Noch etwas?«

»Kümmern Sie sich darum, dass der Aushang überall angebracht wird, und ich meine wirklich überall. Nicht nur an den offensichtlichen Stellen wie den Supermärkten oder öffentlichen Einrichtungen, sondern in jedem Laden, an jeder Straßenecke, von mir aus auch an jedem verschissenen Baum. Ich will, dass Nurmes vollgepflastert wird. Wenn Sie das zeitlich nicht allein hinkriegen, lassen Sie ein paar Polizisten abkommandieren.«

»In Ordnung«, bestätigte Halonen und stand auf.

»Noch etwas«, hielt Burgmeister ihn zurück.

»Was denn?«

»Passen Sie auf, dass Sie nie allein sind. Falls noch so ein Trottel wie dieser Tiltti meint, handgreiflich werden zu müssen, soll er Sie nicht einfach so überrumpeln können. Tragen Sie eine Waffe?«

»Bisher hatte ich noch keinen Grund dazu.«

»Jetzt haben Sie einen. Organisieren Sie sich eine von Niemi. Wenn er keine rausrückt, lassen Sie sich etwas einfallen.«

»Was ist mit Lauri Tiltti?«

»Der soll weiter in seiner Zelle schmoren«, antwortete der Oberkommissar. »Je weich gekochter er ist, desto leichter wird es für uns, ihn zum Reden zu bringen.«

»Ich hoffe, dass das nicht gegen die Gesetze verstößt.«

»Gesetze sind dazu da, um gebrochen zu werden.«

»Aber sollten wir nicht dafür sorgen, dass genau das nicht geschieht?«

»Wir können hier noch Ewigkeiten diskutieren, oder Sie machen sich jetzt auf den Weg.«

»Meinetwegen«, lenkte Halonen ein. »Dann bin ich mal unterwegs.«

Halonen öffnete die Tür, drehte sich aber noch einmal um.

»Johannes?«

»Sind Sie etwa immer noch hier?«

»Ich wollte Ihnen nur gute Besserung wünschen.«

»Danke ... und jetzt Abmarsch.«

Der Finne verließ das Krankenhaus durch den seitlich gelegenen Haupteingang und überquerte den Parkplatz. Vormittags waren immer einige Menschen in der Klinik, entweder um jemanden zu besuchen oder um selbst einen ärztlichen Termin wahrzunehmen. Daher hatte Halonen keinen Stellplatz mehr finden können, sondern hatte seinen Wagen auf der gegenüberliegenden Straßenseite geparkt. Anders als in Deutschland war es in Finnland im Allgemeinen und in Nurmes im Besonderen nicht üblich, dass Autofahrer anhielten, wenn Passanten am Zebrastreifen standen, darum blieb der Finne stehen und schaute mehrfach abwechselnd von links nach rechts. Endlich war für einige Meter kein Auto zu sehen, und der Polizist schickte sich an, zügig die Straße zu überqueren. Er kam bis zur in der Mitte gelegenen, kleinen Verkehrsinsel, als vom nahen Kreisverkehr aus eine weitere Fahrzeugkolonne auf ihn zu kam. Halonen war zwar von geduldiger Natur – die Arbeit am Schreibtisch brachte das mit sich –, aber er hatte nicht vor, unbedingt länger als nötig hier zu verweilen. Schließlich hatte er heute einiges zu erledigen. Kurzentschlossen lief der Finne daher los und kam gerade an der anderen Straßenseite an, als das erste Fahrzeug der Kolonne auch schon an ihm vorbeifuhr, ohne die Geschwindigkeit auch nur im Mindesten zu drosseln.

»Saatana«, sagte Halonen halblaut und hob die Faust, was den Fahrer des Wagens nicht aus der Fassung zu bringen schien.

Als der Finne an der Polizeistation angekommen und in *seinem* Büro war, setzte er sich an den Computer und schaltete ihn ein. Das System benötigte fast zwei Minuten, um hochzufahren und ihm die veraltete, aber Halonen bekannte Oberfläche eines weltweit bekannten Betriebssystems zu zeigen. Er öffnete das Schreibprogramm und gestaltete die Vorlage so, dass sie im Querformat war. Der Polizist überlegte kurz und tippte dann einige Buchstaben ein. Die kommenden Minuten verbrachte er damit, am Layout zu feilen, hier und dort noch ein Wort oder eine Information einzufügen, bis er schließlich zufrieden war. Mithilfe des Datenkabels kopierte er ein Bild des Opfers auf den Computer und fügte es mit ein. Anschließend klickte er auf *Drucken* und wartete, bis der Tintenstrahldrucker zum Leben erwachte und das Blatt ausspuckte.

Halonen hielt es in die Höhe und las sich das Geschriebene ausführlich durch.

Der Aushang besagte:

Tunnetko tämän miehen?
Hän on noin metrin kahdeksankymmentä pitkä, urheilullinen ja painaa noin 75 kiloa.
Avuliaat vinkit palkitaan 1000 eurolla.

Denselben Text übersetzte er nach kurzer Überlegung auch noch ins Englische, ins Russische – das er sich von einem Übersetzungsprogramm holte – und ins Deutsche, für den Fall, dass ein ausländischer Tourist etwas beisteuern konnte.

Auf Deutsch hieß es auf dem Flugblatt:

Kennen Sie diesen Mann?
Er ist ungefähr einen Meter achtzig groß, sportlich und wiegt etwa 75 Kilogramm.
Sachdienliche Hinweise werden mit 1000 Euro belohnt.

Zufrieden mit dem Geschriebenen, vergewisserte er sich noch, dass im Drucker genug Papier war, und gab dann dem Schreibprogramm den Befehl, den Aushang zweihundert Mal auszudrucken. Während der Drucker fleißig und lautstark seiner Aufgabe nachging, lehnte sich Halonen zurück und wartete. Hin und wieder griff er nach einem Stapel im Ausgabefach und legte ihn sauber vor sich auf den Tisch. Schließlich gab der Drucker mit einem leisen Pfeifton das Signal, dass er fertig war. Halonen kopierte die gesamte Datei auf sein Handy und machte sich dann daran, einen Computer zu finden, der über einen Internetanschluss verfügte. Er wollte nur ungern den Dienststellenleiter behelligen, daher fing er auf dem Flur einen ihm entgegenkommenden Beamten ab und fragte ihn um Rat. Der Polizist führte ihn daraufhin in ein Großraumbüro, wo andere Kollegen gerade konzentriert an ihren PCs saßen und ihrer eigenen Arbeit nachgingen.

»Sami auttaa sinua – *Sami wird dir helfen*«, erklärte der Beamte und zeigte auf einen seiner Kollegen.

Halonen bedankte sich und setzte sich zu dem anderen Polizisten, erläuterte ihm kurz, worum es ging, und übernahm dann die Kontrolle über dessen Computer. Auf der Facebook-Seite von Nurmes gab es nicht viele Einträge, und da er sich gut auskannte, war es für Halonen nur eine Sache von wenigen Minuten, seine Datei in ein Bild umzuwandeln und es online zu stellen.

»Jos joku ilmoittautuu, ilmoittakaa minulle – *Wenn sich jemand meldet, lass es mich wissen*«, bat er den Polizisten und ging zurück zum Informationsschalter, um sich einen Tacker zu besorgen.

Zu seinem Bedauern verfügte der Schalterbeamte nur über handelsübliche Hefter. Nichts, mit dem man Papier sicher an anderen Oberflächen anbringen konnte.

»Mutta niitä saa K-Raudasta – *Du kannst so etwas bei K-Rauta bekommen*«, informierte ihn der Polizist.

In Halonens Büro warteten die Flugblätter geduldig auf ihn. Er schaltete den Computer und den Drucker aus, nahm sich die Papiere unter den Arm und verließ die Station. Zum nächsten Baumarkt war es nicht weit, dennoch fuhr der Finne mit dem Auto dorthin. Nicht lange, und er hatte alle Ausrüstung, die er benötigte. Unter anderem auch zwei Rollen eines laut des Etiketts auf allen Oberflächen haftenden Klebebands.

Jetzt kam der langwierige Teil der Arbeit. Er musste in jedes Geschäft und dort mit den Mitarbeitern sprechen. Außerdem musste er an jedem halbwegs plausiblen Ort in der Stadt einen der Aushänge anbringen, und das würde garantiert viel Zeit kosten.

Ich hätte Niemi gleich fragen sollen, ob er mir ein paar Kollegen zur Verfügung stellt, dachte Halonen. Er zückte sein Handy, rief beim Dienststellenleiter an und erklärte ihm die Situation in aller Ausführlichkeit.

»Voin antaa teille viisi poliisia – *Ich kann dir fünf Polizeibeamte zur Verfügung stellen*«, erklärte Niemi schließlich.

Der Dolmetscher überschlug im Geiste schnell das Arbeitsvolumen für jeden von ihnen. Er kam zu dem Schluss, dass er eigentlich eher zehn Beamte zur Verfügung haben müsste, aber er nahm, was er kriegen konnte.

»Kiitos«, bedankte er sich beim Dienstellenleiter und legte auf.

Dann ging er zurück in den Baumarkt, um weitere Tacker und Klebebänder zu besorgen.

Gegen neunzehn Uhr beschloss Halonen, es für heute gut sein zu lassen und zog über die heute verrichtete

Tätigkeit Bilanz. Gemeinsam mit den fünf Uniformierten hatten sie vierzig Geschäfte abgearbeitet und ... die Aushänge an den diversen anderen Stellen eingerechnet ... mehr als dreihundert Flugblätter über den gesamten Ort verteilt angebracht. Er war für den heutigen Tag ganz zufrieden, aber er dachte bereits daran, dass morgen noch viel mehr Aushänge anzubringen waren. Obwohl der Stadtkern von Nurmes recht schmal war, war er sehr lang gezogen und erstreckte sich von West nach Ost über viele Kilometer. Dabei waren die Außenbezirke noch nicht einmal eingerechnet. Halonen entschied, dass er das restliche Stadtgebiet seinen Helfern überlassen würde, während er morgen in die Siedlungen der Umgebung fahren würde. Er wollte nichts auslassen, denn irgendwo musste der Tote ja gesehen worden sein, bevor er seinem Schicksal im Wald begegnet war.

»Hallo«, begrüßte Halonen den Deutschen im Krankenhaus.

»Wie stehen die Aktien?«, wollte Burgmeister wissen.

Der Finne erklärte ihm, was er erledigt hatte, während der Oberkommissar den Blick fest auf ihn gerichtet hielt und konzentriert lauschte. Als Halonen mit seinem Bericht fertig war, schien sich Burgmeister ein wenig zu entspannen.

»Gut gemacht«, sagte der Deutsche schließlich. »Sie haben wirklich viel geschafft.«

»Danke«, antwortete der Finne. »Ich tue, was ich kann.«

»Ich hoffe, dass ich bald hier rauskomme. Mir ist unglaublich langweilig.«

»Soll ich Ihnen etwas zu lesen vorbeibringen?«, bot Halonen an.

»Gibt es hier denn irgendwo deutsche Bücher?«

»Weiß ich nicht, aber ich werde mal in der Bibliothek nachfragen. Weiß eigentlich Ihre Familie Bescheid, dass Sie im Krankenhaus liegen?«

»Nein«, antwortete Burgmeister. »Ich hatte noch keine Gelegenheit, sie zu informieren. Ehrlich gesagt, bezweifle ich auch, dass es meine Frau überhaupt interessiert.«

»Und Ihre Tochter?«

»Die möchte ich nicht damit behelligen, sie macht sich dann nur unnötige Sorgen.«

»Vielleicht sollten Sie es aber«, gab der Finne zu bedenken. »Nach allem, was ich gehört habe, scheint sie Interesse an Ihnen zu haben.«

»Sie ist ein Teenager. Sie hat vor allem Interesse an den Jungs in ihrer Umgebung.«

»Wenn Sie meinen.«

»Vielleicht haben Sie recht«, überlegte der Deutsche nun und seufzte hörbar. »Aber mein Handy wurde mir abgenommen, als ich eingeliefert wurde, mitsamt allen anderen Habseligkeiten. Ich vermute, die haben Schiss, dass ich mit der Benutzung meines Handys irgendwelche Geräte störe.«

»Ich lasse Ihnen ein Festnetztelefon aufs Zimmer bringen.«

»Das wäre gut.«

»Brauchen Sie sonst noch etwas?«

»Ein ordentliches Bier wäre schön«, sagte Burgmeister mit schiefem Grinsen.

»Ich glaube, das wird dem Arzt nicht gefallen.«

»Da dürften Sie recht haben. Okay, dann wenigstens etwas Anständiges zu trinken. Der Saft hier schmeckt zum Kotzen. Brot, Käse und Wurst wären auch gut.«

»Ist notiert«, antwortete Halonen. »Ich bringe Ihnen alles morgen früh vorbei.«

»Danke.«

»Keine Ursache.«

»Haben Sie heute noch etwas vor?«, wollte der Oberkommissar wissen.

»Nicht viel«, gab Halonen zu. »Ich bin müde von der vielen Lauferei heute. Ich denke, ich werde früh ins Bett gehen.«

»Alles klar, Sie Pfadfinder. Gute Nacht.«

»Gute Nacht«, sagte der Finne.

Obwohl er nicht gelogen hatte, als er Burgmeister gesagt hatte, dass er müde war, fühlte sich Halonen nicht so, als könnte er jetzt schlafen, denn viel zu viele Dinge gingen ihm gerade durch den Kopf, als dass er sich hätte entspannen können. Wie er wusste, hatte die Bibliothek bereits geschlossen, daher fuhr er zum örtlichen S-Market.

Er ging zwischen den Regalen entlang, um sowohl für sich als auch für den Oberkommissar einige Dinge zu besorgen. Während er die Auswahl durchstöberte, kam ihm in den Sinn, dass es vielleicht auch jemand auf ihn abgesehen haben könnte. Aber wäre dieser Jemand wirklich so dämlich, ihn mitten in einem Supermarkt anzugreifen? Nun, ein anderer war jedenfalls dumm genug gewesen, Burgmeister am helllichten Tag in der öffentlichen Bibliothek aufzulauern. Allerdings war bisher noch nicht geklärt, ob Lauri Tiltti tatsächlich bewusst geplant hatte, den Oberkommissar anzugreifen, oder ob er nur zufällig vor Ort gewesen und die Gelegenheit beim Schopfe ergriffen hatte. Aber woher hätte Tiltti wissen sollen, dass sich Burgmeister genau zu jener Zeit dort befand?

Halonen holte Wurst- und Käseaufschnitt aus den Kühlregalen, nahm noch eine Packung geschnittenes Brot aus der Auslage und holte für sich eine Dose Fisch sowie zwei Flaschen Pommac. Bei dem Namen handelte es sich um eine Wortschöpfung aus *Pommery*, was auf Champagner verwies, sowie Cognac, da dieses nicht-alkoholische Getränk genau wie der Schnaps in Eichenfässern reifte. Der Finne wusste, dass Pommac früher einmal in gehobenen Kreisen als Ersatz für Alkohol gereicht worden war, bevor es sich auch im bürgerlichen Bereich durchgesetzt hatte. Er bezahlte wie üblich mit Kreditkarte und fuhr dann zu seiner eigenen Unterkunft, einem kleinen Gasthaus am Stadtrand. Von hier aus hatte man eine wunderbare Aussicht auf den See, und besonders abends waren hier kaum Leute anzutreffen, sodass man wunderbar entspannen konnte. Das Essen mitsamt einer Getränkeflasche für Burgmeister legte er in den Kühlschrank, bevor er sich über sein eigenes Mahl hermachte. Der Fisch schmeckte nicht übel, und er kaute gedankenverloren, während ihm einige Dinge durch den Kopf gingen, vor allem aber Burgmeister und sein Auftreten. Er musste zugeben, dass ihm das Verhalten des Oberkommissars nicht unbedingt gefiel. Dessen forsches Auftreten, die Art zu reden, sowie die Gesprächsmethoden sprachen gegen alles, was er in Finnland gelernt hatte. In der finnischen Kultur war man sehr reserviert und nahm es lieber in Kauf, zu kurz zu kommen, als Gefahr zu laufen, jemanden möglicherweise zu verärgern. Halonen hatte zwar in Deutschland auch andere Verhaltensweisen kennengelernt, aber er hatte damals für sich entschieden, lieber auf die finnische Art zu leben. Bisher hatte ihn das auch ganz gut durchs Leben gebracht, obwohl er in mancherlei Hinsicht das Gefühl hatte, ausgenutzt zu werden. In seinem Inneren fragte ihn manchmal eine Stimme, ob er das wirklich gut fand. Halonen musste sich eingestehen, dass er zwischendurch lieber aufbegehren wollte, auch wenn sich daraus für ihn vielleicht negative Konsequenzen ergeben könnten. Bisher hatte er sich das aber nicht getraut, doch was wäre, wenn er seinem Drang einmal nachgeben würde? Vielleicht sollte er mit Smilla, seiner Freundin, darüber sprechen.

Sie würde es nicht verstehen, dachte er umgehend. Denn Smilla war Finnin durch und durch, obwohl sie zur Volksgruppe der Finnlandschweden gehörte, die einen Anteil von rund sechs Prozent an der Gesamtbevölkerung hielten.

Stattdessen kam ihm ihn den Sinn, mit dem Deutschen darüber zu sprechen, verwarf diesen Gedanken aber auch bald wieder, denn er ging davon aus, dass Burgmeister ihn gar nicht ernst nehmen und nur damit aufziehen würde. Halonen sah kurz auf die Uhr und beschloss, es mit ein bisschen Schlaf zu versuchen. Er hatte morgen schließlich viel zu tun, und er wollte ausgeruht sein.

Ausgeruht war er nicht, als er sich am frühen Vormittag in sein Auto setzte und die Bibliothek ansteuerte, um für den Oberkommissar ein deutschsprachiges Buch zu suchen. Um es ausleihen zu dürfen, musste er aber einige Minuten lang am Schalter verbringen, während ihm ein Angestellter einen Leihausweis erstellte. Damit fertig, fuhr er einige Hundert Meter, bis er beim örtlichen Krankenhaus angekommen war und ging dann zielstrebig zu Burgmeisters Zimmer.

»Hier sind Ihre Sachen«, sagte er, als er die Tür geöffnet hatte, nur um festzustellen, dass der Oberkommissar noch schlief.

Auf Zehenspitzen schlich er um das Krankenbett herum und legte sowohl das Buch als auch die Lebensmittel auf den kleinen, schwenkbaren Tisch neben Burgmeister, verschwand aus dem Krankenzimmer und verließ das Gebäude. Auf dem Beifahrersitz seines Wagens stapelten sich die Aushänge, die er heute in den umliegenden Ortschaften verteilen wollte. Dazu lagen zwei Rollen Klebeband und ein vollgeladener Tacker bereit. Halonen hatte weitere zweihundert Aushänge frisch ausgedruckt, nachdem er einen Blick auf die Landkarte geworfen und festgestellt hatte, dass viele Ortschaften eher einer Ansammlung von maximal fünf bis sechs Häusern gleichkamen. Hin und wieder gab es auch ein Geschäft, meist aus der Holzbranche. Gerade hier würde es sich seiner Einschätzung nach lohnen, seine Flugblätter zu verteilen, denn einige der hiesigen Bewohner und Holzarbeiter waren garantiert öfter im Wald unterwegs und hatten vielleicht etwas gesehen. Während er unterwegs war und seine Aushänge verteilte, schweifte er in Gedanken immer mal wieder ab. Er mochte seinen Job in Joensuu, aber gleichzeitig vermisste er das Landleben. Im Gegensatz zu der Großstadt war es hier, inmitten der Wälder, angenehm ruhig, und nur wenige Geräusche aus der Zivilisation drangen an sein Ohr. Dafür waren umso mehr Vögel zu hören, die ihr tägliches Lied pfiffen und bereits vom nahenden Winter sangen. In diesen Breitengraden kam es öfter vor, dass es bereits Mitte Oktober schneite, auch wenn das kalte Weiß nur selten für längere Zeit liegen blieb.

Vielleicht sollte ich darüber nachdenken, mir ein Haus auf dem Land zu kaufen, überlegte er, während er versuchte, einen seiner Aushänge an einem besonders störrischen Baum zu befestigen.

Er musste mehrfach nachjustieren, da nur jede zweite Tackernadel durch die dicke Rinde hindurch kam. Schließlich schaffte er es doch und ging zurück zu seinem Wagen, um weiterzufahren. Zurück auf der Nurmeksentie, wie der Abschnitt zwischen Nurmes und der nordwestlichen Kleinstadt Valtimo genannt wird, steuerte er sein Auto in die Richtung dieses Ortes. In Valtimo gab es neben einem Supermarkt auch das eine oder andere Café, wo es sich sicher lohnte, seine Aushänge anzubringen. Die Straße war zu dieser Tageszeit – es war später Vormittag – nur sehr wenig befahren, daher kam Halonen gut voran. Im Radio lief die übliche Mischung aus alten und aktuellen Hits, oft unterbrochen von Ansagen des Moderators oder Interviews mit irgendwelchen Persönlichkeiten zu aktuellen Themen. Es würde noch ein langer Tag werden ...

Der Oberkommissar lag in seinem Krankenbett und langweilte sich. Dem Impressum des Romans, den er auf seinem Tisch vorgefunden hatte, nach zu urteilen, handelte es sich um einen Krimi aus den späten Neunzigern, von einem Autor, dessen Namen er noch nie zuvor gehört hatte. Es schien um einen Polizisten der Drogenfahndung zu gehen, der abgehalftert war und seine besten Tage hinter sich hatte und nur noch ermittelte, weil er mit seinem Leben nichts anderes anzufangen wusste. Schon im ersten Kapitel hatte sich der Autor, abgesehen von zahlreichen Schreibfehlern, so viele handwerkliche Patzer geleistet, dass es für Burgmeister nicht mehr erträglich war und er das Buch zuschlug und beiseitelegte.

Hat Halonen ja super hingekriegt, dachte er mürrisch, und vom angefragten Essen war auch weit und breit nichts zu sehen, geschweige denn vom versprochenen Telefon.

Burgmeister blickte aus dem Fenster. Der Himmel war heute verhangen, und der Bewegung der Bäume nach zu urteilen, war es windig draußen. Trotz aller Schmerzmittel, die er kontinuierlich intravenös bekam, meinte er, den Schmerz in seinem Fuß immer noch zu spüren. Auch sein Kopf brummte, als hätte er einen mächtigen Sufftag hinter sich. Träge tastete er sein Gesicht ab und überlegte, ob er so schlimm aussah, wie er sich fühlte.

»Moi«, begrüßte ihn die hereinkommende Krankenschwester fröhlich, die nach seiner Einschätzung ihren fünfzigsten Geburtstag sicher schon zum sechsten Mal feierte.

»How do you feel?«, fragte sie in abgehacktem und schwer verständlichem Englisch.

»Mies«, antwortete er in seiner Sprache, da er weder die Lust hatte noch über den Wortschatz verfügte, um die passende Übersetzung zu finden.

Die Pflegerin rückte seine Bettdecke zurecht, betrachtete kritisch die diversen am Tropf hängenden Behälter und wandte sich dann wieder ab, um das Zimmer zu verlassen.

»Sorry«, sagte der Oberkommissar.

Die Pflegerin blieb stehen und sah ihn an.

»Where is my handy?«, fragte er.

Die Frau schien nicht zu verstehen, was er von ihr wollte, und blickte ihn weiter fragend an.

»My handy. Telefon«, versuchte er es erneut und hielt sich zur Verdeutlichung eine Hand ans Ohr, wobei er den Daumen und den kleinen Finger abspreizte.

»Ai sinun puhelimesi«, antwortete sie schließlich. »Se on kaapissa«, fügte sie hinzu und zeigte auf einen kleinen, weißen Schrank neben der Eingangstür.

Burgmeister hielt die Hand vor sich, mit der Handfläche nach oben.

Die Krankenschwester schüttelte den Kopf. »Ei, tämä ei ole nyt mahdollista. Sinun täytyy … levätä.«

»Geben Sie es mir jetzt, sonst reiße ich Ihnen den Kopf ab, sobald ich wieder laufen kann«, erwiderte er wütend und setzte eine drohende Miene auf.

Die Pflegerin schüttelte erneut den Kopf und verschwand dann auf den Gang.

»Dann versuche ich es halt selbst«, murmelte er, gepaart mit einer leisen Verwünschung.

Mit großer Mühe richtete er sich auf und musste einige Sekunden lang pausieren, um das einsetzende Schwindelgefühl abzuschütteln. Dann rutschte er langsam an den Rand seines Bettes und setzte erst den einen, dann den anderen Fuß auf den Boden. Ein stechender Schmerz zuckte durch sein verletztes Bein, und Burgmeister hatte das Gefühl, dass ihm tausend Nadeln in die Fußsohle gestoßen wurden. Er biss die Zähne zusammen und versuchte es noch einmal. Obwohl der Schmerz nicht nachließ, schaffte er es, aufzustehen und sich am Bettgestell entlang zu hangeln, bis er die Fensterbank erreichen konnte. Nur für einen Sekundenbruchteil stand er frei, während sich seine Hände anschickten, das steinerne Fensterbrett zu erreichen. Er hielt erneut inne, um Atem zu schöpfen, und schlich dann langsam weiter, immer an der Wand abstützend. Er hatte den Schrank fast erreicht, als er ein strammes Ziehen in seinem rechten Arm verspürte. Er hatte vergessen, sich um seinen Tropf zu kümmern! Er griff nach den Schläuchen und zog daran, um das Gestell in Bewegung zu versetzen, doch es fiel mit einem lauten Klappern um. Nur eine Sekunde danach fing das Überwachungsgerät an, einen Piepton von sich zu geben, der so laut war, dass sich Burgmeister instinktiv die Ohren zuhielt. Das bereute er im selben Augenblick, denn nun fand er gar keinen Halt mehr. Wie ein gefällter Baum kippte er nach vorne und prallte mit dem ohnehin schon verletzten Gesicht hart auf den gefliesten Boden.

»FUUUUUUUCK!«, brüllte er.

Nicht einmal eine Minute später war er umringt von Pflegern sowie einem Arzt, die versuchten, ihn langsam wieder aufzurichten und zurück in sein Bett zu bringen. Burgmeister brüllte unentwegt. Nicht, weil es schmerzte, sondern weil er so wütend war. Wütend auf sich selbst, auf die Belegschaft, und auf den Jäger, der ihn angegriffen hatte. Vor allem aber war er wütend, weil er sich nicht einmal wehren konnte, als er schließlich aufgehoben und in sein Bett getragen wurde. Das Gestell, an dem der Tropf befestigt gewesen war, war zwar noch intakt, aber die Beutel hatten Schaden genommen und ihren Inhalt auf den Boden ergossen. Die Krankenschwester, die vorhin bei ihm gewesen war, brachte neue Beutel und befestigte sie an den noch immer in seinem Arm steckenden Kanülen.

»Älä tee tätä toista kertaa«, sagte sie.

Der Oberkommissar würdigte sie nicht einmal eines Blickes, sondern wandte sich an den Arzt.

»I need my handy«, sagte er schwach und machte mit seiner Hand dieselbe Geste wie zuvor.

»You need to rest«, antwortete der andere in glücklicherweise gut verständlichem Englisch.

»Das hat mir die da auch schon gesagt«, gab Burgmeister mürrisch zurück und zeigte auf die Krankenschwester. »Ich muss meine Tochter anrufen. My ... daughter.«

Der Doktor nickte verstehend. »I can have a landline phone brought to you.«

»Was auch immer«, antwortete der Oberkommissar.

Tatsächlich dauerte es nicht lange, bis neben ihm auf dem Beistelltisch ein altmodisches Festnetztelefon mit Wählscheibe stand, das per Kabel mit Strom versorgt wurde.

Burgmeister kannte die Handynummer seiner Tochter zum Glück auswendig, obwohl er sie sich nie bewusst gemerkt hatte. Er wählte die Nummer und lauschte auf das Freizeichen. Als Janine nach zehnmaligem Klingeln den Anruf noch immer nicht angenommen hatte, drückte er auf die Hörergabel und versuchte es erneut. Dieses Mal brauchte es nur ein fünfmaliges Klingeln, bis die Verbindung zustande kam.

»Hallo?«, fragte die verschlafene Stimme eines Teenagers.

»Janine?«

»Wer ist da?«

»Papa«, antwortete er. »Hast du noch geschlafen?«

»Ja. Ich bin ein wenig krank, darum hat Mama erlaubt, dass ich heute zu Hause bleibe.«

»Dann sind wir ja schon zwei.«

»Wie meinst du das?«

»Erzähl du mir erst einmal, wie es dir geht«, bat Burgmeister seine Tochter.

»Eine Erkältung, vermutlich sogar eine Grippe«, erklärte sie. »Hier ist es momentan recht kühl, und ich habe wohl die Temperaturen unterschätzt.«

»Du solltest wirklich mehr darauf achten, dich entsprechend dem Wetter anzuziehen«, ermahnte er sie. »Es ist gefährlich, mit zu dünner Kleidung herumzulaufen.«

»Ich weiß, das sagt Mama auch immer. Aber was ist mit dir? Bist du auch krank?«

Burgmeister gab ihr einen Abriss über die kürzlichen Geschehnisse.

»Und du sagst mir, dass mein Leben gefährlich ist?«, fragte sie. »Du prügelst dich, mischst dir einen Cocktail

aus Tabletten und Bier und wunderst dich dann, dass
du im Krankenhaus aufwachst?«

»Sagen wir mal so, ich war müde und nicht mehr ganz
auf der Höhe«, machte er den schwachen Versuch, sich
zu verteidigen.

»Jedes Kind lernt doch, dass es nicht gut ist, Medizin
und Alkohol zu vermischen, und sich prügeln sollte
man auch nicht. Das hast du mir doch selbst beigebracht.«

»Ist ja schon gut«, erwiderte er.

»Ist wenigstens jemand da, der sich um dich kümmert?«

»Hier gibt es diverse Pfleger.«

»Das meine ich nicht. Die werden dafür bezahlt, sich
um dich zu kümmern. Ich meine irgendjemanden, der
sich wirklich um dich sorgt.«

»Höchstens mein Dolmetscher.«

»Du hast einen Dolmetscher?«

»Ja. Ich habe dir doch erzählt, dass ich um Hilfe bei
einer Ermittlung gebeten wurde, und da mein Finnisch
noch schlechter ist als mein Englisch, habe ich jemanden zur Seite gestellt bekommen, der sowohl Finnisch
als auch Deutsch kann.«

»Wie sieht er denn aus?«

»Na ja, er ... Hey, was interessiert dich das?«

»Nur so«, sagte sie in unschuldigem Ton.

»Ich dachte, du bist mit Tom zusammen.«

»Das ist doch schon lange vorbei.«

»Hat er dir irgendwas getan?«

»Papa, keine Sorge«, antwortete sie beschwichtigend.
»Ich habe nur einfach gemerkt, dass er nicht der Richtige ist.«

»Hätte ich dir auch vorher schon sagen können. Wer ist jetzt am Start?«

»Er heißt Will und ist ein echt netter Kerl.«

»Nett ist die kleine Schwester von ...«

»Hör auf«, schalt sie ihn und lachte gleichzeitig.

»Okay. Hör mal, ich muss langsam auflegen«, sagte er.

»Noch zu tun?«

»Ich muss gesund werden. Ich will so schnell wie möglich aus dem Krankenhaus raus, denn mir fällt hier die Decke auf den Kopf.«

»Dann halte dich mal ran. Übrigens, vielen Dank, dass du mich angerufen hast.«

»Ich wollte nur, dass du dir keine Sorgen machst.«

»Um ehrlich zu sein, mache ich mir jetzt mehr Sorgen, weil ich weiß, wie es dir geht.«

»Tut mir leid.«

»Muss es nicht. Ich bin ja froh, dass du mir Bescheid gegeben hast. Soll ich Mama etwas ausrichten?«

»Nein«, antwortete er nach kurzer Überlegung. »Ich glaube nicht, dass es sie wirklich interessiert, was mit mir passiert ist.«

»Vielleicht. Aber manchmal habe ich das Gefühl, dass du ihr mehr bedeutest, als du glaubst.«

»Ich überlege es mir«, antwortete er unverbindlich.

»Ist schon recht. Du bist erwachsen, du weißt schon, was du tust. Ich will dir da bestimmt nicht ins Gewissen reden.«

»Du hörst dich manchmal schon so an wie ich.«

»Wie das nur passieren konnte ... «

»Hat mich gefreut, deine Stimme zu hören. Gute Besserung.«

»Dir auch, Papa.«

Burgmeister wartete darauf, ob Janine noch etwas sagen würde, aber schließlich beendete sie das Gespräch. Er legte den Hörer auf die Gabel und lehnte sich zurück. Ob er seiner Frau wirklich noch etwas bedeutete?

In diesem Augenblick meldete sich seine innere Stimme zu Wort.

Du vermisst sie.

Wen?

Tu nicht so blöd, verlangte die Stimme.

Janine?

Ich meine deine Frau.

Eigentlich nicht.

Bist du dir da sicher? Ihr hattet auch gute Zeiten.

Die sind aber schon lange vorbei.

Aber nur, weil du so ein Idiot warst und dich immer nur auf deine Arbeit konzentriert hast.

Ich musste arbeiten, damit sie sich auf das Kind konzentrieren konnte.

Bla bla bla, gab die Stimme zurück.

Hey!

Du weißt selbst, dass es auch anders funktioniert hätte. Aber du wolltest ja lieber Verbrecher jagen, als dich um deine Familie zu kümmern.

Das stimmt nicht. Wenn ich die bösen Buben nicht gejagt hätte, wären sie einfach davongekommen.

Und es gab keine anderen Polizisten, die das hätten tun können?

Na ja ...

Schon gut. Ich lasse dich mal wieder allein.

Verpiss dich, gab er noch zurück, bevor er sich auf die Seite drehte und erneut das aus der Bibliothek ausgeliehene Buch in sein Blickfeld geriet. Er entschied sich dazu, es noch einmal zu versuchen, vielleicht wurde es ja auf den nächsten Seiten besser.

Tatsächlich fing das Buch schwach an und ließ dann sogar noch stärker nach. Da er aber sonst nichts zu tun hatte, nahm er Seite um Seite und Kapitel um Kapitel auf sich, bis er etwa bei der Hälfte des Romans angekommen war. Seine Augen brannten inzwischen. Er schob es auf das Licht in seinem Zimmer, das grell und direkt von oben herab schien und seiner Ansicht nach nicht unbedingt für längeres Lesen geeignet war.

Zumindest fügt es sich in die generell abweisende Ausstattung ein, überlegte er ironisch.

Er legte den Roman zur Seite und beschloss, für einige Minuten die Augen auszuruhen. Aus den Minuten wurden Stunden, denn er war müde und erschöpft, und das ständige Liegen trug nicht gerade dazu bei, seinen Wachheitsgrad zu erhöhen.

Als er wieder aufwachte, war es draußen schon dämmrig. Burgmeister kalkulierte, dass es bereits nach siebzehn Uhr sein musste. Er fühlte sich zwar wie gerädert, aber gleichzeitig stellte er fest, dass sein Fuß nicht mehr schmerzte. Genau genommen spürte er ihn gar nicht mehr. Alarmiert blickte er an sich herab. Zu seiner Erleichterung war der Fuß noch da und ruhte auf einem Kissen.

»Hallo«, sagte eine vertraute Stimme neben ihm.

Als er seinen Kopf in die Richtung der Quelle drehte, sah er, dass Matti Halonen nur einen halben Meter neben ihm saß.

»Mahlzeit«, antwortete der Oberkommissar.

»Wie geht es Ihnen?«

»Besser«, sagte er wahrheitsgemäß.

»Sie sehen auch schon etwas besser aus«, erklärte der Finne und warf einen Blick auf den leeren Beistelltisch. »Hat Ihnen das Essen geschmeckt?«

»Meinen Sie das Lesefutter? Gibt bessere Bücher.«

»Ich meine die Wurst, den Käse und das Brot.«

»Wovon reden Sie?«

»Ich habe Ihnen heute früh, als Sie noch geschlafen haben, etwas auf den Tisch gelegt. Zusammen mit dem Roman.«

»Als ich aufgewacht bin, war nur das Buch da«, erwiderte Burgmeister.

»Dann hat vermutlich eine übereifrige Pflegekraft das Essen mitgenommen«, kombinierte Halonen. »Tut mir leid. Gefällt Ihnen der Roman denn?«

»Nicht gerade professionell geschrieben«, kritisierte der Oberkommissar. »Man merkt, dass der Autor keine Ahnung hat, wovon er schreibt.«

»Soweit ich informiert bin, hat sich der Roman damals gut verkauft.«

»Weil die Leser ebenso wenig Ahnung haben«, konstatierte der Deutsche.

»Wollen Sie wissen, was ich heute so gemacht habe?«

»Erzählen Sie.«

»Ich war in den Außenbereichen der Stadt unterwegs und habe die Region mit Aushängen vollgepflastert. Außerdem habe ich mit einigen Leuten geredet. Jeder verneint, den Toten zu kennen oder ihn gesehen zu haben.«

»War zu vermuten«, gab Burgmeister zurück. »Hat sich sonst irgendjemand gemeldet?«

»Nein, bisher leider nicht.«

»Was ist mit diesem Tiltti? Hat er schon gesungen?«

»Nicht bei mir. Ich habe ihn aber auch seit heute Morgen nicht mehr besucht. Ich dachte mir, dass Sie das selbst übernehmen wollen, wenn Sie hier raus sind.«

»Gut mitgedacht«, lobte der Oberkommissar. »Das heißt, dass der Kerl jetzt seit zwei Tagen in Haft sitzt?«

»Genau. Ich habe zwischendurch mit Keke Niemi gesprochen. Er findet es nicht gut, aber er ist der Meinung, dass Sie schon wissen werden, was Sie tun.«

»Darauf kann er einen lassen.«

»Heißt es nicht *Darauf kann er sich verlassen*?«, fragte Halonen.

»Ist eine alternative Redewendung«, erklärte Burgmeister. »Hören Sie, ich werde heute Nacht noch hier bleiben, aber morgen entlasse ich mich selbst aus dem Krankenhaus. Ich drehe hier nämlich durch.«

»Sie sollten sich das wirklich gut überlegen.«

»Das habe ich. Ich bin hier unnütz, und meinem Fuß geht es gut. Ich will weiter ermitteln.«

Halonen schien darüber nachzudenken. »Okay«, willigte er schließlich ein. »Aber Sie müssen mir versprechen, mich sofort zu informieren, sollte es Ihnen wieder schlechter gehen.«

»Meinetwegen«, antwortete Burgmeister. »Wann holen Sie mich morgen ab?«

»Gegen acht Uhr?«

»Machen wir neun Uhr daraus«, schlug der Oberkommissar vor.

»Einverstanden.«

»You can not leave!«, sagte die Krankenschwester in holprigem Englisch, die er schon von gestern kannte, zum wiederholten Male, während sich Burgmeister erst seine Hose anzog, dann seine Socken und Schuhe überstreifte und schließlich sein Hemd zuknöpfte. Seine Kleidungsstücke waren nicht die frischesten, aber mehr hatte er momentan nun mal nicht zur Verfügung. Im Geiste machte er eine Notiz, so bald wie möglich in seiner Unterkunft vorbeizusehen, um zu prüfen, wie es dort aussah. Schließlich hatte er es nur geschafft, die Tür zu öffnen, aber nicht, sie wieder zu schließen. Glücklicherweise trug er all seine Wertgegenstände immer bei sich. Nachdem er sich angezogen hatte, kontrollierte er sorgfältig seine Taschen und fand nacheinander sein Handy, seine Geldbörse und seinen Appartement-Schlüssel. Nach einem letzten Blick in den Schrank steckte er seine Sachen wieder in die Taschen und zog sich seine Jacke über. Den Tropf hatte er vorher eigenmächtig abgehängt und sich die Kanülen selbst aus seinem Arm gezogen. Als erfahrener Polizist bei der Drogenfahndung wusste er, wie man Nadeln entfernte.

»Ich habe keine Ahnung, was Sie sagen, und mir ist es auch egal«, antwortete der Oberkommissar auf Deutsch. »Ich habe zu tun. Also gehen Sie mir jetzt aus dem Weg.«

Er schob sich an der zeternden Schwester vorbei, öffnete die Zimmertür und fand sich auf einem langen Flur wieder. Er entschied sich, nach links zu gehen und dem Gang zu folgen, während die Schwester nur wenige Schritte hinter ihm blieb und auf ihn einredete. Burgmeister blendete den Redefluss der Frau einfach aus und ging stoisch weiter. Sein Fuß verströmte bei jedem Schritt einen dumpfen Schmerz, der aber zum Glück so gering war, dass es den Oberkommissar kaum beeinträchtigte. Er begegnete zwischendurch dem Arzt, der sich gestern um ihn gekümmert hatte, ignorierte ihn aber genauso wie die Krankenschwester zuvor. Schließlich erreichte er den Haupteingang, wo Halonen bereits auf ihn wartete.

»Servus«, begrüßte ihn Burgmeister. »Folgen Sie mir.«

»Sie haben ja ein ganzes Abschiedskomitee mitgebracht«, merkte der Finne an, während er sich seinem Kollegen anschloss und versuchte, das Lamentieren des Krankenhauspersonals so gut es ging zu ignorieren.

»Die haben anscheinend etwas dagegen, dass ich gehe«, erwiderte der Deutsche über die Schulter hinweg.

»Nur, weil sie sich Sorgen um Sie machen.«

»Oder weil ich so hübsch bin. Wo ist der Wagen?«

»Gleich da vorn«, antwortete Halonen und zeigte auf das Fahrzeug, das am Rand des Parkplatzes stand.

»Ich fahre«, verkündete Burgmeister.

»Ganz bestimmt nicht! Ich habe nämlich keine Lust, im Graben zu landen.«

»Ich bin ein guter Fahrer.«

»Aber Sie sind noch nicht wieder gesund, auch wenn Sie sich so fühlen. Ich fahre.«

»Wollen Sie jetzt mit mir diskutieren?«

»Nein. Entweder ich fahre, oder Sie bleiben hier. Ihre Freunde werden sich sicher freuen.«

Der Oberkommissar hob die Hände als Geste der Kapitulation. »Sie haben gewonnen. Fahren Sie aber irgendwo hin, wo es was zu futtern gibt. Ich habe die ganze Nacht nichts gegessen.«

»Netter Laden«, kommentierte der Oberkommissar, als er zusammen mit Halonen in einem kleinen Café am Tresen stand und sich einen Kaffee holte. Neben belegten Broten und diversen Kuchen gab es trotz der vergleichsweise frühen Uhrzeit auch schon vollwertige warme Mahlzeiten, deren Duft dem Oberkommissar jetzt in die Nase stieg.

»Das Café gibt es schon seit langer Zeit«, dozierte der Finne. »Soweit ich von den hiesigen Kollegen erfahren habe, besteht das Klientel hauptsächlich aus Handwerkern, die hier ihre Pausen verbringen, gefolgt von Rentnern, die nachmittags gerne zu Kaffee und Kuchen herkommen.«

Der Oberkommissar betrachtete die heiße Theke und bemerkte, wie sein Magen grummelte. Er warf einen Blick auf die Tageskarte.

»Matti, übersetzen Sie das mal bitte für mich.«

»Heute gibt es Fleischbällchen nach Art des Hauses in Pilzsauce, dazu wahlweise Kartoffelpüree oder Pommes frites. Zum Nachtisch darf man sich ein Stück Kuchen nach Wahl aussuchen.«

»Wie sieht es aus mit Kaffee-Nachschub?«, wollte Burgmeister wissen.

»Wenn Sie einen Kaffee bezahlen, können Sie sich so oft nachschenken, wie Sie wollen.«

Burgmeister nahm sich einen tiefen Teller und Besteck, begab sich zur heißen Theke und schaufelte sich zuerst Püree und dann Fleischbällchen darauf. Halonen, der bereits gefrühstückt hatte, begnügte sich mit einer Tasse Tee und einem Stück hausgemachtem Käsekuchen. Der Oberkommissar hatte bereits einen Tisch in der Ecke ausgesucht und wartete dort auf seinen Dolmetscher.

»Mahlzeit«, sagte Burgmeister und biss in ein extra großes Fleischbällchen hinein.

»Guten Appetit«, erwiderte Halonen. »Wie fühlen Sie sich?«

»Jetzt, nachdem ich aus der Totenhalle raus bin, geht es mir schon viel besser.«

»Warum reden Sie eigentlich immer so?«

»Wie denn?«

»So … abfällig. So, als würde Sie das alles hier nur nerven und Sie würden am liebsten woanders sein.«

Der Oberkommissar schob seine Gabel in das Kartoffelpüree und betrachtete es kurz, bevor er es in seinen Mund schob und lange kaute.

»Soll ich Ihnen wirklich die ganze Geschichte erzählen?«, fragte er, als er heruntergeschluckt hatte.

»Ich habe Zeit«, erklärte Halonen.

»Okay. In Deutschland war ich ein erfolgreicher Ermittler. Ich habe Dutzende Drogendealer hinter Gitter gebracht und wurde mehrfach ausgezeichnet. Ich habe recht gut verdient und alles war super.«

»Und dann?«

»Dann kam meine damalige Freundin und eröffnete mir, dass sie schwanger sei. Ich wollte kein Kind, aber sie wollte es unbedingt behalten. Nach langen Diskussionen und handfesten Streitereien habe ich mich schließlich dazu breitschlagen lassen, zu heiraten und das Kind zu bekommen. Im Job konnte ich aber nicht kürzertreten. Entweder sind Sie Polizist mit Leib und Seele, oder Sie suchen sich etwas anderes. Ich dachte, es würde funktionieren, wenn ich das Geld nach Hause bringe und meine Frau sich um den Rest kümmert. Das hat auch so weit gepasst, bis ich zwischendurch mal auf unsere Kontoauszüge geschaut habe. Es wurden lauter Dinge gekauft, die absolut unnötig waren. Ich spreche nicht nur von überteuerter Kinderkleidung und Spielzeug für eine ganze Kinder-Armee, sondern auch von unnützem Deko-Kram und sonstigem Schrott. Verdammt, wir hatten sogar zwei Kinderwagen, und das für *ein* Kind, wohlgemerkt. Sie gönnte sich von meinem schwer verdienten Geld jeden Monat eine Massage, der Friseur war immer scheißteuer, und auch sonst ging sie ziemlich großzügig mit der Kohle um. Alles nur für Dinge, die man nicht braucht. Ich beschloss, es zur Sprache zu bringen, aber auf meine Art, mit Kommentaren wie *Hat sich ja gelohnt* oder *Das war wohl unbedingt nötig.* Es kam immer wieder zu Streit darüber, dass ich ja wohl nicht so kleinlich sein müsste, und dass man sich ruhig mal etwas gönnen dürfte. Im Job musste ich deshalb noch mehr arbeiten und Nachtschichten schieben, damit ich alles bezahlen konnte, was meine Frau wollte oder wovon sie dachte, es zu brauchen. Wenn ich müde nach Hause kam, forderte sie, dass ich mich sofort ums Baby kümmerte, damit sie auch mal ein wenig entspannen könnte. Herrgott noch mal, was machte die Frau denn den ganzen Tag, dass sie so erschöpft war? Jedenfalls wurde Janine – meine Tochter – älter, aber die Ausgaben wurden nicht weniger, ganz im Gegenteil. Dazu kam noch, dass ich jede

Minute meines Tages gestresst war. Die Ermittlungen waren anstrengend und teilweise gefährlich. Zu Hause konnte ich nicht einmal für einen Moment meine Füße hochlegen, ohne dass gleich wieder meine Frau ankam und Forderungen stellte. Ich hatte nicht einmal mehr Lust, überhaupt nach Hause zu gehen. Können Sie sich das vorstellen, wenn man seine eigene Familie nicht mehr erträgt? Schließlich geriet ich in eine Depression, und mein Job litt massiv darunter. Meine Erfolge wurden weniger und ich machte Fehler. Ich konnte meinem Vorgesetzten aber nicht sagen, dass ich depressiv war, denn sonst hätte ich garantiert den Job verloren. Bei meiner letzten Ermittlung in Deutschland ist etwas massiv schief gelaufen, und daraufhin wurde ich suspendiert.«

Burgmeister hielt inne und nahm ein weiteres Fleischbällchen auf die Gabel.

»Was ist passiert?«, fragte der Finne.

»Ein Großteil meines Teams wurde getötet, weil der Drogenhändler, den ich hochnehmen wollte, vorbereitet war.«

»Du meine Güte«, entfuhr es dem Finnen. »War es Ihre Schuld?«

»Offiziell dauern die Untersuchungen noch an, aber in meinen Augen gehört so etwas nun mal zum Berufsrisiko.«

»Würden Sie die Schuld denn auf sich nehmen?«

»Vielleicht«, antwortete Burgmeister ausweichend. »Aber solange die Untersuchung gegen mich noch läuft, werde ich mich bedeckt halten.«

»Durften Sie wirklich nach Finnland reisen, oder haben Sie das einfach gemacht?«

»Mir wurde nicht explizit verboten, zu verreisen.«

»Sie sagten, dass Sie kein Kind wollten. Werfen Sie Ihrer Tochter manchmal vor, Ihr Leben negativ beeinflusst zu haben?«

»Als sie noch ein Baby war, schon«, gab der Oberkommissar zu. »Aber je älter sie wurde, desto mehr lernte ich sie kennen, auch wenn ich leider nur selten Zeit für sie hatte. Inzwischen liebe ich sie allerdings sehr.«

»Und Ihre Frau?«

»Die kann mich mal am Arsch lecken.«

»Warum?«

»Weil sie dafür gesorgt hat, dass das alles überhaupt passiert ist.«

»Finden Sie nicht, dass das ein bisschen weit hergeholt und übertrieben ist?«

»Nein, eigentlich nicht.«

»Ich denke schon«, gab Halonen zurück.

»Sind Sie Psychologe oder so etwas?«

»Nein, aber ich besitze einen gewissen Menschenverstand. Wissen Sie, Johannes, es war auch Ihre Entscheidung, das Kind zu bekommen. Sie hätten auch standhaft bleiben und darauf bestehen können, dass das Kind nicht geboren wird. Oder Sie hätten sich von Ihrer Frau trennen können. Was, denken Sie, wäre dann passiert?«

»Petra hätte das Kind wahrscheinlich trotzdem gekriegt und mich dann dazu gezwungen, Unterhalt für sie beide zu zahlen.«

»Möglich«, räumte der Finne ein. »Aber vielleicht auch nicht. Haben Sie jemals mit ihr darüber gesprochen?«

»War ja nie Zeit dafür.«

»Sie hätten sich Zeit verschaffen können. Wenigstens ein paar Minuten am Tag hätten vielleicht schon ausgereicht, um mit Ihrer Frau über die diversen Dinge zu reden, die Sie beschäftigen. Darüber, wie Sie sich fühlen.«

»So bin ich aber nicht. Ich rede nicht gern über meine Gefühle.«

»Sie vergraben sie lieber«, stellte Halonen fest.

»So ist es. Gefühle stehen nur im Weg, wenn man etwas erreichen will.«

»Aber wenn Sie einem Dealer nachstellen, lassen Sie sich doch auch von Ihren Gefühlen leiten, oder nicht?«

»Das ist etwas vollkommen anderes.«

»Ich denke nicht.«

»Mir ist scheißegal, was Sie denken«, erwiderte Burgmeister schroff. »Warum erzähle ich Ihnen das alles eigentlich?«

»Weil es in Ihrem Leben nicht genug Menschen gibt, mit denen Sie über so etwas reden können. Haben Sie Freunde?«

»Nein, keine Zeit dafür.«

»Sonstige Verwandte, mit denen Sie gut auskommen?«

»Nope«, verneinte der Deutsche. »Mein Vater ist ein Schlappsack, und meine Mutter ist eine Hexe. Meine Geschwister sind arrogante Penner und sorgen sich nur um ihren eigenen Arsch.«

»Darf ich frei sprechen?«

»Von mir aus.«

»Sie tun mir leid. Sie sind ein armer Mensch, der außer seiner Arbeit nichts hat, was ihn definiert. Sie sehen nicht, wie gut Sie es eigentlich haben.«

»Natürlich tue ich das.«

»Dann erzählen Sie mal«, forderte Halonen ihn auf und verschränkte die Arme vor der Brust.

»Zum Beispiel habe ich gerade ein ziemlich gutes Mittagessen«, sagte Burgmeister.

»Hören Sie auf, Johannes. Sie wissen ganz genau, worauf ich hinauswill.«

»Erleuchten Sie mich.«

»Sie haben noch immer einen guten Job. Sie haben noch immer hohes Ansehen in Ihrer Einheit, auch wenn Sie momentan suspendiert sind ... und Sie haben eine tolle Tochter.«

»Sie kennen Janine doch gar nicht.«

»Aber immer, wenn Sie von ihr sprechen, bemerke ich das Leuchten in Ihren Augen. Das zeigt mir, dass sie eine tolle Person sein muss.«

»Das ist sie definitiv«, erklärte Burgmeister. »Sie ist ... wie soll ich sagen?«

»Sie ist ein Teil von Ihnen«, half der Finne aus. »Sie ist eine eigenständige Person, die aber mit Sicherheit viel von Ihnen hat. Sie sollten sich überlegen, ob Sie wirklich weiterhin diese raue Schale mit sich herum tragen wollen, denn je schroffer und abweisender Sie sind, desto isolierter werden Sie werden. Bis sich schließlich auch der letzte wohlwollende Mensch von Ihnen abgewendet hat, und dann sind Sie wirklich einsam.«

»Das ist ja alles schön und gut, aber wissen Sie was, Matti? Vielleicht will ich ja einsam sein. Vielleicht will ich ja mit keinem Menschen etwas zu tun haben, sondern einfach nur in Ruhe mein Leben führen.«

»Wenn Sie das wirklich wollten, wären Sie jetzt nicht

hier in Nurmes, und Sie hätten bestimmt nicht das Angebot angenommen, die Ermittlungen hier zu übernehmen. Sie wären irgendwo im tiefen Wald in einer Hütte und würden sich nicht hinausbewegen.«

»Das lag eher am Geld«, erklärte Burgmeister.

»Wissen Sie was«, antwortete Halonen und stand auf. »Wenn Sie einsam und allein sein wollen, dann sollen Sie Ihren Wunsch erfüllt bekommen. Ich bin raus!«

»Wo raus?«

»Aus den Ermittlungen. Machen Sie allein weiter, oder lassen Sie es, aber ich habe genug von Ihnen.«

Der Finne stand auf, nahm sein Geschirr und brachte es zur Sammelstelle, bevor er sich von der Belegschaft verabschiedete und das Café verließ.

Burgmeister betrachtete das inzwischen erkaltete Mahl vor sich und überlegte, ob er noch etwas davon essen sollte, entschied sich aber dagegen. Ihm war der Appetit vergangen.

Stattdessen holte er sich noch einen Kaffee, sich durchaus der verstohlenen Blicke bewusst, die einige der anderen Gäste auf ihn warfen. Ein älterer Mann, der fast so breit wie groß war, starrte ihn ganz offen an, und Burgmeister erwiderte den Blick ungerührt.

»Hast du ein Problem?«, fragte er und zog die Augenbrauen hoch.

Der Mann wandte sich wieder seinem Kuchen zu.

Vielleicht mal den Zucker gegen Obst tauschen, du Fettsack, dachte Burgmeister und setzte sich mit seiner gefüllten Tasse wieder an seinen Tisch. Er trank den heißen Kaffee in kurzen Zügen und überlegte, was er jetzt machen konnte, nachdem Halonen ihn so schmählich im Stich gelassen hatte.

Aber hast du nicht auch einen Anteil daran?, fragte seine innere Stimme.

Kann schon sein, räumte Burgmeister ein.

Du hast ihn bisher schließlich nicht gerade gut behandelt.

So bin ich halt, verteidigte er sich.

Du weißt ganz genau, dass deine Art der Behandlung nicht bei jedem gut ankommt, ermahnte ihn die Stimme. *Lange hält es niemand mit dir aus.*

Du solltest mal lieber die Fresse halten, erwiderte Burgmeister grob. *Du bist ständig nur am Motzen, egal, was ich mache.*

Weil ich der Einzige bin, der mit dir Klartext spricht.

Abgesehen von meiner Frau.

Die hat dir noch nie wirklich die Leviten gelesen. Was sie bisher gesagt hat, ist zwar die Wahrheit, aber sie hat sich immer noch zurückgehalten, wie du sehr wohl weißt. Und das hast du ausgenutzt.

Was hätte ich denn bitte schön machen sollen?, fragte der Deutsche.

Du hättest auf sie eingehen sollen. Du hättest, wenn du sie kritisierst, nicht so schroff sein müssen.

Sonst hätte sie es doch nie kapiert!

Einfühlungsvermögen ist dir ein Fremdwort, was?

Ich habe keine Zeit für Empathie. Ich bin nun mal ein direkter Typ.

Und damit hast du dir nie Freunde gemacht. Selbst deine Kollegen mögen dich nicht. Sie haben dich bisher geduldet, weil du erfolgreich in deinem Job warst. Aber erinnerst du dich daran, als in der Abteilung bekannt wurde, dass du suspendiert worden bist? Die meisten haben sich gefreut, dich endlich los zu sein. Da war kein Bedauern zu sehen, von niemandem.

Weil sie alle Arschlöcher sind, behauptete der Oberkommissar.

Vielleicht bist aber auch nur DU das Arschloch, gab die Stimme zu bedenken. *Du siehst doch, wie sehr die Leute dich* mögen, *die mit dir zu tun haben. Jetzt hast du sogar noch deinen Dolmetscher vergrault. Gute Arbeit.*

Sei nicht so sarkastisch.

Von wem ich das bloß habe ...

Mir langt es! Ich mache jetzt einen Spaziergang und dann ermittele ich weiter.

Ganz allein?, fragte die Stimme.

Natürlich.

Na dann, viel Erfolg.

Burgmeister brachte sein Geschirr zu der Sammelstelle, wie es Halonen zuvor bereits getan hatte, und ging dann nach draußen. Die Sonne schien hell und blendete ihn, darum setzte er die Sonnenbrille auf, die er in seiner Jackentasche gefunden hatte, und sah sich danach um. Halonens Wagen war nicht mehr da. Natürlich hatte er, als er das Café verlassen hatte, auch das Auto mitgenommen. Aber das machte nichts, er war sowieso der Meinung, dass es ihm guttun würde, ein wenig zu laufen, deshalb wandte er sich zur Hauptstraße und ging dann nach Westen, vom Ortskern weg. An jedem zweiten Baum und in jedem Schaufenster entdeckte er den Aushang, den Halonen erstellt und verteilt hatte. Er blieb an einer der die Straße säumenden Birken stehen und studierte das Geschriebene.

Daran gab es nichts zu meckern, musste Burgmeister zugeben.

Das Einzige, was ihn störte, war, dass bereits jetzt einige Flugblätter nur noch halb vorhanden waren. Anscheinend hatte sich irgendein Rowdy einen Spaß daraus gemacht und versucht, die Dinger abzureißen. Manche der Papiere waren der Länge nach, andere der Breite nach durchgerissen. Bei wieder anderen waren nur noch die Ecken zu sehen, wo sie mit Heftklammern an das Holz getackert worden waren.

Anstatt hilfreich zu sein, sabotieren uns diese Punks, dachte er missmutig.

Wenigstens in den Schaufenstern der Geschäfte waren die Aushänge noch unversehrt. Sein Fuß begann wieder zu pochen. Burgmeister beschloss, zur Tankstelle zu gehen und sich mit Mika zu unterhalten.

»Hallo Mika.«

»Johannes«, erwiderte der Tankstellenangestellte und hielt inne, als er das Gesicht des anderen sah.

»Du siehst aus, als hättest du mit einem Bären gerungen.«

»So etwas ähnliches«, erwiderte Burgmeister. »Gib mir bitte eine Limo.«

»Kein Bier?«

»Nee, danke.«

»Kommt sofort.«

Der Angestellte griff, ohne hinzusehen, hinter sich und nahm eine Dose Orangenlimonade in die Hand.

»Viel zu tun?«, fragte er, während er den Handscanner an den auf der Dose aufgedruckten Barcode hielt.

»Ziemlich«, erwiderte der Deutsche einsilbig.

»Kommt noch etwas dazu?«

»Nein, erst mal nicht«, antwortete der Oberkommissar und zückte den Geldbeutel, um zu bezahlen. »Problem damit, wenn ich ein wenig hierbleibe?«

»Nein, überhaupt nicht«, erwiderte Mika. »Heute ist nicht viel los, und ich bin froh über Gesellschaft. Komm, setz dich.«

Er zeigte auf einen Hocker an der Querseite des Tresens. Burgmeister nahm sein Getränk, setzte sich und seufzte leise, als er seinen Fuß endlich entlasten konnte.

»Erzähl mal, was passiert ist«, forderte ihn der Finne auf.

Der Oberkommissar öffnete geräuschvoll die Dose, nahm einen Schluck und gab dann in Kurzform wieder, warum er so mitgenommen aussah. Natürlich erzählte er auch von Tiltti, der noch immer in der Zelle saß. Von ihm aus konnte der Kerl auch dort bleiben und verrotten.

»Wo ist eigentlich dein Kollege?«

»Matti?«, soufflierte der Oberkommissar. »Der hat gerade anderes zu tun.«

»Aha«, meinte Mika und begab sich dann wieder zur Kasse, um einen gerade eingetroffenen Kunden zu bedienen.

Die Sonne neigte sich dem Horizont zu, und noch immer befand sich der Oberkommissar in der ABC-Tankstelle. Versuchsweise hatte er zwischendurch mal den Fuß auf den Boden gesetzt, nur um festzustellen, dass er mehr schmerzte, als ihm lieb sein konnte. Burgmeister saß daher weiterhin auf seinem Hocker und unterhielt sich mit Mika, der nebenbei Kunden bediente, wodurch ihre Unterhaltung immer wieder unterbrochen wurde. Die automatische Schiebetür ging gerade auf und ließ ein leises Klingeln ertönen, zum Signal, dass jemand den Laden betreten hatte.

»Johannes«, sagte Halonen und blieb hinter dem Oberkommissar stehen.

»Was wollen Sie denn hier?«, fragte Burgmeister, ohne sich zu dem Dolmetscher umzudrehen.

»Hören Sie ... wegen heute Vormittag ...«, setzte der Finne an. »Ich wollte nur sagen, dass es mir leidtut. Ich hätte nicht so reagieren dürfen.«

»Sie haben sich ziemlich blamiert, würde ich sagen«, antwortete Burgmeister.

»Sie sind manchmal aber auch wirklich schwer zu ertragen.«

»Vielleicht haben Sie recht«, gab der Oberkommissar zu. »Aber wissen Sie, nur so kommt man im Leben weiter und erreicht etwas.«

»Man erreicht, dass niemand mehr einen mag und dass man nach Möglichkeit gemieden wird, und wenn man dann irgendwann nach Hause kommt, ist man allein.«

»Darüber haben wir doch schon gesprochen.«

»Und ich habe nicht vor, dieses Gespräch jetzt fortzusetzen. Ich bin hier, weil ich mit Ihnen über den Fall sprechen möchte.«

»Ach, haben Sie sich dazu entschlossen, doch im Team bleiben zu wollen?«

»Wenn Sie es möchten.«

»Ich kann Sie jedenfalls brauchen«, räumte Burgmeister ein. »Sie sind gar nicht so ein schlechter Kerl. Okay, willkommen zurück.«

»Danke«, sagte der Finne und setzte sich auf den freien Hocker neben dem des Oberkommissars.

»Ich habe heute Ihre Aushänge gesehen«, erklärte der Deutsche. »Sind nicht übel. Nur scheint mir, dass irgendein Pisser der Meinung ist, dass dieser Aufruf nichts in der Stadt zu suchen hat.«

»Ist mir auch schon aufgefallen«, pflichtete Halonen ihm bei. »Meinen Sie, dass das einer der Jäger war?«

»Würde mich nicht wundern. Zum Thema *Jäger*... wie geht es eigentlich unserem Freund in der Zelle?«

»Lauri Tiltti? Der ist wieder auf freiem Fuß.«

»Warum denn das?«

»Für ihn wurde eine Kaution hinterlegt, und selbst wenn nicht, gibt es Gesetze, die besagen, dass man niemanden für mehr als achtundvierzig Stunden in Gewahrsam halten darf, wenn es nicht gerade um einen Mord oder Ähnliches geht.«

»Aber hier geht es doch um Mord«, erklärte Burgmeister.

»Aber nicht an Ihnen. Sie leben schließlich noch.«

»So ein Mist. Wer hat die Kaution bezahlt?«

»Nevalainen.«

»Wer auch sonst«, grummelte der Oberkommissar. »Na gut, dann müssen wir diesen Schwachkopf wohl bei sich zu Hause aufsuchen.«

»Ich glaube nicht, dass das so eine gute Idee ist«, merkte Halonen an.

»Warum nicht?«

»Weil ich nicht denke, dass er reden wird. Auch, wenn Sie ihn gehörig eingeschüchtert haben, gehe ich davon aus, dass er inzwischen einen Anwalt gefunden hat, und damit wird es kompliziert.«

»Verdammte Rechtsverdreher ... Wie auch immer, dann versuchen wir etwas anderes. Wir werden morgen auf den Marktplatz gehen und dort eine Ansprache halten, dass wir jeden offiziell auffordern, uns behilflich zu sein.«

»Das wird nicht funktionieren.«

»Warum sind Sie eigentlich immer so pessimistisch?«

»Nurmes ist klein, und der Jagdverein sehr mächtig. Die Leute kennen sich alle untereinander. Da verpfeift keiner den anderen.«

»Und wenn wir die Belohnung erhöhen? Geld hat noch immer jemanden zum Verräter gemacht.«

»Hier ist das anders. Ich weiß über solche Orte Bescheid. Da kennt man sich seit vielen Jahren. Hier werden Sie niemanden finden. Überlegen Sie doch mal: Sie sind nicht lange hier. Sobald der Fall abgeschlossen ist, werden Sie und ich weg sein, aber die Leute hier werden bleiben, und derjenige, der geplaudert hat, wird garantiert nicht ungeschoren davonkommen.«

»Und was schlagen Sie stattdessen vor? Sollen wir jetzt Däumchen drehen und darauf warten, dass der Mörder plötzlich ein schlechtes Gewissen bekommt und sich freiwillig stellt? Oder noch besser: Sollen wir den Fall einfach mit dem Stempel *Ungelöst* zu den Akten legen?«

»Wenn ich etwas sagen darf ...«, schaltete sich Mika ein.

Er stand vor ihnen an der Theke und sah von einem zum anderen.

»Was denn?«, fragte Burgmeister ungeduldig.

»Hier an der Tankstelle bekomme ich so einiges mit«, erklärte der andere. »Erst gestern kamen zwei Männer hierher und haben Bier gekauft. Dann saßen sie für eine längere Zeit dort am Fenster und haben sich unterhalten.«

»Ist ja eine sehr interessante Geschichte, und es freut mich, dass du solche spannenden Erlebnisse hast, aber ...«, setzte der Oberkommissar ironisch an.

»Warte, das Interessante kommt doch erst noch. Also, die beiden saßen da und haben miteinander geredet. Sie schienen sich zu streiten, jedenfalls habe ich das den Gesichtsausdrücken und einzelnen Wortfetzen entnommen. Da ich gerade nichts anderes zu tun hatte, bin ich rüber und habe so getan, als würde ich die umstehenden Tische putzen. Dabei konnte ich gut mithören.«

»Und, was haben sie gesagt?«

»Sie haben sich über den Toten im Wald unterhalten. In der Zeitung stand ja, dass er während einer Jagd gefunden wurde, nachdem zuvor ein Schuss zu hören gewesen war.«

»Das wissen wir alles selbst. Worauf willst du hinaus?«, fragte Burgmeister ungeduldig.

»Einer der beiden hat mehrfach gesagt, dass er *zwei* Schüsse gehört hätte.«

»Zwei? Aber alle, mit denen wir gesprochen haben, haben ausgesagt, dass nur einmal geschossen worden ist«, warf Halonen ein.

Der Oberkommissar ignorierte den Dolmetscher und sprach weiter mit Mika. »Weißt du, wie der Typ heißt, der das gesagt hat?«

»Leider nicht«, gab der Tankstellen-Mitarbeiter zurück.

»Hat er bar oder mit Karte bezahlt?«

»Mit Karte. Machen alle hier.«

»Dann möchte ich alle Zahlungen von gestern einsehen.«

»Alle? Das sind aber ziemlich viele.«

»Kannst du denn den ungefähren Zeitpunkt eingrenzen, wann die beiden Männer hier waren?«

»Vielleicht«, antwortete Mika nach kurzer Überlegung. »Aber ich kann die Abrechnungen trotzdem nicht einfach herausgeben.«

»Warum nicht?«, fragte Burgmeister.

»Weil ich dazu nicht die Berechtigung habe. Das kann nur der Eigentümer.«

»Wie heißt der?«

»Valtteri Hirvisaari.«

»Ist er da?«

»Er kommt jeden Abend vorbei, um hier zu arbeiten und die Kasse zu prüfen. Normalerweise kommt er immer gegen acht Uhr.«

Der Oberkommissar warf einen Blick auf seine Uhr. »Jetzt ist es sechs. Matti, haben Sie noch etwas vor?«

»Nein«, antwortete der Dolmetscher.

»Gut. Dann holen Sie sich etwas zu essen, und wir warten hier, bis dieser Hirvisaari kommt.«

»Terve Mika«, sagte ein junger Mann, der gerade zur Tür hereingekommen war.

»Terve Valtteri«, antwortete der Tankstellen-Mitarbeiter.

Burgmeister und Halonen sahen gleichzeitig von ihren Getränken auf und begutachteten den Neuankömmling. Der junge Mann war gut gekleidet, trug eine blaue Jeans und ein dazu passendes weißes Hemd, das fein säuberlich im Hosenbund steckte und keine einzige Falte warf. Die schwarzen Lackschuhe schienen teuer gewesen zu sein, und sie waren vollkommen sauber, ein Umstand, der besonders auffiel, da es draußen sehr staubig war. Der Oberkommissar schob sich den letzten Bissen seines Burgers in den Mund, kaute und tupfte sich dann den Mund ab. Anschließend stand er auf und ging, dicht gefolgt von Halonen, auf Hirvisaari zu.

»Hallo, wie geht's?«, sagte der Deutsche in seiner Muttersprache.

»Päivää«, übersetzte Halonen kurz und bündig.

»Moi«, antwortete der junge Mann. »Voinko auttaa jotenkin?«

»Er fragt, was er für uns tun kann«, dolmetschte Burgmeisters Begleiter.

»Erklären Sie ihm, wer wir sind und was wir von ihm wollen«, forderte der Oberkommissar.

Halonen verbrachte die nächsten Minuten damit, Hirvisaari ausführlich zu erläutern, worum es ging. Schließlich war er fertig und sah den Tankstellenbetreiber an. Der junge Mann schien zu überlegen, ob er den beiden vor ihm Stehenden glauben sollte, und Burgmeister, der dies instinktiv spürte, zog nun seine Dienstmarke aus der Tasche und zeigte sie dem Mann. Halonen tat es ihm gleich.

»Wo haben Sie die Marke eigentlich her?«, fragte der Finne leise, während Hirvisaari beide Ausweise genau studierte.

»Habe ich aus Deutschland mitgenommen.«

»Wurde Ihnen der Ausweis bei der Suspendierung nicht abgenommen?«

»Doch, aber ich habe noch einen zweiten, von dem mein Chef nichts weiß.«

Halonen wollte darauf noch etwas erwidern, aber der Besitzer der Tankstelle kam ihm zuvor.

»Mennään toimistoon«, sagte er und wandte sich um.

»Was?«

»Er möchte, dass wir mit in sein Büro gehen.«

»Nach Ihnen«, forderte Burgmeister seinen Kollegen auf.

Das Büro befand sich in einem Hinterzimmer, das so klein war, dass es Burgmeister eher an eine Besenkammer erinnerte. Dennoch war es mit allem ausgestattet, was man brauchte, um eine Tankstelle mit angeschlossenem Restaurant zu leiten. Er sah einen Tisch, drei Stühle, einen zugeklappten Laptop, einen modernen Drucker und das eine oder andere Bücherbord, auf dem sich Fachliteratur stapelte. Jedenfalls nahm der Oberkommissar an, dass es sich dabei um Fachpublikationen handelte, denn die Buchrücken sahen allesamt aus wie diejenigen, die er in der Schule und im Studium hatte lesen müssen.

Hirvisaari bot ihnen die beiden Stühle vor dem Schreibtisch an und setzte sich dann auf seinen eigenen Platz, dann klappte er den Laptop auf und gab eine scheinbar wahllose Kombination aus Buchstaben und

Zahlen ein. Anschließend tippte er für einige Minuten auf der Tastatur herum und lehnte sich dann zurück.

»Minkä aikavälin tarvitset?«, fragte er an Halonen gewandt.

»Eilen kello yhdeksäntoista ja kahdenkymmenenkahden välillä«, antwortete der Dolmetscher.

»Was erzählen Sie ihm da gerade?«, fragte Burgmeister.

»Er will wissen, aus welchem Zeitraum er die Abrechnungen filtern soll.«

»Aha. Haben Sie es ihm gesagt?«

»Ja, natürlich.«

Der Tankstellen-Betreiber tippte erneut einige Zahlen ein und klickte dann mit der angeschlossenen Maus auf das Symbol für *Drucken*. Der Drucker neben ihm erwachte mit einem Schnurren zum Leben und ließ drei dicht beschriebene Seiten herausgleiten. Hirvisaari nahm die Blätter und überreichte sie dem Dolmetscher.

»Und was sollen wir jetzt damit anfangen?«, fragte Burgmeister nach einem kurzen Blick auf die klein gedruckten Buchstaben und Ziffern.

»Sie wollten die Daten doch unbedingt haben«, erinnerte ihn Halonen.

»Ja, aber ich habe nicht damit gerechnet, dass es so viele Zahlungen sind. Bedanken Sie sich artig bei ihm, und dann sprechen wir wieder mit Mika.«

Im Gästebereich setzten sie sich gemeinsam mit dem Tankstellen-Mitarbeiter an einen Tisch.

»Ich erinnere mich noch, dass sie vier Bierdosen gekauft haben«, sagte Mika und sah sich die Papiere an.

»Schau es dir genau an, und wenn du einen Einkauf findest, der passt, dann markiere ihn mit einem Stift.«

»Okay.«

Burgmeister ging zum Kühlschrank hinüber und nahm sich eine kleine Flasche Limonade heraus. Eigentlich wäre ihm ein Bier lieber gewesen, aber nach seinem Krankenhausaufenthalt hatte er beschlossen, erst einmal Abstand vom Alkohol zu nehmen, auch aus dem Grund, dass er nicht genau wusste, welche Medikamente noch immer in seinem Blutkreislauf zirkulierten. Kurzentschlossen nahm er noch zwei weitere Flaschen und brachte sie an ihren gemeinsamen Tisch. Dort stellte er je eine vor Halonen und Mika, brach die Versiegelung seiner eigenen Limonade auf und trank einen großen Schluck. Er sagte bewusst nichts, um seinen finnischen Freund nicht zu stören.

Es dauerte über eine Stunde, bis Mika den Stift weglegte und sich zurücklehnte.

»Was gefunden?«, wollte der Oberkommissar wissen.

»Hier«, sagte der Tankstellen-Mitarbeiter und zeigte auf zwei angestrichene Zeilen. »Diese beiden Leute haben jeweils vier Bier gekauft.«

»Okay, die Zeiten passen auch?«

»Ich weiß nicht auf die Minute genau, wann die beiden, die ihr sucht, angekommen sind. Darum habe ich beide gekennzeichnet.«

»Matti, ich möchte, dass Sie die Kartennummern überprüfen und herausfinden, wer dahintersteckt. Nutzen Sie Ihre Zugänge und Ihre Kontakte in Joensuu, wenn es sein muss.«

»Alles klar. Das kann ich aber nur von der Polizeistation aus machen.«

»Warum das denn?«

»Weil ich nur dort einen Computer habe. Mobile Zugänge wurden vor einiger Zeit aus Sicherheitsgründen eingeschränkt.«

»Wir haben doch einen Laptop hier«, warf Burgmeister ein.

»Sie meinen den von Hirvisaari?«

»Ganz genau. Konfiszieren Sie ihn und sagen Sie dem Burschen, dass Sie seinen Computer für polizeiliche Ermittlungen benötigen.«

»Ich glaube nicht, dass ihm das gefallen wird.«

»Sehe ich aus, als würde mich das interessieren?«, fragte der Oberkommissar und sah den Dolmetscher unverwandt an.

Halonen stand wortlos auf und ging in das Hinterzimmer, nur um zwei Minuten später mit dem Laptop unter dem Arm wieder zum Tisch zurückzukehren. Aus der noch offenstehenden Tür drangen einige Wörter zu ihnen, die der Oberkommissar zwar nicht verstehen, aber aufgrund der Tonlage einschätzen konnte, dass es keine freundlichen Worte waren. Nur wenige Sekunden darauf folgte Hirvisaari.

»Gibt es Probleme?«, wollte Burgmeister wissen.

»Er ist nicht damit einverstanden, dass er den Laptop zur Verfügung stellen soll.«

»Sagen Sie ihm, dass wir die Kiste ja nur für wenige Minuten brauchen und ihm dann wiedergeben. Wenn ihm das nicht gefällt, kann er seinen Computer morgen auch gern von der Wache abholen.«

Halonen übersetzte das Gesagte, woraufhin der Eigentümer verstummte.

»Lenkt er ein?«

»Ja«, antwortete der Finne und klappte den Computer auf. »Mal sehen ...«

Der Computer war noch immer entsperrt und wartete auf Eingabebefehle. Halonen öffnete den Browser, tippte dann die Internetadresse der zentralen polizeilichen Datenbank ein und gab in die dafür vorgesehenen Felder seinen Nutzernamen und sein Passwort ein. In der Datenbank waren neben den Namen aller Einwohner Finnlands auch ihre Sozialkennziffern, Adressen und Zahlungsinformationen gespeichert. Er tippte die infrage kommenden Kreditkartennummern in die Suchmaske ein und wartete auf das Ergebnis.

»Ich denke, wir haben ihn«, sagte er kurz darauf und drehte den Laptop zu Burgmeister.

»Samu Mattila, dreiundvierzig«, las der Oberkommissar. »Wohnt der hier?«

»Nicht weit weg von entfernt, nur einige Hundert Meter.«

»Und die andere Person?«

»Attila Varga«, las Halonen vor. »Stammt aus Ungarn und wohnt ebenfalls in Nurmes. Aber er ist laut Datenbank über siebzig.«

»Ich denke, den können wir ausschließen«, fand der Oberkommissar. »Oder, Mika?«

»Die beiden Männer gestern waren bestimmt nicht so alt«, bestätigte der Tankstellen-Mitarbeiter. »Ich würde auf diesen Mattila tippen.«

»Sehr gut. Matti, wir fahren dorthin.«

»Jetzt sofort?«

»Natürlich, oder haben Sie noch etwas anderes vor?«

Wie Halonen angekündigt hatte, wohnte Mattila nur einen fünfminütigen Fußmarsch von der Tankstelle entfernt in einem Einfamilienhaus an der Hauptstraße von Nurmes. Das Haus war recht klein und verfügte über einen schmalen, aber weit nach hinten reichenden Garten. Gebaut war es aus Holz, das im Laufe der Zeit seine gelbe Farbe größtenteils verloren hatte und beinahe schon verwittert aussah.

»Sieht ja sehr gepflegt aus«, meinte Burgmeister sarkastisch.

Die Eingangstür bestand wie die großzügige Grundstücksumzäunung ebenfalls aus Holz und war ungefähr hüfthoch. Der Oberkommissar drückte die angerostete Klinke nach unten und schob das Türchen auf. Der Eingang zum Haus befand sich auf der abgewandten Seite, sodass sie das Gebäude zur Hälfte umrunden mussten. Aus einem der Fenster strömte warmes Licht nach draußen, also war definitiv jemand zu Hause. Burgmeister drückte die Klingel und lauschte zuerst dem ertönenden Surren und dann darauf, ob es im Haus eine Reaktion gab. Tatsächlich ging eine bisher verborgene Lampe über der Tür an und tauchte die beiden Ermittler in ein grelles Licht. Die Tür wurde nach außen geöffnet, und der Bewohner des Hauses blickte ihnen fragend entgegen.

»Oletko sinä Samu Mattila? – *Sind Sie Samu Mattila?*«, fragte Halonen.

»Olen – *Bin ich*«, antwortete der andere mit rauer Stimme. »Mitä asia koskee? – *Worum geht es?*«

Der Dolmetscher erklärte die Sachlage und bat darum, eingelassen zu werden. Mattila antwortete etwas und schüttelte den Kopf.

»Er sagt, er möchte hier draußen mit uns sprechen, denn seine Frau und sein kleiner Sohn schlafen bereits.«

»Von mir aus«, gab Burgmeister zurück. »Ist er auch ein Jäger?«

»Metsästätkö?«

»Kyllä.«

»Er sagt *Ja*«, übersetzte Halonen.

»Ist er Mitglied im örtlichen Verein?«

»Oletko metsästysseuran jäsen?«

»Olen.«

»Er sagt ...«

»Weiß ich. War er bei der Jagd vor einigen Tagen dabei, als der Tote entdeckt wurde?«

»Olitteko paikalla metsästyksessä muutama päivä sitten, kun kuollut mies löydettiin?«

»Kyllä.«

»Wie viele Schüsse waren zu hören?«

»Kuinka monta laukausta kuului?«

»Kaksi.«

»Er sagt, er habe zwei Schüsse gehört.«

»Ist er sich da absolut sicher?«

»Oletko aivan varma?«

»Kyllä.«

»Kann er auch etwas anderes als *Ja* sagen?«

»Voitteko sanoa jotain muuta kuin *kyllä*?«

»Kyllä.«

»Ich verstehe schon«, kam der Oberkommissar seinem Dolmetscher zuvor. »Warum hat er keine Aussage gemacht?«

»Das hat er«, erklärte Halonen, nachdem er die Antwort von Mattila erhalten hatte. »Ich schätze, es wurde übersehen.«

»Einmal mit Profis …«, murmelte Burgmeister. »Na gut. Ich möchte, dass er auf die Wache kommt und seine Aussage dort noch einmal durchliest. Danach soll er erklären, ob alles stimmt, was er damals gesagt hat oder ob ihm noch etwas einfällt.«

Halonen übersetzte das Gesagte ins Finnische.

»Nyt heti?«, fragte Mattila.

»Jetzt?«, übersetzte Halonen.

»Kyllä«, antwortete der Oberkommissar.

»Ei nyt sovi. Käykö huomenna?«

»Er will morgen zur Station kommen.«

»Ausnahmsweise«, erwiderte Burgmeister. »Aber gleich am Vormittag.«

Der Dolmetscher übersetzte das Gesagte und sah den Oberkommissar dann fragend an.

»Das ist alles«, sagte der Deutsche. »Moi.«

»Machen wir für heute Feierabend?«, wollte Halonen wissen, als sie zurück zur Tankstelle und zum dort parkenden Wagen gingen.

»Der Abend ist doch noch jung«, erklärte der Oberkommissar. »Wir werden jetzt in den Wald zu der Stelle fahren, wo das Opfer gefunden wurde, und dort alles ganz genau absuchen. Irgendwo muss sich laut der Aussage eine zweite Patronenhülse befinden.«

»Aber es ist bereits dunkel«, gab Halonen zu bedenken. »Und der Wald ist sehr groß. Wie sollen wir da so etwas Kleines wie eine Patronenhülse finden?«

»Wir nehmen richtig starke Taschenlampen mit. Solche habe ich auch schon in München benutzt, wenn ein

Einsatz in der Nacht stattfand. Und dann nehmen wir uns einfach Zeit.«

»Vielleicht gibt es auf der Station gute Lampen.«

»Finden wir es heraus.«

Während das Land schlief, stapften die zwei Polizisten durch den urtümlichen finnischen Wald auf der Suche nach einem Gegenstand, der in die geschlossene Hand eines mittelgroßen Erwachsenen passte. Auf der Polizeistation hatten sie die stärksten Taschenlampen genommen, die sie kriegen konnten und sich zusätzlich mit einer Ladung Batterien ausgerüstet.

»Hier ist es finster wie in einem Kuhdarm«, sagte Burgmeister mürrisch, während er sich seinen Weg zwischen den nah beieinanderstehenden Bäumen bahnte.

Trotz des verletzten Fußes kam er recht gut voran, stolperte hin und wieder allerdings.

»Scheiße!«, fluchte Burgmeister.

Halonen, der einige Meter entfernt ebenfalls mit dem unebenen Waldboden kämpfte, rief: »Was ist denn los?«

»Nichts«, gab der Oberkommissar zurück.

War ja eine tolle Idee, mitten in der Nacht im Wald herumzustapfen, meldete sich Burgmeisters innere Stimme mal wieder zu Wort.

Verpiss dich!, schalt er sie.

Zu seiner Überraschung verstummte die Stimme tatsächlich.

Da sie anhand des Untersuchungsberichtes wussten, wo sich der Fundort der Leiche genau befand, dauerte es nicht lange, bis sie dort angekommen waren. Da momentan Neumond herrschte und es noch dazu bewölkt war, war es im Wald allerdings stockdunkel, und nur wenige Sterne schickten ihr kaltes Licht auf die Erde hinab.

Hier ist der Unbekannte gestorben, dachte der Oberkommissar und leuchtete zuerst in die eine Richtung, dann in die andere. Nichts.

Na gut, wäre auch zu einfach gewesen, überlegte er, und rief dann laut: »Matti!«

»Was ist denn?«

»Wir werden erst die Lichtung untersuchen, und wenn wir dann nichts finden, weiten wir unser Suchgebiet aus. Wir werden dabei methodisch vorgehen. Sie stellen sich gegenüber von mir, dann bewegen wir uns in immer größer werdenden Kreisen umeinander herum, denn so können wir sichergehen, dass wir nichts übersehen.«

»Sie meinen, falls ich etwas nicht finde, dann finden Sie es vielleicht?«

»Genau, und andersherum. Wäre natürlich effektiver, wenn wir mindestens zu viert wären, aber so geht es auch. Also los.«

Burgmeister ging langsam und bedächtig und hielt die Lampe dabei in einem Winkel von fünfundvierzig Grad vor sich. Hin und wieder hörte er ein leises Rascheln, und einmal sah er sogar ein verschrecktes Tier im Unterholz davonhuschen. Immer wieder blickte er sich um und hielt nach Halonen und seiner Taschenlampe Ausschau. Er hätte es niemals zugegeben, aber er wollte nachts nicht allein in einem Wald sein. Schon als

Kind hatte er sich davor gefürchtet und sich die allerschlimmsten Szenarien ausgemalt, von Verhungern über Angriffe von wilden Tieren bis hin zu Monstern, die in der Dunkelheit hausten und nur darauf warteten, ihre scharfen Zähne in das Fleisch eines jungen Menschen zu schlagen.

»Johannes«, hörte er Halonen jetzt aus einiger Entfernung seinen Namen rufen.

»Was ist?«

»Ich wollte nur wissen, ob bei Ihnen alles in Ordnung ist.«

»Ist es, und jetzt suchen Sie weiter. Entweder finden wir eine Hülse, oder wir finden ein Einschussloch in einem Baum. Irgendetwas.«

»Sind Sie sicher, dass Mattila uns nicht einfach nur Unsinn erzählt hat?«

»Nein, aber als guter Ermittler muss man jeder Spur nachgehen. Und jetzt Ruhe, ich muss mich konzentrieren.«

Burgmeister suchte weiter den Waldboden und die ihn umgebenden Bäume ab. Nach einiger Zeit hatten sie sich fast fünfzig Meter von der Fundstelle entfernt, ohne etwas Brauchbares entdeckt zu haben. Der Oberkommissar spürte ein leichtes Pochen in seinem Fuß und beschloss, sich auf einem umgefallenen Baumstamm niederzulassen, um sich etwas auszuruhen und die Beine auszustrecken. Langsam sickerte bei ihm die Erkenntnis durch, dass es wirklich keine gute Idee gewesen war, nur zu zweit und obendrein noch mitten in der Nacht hierherzukommen.

»Johannes«, rief der Finne erneut, dieses Mal noch weiter entfernt.

Burgmeister sah sich kurz um und entdeckte dann zwischen einigen Bäumen den von Halonen verursachten Lichtkegel, der langsam hin- und herwanderte.

»Ich bin hier«, rief er zurück. »Haben Sie etwas gefunden?«

»Das sollten Sie sich besser selbst ansehen.«

Der Oberkommissar stand schwerfällig auf und bahnte sich vorsichtig einen Weg durch das Unterholz, bis er nach dem einen oder anderen Umweg schließlich nur noch wenige Meter von dem Finnen entfernt war.

»Passen Sie auf, wo Sie hintreten«, sagte Halonen.

»Danke für die Warnung«, gab Burgmeister sarkastisch zurück.

Als er neben dem Dolmetscher angekommen war und ihn fragend anblickte, machte der Finne mit dem Kopf eine Geste, die bedeutete, dass der Oberkommissar nach vorne und auf den Boden schauen sollte. Er folgte der Aufforderung und richtete die Taschenlampe auf die angewiesene Stelle.

»Ach du dicker Pimmel«, entfuhr es Burgmeister.

Zwei Meter vor ihm, halb von einem moosbewachsenen Felsen verborgen, lag ein Mensch.

Er war männlich, hatte eine helle Hautfarbe und befand sich in Rückenlage. Außerdem war er verdammt tot!

Das erkannte der Oberkommissar nicht nur an den starr geöffneten Augen, sondern auch daran, dass in seiner Brust ein großes Loch klaffte. Burgmeister ging hinüber und kniete sich hin.

»Leuchten Sie mir mal«, befahl er Halonen, der sofort Folge leistete.

Der Oberkommissar betrachtete die Wunde eingehend. »Das ist eine Austrittswunde«, bekundete er. »Wenn wir ihn auf den Bauch drehen, werden wir bestimmt die Eintrittswunde finden.«

»Wollen Sie das jetzt machen?«

»Nein, wir fassen ihn nicht an. Rufen Sie in Nurmes an, die sollen ein Team anfordern.«

»Wird gemacht. Haben Sie die genauen Koordinaten?«

»Sehe ich so aus?«

»War nur eine Frage«, entgegnete Halonen und zückte sein Handy, um die Zentrale im nahen Ort zu verständigen.

Als er geendet hatte, steckte er das Telefon wieder in seine Tasche.

»Ein Hoch auf Finnland«, sagte Burgmeister. »Selbst mitten im Wald funktioniert das Handynetz. In Deutschland können Sie schon froh sein, wenn Sie in der Innenstadt vollen Empfang haben.«

»Warten wir an der Straße? Der Kollege meinte, dass das Team in ungefähr zwei Stunden hier sein wird.«

»Noch nicht«, erklärte der Deutsche. »Ich will noch sehen, ob wir hier irgendwo eine Patronenhülse finden. Nicht, dass die Spurensicherung das versemmelt.«

Er stand auf und begutachtete die Lage der Leiche. Dann leuchtete er auf einen in der Nähe stehenden Baum, der genau in der angenommenen Flugbahn des Geschosses stand. Die Taschenlampe vor sich haltend, betrachtete er die Rinde und fand schließlich tatsächlich die Einschlagstelle. Burgmeister griff in seine Tasche und holte ein kleines Taschenmesser heraus, klappte die Klinge auf und schnitt vorsichtig an allen Seiten um das Loch herum ein Stück der Rinde heraus.

»Nichts drin«, gab er kurz darauf kund.

»Sicher?«

»Schauen Sie doch selbst.«

Der Dolmetscher trat neben Burgmeister und betrachtete ebenfalls das Loch.

»Definitiv nichts.«

»Wir lassen die Spurensicherer trotzdem nachsehen, nur für den Fall der Fälle. Jetzt gehen wir zur Straße und warten dort auf das Team.«

»Und wie finden wir den Weg zurück zur Leiche?«

»Haben Sie ein Stück Stoff dabei?«

»Nein.«

»Dann wird wohl Ihr Hemd dran glauben müssen.«

»Wie meinen Sie das?«

»Ziehen Sie Ihr Hemd aus und schneiden Sie es in ungefähr fünfzig Zentimeter lange Streifen. Keine Sorge, Sie kriegen später ein neues von mir.« Burgmeister bemerkte die Skepsis im Blick des anderen. »Jetzt haben Sie sich nicht so. Sie kriegen danach meine Jacke, und gleich morgen kaufe ich Ihnen das schönste Hemd von ganz Nurmes.«

»Es war aber ein Geschenk meiner Freundin.«

»Sie wird Ihnen ein neues schenken. Jetzt machen Sie schon, sonst erzähle ich Niemi, dass Sie eine laufende Ermittlung sabotiert haben. Das dürfte bestimmt nicht sehr förderlich für Ihre Karriere sein.«

»Sie haben gewonnen«, antwortete der Dolmetscher und knöpfte sein Hemd auf.

Die Temperaturen waren in den vergangenen Stunden stetig gefallen, und inzwischen war es empfindlich kühl geworden. Burgmeister zog sich die Jacke aus und gab sie dem Dolmetscher, der hineinschlüpfte und den Reißverschluss hochzog.

»Ein bisschen eng«, fand der Finne.

»Sie können auch oben ohne rumlaufen, wenn Ihnen das lieber ist.«

»Andererseits passt mir die Jacke sehr gut«, erwiderte Halonen.

Der Finne nahm von Burgmeister das Taschenmesser entgegen und breitete sein Hemd auf dem Boden aus. Dann begann er, es in kleine Streifen zu schneiden. Nicht lange, und sie hatten mehr als vierzig Streifen zur Verfügung.

»An Ihnen ist ein Schneider verloren gegangen«, meinte der Oberkommissar. »Und jetzt binden wir die Streifen in regelmäßigen Abständen an die Bäume, damit wir nachher den Fundort wieder finden.«

Langsam und vorsichtig gingen sie den Weg entlang, der sie ihrer Vermutung nach zurück zur Kuhmontie führen würde, und knoteten in Abständen von rund zehn Metern ihre Stoffstreifen an die Bäume. Manchmal, wenn kein passender Baum zur Verfügung stand, legten sie den Streifen sorgsam auf den Boden und sicherten ihn mit einem Stein, wie es sie in den finnischen Wäldern zahlreich gab.

»Da ist die Straße«, sagte Halonen und zeigte mit dem Finger nach vorne.

»Wurde ja auch Zeit«, erwiderte Burgmeister schwer atmend. »Aber wo ist unser Auto?«

»Ähm ...«

»Sagen Sie jetzt nicht, dass wir falsch gelaufen sind.«

»Doch, ich denke, dass genau das passiert ist.«

»Na herrlich ...«

»Wollen wir uns trennen und jeder geht in eine Richtung?«, schlug der Finne vor.

»Nichts da, wir bleiben zusammen«, beschied der Oberkommissar. »Binden Sie noch drei Streifen hier an den Strommast, und dann gehen wir dort entlang.«

Zur Verdeutlichung richtete er seine Lampe nach links.

»Ich schaue lieber mal, ob die Standortbestimmung meines Handys funktioniert. Dann können wir in meiner Navigations-App nachsehen, welche Richtung wir einschlagen müssen.«

»Das hilft Ihnen nur dann weiter, wenn Sie wissen, wo das Auto geparkt ist.«

»Da haben Sie auch wieder recht. Aber es gibt uns schon mal einen Anhaltspunkt, wo wir überhaupt sind. Und wenn ich es richtig mache, können wir die Position des Wagens auf diese Weise triangulieren.«

»Was wollen Sie denn mit einer Triangel?«, fragte Burgmeister unwirsch.

»Tri-an-gu-lie-ren«, wiederholte der Finne. »Damit kann man Standorte bestimmen.«

»Und das können Sie?«

»Ja. Sie etwa nicht?«

Der Deutsche erwiderte nichts darauf, sondern entschied sich dazu, zu warten.

»Sie haben recht«, sagte Halonen schließlich. »Wir müssen in die Richtung, die Sie vorgeschlagen haben.«

Der Deutsche hob die Arme zur Seite, als wollte er sagen *Habe ich Ihnen doch gleich gesagt* und ging los.

»Sie sollten so nah am Straßenrand wie möglich gehen«, ermahnte ihn der Finne. »Die Straße ist sehr unübersichtlich, und die hiesigen Autofahrer sind nicht gerade dafür bekannt, großartig aufzupassen.«

»Du meine Güte, wie lange dauert das denn noch?«, fragte Burgmeister, als sie schon mindestens zwanzig Minuten lang der Straße gefolgt waren.

»Sollte nicht mehr lange dauern«, erklärte Halonen. »Nur noch eine Kurve.«

»Das haben Sie vor drei Kurven auch schon gesagt.«

»Tut mir leid.«

»Schon gut.«

Es dauerte noch einige Minuten, bis ihr Auto endlich in Sichtweite kam. Für den Oberkommissar hätte es keinen Meter weiter sein dürfen, denn sein Fuß hatte mittlerweile zwar das dumpfe Pochen eingestellt, schmerzte dafür nun aber stetig. Burgmeister öffnete den Wagen und ließ sich stöhnend auf den Sitz fallen.

»Geht es Ihnen gut?«, fragte der Finne besorgt.

»Geht schon. Tut nur ein bisschen weh. Schalten Sie die Heizung an, ja? Mir ist kalt.«

Halonen tat wie verlangt, startete den Motor und drehte die Heizung auf volle Stärke. Nicht lange, und im Wageninneren breitete sich eine wohlige Wärme aus.

»Haben Sie zufällig etwas zu trinken da?«

»Wasser«, bot der Finne an und reichte Burgmeister eine noch ungeöffnete Literflasche.

Der Deutsche schraubte den Verschluss ab und trank so viel, wie er konnte.

»Ich werde zu alt für diesen Scheiß«, sagte er und rülpste laut.

»Sie werden nicht alt«, beschwichtigte ihn der Finne. »Sie sind einfach nur nicht fit. Sie sollten mehr trainieren.«

»Jawohl, Herr Doktor«, antwortete Burgmeister und lehnte sich zurück. »Ich ruhe nur kurz meine Augen aus.«

»Ist gut, ich warte auf die Kollegen.«

Als der Oberkommissar seine Augen wieder aufschlug, fand er sich inmitten einer Kakofonie von Lichtern wieder. Überall eilten Menschen umher, aber von Halonen war keine Spur zu sehen. Burgmeister hievte sich aus dem Auto und stellte fest, dass sein Fuß nicht mehr schmerzte, dafür nun aber taub war. Er klammerte sich am Wagendach fest und hielt nach seinem Begleiter Ausschau. Schließlich fand er ihn, vertieft in ein Gespräch mit einem Uniformierten.

»Matti«, rief er.

Der Finne beendete sein Gespräch und ging dann zu Burgmeister hinüber.

»Ich sehe, dass das Team eingetroffen ist«, sagte der Oberkommissar.

»Ja. Ich habe ihnen bereits erklärt, wo sie hinmüssen, und was sie dort erwartet.«

»Sehr gut«, lobte Burgmeister ihn.

»Wollen Sie mitgehen?«

»Nein, ich denke, die Jungs haben das im Griff. Ich will aber über jeden Schritt informiert werden. Am besten ist es, wenn Sie mitgehen und die Leitung übernehmen, dann kann nichts schief gehen.«

»Sind Sie sich sicher?«, fragte Halonen misstrauisch.

»Ja«, erklärte der Oberkommissar.

»Vertrauen Sie mir mittlerweile etwa?«

»So kann man es sagen.«

»Wie komme ich denn zu dieser Ehre?«

»Sagen wir mal so: Ich habe meine Meinung über Sie überarbeitet.«

»Freut mich, das zu hören.«

»Und nachdem ich der Ältere bin, will ich, dass wir ab jetzt *Du* zueinander sagen. Dieses ständige Sie geht mir nämlich allmählich auf den Sack. Aber nur, wenn Sie sich locker machen.«

»Was bedeutet das?«

»Dass Sie den Stock aus dem Arsch ziehen und nicht mehr so steif sind.«

»Ich bin doch gar nicht steif«, protestierte Halonen.

»Oh doch, das sind Sie. Sie sind überkorrekt, wollen immer alles perfekt nach Vorschrift machen und trauen sich nicht, einfach Sie selbst zu sein.«

»Warum denken Sie, dass ich nicht ich selbst bin?«

»Ich kenne mich mit Menschen aus. Sie wollen sich beruflich keine Blöße geben, weil Sie Angst haben, etwas falsch machen zu können. Ich sage Ihnen jetzt mal was: Dinge falsch zu machen gehört zum Leben dazu. Nur aus Fehlern lernt man. Wenn Sie sich darauf einlassen, werden Sie daran wachsen, im Beruf genauso wie privat. Also, sind wir jetzt per Du?«

Halonen dachte kurz darüber nach und antwortete dann: »Einverstanden!«

»Jetzt werde ich, wenn es dir recht ist, nach Hause fahren und meinen Fuß hochlegen.«

»Soll ich dich fahren?«, bot der Finne an.

»Passt schon. Ist ja nicht weit, das kriege ich noch hin.«

»Na gut«, willigte Halonen ein. »Ich fahre dann später mit dem Team zurück in die Stadt und komme anschließend bei dir vorbei.«

»Wir sollten uns lieber morgen früh auf der Wache treffen. Ich bringe das Auto dann mit.«

»Einverstanden. Wir sehen uns später.«

»Gute Nacht.«

Burgmeister humpelte zurück zum Wagen, setzte sich auf den Fahrersitz und wendete dann das Auto. Er fuhr extra langsam, denn er war so müde, dass er Sorge hatte, am Steuer einzuschlafen, und wenn das passierte, wollte er nicht tot am Baum enden. Das wäre viel zu peinlich für ihn gewesen.

Kapitel 5

»Guten Morgen, Johannes«, begrüßte ihn der Dolmetscher, als sie sich am Tag darauf in der Polizeiwache trafen.

»Morgen«, murmelte der Deutsche und goss sich einen frisch gebrühten Kaffee ein.

»Wie geht es deinem Fuß?«

»Soweit wieder okay. Ich habe ihn gestern Nacht noch mit einem Eisbeutel beglückt und bin heute früh in einer kalten Pfütze aufgewacht.«

»Du hast den Beutel nicht richtig zugeknotet, oder?«

»Ist das so offensichtlich?«, fragte Burgmeister mit schiefem Lächeln.

»Weißt du, was ich seltsam finde?«, wollte Halonen wissen.

»Dass Hühner und Menschen anscheinend das gleiche Schönheitsideal haben?«

»*Was?*«

»Schon gut. Was findest du seltsam?«

»Dass uns nicht aufgefallen ist, dass es zwei Tote gab.«

»Klassischer Ermittlerfehler«, erklärte der Oberkommissar. »Wenn man offensichtliche Fakten vor sich hat, vergisst man manchmal, tiefer zu graben. Mir macht es mehr Sorgen, dass die Spurensicherung nichts gefunden hat. Damit werden wir uns noch befassen müssen. Steht in der ursprünglichen Aussage dieses Mattila tatsächlich drin, dass er zwei Schüsse gehört hat?«

»Ja«, bestätigte der Finne. »Ich habe vorhin extra nachgesehen.«

»Schöne Scheiße. Für wann ist der Typ vorgeladen?«

»In einer halben Stunde soll er hierherkommen.«

»Dann warten wir mal ab, was er zu sagen hat.«

Samu Mattila war überpünktlich und traf bereits nach zwanzig Minuten ein. Er wurde direkt zu Burgmeister und Halonen geführt und aufgefordert, Platz zu nehmen.

»Päivää«, sagte der Oberkommissar in dem Versuch, Finnisch zu sprechen. »Wie geht es Ihnen?«

»Gut«, übersetzte Halonen die Antwort des Besuchers.

»Schön. Ich möchte, dass Sie jetzt noch einmal wiederholen, was Sie uns am gestrigen Abend mitgeteilt haben. Ihre Aussage wird per Tonband aufgenommen. Sind Sie damit einverstanden?«

»Kyllä«, antwortete Mattila auf Halonens Übersetzung.

»Alles klar. Dann legen Sie mal los.«

Der Finne setzte sich aufrecht hin, räusperte sich und sprach dann mit einer eintönigen Stimme. Für Burgmeister hatte es den Anschein, als würde der Besucher ein auswendig gelerntes Gedicht herunternudeln, so wie er es selbst früher in der Schule getan hatte. Als der Jäger fertig war, ließ der Oberkommissar das Aufnahmegerät noch einige Sekunden laufen und schaltete es dann ab.

»Matti, erzähl mir bitte in Kurzform, was er gesagt hat.«

»Er hat erzählt, dass er zwei Schüsse gehört und dann mit seiner Gruppe in die Richtung aufgebrochen ist, aus der sie kamen. Als er dort eintraf, war Pekka Nevalainen bereits mit seiner eigenen Jagdgruppe da und hat sich um die Leiche gekümmert.«

»Inwiefern *gekümmert*?«

»Er hat sie untersucht.«

»Okay, das deckt sich mit den anderen Aussagen. Sonst noch etwas?«

»Nein.«

»Also war er nicht direkt bei Nevalainen, als geschossen wurde. Hat er später mit ihm gesprochen?«

»Puhuitko Nevalaisen kanssa myöhemmin?«

»En.«

»Er sagt Nein.«

»Warum nicht?«

»Miksi et?«

»Ei ollut aikaa.«

»Weil keine Zeit war.«

»Um was ging es in dem Streit zwischen ihm und seinem Kumpan vorgestern Abend in der Tankstelle?«

Halonen dolmetschte und lauschte dann der Antwort, bevor er sie ins Deutsche übertrug. »Er möchte wissen, woher wir von der gestrigen Unterhaltung wissen.«

»Antworten Sie ihm, dass wir unsere Quellen haben. Das muss ihm reichen.«

»Er sagt, dass Antti – so heißt der andere Mann – versucht hat, ihn zu überzeugen, dass es nur ein Schuss war und er bestimmt nur das Echo gehört hat. So etwas kommt im Wald manchmal vor. Aber Mattila besteht darauf, dass er weiß, was er gehört hat.«

»Und die zweite Leiche im Wald gibt ihm da Recht«, fügte Burgmeister hinzu. »Also haben wir es hier mit einer kollektiven Falschaussage zu tun. Alle bis auf ihn haben uns angelogen.«

»Oder sie haben ein schlechtes Gehör.«

»Waffen sind laut, und man kann davon bestimmt einen Hörschaden erleiden, aber das erklärt nicht, warum in sämtlichen Aussagen von einem Schuss die Rede ist und nur in seiner von zweien. Oder haben noch andere ausgesagt, dass es zwei Schüsse gewesen sind?«

»Nein«, erklärte Halonen. »Ich habe zur Sicherheit noch mal alle Protokolle durchgelesen. Nur Samu Mattila ist der Meinung, dass zwei Mal geschossen wurde.«

»Was uns zur nächsten Frage führt: Warum haben alle anderen falsche Aussagen abgegeben? Ob Nevalainen etwas damit zu tun hat?«

»Soll ich Mattila das fragen?«

»Hm? Nein«, sagte Burgmeister. »Er darf gehen. Wir brauchen ihn erst einmal nicht mehr.«

Der Dolmetscher verabschiedete den Besucher und geleitete ihn nach draußen. Zurück im Büro entdeckte er den Oberkommissar mit verschränkten Armen vor dem Fenster, nach draußen auf den See blickend.

»Was denkst du?«, fragte der Finne.

»Dass da etwas anderes im Busch ist. Ich gehe davon aus, dass auch das zweite Opfer unbekannt ist und nicht von hier stammt. Wenn ich richtig liege, hat Nevalainen alle Beteiligten instruiert, dieselbe Aussage zu machen. Nur Mattila hat er anscheinend übersehen. Aber warum?«

»Falls Nevalainen seine Finger im Spiel hat.«

»Kann natürlich sein, dass ich falsch liege, aber irgendwie glaube ich nicht daran. Mir kommt der Kerl die ganze Zeit schon seltsam vor. So, als ob er etwas zu verbergen hätte. Von der Pathologie ist wahrscheinlich noch nichts gekommen?«

»Noch nicht. Aber mir wurde versprochen, dass sich umgehend um das zweite Opfer gekümmert wird.«

»Da bin ich mal schwer gespannt. Und die Spurensicherung?«

»Unweit des zweiten Tatorts wurde im Unterholz eine Patronenhülse gefunden. Diese wird momentan forensisch untersucht.«

»Pech für den Schützen, Glück für uns«, sagte Burgmeister. »Wann wollen sie uns das Ergebnis mitteilen?«

»Spätestens heute Nachmittag.«

»Das ist gut ... und wann wollen sie zugeben, dass sie schlampig gearbeitet haben?«

»Das haben sie nicht gesagt.«

»Hast du sie gefragt?«

»Nein«, gab Halonen zu. »Ich wollte mich erst einmal auf die Lösung des Falls konzentrieren. Wenn das alles vorbei ist, haben wir bestimmt noch Zeit, uns eingehender damit zu befassen.«

»Ich denke, da wird eine interne Untersuchung fällig werden. Aber du hast recht. Wir versuchen lieber weiterhin, unseren Fall zu lösen. Ich werde mal eben telefonieren.«

»Darf ich dabei sein?«

»Ich schalte auf Lautsprecher.«

»Servus Toni«, grüßte Burgmeister am Telefon.
»Hannes! Schön, von dir zu hören. Was liegt an?«

»Wie kommst du darauf, dass ich nicht einfach nur anrufe, um ein wenig mit dir zu plaudern?«

»Weil ich dich kenne«, sagte Toni, der mit vollem Namen Anton Kufner hieß und seit einigen Jahren Forensiker in München war.

Außerdem war er ein guter Bekannter des Oberkommissars, und die beiden hatten bereits in der Vergangenheit oft miteinander zu tun gehabt. Beide hatten sich schon bei Burgmeisters erstem Fall auf Anhieb gut miteinander verstanden. Sie waren beide vom gleichen Schlag, gingen professionell vor und nahmen kein Blatt vor den Mund.

»Punkt für dich«, gab der Oberkommissar zurück. »Dann will ich mal zur Sache kommen. Ich habe hier einen Fall, bei dem ich deine Unterstützung brauche.«

»Ich dachte, du bist suspendiert? Haben sie dich wieder zurück in den aktiven Dienst geholt?«

»Das hat sich ja schnell herumgesprochen«, antwortete der Oberkommissar mürrisch. »Nein, ich bin noch suspendiert. Momentan bin ich im Ausland und leiste dort ein wenig Amtshilfe.«

»Und da dachtest du dir, dass du mal deinen alten Spezi anrufst, weil du keine Ahnung hast.«

»So kann man es auch formulieren. Kannst du mir etwas über Patronen und Waffen erzählen? Da kennst du dich doch sehr gut aus.«

»Kommt darauf an, was du wissen willst.«

»Wenn ich eine Patrone abfeuere, kann ich dann später zurückverfolgen, aus welcher Waffe sie stammt?«

»Prinzipiell schon«, antwortete Kufner vage.

»Mehr Details bitte«, forderte Burgmeister ihn auf.

»Stell es dir so vor: Jeder Mensch hat einen Fingerabdruck, der absolut individuell ist und den niemand sonst hat. Wobei die Retina im Auge noch besser ist, um jemanden zu identifizieren, aber das würde jetzt zu weit führen. Jedenfalls ist es bei Waffen ähnlich. Sie sehen alle gleich aus, aber sie unterscheiden sich in winzigen Kleinigkeiten.«

»Wie bei eineiigen Zwillingen?«

»Exakt. Wenn du eine Patrone abfeuerst, dann zeigen sich, wenn man ganz genau hinsieht, gewisse Spuren auf der Hülse, die es bei keiner anderen Waffe gibt.«

»Klingt genau nach dem, was ich brauche.«

»Nicht so schnell. Da gibt es leider immer noch ein Problem.«

»Welches?«

»Auf der Welt existieren Milliarden Waffen. Die richtige zu finden, kann da – gelinde gesagt – etwas schwierig werden.«

»Gehen wir mal davon aus, dass ich wüsste, wo ich suchen muss. Bräuchte ich dann noch etwas?«

»Weitere Patronenhülsen sind immer hilfreich, um stichhaltig beweisen zu können, dass es auch tatsächlich die richtige Waffe ist.«

»Verstanden. Das lässt sich hinkriegen. Toni, du hast mir sehr geholfen. Danke.«

»Keine Ursache. Ich hoffe übrigens, dass du bald wieder im Dienst bist. Fehler passieren jedem einmal, und dich so zu kreuzigen, halte ich für absolut ungerecht.«

»Danke. Grüße an deine Frau«, erwiderte Burgmeister und legte auf. »Matti«, sagte er zu seinem Begleiter, der jedes Wort mitgehört hatte. »Ich möchte, dass du die

Forensik bittest, die gefundene Patronenhülse auf Spuren zu untersuchen.«

»Welche Spuren genau?«

»Kratzer, Abschabungen, Kerben, was weiß ich. Die sollen sich das Ding ganz genau vornehmen, und nicht nur mal kurz, sondern wirklich eingehend.«

»In Ordnung.«

»Ich gehe derweil zu Niemi und erzähle ihm die Neuigkeiten. Du kommst dann dazu, wenn du mit der Forensik fertig bist.«

Burgmeister verließ das Büro und ging zum Arbeitszimmer des Dienststellenleiters, klopfte einmal kurz und öffnete dann die Tür. Er fand Niemi hinter seinem Schreibtisch sitzend und Dokumente lesend.

Macht der eigentlich auch mal was anderes?, fragte er sich im Stillen.

»Herr Burgmeister, kann ich etwas für Sie tun?«, fragte der Dienststellenleiter und sah von seiner Arbeit auf.

»Wir haben gestern Nacht eine zweite Leiche gefunden, nur einige Hundert Meter von der anderen entfernt.«

»Das habe ich bereits erfahren.«

»Dann wissen Sie sicher auch, dass wir jetzt von einem Doppelmord ausgehen müssen. Das wird garantiert hohe Wellen schlagen.«

»Das glaube ich auch«, antwortete Niemi seufzend. »Ich habe bereits einen Anruf aus Kuopio bekommen. Wahrscheinlich haben die es von dem Team erfahren, das gestern Nacht da draußen war. Man ist der Meinung, dass wir Verstärkung brauchen.«

»Das ist nicht falsch«, gab der Oberkommissar zu bedenken. »Aber ich möchte, dass ich weiterhin die Leitung der Ermittlungen habe.«

»Ich bin mir nicht sicher, ob sich das machen lässt. Wissen Sie, die Leute in der Großstadt möchten immer gern selbst die Kontrolle haben. Ich musste mich schon rechtfertigen, Sie überhaupt dabei zu haben.«

»Warum denn das?«

»Weil Sie ein Ausländer und mit den hiesigen Vorschriften nur bedingt vertraut sind.«

»Dafür habe ich ja Halonen. Das sollte doch wohl reichen.«

»Das habe ich auch gesagt«, erklärte der Dienststellenleiter. »Vorerst konnte ich meinen Vorgesetzten überzeugen, allerdings wird das nicht mehr lange funktionieren. Sie können sich vielleicht vorstellen, unter welchem Druck ich stehe.«

»Ich stehe ebenfalls unter Druck«, sagte Burgmeister. »Denn ich habe eine Person zu fassen, die zwei Menschen ermordet hat. Ich werde auf der Straße offen angefeindet, und Halonen ist auch nicht gerade beliebt. Aber wissen Sie was?«

»Was denn?«, fragte Niemi in die kunstvolle Pause hinein.

»Ich will diesen Scheißkerl kriegen. Ich will derjenige sein, der ihn zur Strecke bringt, bevor ich nach Deutschland zurückmuss.«

»Wann wird das sein?«

»Keine Ahnung«, gab Burgmeister zurück. »Ich weiß nur, dass ich nicht viel Zeit habe, und die Tage, die ich habe, will ich, so gut es geht, nutzen.«

»Wie kann ich Ihnen helfen?«

»Ich will den Rücken frei haben. Ich will mich frei bewegen können, ohne Angst zu haben, dass mich wieder jemand angreift. Und wenn mich jemand attackiert, will ich mich angemessen verteidigen können.«

»Sie wollen eine Waffe«, kombinierte Niemi.

»Wie ich schon einmal sagte«, erklärte der Oberkommissar. »Ich will aber auch eine für Halonen, und zwar besser gestern als morgen.«

Der Dienststellenleiter lehnte sich zurück und schien zu überlegen. »Herr Burgmeister, Sie wissen, dass ich Ihnen nicht einfach eine Waffe geben darf. Bei Halonen ist es allerdings etwas anderes. Er ist finnischer Polizist. Ich habe da eine Idee, für die ich aber das Einverständnis Ihres Kollegen bräuchte.«

In diesem Moment öffnete sich die Tür erneut und Halonen trat ein.

»Gut, dass du kommst«, sagte Burgmeister. »Wir haben gerade über dich gesprochen. Alles erledigt?«

»Ja«, bestätigte der Dolmetscher.

»Herr Niemi hat gerade gesagt, dass er eine Idee hat, wie wir an unsere Waffen kommen.«

»Matti«, setzte der Dienststellenleiter an und machte eine kurze Pause, bevor er in Finnisch fortfuhr und einige Minuten lang redete.

Burgmeister sah, wie sich die Miene seines Kollegen von Neugier in Besorgnis verwandelte. Als der ältere Polizist fertig gesprochen hatte, fragte der Oberkommissar in die Stille hinein: »Was hat er gesagt?«

»Er kann mir zwei Pistolen geben«, antwortete Halonen. »Was ich damit mache, ist meine Angelegenheit. Ich könnte dir also eine davon überlassen. Wenn das herauskommt, müsste ich mich allerdings auf eine interne Ermittlung einstellen, die höchstwahrscheinlich in eine unehrenhafte Entlassung und Streichung aller Ansprüche münden würde.«

»Die Idee ist nicht schlecht, aber ich weiß nicht, ob es das wirklich wert ist. Es ist deine Entscheidung, Matti«, erklärte Burgmeister.

»Ich muss darüber nachdenken.«

»Kein Problem. Nimm dir Zeit. Herr Niemi, haben Sie sonst noch eine andere Idee?«

»Leider nicht«, antwortete der Dienststellenleiter.

»Na gut. Matti, ich richte mich nach deinem Willen. Wenn du sagst, dass es die Idee nicht wert ist, deinen Job zu riskieren, verstehe ich das natürlich.«

»Ich werde etwas spazieren gehen.«

»Ist gut«, beschied der Oberkommissar. »Ich warte in unserem Büro auf dich.«

Eine Stunde später war Halonen zurück und setzte sich dem Deutschen gegenüber an den Tisch.

»Und, hast du dich entschieden?«, fragte der Oberkommissar, während er seine Kaffeetasse in der Hand hielt.

»Ja«, bestätigte der Finne. »Ich habe dir ja erzählt, dass ich immer Polizist werden wollte. Jetzt, wo ich es endlich bin, möchte ich das Risiko nicht eingehen. Das würde mir mein ganzes Leben lang nachhängen.«

»Ist schon in Ordnung.«

»Warte, ich bin noch nicht fertig«, unterbrach ihn Halonen. »Würde dir etwas passieren, weil mir meine eigene Karriere wichtiger war, könnte ich mir das nie verzeihen. Also werde ich das Angebot annehmen.«

»Bist du dir wirklich sicher?«

»Nein, aber habe ich eine andere Wahl?«

»Ja, die hast du. Wenn du dich weigerst, musst du nur damit rechnen, dass ich verletzt oder sogar getötet werde. Nichts Schlimmes also.«

»Meinst du das ernst, oder willst du mir ein schlechtes Gewissen einreden?«

»Ich erläutere nur die möglichen Konsequenzen.«

»Und wenn ich Tag und Nacht an deiner Seite bleibe?«

»Nein, danke. Ist nett gemeint, aber ich schlafe gern allein«, sagte Burgmeister. »Außerdem könnte das zu Verwicklungen mit deiner Freundin führen.«

»Ganz ehrlich, ich kann besser damit leben, wenn ich kein Polizist mehr bin, als wenn ich dafür verantwortlich bin, dass du schwer verletzt oder sogar getötet wirst. Also ist meine Entscheidung getroffen. Ich nehme die beiden Waffen von Niemi und gebe dir eine davon. Aber du musst mir versprechen, dass du keinen Unsinn damit anstellst.«

»Ich gelobe es bei allem, was mir heilig ist.«

»Versprich es lieber bei deinem Leben, das ist glaubhafter.«

Burgmeister musste unwillkürlich grinsen. »Also gut, ich verspreche es bei meiner Existenz. Ich werde die Waffe nur im äußersten Notfall benutzen, und ich werde niemandem erzählen, dass ich sie von dir habe.«

»Also gut. Dann hole ich jetzt die Waffen.«

»Vergiss nicht, genug Munition einzupacken. Ich will nicht mit leeren Händen dastehen, sollte es hart auf hart kommen.«

»Zu Befehl«, gab Halonen zurück und salutierte spielerisch. »Willst du die Öffentlichkeit über das zweite Opfer informieren?«

»Darüber habe ich auch schon nachgedacht. Aber nachdem sich hier im Dorf sowieso alles früher oder später herumspricht, denke ich, dass es besser ist, wenn wir mit der lokalen Zeitung sprechen. Die sollen einen weiteren Aufruf starten, aber nach unseren Vorstellungen. Gib denen eine genaue Beschreibung des zweiten Toten durch, und wenn möglich auch ein Foto. Vergiss die Facebook-Seite nicht. Vielleicht haben wir ja dieses Mal mehr Glück.«

»Ich kümmere mich darum.«

»Guter Junge.«

»Ich bin mir nicht sicher, ob ich Sie richtig verstehe«, sagte Niemi und sah den Oberkommissar ungläubig an, nachdem er erneut in das Büro des Dienststellenleiters gekommen und eine weitere Idee vorgetragen hatte.

»Ich will, dass sämtliche Jäger ihre Gewehre, Pistolen und sonstigen Feuerwaffen hier abgeben«, wiederholte Burgmeister.

»Warum?«

»Weil ich denke, dass die beiden Toten im Wald von derselben Person getötet wurden, und da die Jäger unserem Wissen nach die einzigen Personen waren, die sich zum fraglichen Zeitpunkt im Wald aufgehalten haben, denke ich, dass es einer von ihnen war.«

»Das wird nicht gerade für Freude sorgen, wenn alle ihre Waffen abgeben müssen. Momentan ist nämlich Jagdsaison.«

»Das weiß ich, und es ist mir scheißegal. Dann sollen sie eben mit Pfeil und Bogen jagen oder mit ihren bloßen Händen ... oder gar nicht, das wäre mal eine schöne Abwechslung für die Tiere.«

»Sie meinen es vollkommen ernst, oder?«

»Herr Niemi, wenn Sie keinen Wert darauf legen, den Mörder zu fassen, stoppen Halonen und ich sofort unsere Ermittlungen. Dann lebt einfach jeder sein Leben weiter, und Sie müssen sich nur bis zu Ihrem Lebensende fragen, ob es für Sie in Ordnung ist, einen Doppelmörder auf freiem Fuß gelassen zu haben. Vielleicht begegnet er Ihnen ja mal auf der Straße, aber Sie werden dann keine Ahnung haben, dass er es war.«

»Sie haben recht«, lenkte Niemi ein. »Ich werde Nevalainen sagen, dass er sämtliche Waffen einsammeln und hierher bringen soll.«

»Ich würde es lieber sehen, wenn Ihre Polizisten die Jäger direkt besuchen und die Waffen vor Ort konfiszieren würden. So können wir halbwegs sicher sein, alle zu bekommen.«

»Sie vertrauen Nevalainen nicht.«

»Natürlich nicht.«

»Ich bin mit Ihrem Vorschlag einverstanden. Aber ich hoffe, dass sich niemand dafür an Ihnen rächen will.«

»Lassen Sie das meine Sorge sein. Sorgen Sie bitte dafür, dass wir genug Polizisten haben. Zwei pro Jäger sollten reichen. Die Organisation übernehmen Halonen und ich.«

»In Ordnung«, erklärte der Dienststellenleiter. »Ich werde Verstärkung aus den umliegenden Städten anfordern müssen. So viele Polizisten kann ich nicht entbehren.«

»Schaffen Sie es, die Leute bis morgen früh hier zu haben?«

»Ich werde es versuchen.«

»Vielen Dank.«

»Hat Halonen über meinen Vorschlag nachgedacht?«

»Ja. Er hat sich bereit erklärt, darauf einzugehen.«

»Das hätte ich nicht gedacht«, gab Niemi zu.

»Warum nicht?«

»Weil ich ihn nicht so eingeschätzt hätte. Ich hätte nicht gedacht, dass er seine Karriere für Sie riskiert.«

»Da kennen Sie ihn aber nicht gut. Halonen ist ein toller Junge. Etwas grün hinter den Ohren und auch sonst darauf erpicht, sich nichts zuschulden kommen zu lassen, aber so langsam erziehe ich ihn mir.«

»Ich hoffe, Sie haben einen guten Einfluss auf ihn«, wobei er das Wort *guten* extra betonte.

»Natürlich«, antwortete Burgmeister. »Sehe ich etwa so aus, als würde ich etwas Unrechtes tun?«

»Darf ich ehrlich sein?«, fragte der Dienststellenleiter.

»Lieber nicht. Ich muss los, da draußen läuft ein Mörder herum, und ich habe noch einiges zu erledigen.«

»Viel Erfolg«, wünschte ihm Niemi, aber der Oberkommissar war schon zur Tür hinaus.

Halonen stand mit dem Rücken zur Tür, als Burgmeister eintrat, und hantierte mit etwas, was der Deutsche von seinem Standort aus nicht erkennen konnte.

»Holst du dir gerade einen runter?«, fragte der Oberkommissar und schloss die Tür hinter sich.

»Nein«, antwortete der Finne und drehte sich um, um zu präsentieren, was er in der Hand hielt. »Das ist deine.«

»Eine SIG Sauer P320«, kommentierte Burgmeister anerkennend. »Gute Waffe. Munition?«

»Zwei Schachteln neun Millimeter á fünfzig Patronen.«

»Das dürfte erst einmal reichen«, antwortete der Deutsche. »Weißt du, wie man damit umgeht?«

»Bedingt. Ich habe in der Ausbildung zwar auch Waffenkunde gehabt, aber seit ich im aktiven Dienst bin, habe ich keine Waffe mehr angefasst.«

»Dann bekommst du jetzt einen Crash-Kurs. Pass auf. Wenn du eine Waffe übergibst, nimmst du zuallererst das Magazin heraus. Dann prüfst du, ob sich noch eine Kugel in der Kammer befindet. Hierfür ziehst du den Schlitten zurück und schaust in die Waffe hinein. Wenn das erledigt ist, greifst du die Pistole am Lauf und drehst sie um. Die Übergabe erfolgt so, dass derjenige, der die Waffe nehmen soll, den Griff in die Hand bekommt. Halte die Waffe immer in eine Richtung, wo kein Mensch steht. Verstanden?«

»Ich denke schon«, antwortete Halonen. »Was ist mit der Sicherung?«

»Die ist eingebaut. Es kann sich kein Schuss lösen, solange der Abzug nicht betätigt wird.«

Halonen nickte und folgte den Anweisungen. Als er fertig war, reichte er die Faustfeuerwaffe mit dem Griff voran an Burgmeister weiter.

»Gut«, sagte dieser und wog die Pistole prüfend in der Hand.

Dann schob er ein Magazin in den Griff, zog den Schlitten kurz zurück und lud eine Patrone in die Kammer.

»Gibt es hier auf der Station Schießbahnen?«

»Im Keller.«

»Dann gehen wir jetzt dort hin.«

Wie angekündigt, fanden sie im Untergeschoss einen Schießstand. Der Waffenmeister, ein älterer Mann mit schütterem Haupthaar und ausladendem Bauch, schickte sich gerade an, abzuschließen, als die beiden Polizisten auf ihn zukamen.

»Tervehdys« sprach Halonen ihn an. »Voidaanko harjoitella täällä?«

»Olin juuri menossa syömään. Tulkaa kahden tunnin kuluttua takaisin«, antwortete der andere.

»Was hat er gesagt?«

»Er möchte zum Mittagessen gehen. Wir sollen in zwei Stunden wiederkommen.«

»Sag ihm, dass ich sein Essen bezahle, wenn er jetzt hierbleibt.«

Halonen übersetzte. Der Waffenmeister schüttelte den Kopf.

»Okay, dann auch das Essen für seine Frau«, bot Burgmeister an. »Und falls er Kinder hat, dann auch für die.«

Der ältere Finne schien darüber nachzudenken und antwortete dann mit einem kurzen *Kyllä*.

Er schloss die Tür wieder auf und ließ Burgmeister und Halonen hinein. Innen sah es aus wie auf jedem anderen handelsüblichen Schießstand. Es gab vier Kabinen, die jeweils durch eine vier Zentimeter dicke Wand voneinander abgetrennt waren. Die Ziele auf jeder Schießbahn waren in einer Entfernung von fünfzehn Metern angebracht, kreisrund und abwechselnd in rot und weiß gestrichen. Hinter jeder Zielscheibe befand sich ein mit Schaumstoff gefülltes Metallgehäuse, um die kinetische Energie der abgefeuerten Geschosse zu absorbieren und die verschossene Munition aufzufangen. In jeder Kabine befand sich außerdem ein Eimer, wo die leeren Patronenhülsen gesammelt wurden.

»Wollen wir?«, fragte Burgmeister seinen Begleiter und ging in die erste Kabine, setzte sich den bereitliegenden Kopfhörer auf und legte seine Waffe bereit.

Halonen tat es ihm gleich und ging in die benachbarte Kabine.

»So, und jetzt zielst du über Kimme und Korn direkt auf die Scheibe«, sagte der Oberkommissar laut, um sich selbst noch hören zu können. Schließlich dämmten die Kopfhörer den Schall erheblich. »Vergiss nicht, dass deine Waffe einen gewissen Rückstoß hat, also werden die ersten Schüsse höchstwahrscheinlich daneben gehen, bis du dich daran gewöhnt hast. Halte die Waffe immer mit beiden Händen, aber nicht zu fest. Du musst noch etwas Spielraum haben können.«

»Daran erinnere ich mich noch«, erklärte der Finne.

Burgmeister hob seine Waffe. Er ließ sich Zeit, zielte sorgfältig, atmete dann aus und zog vier Mal in schneller Folge den Abzug durch. Danach legte er die Pistole vor sich auf den Tisch, mit dem Lauf auf die Zielscheibe gerichtet.

»Du bist dran.«

Halonen nahm nun ebenfalls seine Waffe hoch, visierte die Zielscheibe an und schoss. Zwischen den einzelnen Schüssen wartete er immer einige Sekunden. Als er ein viertes Mal gefeuert hatte, legte er seine Pistole ebenso vor sich auf den Tisch wie Burgmeister zuvor.

»Dann schauen wir doch mal«, forderte ihn der Oberkommissar auf.

Auf einen Wink Halonens hin betätigte der Waffenmeister einen roten Schalter und ließ die beiden Zielscheiben an einer an der Decke befestigten Schiene zu den beiden Schützen nach vorne gleiten. Burgmeister betrachtete sein Ziel und lächelte. Von den vier Schüssen waren zwei direkt *ins Schwarze* gegangen, die beiden anderen nur ein wenig abseits. Sein Dolmetscher wiederum hatte alles Mögliche im Gesicht, nur kein Lächeln. Nur eine einzige Patrone hatte das Ziel überhaupt getroffen, die anderen hatten die Scheibe nicht einmal gestreift.

»Also damit gewinnst du auf der Kirmes gar nichts. Aber mach dir nichts draus«, tröstete ihn der Oberkommissar. »Ist wie beim Sex. Das erste Mal geht immer schief.«

»Versuchst du gerade, mich aufzumuntern?«

»Vielleicht.«

»Lass es. Ich bin Finne, ich lache nie.«

»Ich gehe jetzt etwas essen, und du trainierst noch eine Weile. Frag mal den Meister, was er möchte.«

»Mitä haluaisit syödä?

»Pizzaa.«

»Das habe ich verstanden. Wenn du ordentlich übst und in einer halben Stunde die Zielscheibe triffst, bekommst du auch etwas.«

»Sehr gütig«, antwortete Halonen ironisch.

»Vielleicht sollte ich das mit dem *Du* noch mal überdenken, du wirst ja lockerer, als ich dachte.«

»Ich tue, was ich kann.«

»Dann mach das mal. Bis gleich.«

»Und, wie sieht es aus?«, fragte Burgmeister, als er einige Minuten später erneut den Schießstand betrat.

In seinen Händen trug er zwei übergroße Pizzaschachteln, von denen eine Mischung aus Käse- und Fettgeruch, gepaart mit dem Duft gebackener Salami, ausging.

»Wird schon«, erklärte Halonen.

Ein Blick auf den Waffenmeister bestärkte den Oberkommissar darin, seinem Begleiter nur bedingt Glauben zu schenken.

»Wie auch immer«, sagte er. »Jetzt gibt es erst mal was zu futtern. Hey, Meister, für Sie.«

Er reichte eine der Schachteln an den finnischen Polizisten weiter und gab die andere seinem Dolmetscher.

»Isst du nichts?«, fragte Halonen.

»Hab auf dem Weg was gegessen. Lass es dir schmecken.«

»Danke.«

Während der Dolmetscher und der Waffenmeister genüsslich kauten, widmete sich Burgmeister den eigenen Schießübungen. Fachmännisch lud er seine Waffe erneut und gab einige Schüsse auf seine Zielscheibe ab, bis das Magazin leer war. Um den älteren Finnen nicht bei seiner Mahlzeit zu stören, drückte der Oberkommissar selbst auf den roten Schalter und ließ die Scheibe zu sich fahren. Vierzehn von siebzehn Schuss waren fast genau in der Mitte des Ziels gelandet, die restlichen drei links und rechts ein wenig abseits. Mit dieser Quote war der Oberkommissar mehr als zufrieden, legte die Waffe ab und wartete dann, bis die beiden Finnen fertig gegessen hatten.

Halonen, der in Ermangelung einer Sitzgelegenheit
seine Pizza im Stehen in einer separaten Kabine gegessen hatte, strich sich über den Bauch.

»Satt geworden?«, fragte Burgmeister.

»Auf jeden Fall«, antwortete der Finne, während er
sich den Mund mit einer beiliegenden Serviette ab-
wischte.

»Gut. Lass uns ein wenig spazieren gehen. Ist gut für
die Verdauung.«

»Und die Ermittlungen?«

»Wir können nicht viel mehr tun, als zu warten, bis
Niemi genug Beamte zusammengetrommelt hat. Falls
doch jemand aus dem Ort etwas zu erzählen hat, werden wir schon bald davon erfahren.«

»Gut, gehen wir.«

»Wie kommt es, dass du so gut schießen kannst?«,
wollte Halonen wissen, während sie entlang der
Strandpromenade spazierten, die sich nur wenige Hundert Meter entfernt auf der anderen Seite der Halbinsel
befand, auf der Nurmes vor rund zweihundert Jahren
gegründet worden war. Bei der Promenade handelte es
sich in Wahrheit um nicht mehr als einen etwa zwei
Meter breiten Kiesweg, der parallel zu den Eisenbahn-
gleisen verlief und einen guten Blick auf den See ge-
währte.

»Ich bin oft auf der Kirmes unterwegs«, antwortete
Burgmeister.

»Und das soll ich dir glauben?«

»Nö. Ich habe in München viel Zeit auf dem Schießstand verbracht. Wenn man es mit Kriminellen aus
dem Drogenmilieu zu tun hat, ist es besser, wenn man

sich zu wehren weiß. Netter Spielplatz«, kommentierte er, als sie an einigen Klettergerüsten, Schaukeln und Wippen vorbeikamen.

Burgmeister erkannte zwischen all den herumlaufenden Leuten die Frau und das Kind wieder, die er bereits vor einigen Tagen abends nahe seiner Unterkunft gesehen hatte. Er überlegte, wie das Kind hieß, aber da an dem Abend so viele finnische Wörter gesagt worden waren, wusste er nicht mehr, ob ihr Name überhaupt gefallen war. In diesem Moment sah ihn die Kleine und kam zu ihm hinübergerannt.

»Moi«, sagte das Mädchen fröhlich.

»Moi«, antwortete Burgmeister.

»Mitä sinulle kuuluu?«

Der Oberkommissar blickte sich hilfesuchend zu Halonen um.

»Sie möchte wissen, wie es dir geht.«

»Ah. Mir geht es gut«, sagte der Deutsche zu dem Mädchen gewandt. »Und dir?«

»Hyvää«, antwortete sie, nachdem der Dolmetscher sie auf Finnisch gefragt hatte.

»Wie heißt du?«, wollte Burgmeister wissen, und Halonen übersetzte.

»Saara.«

»Ah«, erwiderte er und erinnerte sich, dieses Wort schon von ihr gehört zu haben. Vor einigen Tagen hatte er es allerdings nicht als Name identifizieren können. »Ich heiße Johannes.«

»Leikitäänkö?«

» *Was?*«

»Sie fragt, ob du mit ihr spielen möchtest.«

Der Oberkommissar lächelte. »Würde ich gerne, aber ich habe leider zu tun.«

Halonen übersetzte das Gesagte.

»Voi harmi«, antwortete Saara und blickte traurig zu Boden.

Diese Geste war universell, darum benötigte der Oberkommissar keine Übersetzung. »Vielleicht beim nächsten Mal«, sagte er tröstend und legte eine Hand auf den Kopf des Mädchens.

»Saara«, rief die Mutter des Kindes und kam mit weiten Schritten auf die beiden Männer zu.

»Anteeksi«, bat Halonen um Entschuldigung und machte unwillkürlich einen Schritt zurück.

»Käskin sinun olla puhumatta vieraille miehille«, schimpfte die Frau.

»Was sagt sie?«

»Sie schimpft mit dem Mädchen, weil es mit uns spricht.«

»Gute Frau, Saara und ich kennen uns. Wir haben uns vor einigen Abenden bereits gesehen, drüben beim Bomba-Haus.«

Halonen übersetzte.

»No hyvä on mutta nykyään on oltava niin varovainen«, antwortete die Frau.

»Ist schon gut, ich würde es nicht anders machen«, erklärte Burgmeister, nachdem sein Dolmetscher die Übersetzung geliefert hatte. »Wir sind Polizisten, wenn Ihnen das etwas hilft. Ich habe selbst eine Tochter, und ich kann Ihnen versichern, dass wir alles tun würden, um Saara zu beschützen.«

Die Frau schien von den Worten beeindruckt zu sein, und schließlich wurde ihre Miene weich. »Mine olen Erja.«

»Ich bin Johannes«, sagte der Oberkommissar und zeigte dann auf seinen Begleiter. »Er heißt Matti.«

Die Frau, die sich als Erja vorgestellt hatte, sagte einige Wörter und streckte dann die Hand aus.

»Sie freut sich, uns kennenzulernen, und sie bittet um Entschuldigung, dass sie gerade so grob war.«

»Wie gesagt, kein Problem«, sagte Burgmeister und schüttelte sanft die dargebotene Hand. »Wir müssen jetzt leider weiter, aber vielleicht treffen wir uns ja bald mal wieder.«

Die beiden Polizisten gingen weiter und kamen nach wenigen Metern an einen Binnenhafen, wo kleine Segel- und Motorboote vertäut waren und leicht im sanften Wellengang schaukelten.

»Bist du schon einmal gesegelt?«, fragte er den Finnen.

»Als Kind«, antwortete Halonen. »Mit meinem Großvater bin ich manchmal auf den See bei Kuopio gefahren und habe mit ihm geangelt. Und du?«

»Nein«, sagte Burgmeister. »Als Kind hatte ich nie die Gelegenheit dazu. Meine Großeltern wohnten einige Hundert Kilometer entfernt, und meine Eltern hatten mit Wasser nicht viel am Hut. Als ich dann erwachsen war, hatte ich keine Lust mehr darauf.«

»Auch nicht mit deiner Tochter?«

»Wir waren hin und wieder am See schwimmen, aber das war es dann auch schon. In der Gegend, aus der ich komme, ist alles ziemlich teuer, und außerdem wimmelt es immer von Menschen. Da hat man kaum Platz und noch weniger seine Ruhe.«

»Hast du Lust, einmal segeln zu gehen?«

»Vielleicht«, erwiderte der Oberkommissar vage. »Wenn ich dafür mal Zeit habe.«

Halonen nickte verstehend und fragte nicht weiter nach. Schweigend liefen sie noch einige Zeit, bis sie am westlichen Ortsende angekommen waren und die ihnen bekannte Tankstelle in Sicht kam.

»Wo wollen wir jetzt hin?«, wollte Halonen wissen.

»Ich möchte ehrlich gesagt nach Hause«, gab Burgmeister zu. »Ich bin noch nicht ganz fit, und mein Fuß ist auch nicht gerade gut in Schuss.«

»Es ist doch erst drei Uhr nachmittags.«

»Lass du dir mal von einem menschlichen Schrank die Fresse polieren, dann reden wir noch mal darüber.«

»In Ordnung. Wenn du möchtest, kannst du hier warten, und ich gehe zur Station und hole den Wagen«, bot der Finne an.

»Du bist immer so fürsorglich«, antwortete der Deutsche mit einem sarkastischen Unterton in der Stimme.

»Ich will nur, dass du morgen fit bist.«

»Okay, ich bleibe brav hier sitzen und warte auf dich. Ich verspreche auch, dass ich mich von niemandem anquatschen lasse.«

Burgmeister machte es sich auf einer Bank am Strand bequem, streckte die Beine vor sich aus und blickte hinaus auf das Wasser. Beinahe direkt über ihm kreisten einige Möwen, die unentwegt kreischten. Doch er kümmerte sich nicht weiter darum und genoss die friedliche Atmosphäre. Das Wasser kräuselte sich leicht am Kiesstrand und gestaltete Muster mit den kleinen Steinen, nur um sie mit der nächsten Welle wieder zu löschen und neue Bilder zu erschaffen. Er hatte keine Ahnung, wie lange er hier schon saß, denn im Moment war er zu faul, um auf die Uhr zu sehen. Außerdem hätte ihm das sowieso nichts gebracht, denn er hatte nicht nachgesehen, wann sich Halonen auf den Weg gemacht hatte. Burgmeisters Augen waren müde, und seine Lider senkten sich langsam, aber unaufhaltsam. Er war fast weggedämmert, als plötzlich direkt neben ihm ein Schrei erklang. Burgmeister riss die Augen auf und sah sich hektisch nach der Quelle des Lärms um. Auf der Bank hatte sich zu seiner Linken eine Möwe niedergelassen und starrte ihn an.

»Ich habe nichts zu essen«, sagte er zu dem Tier, das ihn daraufhin nur noch kritischer beäugte. »Sitze ich vielleicht auf deinem Platz?«

Die Möwe stieß einen weiteren Schrei aus.

»Aha«, meinte Burgmeister.

Der Vogel schien ihn noch einige Momente zu studieren, bevor er die Flügel ausbreitete und davonflog, um sich zu seinen Artgenossen zu gesellen, die gerade damit beschäftigt waren, immer wieder in den See hinabzustürzen, um sich einen Fisch zu fangen.

»Johannes«, rief Halonen von der schmalen Straße aus, die vom See bis zur Hauptstraße führte.

»Ich komme«, rief der Oberkommissar zurück, stand langsam auf und massierte seinen verletzten Fuß ein wenig.

Nach einem letzten Blick auf das Wasser ging er zum Wagen und nahm auf dem Beifahrersitz Platz. »Tu mir den Gefallen und halte noch an einer Apotheke an. Ich brauche Schmerztabletten.«

»Du hast doch nicht etwa schon alle genommen?«, fragte der Finne erschreckt.

»Nein, aber ich habe gerne einen Vorrat.«

»Solange du sie nicht wieder mit Alkohol mischst ...«

»So blöd bin ich auch wieder nicht.«

»Darf ich dich daran erinnern, warum du ins Krankenhaus eingeliefert wurdest?«

»Lass mich in Ruhe und fahr einfach.«

Seit er am Morgen die Klinik verlassen hatte, war er noch nicht in seiner Unterkunft gewesen. Erfreut stellte Burgmeister fest, dass noch immer alles so war, wie er es verlassen hatte. Die Eingangstür funktionierte glücklicherweise noch, aber natürlich hatte niemand aufgeräumt.

»Soll ich dir ein wenig zur Hand gehen?«, bot Halonen an.

»Nein, das schaffe ich schon«, antwortete der Oberkommissar. »Im Ernst, mir geht es gut, ich muss mich nur ein wenig ausruhen.«

»Ich möchte aber, dass du dich sofort bei mir meldest, wenn du etwas brauchst, okay? Du gehst nicht einfach so los. Ich habe keine Lust, dich irgendwo im Wald zu suchen.«

»Versprochen. Noch etwas: Kümmere dich bitte darum, dass wir morgen in der Schießstätte genug Munition haben, und zwar alle Kaliber, und große Mengen davon.«

»Warum?«

»Wirst du dann sehen.«

Burgmeister schloss die Tür hinter sich und atmete tief durch. Am Kochbereich warf er sich eine Tablette ein und spülte sie mit einem Schluck Wasser herunter. Schon, als er die Tür geöffnet hatte, war ihm die schlechte Luft im Appartement entgegengeschwappt. Er öffnete nacheinander alle Fenster und ließ den nachmittäglichen Wind herein. Dann klaubte er die herumliegende Kleidung auf und schüttete das abgestandene Bier weg. Der Blutfleck auf dem Boden war inzwischen eingetrocknet, und einen Moment lang überlegte er, ihn einfach dort zu belassen, bevor er sich dann doch umentschied, einen Eimer Wasser mit Spülmittel vermischte und begann, die Stelle mit einem Badeschwamm zu putzen. Burgmeister musste immer wieder Pausen einlegen und einige Minuten mit ausgestreckten Beinen verharren, um seinen Fuß zu schonen. Auch sein Arm schmerzte hin und wieder, aber das ignorierte er so gut wie möglich. Als er fertig war, warf er einen Blick auf seine Uhr und stellte fest, dass er über zwei Stunden für etwas benötigt hatte, was normalerweise innerhalb von zwanzig Minuten erledigt gewesen wäre.

Ich werde alt, dachte er.

Du bist verbraucht, antwortete seine innere Stimme.

Ich dachte, ich hätte dir Redeverbot erteilt, antwortete Burgmeister.

Und du denkst wirklich, dass ich mich daran halte? Fick dich!

Hättest du wohl gern, antwortete die Stimme.

Ich gehe jetzt schlafen.

Tu das, ich bleibe noch wach.

Garantiert nicht, dachte Burgmeister. *Wenn ich schlafe, bist du auch ruhig, denn ich habe die Kontrolle über dich.*

Bilde dir das ruhig weiter ein. Gute Nacht.

Der Oberkommissar zog sich aus, ging in das kleine Schlafzimmer und zog die Vorhänge zu. Dann schloss er die Augen und versuchte, einzuschlafen, aber genauso wie seine innere Stimme angekündigt hatte, kreisten so viele Gedanken in seinem Kopf umher, dass er für lange Zeit keinen Schlaf fand. Er überlegte, ob er noch einmal losgehen und sich ein Schlafmittel besorgen sollte.

Damit du wieder im Krankenhaus aufwachst?, wollte seine innere Stimme wissen.

Dann lass mich wenigstens in Ruhe!, meckerte der Oberkommissar im Geiste.

Schon gut, ich haue ab.

Tatsächlich ebbte der Gedankengang langsam ab, und Burgmeister fiel in einen tiefen Schlaf.

Kapitel 6

»Wie viele Polizisten haben wir?«, fragte er den Dienststellenleiter, als er sich gemeinsam mit Halonen und Niemi in ihrem Konferenzraum eingefunden hatte.

»Achtunddreißig«, antwortete Niemi. »Zwei kommen in einer Stunde noch hinzu.«

»Sehr gut, dann haben wir genug«, meinte Burgmeister und wandte sich seinem Dolmetscher zu. »Matti, du teilst die Leute ein. Pro Jäger zwei Beamte. Wir beide übernehmen Nevalainen.«

»Ist gut«, antwortete der Finne und zog eine Liste hervor, auf der alle Mitglieder des Jagdvereins alphabetisch sortiert waren. Dann machte er sich daran, die eingetroffenen Polizisten paarweise zuzuteilen. Als er nach wenigen Minuten damit fertig war, informierte er den Oberkommissar. Gemeinsam gingen sie in den Bereitschaftsraum der Polizeistation, der mit den Neuankömmlingen bis auf den letzten Platz gefüllt war.

»Sind Sie alle mit schusssicheren Westen ausgestattet?«, fragte Burgmeister die anwesenden Beamten.

Er wartete die Übersetzung Halonens sowie die Antworten der Polizisten ab.

»Alle sind korrekt ausgerüstet«, erklärte der Dolmetscher.

»Gut«, befand der Oberkommissar. »Vermutlich wissen Sie bereits, warum Sie hier sind. Für diejenigen, die nicht informiert wurden: Wir werden heute sämtlichen Mitgliedern des örtlichen Jagdvereins einen Besuch abstatten und ihre Waffen konfiszieren. Vermutlich werden sich einige weigern, ihre Flinten abzugeben. Für diesen Fall möchte ich, dass Sie standhaft bleiben und sich nicht einschüchtern lassen. Sie sind das Gesetz, vergessen Sie das nicht. Sollte es zu Handgreiflichkeiten oder gar zu einem Feuergefecht kommen, sind Sie befugt, von Ihrer Waffe Gebrauch zu machen. Tragen Sie bitte auf jeden Fall Handschuhe, denn alle Waffen werden auf Fingerabdrücke geprüft, und ich will nicht, dass Ihre Pfoten darauf zu sehen sind.«

»Denkst du, dass es wirklich so weit kommen könnte?«, fragte Halonen, nachdem er das Gesagte ins Finnische übertragen hatte.

»Du meinst, dass auf die Burschen geschossen werden könnte? Keine Ahnung, aber wir sollten auf alles gefasst sein. Sag den Leuten, dass sie ausrücken sollen. Sie sollen auch nicht davor zurückschrecken, die Häuser zu durchsuchen, wenn sie es für richtig halten. Vielleicht hat ja einer noch irgendwo eine Waffe versteckt, die er nicht rausrücken möchte.«

Nachdem Halonen diesen Zusatz ebenfalls übersetzt hatte, machten sich die Beamten zu ihren individuellen Zielen auf.

»Komm, wir besuchen jetzt den Big Boss«, forderte Burgmeister seinen Begleiter auf.

Während der kurzen Fahrt zu Nevalainens Haus klappte der Oberkommissar im Auto die Sonnenblende herunter und begutachtete zum zweiten Mal an diesem

Tag sein Gesicht. Die Schwellungen gingen langsam zurück, aber noch immer prangte der eine oder andere blaue Fleck prominent in seinem Antlitz. Auch sein Fuß wollte heute nicht so recht mitmachen, daher humpelte Burgmeister leicht, als er ausstieg und mit seinem Dolmetscher zur Haustür des Jagdvereinsvorsitzenden gingen. Es war noch früh am Morgen, und die Dämmerung hatte erst vor wenigen Minuten eingesetzt. Aber durch die Fenster schimmerte sanftes Licht nach draußen. Es war also schon jemand wach.

»Schade, ich hätte ihn gern aus dem Bett geklingelt«, sagte Burgmeister und schwang die Glocke mit solcher Wucht, dass sie fast aus der Fassung gefallen wäre, wenn sich nicht kurz darauf bereits die Tür geöffnet hätte.

»Guten Morgen«, sagte Nevalainen, als er den deutschen Polizisten und seinen Begleiter erkannte.

»Sparen Sie sich das«, antwortete Burgmeister.

»Kann ich etwas für Sie tun? Sie sehen furchtbar aus.«

»Ein gewisser Lauri Tiltti hat mich kürzlich in der Bibliothek zusammengeschlagen. Sie kennen ihn sicher.«

»Ja, er ist ein Mitglied des Vereins.«

»Warum haben Sie ihn dazu angestiftet?«

»Wie kommen Sie darauf?«, stellte Nevalainen die Gegenfrage.

»Weil er ausgesagt hat, dass Sie es ihm befohlen haben.«

Das stimmte zwar nicht, aber das musste der Vorsitzende ja nicht wissen.

»Dann hat er etwas Falsches gesagt«, entgegnete der Finne. »Ich bin zwar der Vorsitzende des Jagdvereins, aber ich bin kein General, der über eine Heerschar höriger Soldaten verfügt.«

»Also haben Sie Ihre Leute nicht unter Kontrolle?«

»Es sind nicht *meine* Leute«, erklärte Nevalainen ruhig. »Wir sind ein Verein. Wir treffen uns zum Jagen. Wir sind keine Sekte oder so etwas in der Art.«

»Aber die Leute tun, was Sie Ihnen sagen, oder?«

»Nur, wenn es um die Jagd geht«, fügte der Vorsitzende hinzu. »Außerdem bin ich froh, dass Sie die Ermittlungen leiten. Das habe ich auch Niemi gesagt.«

»Ist mir scheißegal, was Sie ihm gesagt haben«, gab Burgmeister zurück. »Tiltti wird vor Gericht gestellt werden. Keine Ahnung, was in Finnland als Strafe auf heimtückischen Angriff steht.«

»Wenn Sie möchten, werde ich Ihnen bei Lauri behilflich sein.«

»Würden Sie das wirklich tun?«, fragte der Deutsche mit Unschuldsmiene.

»Ja, natürlich, denn ich möchte ebenso wie Sie herausfinden, was passiert ist.«

»Vergessen Sie es«, gab Burgmeister schroff zurück. »Bevor ich Sie um Hilfe bitte, muss erst mal die Hölle zufrieren.«

»Wie Sie meinen«, antwortete Nevalainen und zuckte mit den Schultern. »Warum sind Sie eigentlich hier?«

»Gut, dass Sie fragen. Ich möchte, dass Sie mir Ihre Waffen aushändigen, und zwar alle.«

»Wie meinen Sie das?«

»Ich beschlagnahme alle Waffen, die sich in Ihrem Besitz befinden. Primär Schusswaffen, aber ich bin bereit, auch andere Gegenstände, die als Waffe eingesetzt werden können, in Empfang zu nehmen. Entweder, Sie rücken alles freiwillig heraus, oder ich zwinge Sie dazu.«

»Mit welchem Recht?«

»Mit dem Recht des Gesetzes. Wenn Sie nicht kooperieren, droht Ihnen eine empfindliche Strafe.«

Nevalainen hob die Hände als Geste, dass er kapitulierte. »Wie Sie wünschen. Geben Sie mir einen Moment.«

»Versuchen Sie nicht, zu flüchten«, ermahnte ihn Burgmeister.

»Das habe ich nicht vor. Ich brauche nur etwas Zeit, um alle meine Waffen nach draußen zu bringen.«

»Wenn es geht, wäre es nett, wenn Sie sie auch mit einem Schleifchen versehen«, rief ihm der Oberkommissar durch die offene Tür zu, denn Nevalainen war bereits nach drinnen gegangen.

Im Flur sah er die alte Frau stehen, die ihn misstrauisch beäugte und dabei ihren Morgenrock fest umklammert hielt.

»Keine Sorge, ich will nichts von Ihnen«, sagte Burgmeister zu ihr und unterdrückte den Zusatz *Sie sind nicht mein Typ.*

Er ging einige Meter zurück und stellte sich zu Halonen.

»Wird er kooperieren?«, fragte ihn der Finne.

»Vermutlich«, gab Burgmeister zurück. »Werden wir gleich sehen. Mach dich aber lieber mal darauf gefasst, dass du Schüssen ausweichen musst.«

Entgegen seiner Befürchtung passierte nichts dergleichen, und nur wenige Minuten später hatte Nevalainen einen ganzen Stapel Gewehre und Pistolen diversester

Bauarten und -jahre auf einem Tisch auf der Veranda aufgereiht.

»Ist das alles?«, fragte der Oberkommissar und begutachtete das Arsenal.

»Ja«, bestätigte der Vereinsvorsitzende.

»Hoffen wir es. Für Sie. Matti, markiere die Waffen, damit wir sicherstellen können, dass sie tatsächlich von Nevalainen stammen. Ich will später keine Verwechslungen riskieren.«

Der Dolmetscher holte eine Rolle schmales Klebeband hervor und begann, einzelne Stücke davon abzureißen und an den Waffen anzubringen. Dann schrieb er in sauberen Druckbuchstaben den Namen des Jägers auf die Klebestreifen und brachte die Feuerwaffen danach zum Wagen, wo er sie auf dem Rücksitz verstaute.

»Brauchen Sie eine Quittung?«, fragte Burgmeister den Vorsitzenden.

»Nein, ich vertraue Ihnen.«

»Selbst schuld.«

»Kann ich noch etwas für Sie tun?«

»Nein«, erwiderte Burgmeister. »Schönen Tag noch.«

Mit den Waffen im Kofferraum und einem Gefühl des Triumphs im Bauch fuhren Halonen und Burgmeister zurück zur Station.

»Und wohin jetzt damit?«, fragte der Finne.

»In unser Büro.«

Obwohl sie die Gewehre und Pistolen wie Feuerholz auf beiden Armen trugen, mussten sie zwei Mal gehen, weil es so viele waren. Über den Vormittag hinweg trudelte eine Polizistengruppe nach der anderen ein und übergab die teils üppigen Sammlungen an Schusswaffen, alle bereits fein säuberlich gekennzeichnet und mit dem Namen der jeweiligen Besitzer versehen.

»Matti, überprüfe bitte alle Markierungen und korrigiere sie, wenn nötig«, verlangte der Oberkommissar von seinem Kollegen. »Außerdem schau bitte noch nach, dass sich auch tatsächlich keine Munition mehr im Lauf befindet. Wir wollen schließlich keine Unfälle haben. Sagst du bitte außerdem dem hiesigen Pulvermeister Bescheid, dass seine Dienste hier verlangt werden.«

»Pulvermeister?«

»Der Typ, der Gegenstände auf Fingerabdrücke untersucht. Er soll die Waffen einstauben und untersuchen, und er soll sich dabei beeilen.«

Zur Mittagszeit kam auch die letzte Zweiergruppe an und überreichte ihre *Beute*. Der Beamte, der mit einem Döschen Spurensicherungspulver und einem Pinsel angerückt war, übernahm die letzten Waffen und machte sich sogleich akribisch, aber routiniert ans Werk.

»Das reicht ja für eine mittlere Armee«, kommentierte Burgmeister die reichhaltige Sammlung beeindruckt. »Ist im Keller alles bereit?«

»Ja«, bestätigte Halonen.

»Okay, wie viele Waffen haben wir insgesamt konfisziert?«, wollte Burgmeister wissen.

»Siebzig Gewehre und dreißig Pistolen«, erwiderte Halonen. »Was machen wir eigentlich mit der ganzen Munition?«

»Abfeuern.«

»Wie bitte?«, fragte der Finne fassungslos.

»Du hast doch gehört, was Toni gesagt hat. Wir brauchen die *Fingerabdrücke* der Waffen. Und dafür ist es nun mal am Einfachsten, wenn wir jede Waffe abfeuern und anschließend die Patronen einsammeln und untersuchen. Genau das werden wir jetzt auch tun.«

»Wollen wir nicht noch ein paar Kollegen dazu holen?«, schlug der Finne vor. »Wir haben doch vier Kabinen zur Verfügung, die sollten wir nutzen. Wenn ich es richtig verstanden habe, muss jede Waffe nur einmal abgefeuert werden, maximal zwei Mal. Dabei würden wir uns einiges an Zeit sparen.«

»Guter Einwand«, räumte der Oberkommissar ein. »Such zwei Leute aus. Ich bringe die Waffen schon einmal nach unten. Wir treffen uns dann dort in einer Stunde.«

Halonen kam kurz vor Ablauf der gesetzten Frist an der Schießstätte an, wo Burgmeister und der Waffenmeister, dessen Name Aleksi Saari war, bereits warteten. Der Dolmetscher wurde von einem männlichen und einem weiblichen Polizisten begleitet, deren Gesichter der Oberkommissar in der Einsatzbesprechung bereits gesehen hatte.

»Sie heißt Niina Hakala«, sagte der Dolmetscher und zeigte auf die Frau. »Sein Name ist Tuomas Lahtinen.«

»Freut mich«, antwortete Burgmeister und schüttelte den beiden Beamten die Hand. »Wissen die zwei schon, warum sie hier sind?«

»Ich habe sie bereits instruiert, aber wenn du willst, kannst du es gern noch ausführlicher tun.«

»Sie sollen die Waffen abfeuern, dann die Patronen einsammeln und diese sortieren. Ich habe bereits einen

Haufen Plastiktütchen bereitgelegt und mit den Namen der Waffenbesitzer beschriftet, damit nichts verwechselt werden kann. Wir werden synchron feuern, damit wir gleichzeitig unsere Geschosse einsammeln können ... aus Sicherheitsgründen. Wir brauchen keinen großen Wert auf Zielgenauigkeit zu legen, denn wir wollen nur die abgefeuerten Patronen haben. Noch Fragen?«

Die drei Finnen schüttelten unisono die Köpfe.

»Na dann legen wir los.«

Jeder der Beamten nahm sich ein Gewehr, schob eine Patrone in den Lauf und begab sich dann in jeweils eine Kabine.

»Auf mein Zeichen hin«, sagte Burgmeister. »Feuer!«

Auf die Sekunde genau zogen alle Polizisten den Abzug durch. Der Knall war ohrenbetäubend, obwohl sie alle ihren Ohrschutz aufgesetzt hatten.

Der Oberkommissar grinste breit. »Geiler Sound«, gab er kund. »So muss es gewesen sein, wenn man Teil eines Erschießungskommandos gewesen ist.«

»Ich werde das jetzt mal nicht übersetzen«, erklärte Halonen.

»Musst du auch nicht. Wir feuern noch einmal.«

Nach dem zweiten Schuss legte Burgmeister seine Waffe ab. »Sag den beiden, dass sie ihre Waffen hinlegen und ihre Munition einsammeln sollen.«

Nacheinander gingen sie am Rand der Schussbahnen zu den Zielscheiben und holten ihre abgefeuerten Kugeln, brachten sie zurück und legten sie in ihre beschrifteten Tütchen, bevor sie diese verschlossen und auf einen Stapel auf dem Tisch des Waffenmeisters legten. Dann nahmen sie sich die nächsten vier Waffen und verfuhren wie zuvor.

Acht von hundert, überlegte Burgmeister und schaute kurz auf seine Uhr. Für jeden Durchgang benötigten sie ungefähr fünf Minuten, wenn sie gründlich sein wollten. Gesetzt den Fall, dass nichts dazwischenkam, würden sie also rund zwei Stunden benötigen, um alle Waffen abzufeuern, Pausen nicht eingerechnet. Da es jetzt vierzehn Uhr war, sollten sie also gegen halb fünf fertig sein. Im Kopf überschlug er noch die Zeit, die sie benötigen würden, um alles fachgerecht zu verpacken.

»Matti«, sprach er den Dolmetscher an. »Schau mal, ob du uns für siebzehn Uhr dreißig einen Kurier besorgen kannst. Der soll unsere gesammelten Schätze zur Forensik bringen. Und dann informierst du die Burschen dort, dass sie heute noch etwas zu tun bekommen. Die Überstunden sind mir egal.«

»Ich weiß, dass es sinnlos ist, darüber zu diskutieren, also werde ich untertänig das tun, was du verlangst.«

»Braver Junge. Du hast zehn Minuten, dann schießt du weiter.«

Halonen benötigte nur fünf Minuten, bis er wieder in seiner Kabine war und sich erneut in den Rhythmus einfügte. Waffe um Waffe wurde abgefeuert, Patrone um Patrone eingesammelt und eingetütet. Bald hatten sich die drei Männer und eine Frau eingespielt und folgten dem Ablauf wie Maschinen. Waffenmeister Saari saß auf seinem Stuhl, tippte auf seinem Handy herum und warf hin und wieder einen kurzen Blick auf die Polizisten, die konzentriert ihrer Aufgabe nachgingen.

»Braucht jemand eine Pause?«, fragte der Oberkommissar in die Runde.

»Tarvitseeko kukaan taukoa?«, übersetzte Halonen.

»Ei«, antworteten Hakala und Lahtinen wie aus einem Munde.

»Dann geht es weiter«, erklärte Burgmeister.

Tatsächlich gingen alle vier Beamte ihrer Aufgabe nach, ohne einen Anflug von Müdigkeit zu zeigen, bis sie um kurz nach Fünf schließlich den letzten Durchgang begannen. Mit den Gewehren waren sie schon vor einigen Minuten fertig geworden und hatten sich danach umgehend den Pistolen gewidmet.

»Feuer!«, rief Burgmeister und betätigte den Abzug.

Die anderen Beamten taten es ihm gleich, und zum letzten Mal an diesem Tag dröhnte das Geräusch von abgefeuerten Waffen durch den Raum. Inzwischen lag ein eigentümlicher Geruch in der Luft, der unvermeidbar war, wenn so viele Waffen hintereinander abgefeuert wurden. Burgmeister war froh, dass Cordit nur noch in den seltensten Fällen verwendet wurde, um eine Kugel zu beschleunigen, denn er erinnerte sich noch lebhaft an den Geruch, als er vor langer Zeit einmal eine Weltkriegswaffe abgefeuert hatte. Er wollte diesen Gestank nie wieder in der Nase haben. Als alle Polizisten *ihre* Patronen geholt und in die letzten vier Tütchen verteilt hatten, atmete er innerlich auf. Sein rechter Arm und die Schulter schmerzten inzwischen von den ständigen Rückstößen, und am liebsten hätte er schon nach einer Stunde eine Pause gemacht, aber er hatte vor den anderen Beamten, die so pflichteifrig ihrer Aufgabe nachgingen, nicht schwach wirken wollen. Für ihn sah es so aus, als hätten sich die drei Finnen gerade erst warm geschossen und noch stundenlang so weitermachen können.

»Sammeln wir alles ein. Matti, du bringst die Tüten nach oben und wartest dort auf den Kurier. Ich bringe die Waffen wieder in unser Büro und schließe sie dort ein. Sag Niina und Tuomas bitte, dass sie gute Arbeit geleistet haben und für heute fertig sind.«

»Tarvitsetko apua?«, fragte der männliche Polizist.

»Er möchte wissen, ob sie dir beim Tragen helfen können«, übersetzte Halonen.

»Nein danke, ich schaffe das schon allein«, antwortete Burgmeister. »Nichts für ungut, aber ich muss sicher sein, dass alles korrekt abläuft, und das kann ich am besten, wenn ich es selbst erledige.«

Der Dolmetscher übersetzte das Gesagte und verabschiedete die beiden Beamten danach.

»Bei dir alles in Ordnung? Du siehst etwas erschöpft aus«, fragte er den Oberkommissar.

»Alles okay«, antwortete Burgmeister. »Ist nur schon etwas länger her, dass ich so viel hintereinander geschossen habe.«

»Ich komme dann ins Büro, wenn ich dem Kurier alles übergeben habe, okay?«

»Klar, keine Eile. Ich warte dort auf dich.«

»So schnell?«, fragte Burgmeister den Dolmetscher, als er gerade mit einem Stapel Waffen beladen aus dem Keller kam.

»Ich bin noch gar nicht draußen gewesen«, antwortete Halonen.

»Warum nicht? Sag nicht, es ist dir zu kalt.«

»Vielleicht solltest du es dir selbst ansehen.«

»Erst einmal bringe ich die Flinten hier ins Büro. Ordnung muss sein.«

»Warte, ich helfe dir.«

Bevor der Oberkommissar ablehnen konnte, hatte ihm Halonen schon die Gewehre abgenommen und ging den Flur entlang zu ihrem Büro. Burgmeister folgte ihm und schloss die Tür auf. Der Dolmetscher legte die Waffen auf den Tisch und ordnete sie fein säuberlich nebeneinander.

»Noch mehr?«, fragte er.

»Nein, das sind alle«, antwortete Burgmeister. »Was ist denn so wichtig, dass du mir nicht sagen willst, warum du dich noch nicht mit dem Kurier getroffen hast?«

»Komm mit«, sagte Halonen nur.

Der Oberkommissar seufzte kurz und folgte seinem Begleiter zurück zum Haupteingang. Noch bevor er die Eingangshalle erreichte, hörte er es schon, und je näher er kam, desto unwohler wurde ihm zumute. Als er zwei Meter von der Eingangstür entfernt stehen blieb, war das Erste, was er dachte, ein *Ach du Scheiße.*

Er zählte nicht nach, aber er hatte den Eindruck, dass sich sämtliche Jäger des Vereins vor dem Revier versammelt hatten. Der gesamte Parkplatz war vollgestellt mit Pick-ups und sonstigen Autos, die ein Rein- und Rausfahren unmöglich machten. Was die ganze Angelegenheit noch schlimmer machte, war die Tatsache, dass nicht nur die zwanzig Mitglieder des Jagdvereins, sondern auch ihre Familien und Freunde gekommen waren. Er verstand zwar nicht, was da gebrüllt wurde, aber ihm war sofort klar, dass es nicht gerade freundliche Worte war. An der Eingangstür waren sowohl innen, als auch außen jeweils fünf Polizisten positioniert und behielten die Meute im Auge.

»Seit wann sind die hier?«, fragte er Halonen, ohne den Blick von der Menschenmasse abzuwenden.

»Seit heute Nachmittag«, erklärte der Dolmetscher.

»Warum hat uns keiner verständigt?«

»Weil ich mich schon damit befasse«, sagte Niemi, der plötzlich hinter ihnen stand.

»Was wollen die Typen?«

»Sie protestieren dagegen, dass Sie ihnen ihre Waffen abgenommen haben und verlangen die umgehende Herausgabe ihres Eigentums. Außerdem wollen sie, dass ich mit sofortiger Wirkung mein Amt niederlege.«

»Die sollten doch wissen, dass weder das Eine noch das Andere möglich ist.«

»Ich habe versucht, ihnen das zu erklären, aber sie wollen nicht zuhören.«

»Dann lösen Sie diese Versammlung doch einfach mit Gewalt auf.«

»Das ist nicht so einfach«, antwortete Niemi.

»Warum nicht? Die befinden sich schließlich auf staatlichem Grund und Boden und behindern die Justiz.«

»Technisch gesehen, ist das richtig, aber in Finnland haben wir andere Regeln.«

»Und was besagen die?«

»Solange sie nicht handgreiflich werden, dürfen wir nicht einfach so gegen sie vorgehen.«

»Aber Sie können doch bestimmt eingreifen, wenn es eine unangemeldete Versammlung ist, oder nicht?«

»Das schon. Aber dafür muss ich erst einmal beweisen, dass es sich überhaupt um eine Versammlung handelt.«

»Sieht für mich jetzt nicht unbedingt nach einem gemütlichen Beisammensein aus«, kommentierte Burgmeister.

»Wie gesagt, sie sind zwar laut, aber sie verhalten sich friedlich. Daher muss ich sie gewähren lassen.«

»Soll ich dafür sorgen, dass die Situation eskaliert?«, bot der Oberkommissar an.

»Nein«, antwortete der Dienststellenleiter. »Sie sollen ihren Ärger ruhig ablassen. Sie werden schon wieder abziehen.«

»Sie haben nicht so oft mit einer aufgehetzten Meute zu tun, oder?«, fragte der Oberkommissar kritisch.

»Öfter, als Sie denken. Aber ich bin nicht bereit, es auf Gewalt hinauslaufen zu lassen.«

»Vielleicht hat Ihnen Halonen bereits gesagt, dass wir etwas Dringendes zu erledigen haben und diese Burschen da draußen uns davon abhalten. Je länger wir warten, desto länger dauert es, bis wir weitermachen können, und der oder die Mörder bekommen immer mehr Vorsprung.«

»Das weiß ich alles«, antwortete Niemi geduldig. »Aber meine Entscheidung steht trotzdem. Wir werden das Ganze aussitzen. Stellen Sie sich besser darauf ein, die Nacht hier zu verbringen. Keine Sorge, wir haben genug Vorräte.«

»Na toll«, brummelte Burgmeister und wandte sich an seinen Dolmetscher. »Komm, wir suchen uns einen gemütlichen Platz und machen ein Lagerfeuer. Vielleicht kommen ja noch ein paar Kollegen dazu, dann können wir gemütlich zusammensitzen und Kumbaya singen.«

Halonen erwiderte nichts, sondern grinste nur breit, während er und der Deutsche vom stetigen Lärm der verärgerten Menschen begleitet wieder in das Innere des Gebäudes gingen.

»Schon mal Büro-Camping gemacht?«, fragte der Oberkommissar seinen Dolmetscher.

»Nein, bisher hatte ich noch nicht das Vergnügen.«

»Dann erlebst du heute eine Premiere. Komm mit.«

Burgmeister führte Halonen in den Zellenbereich und sah sich kurz um, bevor er zielstrebig zu einem metallenen Spind an der jenseitigen Wand ging und die Tür öffnete.

»Genau das, was ich wollte«, sagte er und griff ins Innere des schmalen Schranks. »Matti, streck mal die Arme aus.«

Er zog mehrere sauber zusammengefaltete Decken hervor und drückte sie Halonen in die Hand. Dann holte er noch zwei Kissenbezüge heraus und legte sie ebenfalls auf den Stapel.

»Kissen«, murmelte er und betrat nacheinander zwei Zellen, wo er die dort platzierten Kopfkissen nahm, sie von ihrem aktuellen Bezug befreite und sie sich dann unter die Arme klemmte.

»Für die Matratzen müssen wir gleich noch mal wiederkommen. Wir bringen das Zeug jetzt erst mal in unser Büro.«

Der Finne, der über den Stapel in seinen Armen nur mühsam hinwegblicken konnte, tat sich schwer, mit dem Oberkommissar Schritt zu halten. Im Konferenzraum nahm Burgmeister seinem Begleiter die Sachen ab und legte sie auf die Tischplatte. Die Kissen platzierte er daneben. Zurück im Zellenbereich begutachtete Burgmeister die aufgestellten Pritschen.

»Sehen nicht gerade sehr bequem aus«, kommentierte Halonen unsicher.

»Sollen sie ja auch nicht«, gab der Oberkommissar zurück. »Wir können sie sowieso nicht benutzen, die sind nämlich am Boden festgeschraubt. Da bräuchten wir schon mindestens einen ordentlichen Schraubenschlüssel. Wir nehmen nur die Matratzen mit.«

»Alle?«

»Hast du dir die Dinger mal näher angeschaut? Die sind so dünn, dass wir von Glück reden können, wenn wir nur mit verspannten Muskeln aufwachen. Da ich keine Lust auf einen Hexenschuss habe, werde ich auf mindestens zwei von den Dingern schlafen. Hilf mir jetzt mal.«

Gemeinsam trugen sie die Matratzen über den Flur zu ihrem Büro, während der eine oder andere vorbeikommende Polizist sie kritisch beäugte.

»So, der erste Schritt ist erledigt. Jetzt machen wir es uns bequem«, sagte Burgmeister, nachdem sie die Matratzen auf den Boden gelegt hatten. »Wir versuchen mal, den Tisch an die Wand zu schieben. Auf drei ... Eins ... Zwei ... Drei.«

Gemeinsam stemmten sich die beiden Polizisten gegen den großen Tisch und schafften es mit einiger Mühe, ihn bis zur Wand zu bewegen. Der Oberkommissar achtete dabei darauf, sich nur auf seinen gesunden Fuß zu stützen. Die nächsten Minuten verbrachte er damit, die Matratzen aufeinanderzulegen und die Decken so zu drapieren, dass sie sowohl als Laken, als auch zu ihrem ursprünglichen Zweck genutzt werden konnten.

»Und, was sagst du?«, fragte er, als er fertig war.

»Kein Hotelbett, aber sieht benutzbar aus.«

»Glaub mir, das ist noch bequem im Vergleich dazu, in welchen Höhlen ich bereits übernachtet habe.«

»Erzähl mal.«

»Vor vielen Jahren, bei einer meiner ersten verdeckten Ermittlungen, habe ich einmal in einer Drogen-WG geschlafen. Die Leute dort waren schon so durch, dass überall halb leer gegessene Teller rumlagen, schmutziges Besteck in jeder Fuge steckte und auch sonst nicht gerade auf Hygiene geachtet wurde. Man konnte dort nur mit festen Schuhen laufen, um sich nicht an kaputten Spritzen oder Crack-Pfeifen zu schneiden. Am schlimmsten war aber die Toilette. Anscheinend hatte einer von den Burschen mal einen ziemlich großen Haufen daneben gesetzt, und keiner hatte Lust gehabt, das Badezimmer zu putzen.«

»Gehörte das zu den Ermittlungen, oder wolltest du einfach mal dazugehören?«

»Sehr witzig«, sagte Burgmeister und zog eine Grimasse. »So war es am einfachsten, an die Dealer im Hintergrund heranzukommen.«

»Hast du dabei auch selbst konsumiert?«

»Ein wenig, um nicht aufzufallen. Aber ich habe darauf geachtet, dass es immer nur harmloses Zeug war. Ein bisschen Gras hier, ein bisschen Ecstasy dort. Nichts nachhaltig Schlimmes.«

»Deine Frau war bestimmt sehr begeistert davon, oder?«

»Sprich mich bloß nicht auf Petra an. Sie wollte immer, dass ich einen Acht-Stunden-Bürojob annehme, damit wir ein geregeltes Familienleben haben können, aber ich konnte das nicht. Schließlich gab und gibt es genug Drogenhändler, die zur Strecke gebracht werden müssen. Mir fehlt übrigens noch mein Teddybär.«

»Du hast einen Teddy?«

»Du etwa nicht?«, fragte Burgmeister zurück.

Er streifte sich Schuhe und Socken von den Füßen, zog sich Hemd und Hose aus und schlüpfte nur in Shorts unter seine Decken. »Ein Glück, dass noch kein Winter ist.«

»Schon mal einen finnischen Winter erlebt?«, wollte Halonen wissen.

»Nein, und ich habe es auch nicht vor.«

»Dann hoffen wir mal, dass wir den Mörder bald erwischen, denn in dieser Gegend kann es schnell gehen mit dem Schnee. An einem Tag scheint noch die Sonne und alles ist Grün, am nächsten Morgen hast du plötzlich zwanzig Zentimeter Neuschnee.«

»Hätten wir die zweite Leiche nicht gefunden, wäre von ihr im nächsten Jahr vermutlich nicht mehr viel übrig geblieben, oder? Ich meine wegen der Wildtiere.«

»Die hätten ein Festmahl gehabt, wie sie es noch nie erlebt hatten«, pflichtete ihm der Dolmetscher bei.

»Gibt es hier eigentlich viele Bären?«

»Nicht so viele, und die leben tief im Wald und trauen sich nur selten in Regionen, wo Menschen leben.«

»Kann ich gut verstehen.«

»Unterschätze mal nicht das Leben in der finnischen Provinz. Wenn du ganz allein in einer einsamen Waldhütte lebst, bist du komplett auf dich gestellt. Wenn dir etwas passiert, kann dir niemand auf die Schnelle helfen. Vor allem nicht, wenn du eingeschneit bist und keinen Strom hast.«

»Das ist einer der wenigen Vorteile der Zivilisation«, gab Burgmeister zu.

»Kommt ganz auf die eigene Einstellung an. Ich mag es, in den finnischen Wäldern zu sein, aber nicht auf Dauer. Ist für mich ein guter Ausgleich, aber ich lebe lieber in einer größeren Stadt.«

»Wie auch immer, ich schlafe jetzt. Hoffentlich halten die Typen da draußen bald die Fresse. Ach ja, falls ich schnarche, dann wecke mich bitte. Ich kann nämlich nicht schlafen, wenn jemand schnarcht.«

Der Dolmetscher überlegte, ob er auf diesen schwachen Witz eingehen sollte oder nicht, aber Burgmeister hatte sich bereits auf die Seite gedreht und schien damit zum Ausdruck bringen zu wollen, dass er für heute genug geredet hatte. Halonen zog sich nun ebenfalls aus und legte sich auf sein improvisiertes Lager.

Obwohl der Oberkommissar so tat, als würde er schon tief und fest schlafen, war er hellwach. Von draußen hörte er den Lärm der Menschengruppe, und je später die Nacht wurde, desto lauter und ausgelassener wurden sie anscheinend. Er vermutete, dass sie Alkohol mitgebracht hatten und sich nun betranken, während sie weiterhin ihre Forderungen hinausposaunten. Halonen, der zwei Meter entfernt auf seinem Bett lag, schlummerte friedlich und atmete schwer.

Wenigstens einer, der den Schlaf der Gerechten schläft, sagte er sich im Geiste.

Wärst du nicht so ein Arsch, würdest du auch besser schlafen, antwortete seine innere Stimme.

Warum bist ausgerechnet du jetzt wach?, gab Burgmeister mürrisch zurück.

Weil du es auch bist, und um auf deine Frage zu antworten: Einer muss es sein.

Und warum gerade du?

Weil ich gut bin in dem, was ich tue.

Für mich klingt das ziemlich arrogant.

Der einzig Arrogante hier bist du!

Ich bin aber ein Teil von dir, also macht es im Umkehrschluss dich arrogant, und verantwortungslos obendrein.

Wie meinst du das denn jetzt?, wollte der Oberkommissar wissen.

Du stellst deine Arbeit stets über deine Familie. Du flüchtest nach Finnland, weil dir daheim das Leben schwer gemacht wird ... wegen eines selbst zu verantwortenden Fehlers übrigens ... und lässt deine Frau und vor allem deine Tochter im Stich. Was denkst du, wie sich die beiden gerade fühlen?

Janine steckt es gut weg, und Petra bin ich sowieso egal.

Sie tun so, aber weißt du es mit Sicherheit?

Nein, gab Burgmeister zu.

Aber anstatt dich damit mal eingehender zu befassen, vergräbst du dich in Arbeit.

Jetzt halt endlich deine Fresse!, schimpfte der Oberkommissar. *Es reicht schon, dass da draußen so ein*

Lärm herrscht, da brauche ich dein Geseier nicht auch noch.

Du weißt trotzdem, dass ich recht habe.

Dann bleib doch in dem Glauben, aber lass mich gefälligst in Ruhe. Gute Nacht.

Gute Nacht, wünschte ihm die innere Stimme.

Halonen rüttelte sanft an Burgmeisters Schulter.

»Hmm?«, machte der Deutsche und drehte sich auf die Seite.

»Keine Müdigkeit vorschützen. Wir haben viel zu tun.«

Der Oberkommissar blinzelte mehrfach und versuchte, die Müdigkeit von sich abzuschütteln. Ein wenig desorientiert blickte er sich um. »Wie spät ist es?«, murmelte er.

»Kurz nach Neun«, antwortete Halonen. »Ich habe uns Kaffee gemacht.«

Burgmeister neigte den Kopf mehrmals von links nach rechts, um seine steifen Nackenmuskeln zu lockern. Obwohl er zusätzlich zu seinem Kissen noch eine Decke zusammengefaltet und unter seinen Kopf geschoben hatte, hatte der harte Boden dennoch seine Spuren bei ihm hinterlassen. Testweise bewegte er seinen Fuß und stellte fest, dass dieser zwar ein wenig schmerzte, aber ihn wohl nicht daran hindern würde, seiner Aufgabe nachzugehen. Burgmeister stand schwerfällig auf und streifte sich zuerst sein Hemd und dann seine Hose über, bevor er sich an den Tisch setzte und die Tasse Kaffee in Empfang nahm, die Halonen ihm reichte.

»Ziemlich ruhig draußen«, bemerkte er. »Sind die Idioten endlich abgezogen?«

»Ja«, bestätigte der Dolmetscher. »Irgendwann in der Nacht haben sie wohl beschlossen, dass es erst mal genug ist. Ob es damit zu tun haben könnte, dass Niemi mit einigen seiner Leute in voller Ausrüstung nach draußen gegangen ist, weiß ich nicht.«

»Ich hätte ja zu gern gesehen, wie er die Leute auseinandertreibt«, antwortete der Oberkommissar. »Dann können wir ja jetzt endlich weitermachen. Ist der Kurier schon verständigt?«

»Er war bereits vor einer Stunde hier.«

»Gute Arbeit. Die Forensik weiß auch Bescheid, dass sie mit höchster Priorität arbeiten soll?«

»Ja, das habe ich veranlasst.«

»Seit wann bist du eigentlich wach?«

»Ich bin um sechs Uhr aufgestanden.«

»Alter ... du bist wirklich einer von diesen nervigen Frühaufstehern, oder?«

»War ich schon als Kind.«

»Das fanden deine Eltern garantiert auch ganz toll, was?«

»Am Wochenende nicht so«, antwortete Halonen. »Aber als ich etwas größer wurde, konnte ich mir selbst Frühstück machen und habe dann einfach gespielt, bis sie wach waren. Was haben wir heute vor?«

»Wir werden einen kleinen Spaziergang machen, uns ein schönes Frühstück gönnen und dann die Untersuchungsergebnisse abwarten.«

»Willst du dich wirklich nach draußen wagen?«

»Warum denn nicht?«, fragte Burgmeister.

»Weil ich denke, dass es nicht das Klügste wäre. Gestern waren nicht nur die Mitglieder des Jagdvereins hier, sondern auch viele andere Leute. Es könnte sein, dass wir in Schwierigkeiten geraten.«

»Glaubst du, die erkennen uns?«

»Zumindest werden die Jagdvereinsmitglieder über uns erzählt haben. Das Risiko, dass wir erkannt werden, ist also zumindest vorhanden.«

»Dann fahren wir halt ein wenig raus aus der Stadt und suchen uns dort ein Lokal.«

»Einverstanden.«

»Kennst du denn eins?«

»Aber sicher.«

Burgmeister trank seinen Kaffee aus und zog sich dann vollends an. Testweise roch er an seinen Socken und befand, dass sie noch in Ordnung waren. Außerdem würden sie sowieso den ganzen Tag über in den Schuhen stecken.

Auf dem Parkplatz der Polizeistation lagen jede Menge leere Bierdosen herum, und Pizzaschachteln, teils noch mit Essensresten darin. Es waren zwar bereits zwei städtische Reinigungskräfte vor Ort, aber diese würden wohl noch einige Zeit brauchen, bis wieder alles aufgeräumt war, der Geschwindigkeit nach zu urteilen, die sie an den Tag legten.

»Sieht aus wie nach dem Wacken«, befand Burgmeister, während er sich das Müllfeld ansah.

»Was ist das Wacken?«, wollte Halonen wissen.

»Ein Metal-Festival in Norddeutschland. Solltest du als Finne eigentlich kennen, schließlich ist Finnland das Land mit den meisten Metalbands.«

»Ich höre lieber klassische Musik.«

»Fehlt nur noch, dass du in deiner Freizeit strickst.«

»Wer sagt dir, dass ich das nicht tue?«

»Fährst du oder ich?«, fragte Burgmeister.

»Ich«, erklärte der Finne.

Als sich beide auf ihre jeweiligen Sitze gesetzt und angeschnallt hatten, setzte Halonen den Wagen zurück und umkurvte elegant den herumliegenden Müll, bevor er auf die Hauptstraße in Richtung Westen fuhr. Am Kreisverkehr, der die jüngste Attraktion des Ortes bildete, fuhren sie nach links ab und gelangten auf die Kuopiontie.

»Hast du irgendwo unsere Aushänge gesehen?«, fragte ihn Burgmeister.

»Nein.«

»Dann haben diese Hooligans wohl alle abgerissen. Hoffen wir, dass der Eintrag auf der Facebook-Seite langlebiger ist.«

Als sie das Ortsschild erreicht hatten, beschleunigte Halonen auf die vorgeschriebenen einhundert Kilometer pro Stunde und folgte dem asphaltierten Band.

»Wo fahren wir eigentlich hin?«, unterbrach Burgmeister die Stille irgendwann.

»Ich kenne in Valtimo ein kleines Café, da war ich kürzlich und habe Aushänge verteilt.«

»Gibt es da auch Mittagessen?«

»So genau weiß ich das nicht, aber ich gehe davon aus.«

»Gut, denn ich habe Hunger.«

Der Oberkommissar blickte aus dem Fenster und ließ die Landschaft an sich vorüberziehen.

»Gefällt es dir eigentlich in Finnland?«, wollte Halonen nun wissen.

»Schon«, erwiderte der Deutsche. »Ist nur ganz anders als in der Heimat. Wenn du aus München rausfährst, siehst du vor allem Acker. Es gab mal viel Wald um München herum, aber das ist Hunderte von Jahren her. Flächenversiegelung wird das genannt.«

»Klingt trostlos.«

»Ist es auch«, stimmte ihm Burgmeister zu. »Es sind einfach zu viele Menschen auf zu engem Raum. Es gibt zwar schon eine Gegenbewegung, dass die Leute eher aufs Land ziehen wollen, aber die Mieten sind ziemlich hoch, und jetzt, wo die Pandemie vorbei ist, gibt es immer mehr Firmen, die das Home-Office beenden und ihre Leute zurück in die Stadt beordern.«

»Gibt es in Deutschland kein Internet?«

»Doch, natürlich, aber außerhalb der Städte ist es oft auf dem Niveau der späten Neunziger. Ich zum Beispiel könnte nicht vom heimischen Computer aus arbeiten, dafür bin ich viel zu viel unterwegs.«

»Was macht denn der Wagen da hinter uns?«, wechselte Halonen plötzlich das Thema, als er einen Blick in den Rückspiegel warf.

Burgmeister schaute in seinen Außenspiegel und sah, dass sich von hinten schnell ein Pick-up näherte. Nach wenigen Sekunden befand sich der Wagen nur noch zwei Meter hinter ihnen. Obwohl es taghell war, hatte er nicht nur das in Finnland vorgeschriebene Abblendlicht, sondern auch das Fernlicht angeschaltet.

»Was ist denn das für einer?«, wollte Burgmeister wissen.

»Keine Ahnung«, sagte Halonen.

»Soll er uns halt überholen. Wenn er einen Unfall hat und von der Straße gekratzt werden muss, ist das nicht mein Problem.«

»Wenn er überholen wollte, hätte er das schon längst getan. Hier wird auch in unübersichtlichen Kurven überholt, das nehmen die Leute bei uns nicht so genau. Auf dem Land gibt es viele, die so fahren, als ob sie noch nie von irgendwelchen Verkehrsvorschriften gehört hätten.«

»Vielleicht hilft es, wenn ich meine Waffe aus dem Fenster halte«, schlug der Oberkommissar pragmatisch vor.

»Das lohnt sich nicht, wir sind sowieso bald da.«

»Vorsicht!«, schrie Burgmeister nun und klammerte sich unwillkürlich an seinem Sitz fest.

Aus einer Abzweigung weniger als hundert Meter vor ihnen fädelte sich nämlich jetzt ein weiterer Pick-up auf die Hauptstraße ein. Halonen reagierte umgehend und trat so massiv auf die Bremse, dass die Reifen quietschten. Gleichzeitig hoffte er, dass der hinter ihnen fahrende Wagen ebenso schnell reagieren und ihnen nicht ins Heck krachen würde. Erbost hieb der Finne auf die Mitte des Lenkrads und ließ ein lang gezogenes Hupen ertönen. Dies schien den vor ihm fahrenden Wagen in keiner Weise zu beeindrucken, denn anstatt zu beschleunigen, hielt dieser eine Geschwindigkeit von gerade einmal vierzig Stundenkilometern.

»Was zum Teufel soll das?«, rief der Oberkommissar.

»Alles in Ordnung bei dir?«, fragte ihn Halonen.

»Ich habe mich nur ein wenig erschrocken. Überholst du ihn bitte?«

»Klar«, erwiderte der Finne und setzte den Blinker, bevor er ausscherte und beschleunigte.

In diesem Moment zog der vor ihnen fahrende Wagen ebenfalls nach links und blockierte auf diese Weise den Überholversuch.

»Was für ein Arsch!«, echauffierte sich Burgmeister.

Halonen nahm den Fuß vom Gas und wollte wieder hinter dem anderen Auto einscheren, aber da war plötzlich kein Platz mehr, denn der zuvor hinter ihnen fahrende Pick-up hatte sich jetzt direkt neben sie gesetzt. Der Finne ließ sich weiter zurückfallen, musste aber schnell feststellen, dass dies nicht zum Erfolg führen würde, denn wie aus dem Nichts war ein dritter Wagen erschienen und fuhr in der Mitte der Straße, sodass Burgmeister und Halonen nun von drei Seiten eingekesselt waren und zwangsläufig weiter auf der Gegenfahrbahn bleiben mussten. Nach vorne bestand ebenfalls keine Ausweichmöglichkeit, denn der vordere Pick-up fuhr weiterhin so, dass er beide Spuren jeweils zur Hälfte in Beschlag nahm.

»Die wollen uns ans Leder«, stellte Burgmeister merkwürdig ruhig fest.

»Ich kriege das schon hin«, antwortete der Finne gepresst.

Er versuchte ein Täuschungsmanöver und trat kurz auf die Bremse, in der Hoffnung, den Fahrer des sich neben ihnen befindenden Wagens zu überraschen. Der rechts von ihnen fahrende Pick-up wurde zwar überrumpelt, aber der vorne fahrende Wagen ließ sich nicht so leicht täuschen.

»Scheiße, da kommt ein Truck!«, rief der Deutsche, jetzt nicht mehr so ruhig, und krallte sich erneut in das Kunstleder seines Sitzes.

Der Lastwagen auf der Gegenfahrbahn war noch ungefähr fünfhundert Meter entfernt, kam aber rasch näher. Anscheinend hatte der Fahrer die Situation bereits erkannt und ließ mehrfach die Lichthupe aufblitzen.

»Verdammt, tu doch etwas!«, forderte Burgmeister lautstark.

Halonen spürte die Schweißperlen auf der Stirn und überlegte fieberhaft. Dann sah er ihren Ausweg. Etwa zweihundert Meter vor ihnen zweigte ein schmaler Schotterweg in einem Winkel von fünfundvierzig Grad von der Hauptstraße ab.

Das Ganze würde verdammt knapp werden.

Der Oberkommissar entdeckte den Pfad ebenfalls.

»Da rein, sonst sind wir gleich Matsch!«, rief er.

Der Finne beachtete Burgmeister nicht, sondern konzentrierte sich voll und ganz auf sein Vorhaben. Er passte den genauen Moment ab und schlug dann im genau richtigen Moment das Lenkrad scharf ein. Eine Staubwolke hinter sich herziehend, rauschte er auf den Schotterweg, nur kurz bevor der Lastwagen mit laut tönender Hupe an ihnen vorbeidonnerte. Während der vordere Pick-up noch ausweichen konnte, schaffte es der hinten fahrende Wagen nicht mehr und wurde frontal von dem viel größeren Fahrzeug gerammt. Wären Halonen und Burgmeister nicht gerade damit beschäftigt gewesen, zu überleben, hätten sie das Bersten der Scheiben und das Kreischen sich verbiegenden Metalls gehört. Halonen verlor für einen Moment die Kontrolle über sein Auto und streifte die Böschung, bevor er den Wagen wieder einfing und weiter über den Feldweg holperte. Er bremste langsam ab und brachte ihn schließlich zum Stillstand.

»Heilige Scheiße!«, entfuhr es Burgmeister schwer atmend.

Er wollte aussteigen, hatte aber vergessen, sich abzuschnallen. Der Gurt drückte ihm schmerzhaft gegen die Brust und nahm ihm für einen Moment den Atem. Hektisch fand er das Gurtschloss und drückte es tief hinunter. Endlich befreit, stieg er aus und schaute zurück. Er konnte nicht viel sehen, was an der dichten Staubwolke lag, die immer noch im Sonnenlicht waberte und wie eine Art Deckmantel über dem Geschehen lag. Nur langsam wurde der Staub von dem milden Wind verweht und gab immer mehr von dem Ereignis preis. Der Lastwagen stand quer auf der Fahrbahn, seine aus Baumstämmen bestehende Fracht über einige Dutzend Meter kreuz und quer verteilt. Der Oberkommissar kniff die Augen zusammen und fokussierte seinen Blick auf die Front des Lkw, denn dort sah er etwas, was seiner Meinung nach nicht dorthin gehörte. Als er noch genauer hinsah, erkannte er die zerquetschten Überreste des dritten Kleintransporters.

Als sich das aufgestaute Adrenalin endlich seinen Weg nach draußen bahnte, schrie er laut »Fuck, fuck, fuck!« und trat mehrfach gegen eine kleine Birke, die einsam am Wegesrand stand und zufälligerweise fast direkt neben ihm aufragte.

Einige Vögel stieben daraufhin aus dem Geäst auf und piepten erbost über diese offensichtliche Störung. Am Waldrand, der sich rund einhundert Meter entfernt befand, stand ein Hirsch und beäugte ihn kritisch.

Burgmeister sah dem Tier unverwandt in die Augen, bis es in aller Seelenruhe in den Wald hineintrottete.

»Alles okay bei dir?«, fragte er Halonen, der inzwischen ebenfalls ausgestiegen war und sich schwer gegen die Seite des Fahrzeugs stützte.

»Ich bin in Ordnung«, erwiderte der Finne schwach. »Und du?«

»Abgesehen davon, dass ich eine Scheißwut im Bauch habe, bin ich okay.«

»Wer waren diese Typen?«

»Ich schätze mal, die gehören zu denjenigen, die nicht so erfreut darüber sind, dass wir ihnen ihre Spielzeuge weggenommen haben.«

»Du meinst ...?«

»Definitiv. Und ich wette, Nevalainen hat sie dazu angestiftet.«

»Was willst du jetzt tun?«

»Am liebsten würde ich zu ihm fahren und ihm ein zweites Arschloch schießen, und zwar so groß, dass ein Flugzeug darin Platz hat. Aber erst einmal werden wir die Rettungskräfte anrufen und Erste Hilfe leisten. Siehst du das da?«, fragte er und zeigte auf die Unfallstelle.

Halonen folgte dem ausgestreckten Finger. »Was ist da passiert?«

»Scheint so, als hätte einer der Typen spontan eine Karriere als Prellbock eingeschlagen. Fühlst du dich in der Lage, dich darum zu kümmern?«

»Nicht wirklich.«

»Dann ruf du den Rettungsdienst an, und ich schaue mir das Chaos genauer an. Mal sehen, ob da noch jemand am Leben ist. Kriegst du das hin?«

»Ich denke schon.«

Der Oberkommissar warf noch einen Blick auf seinen Gefährten und ging dann die wenigen Meter zurück zur Straße. Je näher er kam, desto genauer offenbarte sich das Chaos. Während der Lastwagen nur eine lädierte Kühlerplatte aufwies, war der Pick-up kaum noch existent. Seine Front war komplett zerstört und bis zur Mittelsäule eingedrückt. Burgmeister warf einen kurzen Blick auf den ehemaligen Fahrerbereich, konnte aber nichts Menschliches darin entdecken. Im Führerhaus des Lastwagens war das anders. Dort saß ein dicklicher Mann mittleren Alters und starrte stur geradeaus, die Hände fest das Lenkrad umklammernd.

»Hey«, rief Burgmeister zu ihm hoch.

Keine Reaktion.

»Hallo«, versuchte er es noch einmal und winkte, erkannte dann aber, dass der Lastwagenfahrer so sehr unter Schock stehen musste, dass er auf nichts und niemanden mehr reagieren würde.

Der Oberkommissar kletterte die Einstiegshilfe hoch und überprüfte, ob der Fahrer überhaupt noch lebte. Nachdem er keine offensichtlichen Verletzungen feststellen konnte, entschied er, den Mann den Profis zu überlassen, und ging dann zurück zu seinem Partner.

»Sanitäter und Polizei sind unterwegs«, erklärte Halonen.

»Gut«, befand Burgmeister. »Du hast dir nicht zufällig das Kennzeichen der beiden Irren gemerkt, oder?«

»Tut mir leid, ich war damit beschäftigt, uns am Leben zu halten.«

»Macht ja nichts«, erklärte der Deutsche. »Ich gehe jede Wette ein, dass wir die beiden nicht zum letzten

Mal gesehen haben. Verfickte Hurensöhne! Wie geht es dir jetzt?«

»Nicht so gut«, gab Halonen zu.

»Du bist auch ein wenig blass um die Nase. Ich denke, ich sollte fahren.«

»Das ist wahrscheinlich besser so«, bestätigte der Finne.

»Dein erstes Mal?«

»Dass ich fast gestorben wäre? Ja.«

»Man gewöhnt sich dran.«

»Ich glaube nicht, dass ich mich jemals daran gewöhnen will.«

»Keine Sorge, das geht jedem so. Entspanne dich erst mal.«

Halonen lehnte noch einige Minuten am Auto und atmete tief ein und aus. Plötzlich beugte er sich ruckartig zur Seite und übergab sich. Burgmeister stand währenddessen in der Nähe und betrachtete die Hauptstraße. Einerseits hoffte er, dass die anderen beiden, die sie hatten umbringen wollen, noch einmal auftauchten, damit er ihnen eine Lektion erteilen konnte, die sie niemals vergessen würden. Andererseits war er froh, dass sie sich nicht blicken ließen. In der Ferne konnte er bereits das bekannte Sirenengeheul hören, und nur wenige Augenblicke später sah er auch schon diverse Fahrzeuge mit Blaulicht die Straße hinaufkommen.

»Bist du fertig?«, fragte er den Finnen.

»Ich denke schon.«

»Deine Kollegen kommen. Ich würde ihnen ja gern erklären, was passiert ist, aber ich schätze, es ist besser, wenn du ihnen alles auf Finnisch mitteilst. Fühlst du dich dazu in der Lage?«

»Ich schätze mal, ich habe keine andere Wahl.«

»Das nenne ich Kampfgeist! Du hättest beim Kotzen übrigens ein wenig nach links gehen können, damit ich nicht über deine Pfütze drübersteigen muss. Aber ist schon okay, ich bin dir nicht böse. Wisch dir den Mund ab, und dann nehmen wir deine Leute in Empfang.«

Es dauerte nur wenige Minuten, bis Halonen dem leitenden Polizisten die Sachlage erklärt hatte, während die Sanitäter emsig umhereilten, um sich um den noch immer unter Schock stehenden Lastwagenfahrer zu kümmern. Auch die Feuerwehr war angerückt und versuchte, die Trümmer zu entwirren, um an die im Inneren des zerstörten Wagens befindliche Leiche zu gelangen. Burgmeister stand ganz in der Nähe und beobachtete das Geschehen, während er sich im Geiste eine Zigarette ansteckte.

»Alles erledigt?«, fragte er den Dolmetscher, nachdem sich dieser und sein finnischer Kollege getrennt hatten.

»Soweit ja«, antwortete Halonen. »Wir werden noch eine schriftliche Aussage machen müssen.«

»Gehört dazu«, wusste Burgmeister. »Hast du noch immer Hunger?«

»Eigentlich nicht. Du?«

»Durchaus. Außerdem will ich feiern, dass wir noch am Leben sind.«

»Du bist ein echt seltsamer Mensch«, erwiderte der Finne kopfschüttelnd.

»Das werte ich mal als Kompliment. Lass uns fahren.«

Das Café in Valtimo, einem kleinen Nachbarort von Nurmes, war klein, sah aber zumindest von außen gemütlich aus. Das frei stehende Gebäude bestand nur aus einem Erdgeschoss und einem Giebeldach und schmiegte sich ans Ufer eines kleineren Gewässers.

»Nett hier«, befand Burgmeister, als er sich die Fassade ansah, die von einer schlichten Schönheit geprägt war. »Du sagtest, dass du hier auch einen Aushang hinterlassen hast?«

»Ja«, bestätigte Halonen.

»Dann waren unsere Freunde bestimmt schon hier. Ich sehe nämlich nichts.«

»Kann ich nicht ändern.«

»Wer wird denn gleich so fatalistisch sein?«

»Tut mir leid, aber wie ich schon sagte, passiert es mir nicht oft, dass mich jemand umbringen will.«

»Wird schon werden«, ermutigte ihn Burgmeister. »Komm, lass uns reingehen. Ein ordentlicher Kaffee wird dir guttun.«

Der Oberkommissar öffnete die Tür für seinen Partner. Der Innenraum war genauso schlicht wie draußen, aber auch hier verströmte die Einrichtung einen gemütlichen Charme. An den Wänden hingen gemalte Bilder mit Motiven aus der regionalen Landschaft, und auf den Tischen hatte der Besitzer mehrere Kerzen platziert.

»Such du uns einen Tisch aus, ich hole etwas zu trinken«, erklärte Burgmeister und ging zum Verkaufstresen hinüber.

Dort nahm er zwei übergroße Tassen, goss den bereitstehenden Kaffee aus einer Warmhaltekanne bis fast zum Rand hinein und bezahlte dann in bar.

»Stimmt so«, sagte er zu dem jungen Angestellten, als dieser ihm das Wechselgeld geben wollte.

Der Mitarbeiter verstand natürlich nicht, was Burgmeister sagte, und selbst mit der üblichen Geste, bei dem eine Hand mit der Fläche nach vorne ausgestreckt wurde, kam er nicht weiter. Schließlich akzeptierte er das Rückgeld und steckte es in seine Tasche.

»Hier, trink«, forderte er Halonen auf, als er die Tasse vor ihm abgestellt hatte.

Der Dolmetscher nahm einen Schluck und verzog das Gesicht. »Meine Güte, ist der stark!«

»Nur schade, dass wir hier keinen Alkohol kriegen. Es geht nichts über einen ordentlichen Schuss, wenn man sich auf andere Gedanken bringen will.«

»Können wir bitte eine Zeit lang ruhig sein?«

»Okay.«

Sie tranken schweigend ihren Kaffee, während der Oberkommissar seinen Begleiter betrachtete. Dann konnte er einfach nicht anders, als wieder zu reden.

»Matti, ich habe mich noch gar nicht bei dir bedankt.«

»Wofür denn?«

»Dafür, dass du mir das Leben gerettet hast. Hättest du vorhin auf der Straße nicht so gut reagiert, wären wir beide jetzt tot.«

»Erinnere mich nicht daran.«

»Aber es ist wahr. Du hast die Nerven behalten, und hast einen Ausweg gesucht und gefunden. Du hättest auch in Panik verfallen und gar nichts machen können.«

»Was hätte ich denn sonst tun sollen?«

»Eben«, erwiderte Burgmeister. »Du hast gar nicht erst in Erwägung gezogen, aufzugeben und uns unserem Schicksal zu überlassen. Das hast du sehr gut gemacht.«

»Danke«, sagte Halonen. »Aber glaube mir, das will ich nicht noch einmal erleben.«

»Das kann ich dir leider nicht garantieren«, räumte der Oberkommissar ein. »Aber ich werde tun, was in meiner Macht steht, um zu verhindern, dass dir etwas passiert.«

»Wie wäre es, wenn du mich zurück nach Joensuu gehen lassen würdest?«

Burgmeister schüttelte den Kopf. »Das ist leider nicht möglich, denn ich brauche dich hier. Niemi kann zwar einigermaßen Deutsch, aber das reicht bei Weitem nicht aus. Außerdem hat er genug andere Dinge zu tun. Dazu kommt noch, dass ich ihm nicht wirklich vertraue.«

»Warum nicht?«

»Weil ich ihn nicht kenne.«

»Aber mir vertraust du?«, fragte Halonen.

»Ja«, bestätigte Burgmeister. »Weil ich weiß, dass du mich nicht im Stich lassen wirst.«

»Was macht dich da so sicher?«

»Du hattest mehrfach die Möglichkeit, das Handtuch zu werfen, aber du hast es nicht getan.«

»Weil ich den Mörder schnappen will.«

»Weil ich dir wichtig bin«, korrigierte ihn der Oberkommissar. »Weil du mich magst.«

»Wie war das mit dem schwulen Moment des Tages?«

»Der könnte gerade gewesen sein. Der Bursche an der Kasse wollte mein Trinkgeld übrigens ums Verrecken nicht akzeptieren.«

»Das habe ich gesehen.«

»Ich schätze, er hat mich einfach nicht verstanden.«

»Doch, das hat er, aber in Finnland ist es nicht üblich, dass jemand Trinkgeld gibt.«

»Echt nicht?«

»Nein.«

»Nicht mal in einem Café wie diesem?«

»Nicht einmal hier. Die Leute, die in Cafés und Restaurants arbeiten, werden zwar nicht so gut bezahlt, aber davon abgesehen ist es in Finnland einfach nicht üblich, mehr zu geben, als man zu zahlen hat.«

»Wusstest du, dass es in England und Amerika so läuft, dass das Trinkgeld auf der Rechnung steht? Wird dort *Bedienungsgeld* genannt.«

»Das klingt seltsam.«

»Ist es auch, vor allem wird damit ermöglicht, dass die Inhaber weniger Lohn zahlen müssen.«

»Wie ist das eigentlich in Deutschland?«

»Da wird freiwillig Trinkgeld gegeben, aber auch nur, wenn die Bedienung in Ordnung war.«

»Das klingt fair.«

»Finde ich auch«, erwiderte Burgmeister. »So, jetzt trink deinen Kaffee aus, und dann fahren wir zurück nach Nurmes.«

»Was ist denn hier los?«, fragte der Oberkommissar, als sie den lokalen Supermarkt in Nurmes ansteuerten.

Der Parkplatz war beinahe überfüllt, und die Fahrzeuge der Einkaufswilligen reihten sich dicht an dicht.

»Wochenendeinkauf. Es ist hier Sitte, dass man sich freitags zum Supermarkt aufmacht«, erklärte Halonen vom Beifahrersitz aus.

»Warum verteilen die sich nicht über die Woche? Macht doch gar keinen Sinn.«

»So ist das bei uns in Finnland.«

»Herdentrieb, was?«

»Sozusagen. Die Finnen sorgen sich, dass sie zu kurz kommen oder etwas verpassen könnten.«

»Wie damals in der DDR, wenn es mal etwas kostenlos gab.«

Der Oberkommissar fuhr an den wartenden Autos vorbei und parkte den Wagen einige Meter entfernt an einem Hang, zog die Handbremse bis zum Anschlag und legte zur Sicherheit noch den Rückwärtsgang ein, da er mit der Front zum Gefälle hin stand.

»Kommst du?«, fragte er den Finnen.

»Klar«, antwortete Halonen leicht abwesend.

Sie stiegen aus und hasteten über die schmale Straße, damit sie nicht von den vorbeirollenden Autos erfasst wurden. Wenn es draußen schon geschäftig gewesen war, war im Supermarkt die Hölle los. Die Einwohner von Nurmes drängten sich durch die Gänge, und alle Kassen waren besetzt. Die Angestellten bemühten sich, die wartenden Kunden so schnell wie möglich abzufertigen. Es gab zwar am Ende der jeweiligen Bänder noch einen Trenner, sodass zwei Kunden praktisch gleichzeitig ihre Einkäufe in Tüten packen konnten, aber das sorgte nur für eine geringe Entlastung.

»Was willst du hier eigentlich?«, fragte der Finne, während sie an dem Kassenbereich vorbei zur Verkaufsfläche gingen.

»Ein paar Snacks. Ich habe nichts mehr daheim.«

Halonen war sich nicht sicher, aber es kam ihm so vor, als würden einige der anderen Kunden sie beobachten. Auch Burgmeister hatte dieses Gefühl, als er sich an einem älteren Mann und dessen bereits prall gefülltem Wagen vorbeischob, um zu den Chipstüten zu gelangen.

»Kommt es nur mir so vor, oder starren uns die Leute alle an?«, fragte er den Dolmetscher schließlich.

»Ich bin mir noch nicht sicher«, antwortete Halonen.

Als ihn eine ältere Frau ganz offen anstarrte, erwiderte der Finne den Blick. In ihren Augen meinte er, zumindest Missbilligung zu erkennen, vielleicht sogar Feindseligkeit.

»Päivää«, grüßte er versuchsweise, aber die Frau antwortete nicht, sondern starrte ihn noch einige Sekunden lang an und wandte sich dann wieder den Pralinen zu.

»Siehst du den Typen da?«, fragte Burgmeister und machte ihn auf einen Mann aufmerksam, der ebenfalls in ihre Richtung sah. »Sieht mir nicht gerade freundlich aus.«

»Mir auch nicht«, pflichtete ihm Halonen bei. »Vielleicht sollten wir lieber gehen.«

»Einverstanden. Gibt ja noch andere Läden.«

Der Oberkommissar legte seine Waren wieder ins Regal zurück, und gemeinsam verließen sie das Geschäft, während sie die auf sie gerichteten Blicke spürten. Draußen gingen sie zum Auto, und gerade, als Burgmeister einsteigen wollte, bemerkte er den langen Kratzer im Lack, der sich vom linken vorderen Kotflügel bis zum Kofferraumdeckel zog.

»Der war vorhin noch nicht da«, erklärte er.

»Bist du dir sicher, dass das nicht passiert ist, als uns die Pick-ups bedrängt haben?«

»Ja, denn ich habe das Auto extra untersucht und keine Spuren daran gefunden«, bestätigte Burgmeister. »Außerdem entsteht so ein langer, gerader Kratzer nicht durch einen Stein. Das war ein Schlüssel oder ein Schraubendreher.«

»Da hat uns wohl jemand eine bleibende Erinnerung bescheren wollen«, erwiderte Halonen. »Können wir dem Täter irgendwie auf die Schliche kommen?«

»Kaum«, erwiderte der Deutsche. »Wäre uns ein Auto reingefahren, könnten wir bestimmt Lackspuren finden, aber so ...«

»Schade.«

»Nicht zu ändern«, entgegnete Burgmeister und tat es mit einem Schulterzucken ab. »Lass uns fahren.«

Sie stiegen ein und fuhren einige Hundert Meter, bis sie an einem kleineren Supermarkt ankamen, auf dessen Parkplatz ebenso viel Trubel herrschte wie auf dem anderen. Drinnen wiederholte sich das Schauspiel, das sie bereits im anderen Geschäft erlebt hatten. Einige Kunden hielten in ihrem Tun inne und folgten den beiden Polizisten mit ihren Blicken. Einige von ihnen verzogen sogar die Gesichter und taten so, als würden sie in ihre Richtung spucken. Burgmeister nahm schnell die Lebensmittel, die er wollte, und stellte sich an der Kasse an, Halonen neben sich. Während die Kassiererin mit den vor ihnen stehenden Kunden freundlich einige Worte gewechselt hatte, versteinerte ihre Miene, als sie die beiden Beamten erkannte. Sie zog wortlos die Waren nacheinander über den Scanner und zeigte dann auf das Display, wo der Gesamtbetrag des Einkaufs angezeigt wurde. Burgmeister wollte wie immer mit Bargeld zahlen, musste jedoch feststellen, dass er nichts mehr übrig hatte. Also holte er seine Kreditkarte hervor, hielt sie an das Lesegerät und bezahlte auf diese Weise. Dann raffte er schnell seine Einkäufe zusammen und verließ den Laden, seinen Dolmetscher dicht hinter sich.

»Kann es sein, dass die Leute uns nicht mögen?«, fragte er Halonen, während er zurücksetzte und langsam vom Parkplatz fuhr.

»Vermutlich, weil wir dem Jagdverein auf die Füße getreten sind«, äußerte der Finne.

»Die scheinen es ja sehr persönlich zu nehmen, wenn man einen von ihnen verdächtigt.«

»Tja …«

»Das soll uns aber nicht davon abhalten, unsere Ermittlungen weiter zu verfolgen«, erklärte Burgmeister. »Wir fahren jetzt zur Station. Mal sehen, was dort los ist.«

Vor der örtlichen Polizeiwache hatten es die Reinigungskräfte inzwischen geschafft, die Spuren der Versammlung vom Vorabend weitestgehend zu beseitigen. Nur noch hier und da lag eine Dose herum, ansonsten sah der Parkplatz aus wie immer, und nur wenige Autos parkten dort. Burgmeister stellte den Wagen ab. »Bist du wirklich in Ordnung?«, fragte er nach einem Blick auf seinen Begleiter.

»Mir geht es gut«, antwortete Halonen leicht gereizt. »Wie oft willst du mich das noch fragen?«

»Bis ich sicher sein kann, dass du mir nicht zusammenklappst.«

»Ich komme schon klar. Solange ich mich auf den Fall

konzentrieren kann, komme ich wenigstens nicht in die Bredouille, über unser Erlebnis nachzudenken.«

»Guter Mann«, lobte ihn der Oberkommissar und klopfte dem Finnen leicht auf die Schulter.

In ihrem Büro fanden sie einen Stapel Papiere vor, der von oben bis unten mit kleinen Buchstaben bedruckt war.

»Was ist das?«, wollte Burgmeister wissen, während er die Kaffeemaschine anschaltete, einen Filter einlegte und Pulver hineinlöffelte.

Halonen warf einen Blick auf die Papiere. »Das ist ein Bericht der Forensik.«

»Echt? Die waren aber schnell. Was steht drin?«

»Warte, ich lese es kurz …«

Nach einigen Minuten, die vom Blubbern der Kaffeemaschine untermalt wurden, sah der Finne auf. »Sie haben die eingelieferten Patronen eingehend geprüft und mit derjenigen verglichen, die im Wald gefunden wurde.«

»Jetzt spann mich doch nicht so auf die Folter. Wie lautet das Ergebnis?«

»Die gefundene Hülse gleicht derjenigen aus Waffe PENA-Sieben.«

»Und wem gehört die?«, fragte Burgmeister ungeduldig.

»Lass mich kurz nachsehen«, bat Halonen und blätterte in seinen eigenen Notizen. »Hier«, sagte er und tippte mit dem Finger auf eine Zeile. »Pekka Nevalainen.«

Der Oberkommissar ballte die Faust und stieß sie triumphierend in die Höhe. »Ich wusste es!«

»Und was machen wir jetzt?«

»Wir verhaften ihn wegen Verdachts auf zweifachen Mordes.«

»Herr Burgmeister, ich hätte nicht gedacht, Sie so schnell wiederzusehen«, sagte der Vereinsvorsitzende, als er die Tür öffnete. Seine Miene wurde finster, als er einen Blick hinter den Oberkommissar warf. »Was machen die anderen Polizisten hier?«

Damit meinte er die drei Streifenwagen, vor denen sich jeweils zwei Polizisten im Halbkreis um die Vordertür postiert hatten.

»Die sind hier, um mich zu beschützen, während ich Sie verhafte«, erwiderte Burgmeister.

»Verhaften? Was habe ich denn getan?«

»Sie haben sicher bereits gehört, dass im Wald noch ein zweites Opfer gefunden wurde. Sie werden verdächtigt, für den Tod dieser beiden Menschen verantwortlich zu sein. Genauer gesagt, wird Ihnen zweifacher Mord vorgeworfen. Entweder Sie kommen freiwillig mit, oder meine Begleiter müssen Gewalt anwenden. Obwohl ich Ihnen offiziell anraten muss, keine Gegenwehr zu leisten, hoffe ich doch privat, dass Sie einen Fluchtversuch wagen.«

»Warum?«

»Weil Sie dann erschossen werden müssten. Also, wie entscheiden Sie sich?«

Nevalainen schien tatsächlich zu überlegen, welche Optionen er hatte. Nach einem weiteren Blick auf die anwesenden Polizeikräfte antwortete er: »Ich komme mit.«

Die Stimmung im Ort war bisher aufgeheizt gewesen, aber jetzt kochte sie über. Die Nachricht über die Verhaftung von Pekka Nevalainen verbreitete sich in Nurmes wie ein Lauffeuer, und schon bald, nachdem der Vereinsvorsitzende in der Polizeistation in eine Zelle gebracht worden war und dort von zwei Polizisten bewacht wurde, versammelten sich vor dem Gebäude sämtliche Jäger der Umgebung erneut. Für Burgmeister kam es einem Déjà-vu gleich, denn fast genau so hatte es sich am vorigen Abend zugetragen, allerdings mit dem Unterschied, dass die Versammelten jetzt nicht mehr einigermaßen friedlich blieben. Einige der Jäger warfen Bierdosen und sogar Steine auf das Polizeigebäude. Glücklicherweise bestand die Eingangstür aus Sicherheitsglas, wodurch die Wurfgegenstände harmlos abprallten und keinen Schaden anrichteten.

»Sie haben anscheinend in ein Wespennest gestochen«, erklärte Niemi, der Seite an Seite mit Burgmeister und Halonen im Innenbereich stand und das draußen stattfindende Schauspiel beobachtete.

»Tut mir leid, aber ich habe nur meine Arbeit getan«, gab Burgmeister kund.

»Ist schon in Ordnung«, sagte der Dienststellenleiter und winkte ab. »Sie hätten mich aber wenigstens vorher informieren können, dass Sie Nevalainen verhaften wollen. Dann hätte ich entsprechende Vorkehrungen treffen können.«

»Ich wollte so schnell wie möglich zuschlagen, um ihm keine Zeit zu lassen, sich zu wappnen oder zu fliehen«, verteidigte sich der Oberkommissar.

»Nun ist es nicht mehr rückgängig zu machen«, erklärte Niemi. »Ich habe bereits Verstärkung aus Kuopio angefordert, um die Lage nicht noch mehr eskalieren zu lassen. Sie beide werden wohl noch eine Nacht hier verbringen müssen.«

»Da freue ich mich aber«, antwortete Burgmeister ironisch. »Matti, lass uns mal unsere Betten überprüfen. Vielleicht finden wir ja eine Möglichkeit, sie bequemer zu machen.«

In ihrem Büro schloss der Oberkommissar die Tür hinter sich und senkte die Stimme: »Ich weiß nicht, wie es bei dir ist, aber ich habe keine Lust, noch mal hier zu pennen.«

»Haben wir denn eine andere Wahl?«, fragte der Finne.

»Die haben wir immer. Wenn wir aus dem Fenster steigen, sind es bis zum Boden kaum drei Meter. Das schaffen wir doch.«

»Du willst dich wirklich auf die Straße wagen? Hast du nicht mitbekommen, was da draußen gerade los ist?«

»Doch, aber ich bin ungern ein Gefangener, und nichts anderes sind wir momentan. Pass auf, wir warten ab, bis es Nacht ist, und dann seilen wir uns ab. Die Laken können wir zusammenbinden und als Seil benutzen.«

»Du bist wirklich verrückt«, erklärte Halonen kopfschüttelnd.

»Danke für die Anerkennung meiner Fähigkeiten. Du kannst gerne hierbleiben, wenn du willst, aber ich werde nicht noch einmal hier übernachten.«

»Denkst du, die wissen nicht, wo du wohnst?«

»Vielleicht wissen sie es, vielleicht aber auch nicht. Solange wir es nicht herausfinden, werden wir es nicht erfahren. Das ist wie bei Schrödingers Katze.«

»Wessen Katze?«

»Ich könnte es dir erklären, aber dafür habe ich jetzt keine Zeit. Schau mal im Internet nach. Jetzt hilf mir wenigstens, die Laken zusammenzuknoten.«

»Warum steigen wir nicht einfach aus einem Fenster im Erdgeschoss? Das wäre doch viel einfacher.«

»Hast du eine Kreissäge? Die sind nämlich allesamt vergittert.«

»Oh«, machte Halonen.

Gemeinsam rollten sie die dünnen Tücher zu Würsten und banden sie dann aneinander. Zum Test bat Burgmeister den Dolmetscher, kräftig an einem Ende zu ziehen, während er selbiges am anderen Ende tat. Durch das Tauziehen zogen sich die Knoten noch fester zusammen, als sie ohnehin schon waren, gaben aber nicht nach. Zufrieden mit dem Ergebnis, wickelte der Oberkommissar den improvisierten Strick auf und legte ihn unter die Fensterfront.

»Kaffee?«, fragte er.

Es war bereits nach zweiundzwanzig Uhr, als Burgmeister zum Haupteingang des Gebäudes ging und die Lage prüfte. Noch immer befanden sich einige Leute auf dem Parkplatz und skandierten Parolen, aber zumindest hatten sie aufgehört, mit Gegenständen zu werfen.

»Wie ist die Lage draußen?«, fragte ihn Halonen, als er zurück ins Büro kam.

»Milde Temperaturen, leichter Wind, recht schöner Sternenhimmel«, gab der Oberkommissar zurück.

»Ich meine die Meute auf dem Parkplatz.«

»Die sind relativ ruhig. Könnte aber daran liegen, dass einige Polizisten in voller Ausrüstung draußen stehen und ihre Maschinenpistolen im Anschlag haben.«

»Glaubst du, es wird Verletzte geben?«

»Nicht, wenn sich diese Hillbillys zurückhalten.«

»Wie lange willst du denn noch warten?«, wollte Halonen wissen.

»Du meinst, bis ich mich abseile? Nicht mehr lange. Du kannst immer noch mitkommen.«

»Ich überlege es mir.«

Eine halbe Stunde später hatte Burgmeister keine Lust mehr, zu warten, deshalb öffnete er eines der Fenster und blickte prüfend nach draußen. Weit und breit war kein Mensch zu sehen.

Jetzt oder nie, dachte er und hob das improvisierte Seil vom Boden auf. Das eine Ende schlang er um zwei Tischbeine, und das andere Ende band er sich um die Hüfte.

»Bist du wirklich sicher, dass du das machen willst?«, fragte der Finne. »Was ist, wenn du abrutschst und dir das Genick brichst?«

»Dann wirst du die Ehre haben, meiner Frau und meinem Kind zu sagen, dass ich ehrenvoll gestorben bin.«

»Sehr witzig.«

Burgmeister grinste schief und machte sich dann an den Ausstieg. Vorsichtig kletterte er auf das Fensterbrett. Er atmete mehrfach tief durch und ließ sich dann rücklings nach draußen ab. Die Füße stemmte er so fest, er konnte, gegen die Hauswand, während er sich an den zusammengeknoteten Laken festhielt. Langsam, aber stetig, hangelte er sich nach unten und berührte bereits nach wenigen Sekunden den festen Boden. Dann löste er das improvisierte Seil um seine Hüfte und pfiff leise. Halonen steckte den Kopf aus dem Fenster.

»Alles in Ordnung?«, flüsterte er.

»Alles gut«, antwortete Burgmeister. »Willst du auch mitkommen?«

»Nein, danke.«

»Dann sei ein guter Junge und zieh das Seil wieder hoch. Nicht, dass doch noch einer dieser Hooligans hier herumspaziert und es als Einladung auffasst. Wir sehen uns dann morgen.«

Zum Abschied winkte der Oberkommissar kurz und verschwand dann im Halbdunkel der Stadt.

Der Weg war zwar weit, aber Burgmeister bewältigte den Fußmarsch vergleichsweise schnell, obwohl der Oberkommissar müde war und sein Fuß noch immer etwas schmerzte. Als seine Unterkunft in Sichtweite war, griff er in die Hosentasche und wollte den Hausschlüssel hervorholen, fand ihn aber nicht. Daraufhin versuchte er es in der anderen Hosentasche, aber auch dort wurde er nicht fündig. Leicht hektisch wühlte er nun in seinen Jackentaschen und klopfte sich die Brust ab, bis er den kleinen Gegenstand zu seiner Erleichterung in der Innentasche fand. In diesem Augenblick sah er aus dem Augenwinkel eine dunkle Gestalt auf sich zukommen. Er griff instinktiv nach seiner Waffe und machte sich zur Verteidigung bereit, als die Person

einige Meter von ihm entfernt stehenblieb und ihn ansprach.

»Oletko sinä Johannes Burgmeister?«, fragte eine
helle, weibliche Stimme.

Der Oberkommissar war kurz überrascht, wodurch
sich seine Antwort verzögerte.

»Ja. Kyllä«, erwiderte er.

»Minä olen Miia Saarinen«, antwortete die Frau. »Ja
tässä on Torsten Lindqvist«, sprach sie weiter und
zeigte auf eine weitere Gestalt, die sich nun hinter ihr
aus der Dunkelheit schälte.

»Hallo«, sagte Burgmeister, noch immer bereit, sich
zu verteidigen, sollte es nötig sein.

»Halusimme puhua kanssasi«, fuhr Saarinen fort.

»Tut mir leid, ich spreche kein Finnisch. I don't speak
Finnish. Do you speak English? «

Die Frau schüttelte den Kopf, ebenso wie der Mann.
Der Oberkommissar hob einen Finger zum Zeichen,
dass sie warten sollten, und kramte sein Handy hervor,
ohne die beiden dabei aus den Augen zu lassen. Per
Kurzwahl wählte er die Nummer seines Kollegen.

»Matti? Ich bin es, Johannes«, sagte er. »Kannst du zu
meiner Unterkunft kommen? ... Ja, es ist dringend. ...
Nein, es kann nicht bis morgen warten. ... Tu einfach,
um was ich dich bitte, ja? Danke.«

Er beendete das Gespräch und widmete sich wieder
den beiden Neuankömmlingen.

»Wollen wir reingehen?«, fragte er. »Es gibt Kaffee.
Ähm ... Kahvi.«

Die beiden nickten unsicher und folgten ihm dann in
das kleine Appartement.

»Das ging ja schnell«, meinte Burgmeister, als er die Wohnungstür öffnete und den schwer atmenden Halonen erkannte.

»Nachdem ich es geschafft hatte, mich abzuseilen, bin ich im Laufschritt hierhergekommen.«

»Siehst auch etwas verschwitzt aus. Warum bist du nicht gefahren?«

»Weil zwischen mir und dem Auto eine Horde Hooligans steht. Also, was ist denn so wichtig?«

»Komm rein und schau selbst.«

Der Finne betrat das kleine Haus und entdeckte sofort die beiden Gäste, die auf der Couch saßen und Kaffee tranken.

»Moi«, grüßte er höflich.

»Moi«, erwiderten die beiden.

»Sie haben mich draußen abgefangen«, erklärte der Oberkommissar. »Keine Ahnung, was sie von mir wollen. Ich habe nur verstanden, dass die Frau Miia und der Mann Torsten heißt. Darum habe ich dich angerufen.«

»Und du hast sie einfach so reingelassen?«, fragte der Finne skeptisch.

»Sie sehen harmlos aus, und sie haben mich nicht sofort angegriffen. Falls sie mir doch Schaden zufügen wollen, habe ich ja auch noch meine Waffe.«

»Und woher wissen sie, wo du wohnst?«

»Wenn ich sie das hätte fragen können, würde ich dich wohl kaum brauchen. Jetzt frag sie bitte, was sie von mir wollen.«

»Das hätte ich auch telefonisch erledigen können.«

»Damit ich hier ständig mit dem Telefon herumjongliere?«

»Du hättest den Lautsprecher einschalten können.«

»Jetzt bist du sowieso schon hier, also jammere nicht herum.«

Burgmeister wollte es nicht zugeben, aber obwohl er eine Waffe hatte, hatte er sich unsicher gefühlt und darum Halonen her zitiert.

Halonen bedachte den Oberkommissar mit einem schiefen Blick und setzte sich dann an den Tisch, um mit dem Paar zu sprechen und zu erfahren, warum sie mitten in der Nacht hier waren. Hin und wieder hob er die Hand zum Zeichen, dass er das Gesagte ins Deutsche übersetzen wollte.

»Sie sagen, dass sie aus Lieksa kommen und hier ihre Verwandtschaft besuchen. Miia meint, dass sie durch Zufall auf der Facebook-Seite den Aufruf gesehen hat. Sie wollten zur Polizeistation, haben sich dann aber nicht getraut, als sie die Versammlung auf dem Parkplatz gesehen haben.«

»Und woher wissen sie jetzt, wo ich wohne?«

Halonen fragte die Frau. »Ihre Mutter, die hier in Nurmes wohnt, sagte, sie habe dich an einem Abend hier gesehen, als du das Appartement betreten hast.«

»Warum wollten sie zur Station?«

»Sie kennt die beiden Männer.«

Burgmeister benötigte drei Sekunden, um diese Offenbarung zu verarbeiten. »Woher und wie sehr?«, wollte er schließlich aufgeregt wissen.

»Sie sagt, dass sie beide in einem Geschäft für Dekoration gesehen hat.«

»Als Kunden oder als Mitarbeiter?«

»Als Mitarbeiter«, erklärte der Finne. »Sie sagt, sie seien sehr nett gewesen und hätten sie gut bedient.«

»Weiß sie, wie die Männer heißen?«

»Nein«, erwiderte Halonen. »Aber sie kennt den Namen und die Adresse des Geschäfts. Warte, ich schreibe es auf.«

»Was weiß sie sonst noch?«

»Nicht viel. Sie war nur einmal dort, um etwas für ihr neues Haus zu besorgen. Torsten und sie haben kürzlich geheiratet und ein Haus gekauft.«

»Meinen Glückwunsch«, sagte Burgmeister an das Paar gewandt. »Matti, wir fahren sofort nach Lieksa und schauen uns den Laden mal an.«

»Es ist tiefste Nacht. Die haben jetzt garantiert nicht geöffnet. Warten wir lieber bis morgen früh.«

»Ich würde es aber gern gleich erledigen.«

»Und in das Geschäft einbrechen?«

»Vielleicht.«

»Nein, da mache ich nicht mit«, stellte Halonen klar. »Entweder wir fahren morgen früh oder gar nicht. Außerdem haben wir jetzt gerade gar kein Auto zur Verfügung.«

»Na gut«, lenkte Burgmeister widerwillig ein. »Sag ihnen bitte, dass ich ihnen sehr dankbar bin. Die Belohnung wird ihnen ausgezahlt, wenn sich herausstellt, dass sie die Wahrheit gesagt haben. Sie sollen dir ihre Adresse und Telefonnummer geben.«

»Wird gemacht.«

»Wenn sie möchten, dürfen sie noch hierbleiben, bis sie ihren Kaffee ausgetrunken haben. Sie haben ja bestimmt irgendwo im Ort einen Platz zum Schlafen. Du bleibst heute Nacht hier, damit wir morgen keine Zeit verlieren.«

Noch bevor die Sonne vollends aufgegangen war, waren die beiden Polizisten zurück zur Station gegangen, um ihren Wagen zu holen, in der Hoffnung, dass sich die Jäger inzwischen zerstreut hatten. Diesen Gefallen hatten sie ihnen, sehr zum Leidwesen des Oberkommissars, allerdings nicht getan, ganz im Gegenteil. Sie hatten es sogar so weit getrieben, ihre Fahrzeuge so zu parken, dass die Zufahrt zum Revier vollkommen abgeriegelt war.

»Na prima«, bemerkte Burgmeister ironisch, während er die Blockade von Weitem betrachtete. »Und jetzt?«

»Lass mich kurz nachdenken«, erwiderte Halonen. Schließlich zog er sein Handy hervor. »Moi, tarvitsisin taksin«, sprach er auf Finnisch.

»Wen rufst du an?«, wollte der Oberkommissar wissen, aber sein Kollege ignorierte ihn.

»Joo. Neljässä minuutissa? Kyllä. Kiitos.«

»Was ist denn jetzt? Hast du uns Pizza geordert?«

»Nein«, erklärte der Finne. »Ich habe ein Taxi bestellt. In vierzig Minuten werden wir abgeholt.«

»Ein Taxi?«

»Wenn ich einen anderen Dienstwagen angefordert hätte, hätte ich einige Erklärungen abgeben müssen. Ganz zu schweigen von dem Papierkram. So ist es am einfachsten.«

»Gut mitgedacht«, lobte ihn Burgmeister. »Weiß der Fahrer, dass wir nach Lieksa müssen?«

»Nein, das erzählen wir ihm, wenn er hier ist.«

»Ich hoffe, der spielt dann auch mit.«

»Wenn wir ihm einen Bonus versprechen, dann ganz bestimmt.«

»Na dann ...«

Nach exakt vierzig Minuten saßen Burgmeister und Halonen im Fond des Taxis und fuhren die Landstraße entlang, die sie ins rund fünfundfünfzig Kilometer südöstlich von Nurmes gelegene Lieksa bringen sollte. Die Stadt existierte bereits seit dem späten neunzehnten Jahrhundert und war, was die Einwohnerzahl anging, nur ein wenig größer als Nurmes.

»Wusstest du, dass sich hier in der Gegend der Koli-Berg befindet? Er ist dreihundertsiebenundvierzig Meter hoch und gilt als finnische Nationallandschaft«, erklärte Halonen.

»Wusste ich nicht, und eigentlich interessiert es mich auch gerade nicht«, erwiderte Burgmeister. »Ich will nur so schnell wie möglich dort ankommen und mir den Laden ansehen.«

»Schon verstanden«, antwortete der Finne. »Wir fahren so schnell wie möglich.«

»Hoffentlich kommt uns nicht wieder so ein Hillbilly wie gestern in die Quere«, sagte der Oberkommissar. »Bei all dem Wald hier glaube ich nicht, dass wir unseren Trick von gestern wiederholen können, und ob der Taxifahrer so schnell schaltet ...«

Halonen sagte nichts dazu, sondern zog es vor, zu schweigen, bis sie nach einer dreiviertel Stunde das Stadtgebiet von Lieksa erreichten. Der Fahrer, der laut eigener Auskunft aus der Region stammte, lotste sie zielsicher zu der Anschrift, die sie in der vergangenen Nacht erhalten hatten.

Burgmeister bezahlte den Fahrer und schlug noch zwanzig Prozent des Fahrpreises drauf. »Sag ihm, dass er warten soll.«

»Voitko odottaa«, bat Halonen an den Fahrer gewandt, der nur nickte und den Motor abstellte.

Die Beamten stiegen aus und betrachteten die Fassade des Gebäudes, in dem sich das von Miia Saarinen beschriebene Geschäft befand.

»Koristeita ja muuta«, las der Oberkommissar langsam von dem über der Eingangstür angebrachten Schild ab.

»Das bedeutet *Dekoration und mehr*«, übersetzte der Finne.

»Sehr einfallsreich. Na, wenigstens weiß man dann gleich, worauf man sich einlässt. Wir gehen rein.«

Burgmeister drückte die Türklinke nach unten und wollte die Tür öffnen, aber sie bewegte sich nicht.

»Abgeschlossen«, murrte er.

»Das ist seltsam. Eigentlich sollten die schon geöffnet haben«, sagte Halonen, nachdem er einen Blick auf ein kleines Hinweisschild mit den Öffnungszeiten geworfen hatte. »Wollen wir warten?«

»Ich will da jetzt rein. Weißt du, wie man ein Schloss knackt?«

»Nein.«

»Dann sieh zu und lerne«, sagte der Oberkommissar und zog einen gebogenen Metallstift hervor.

»Was ist das?«, wollte Halonen wissen.

»Ein Dietrich. Sozusagen der Zauberstab des kleinen Mannes, wenn er seinen Schlüssel verloren hat und trotzdem irgendwo reinkommen will.«

»Halt«, verlangte der Finne. »Wir können nicht einfach so einbrechen.«

»Warum nicht?«

»Weil wir Polizisten sind. Stell dir vor, es kommt jemand, der hier arbeitet, und erwischt uns. Ich möchte den korrekten Weg einschlagen.«

»Du willst die lokale Polizei informieren?«

»Ja.«

»Meinetwegen«, sagte Burgmeister seufzend. »Ruf sie an, und sag ihnen, sie sollen jemanden schicken. Erklär ihnen schon mal in Kurzform, um was es geht.«

Etwa eine halbe Stunde später fuhr ein Streifenwagen vor, parkte hinter dem Taxi und entließ zwei Uniformierte. Halonen begrüßte sie und wiederholte, was er bereits am Telefon gesagt hatte, nämlich wer er und Burgmeister waren und warum sie hier waren.

»Haben sie etwas dagegen, dass wir die Tür öffnen?«, wollte der Oberkommissar wissen.

»Nein«, bestätigte der Finne.

»Schön«, erwiderte Burgmeister und zog erneut seinen *Türöffner* hervor.

Er steckte ihn ins Schloss und machte sich für einige Minuten daran zu schaffen, bis er befriedigt ein leises Knacken hörte. Der Oberkommissar zog den Metallstift wieder heraus und drückte testweise die Türklinke nach unten. Die Tür öffnete sich tatsächlich ohne Widerstand einen Spalt weit nach innen und gab den Weg in das Geschäft frei.

»Wollen wir?«, fragte Burgmeister.

Er wartete keine Antwort ab, sondern schob die Eingangstür ganz auf und trat in das Halbdunkel. Mit der rechten Hand tastete er beide Seiten des Türstocks ab, bis er einen Schalter fand. Diesen drückte er, und mit einem leichten Flackern erwachte die Deckenbeleuchtung zum Leben.

»Sieht ja toll aus hier«, murmelte er halblaut, als sein Blick über diverse Dekorationsgegenstände schweifte.

Er sah Lichterketten, Weihnachtsbeleuchtung und diverse gläserne Behälter, deren Farben und Formen unzählbar waren.

»Petra würde sich hier garantiert wohlfühlen«, meinte er. »So viel sinnloser Kram, für den man Geld verschleudern kann. Genau ihr Ding.«

Er ging weiter in den Verkaufsraum hinein und betrat den Bereich hinter der Kasse. Als er eine Hand auf den Tresen legte und sie wieder hob, erkannte er, dass sie grau geworden war.

»Staub«, gab er kund. »Hier hat offenbar seit einiger Zeit niemand mehr geputzt.«

»Denkst du, dass der Laden schon länger nicht mehr geöffnet hatte?«

»Entweder das oder der Besitzer hat es nicht so mit der Hygiene. Schau mal.«

Er zeigte auf eine Wand, an der zwei Fotos befestigt waren. Sie zeigten die Gesichter der beiden Mordopfer, und darunter eine auf einer Messingplatte gravierte Inschrift.

Halonen ging hinüber und las das Geschriebene vor. »Scheint so, als seien sie die Besitzer des Geschäfts gewesen.«

»Die keine Putzfrau gehabt haben. Jetzt wissen wir definitiv, dass es *unsere* Toten sind. Schau mal nach, ob du ihre Namen irgendwo findest.«

»Ville Perunen und Väino Olav«, las der Finne von den Plaketten unterhalb der gerahmten Fotos ab. »Warum sollten zwei Männer, die ein Geschäft für Dekoration führen, mitten im Wald ermordet werden? Das ergibt doch überhaupt keinen Sinn«, meinte er.

»Da hast du recht«, erwiderte Burgmeister. »Man kann ja über Deko-Kram denken, was man will, aber deswegen zwei Menschen zu ermorden ... irgendetwas stimmt hier nicht.«

Der Oberkommissar schritt langsam durch die Verkaufsfläche und betrachtete die diversen Ausstellungsstücke. Hin und wieder fasste er ein Regal an und rüttelte vorsichtig daran.

»Was machst du da?«, fragte der Finne verwirrt.

»Ich suche.«

»Wonach?«

»Das weiß ich noch nicht.«

Er trat zu den Fotos der Ladenbesitzer und beschloss, beide in die Hände zu nehmen, um sie sich genauer anzusehen. Als er das tat, blieb eines der gerahmten Bilder an einem Nagel hängen, der zur Befestigung in die Wand geschlagen worden war. Der Metallstift löste sich und fiel zu Boden.

»Hoppla«, kommentierte Burgmeister und bückte sich, um den Nagel aufzuheben, und wollte ihn gerade wieder in das Loch in die Wand stecken, als er etwas bemerkte.

Durch das kleine Loch schien ein dünner Lichtfaden und beleuchtete den Staub, der durch die Bewegung in der Luft waberte.

»Matti«, rief er zu seinem Begleiter. »Schalte mal das Licht aus.«

»Warum?«

»Tu es einfach.«

Der Finne tat wie verlangt und ging zur Eingangstür, wo er den Schalter betätigte. Das Licht erlosch, wie es zu erwarten gewesen war. Jetzt war sich Burgmeister sicher, dass er sich nicht täuschte, denn durch das Loch in der Wand war immer noch ein Lichtfinger auszumachen.

»Okay, schalte es wieder an«, verlangte er.

Er beugte sich nach unten und begutachtete den Boden genauer. Er meinte, leichte Kratzspuren auf dem holzvertäfelten Boden ausmachen zu können, und fuhr versuchsweise mit den Fingern darüber.

Ja, eindeutig Spuren. So, als hätte etwas über den Boden geschabt, und zwar halbkreisförmig. Burgmeister tastete die Wand langsam ab und drückte hier und da, aber es geschah nichts. Der Oberkommissar war erfahren genug, sich davon nicht entmutigen zu lassen, und ging zum Tresen hinüber, legte die Bilder dort ab und begab sich in die Hocke, um den Bereich unter der Theke abzutasten. Seine Finger fanden schließlich eine Vertiefung, die er kurzerhand drückte. Von der Wand her, wo die beiden Bilder gehangen hatten, hörte er ein Knirschen, und als er hinsah, bemerkte er, wie sich ein Stück der Wand nach außen bewegte.

»Sesam öffne dich«, sagte er triumphierend.

Behutsam ging er zu der neu entstandenen Tür, zog sie vollständig auf und blickte durch die Öffnung. Eine Treppe führte nach unten, beleuchtet von nackten Glühbirnen, die in regelmäßigen Abständen in die betonierten Seitenwände hineingeschraubt waren. Dicht gefolgt von Halonen, stieg er die wenigen Stufen hinab.

»Bingo!«, sagte Burgmeister, als er am Fuß der Treppe angekommen war.

Vor ihm erstreckte sich ein lang gezogener Raum, der ungefähr drei Meter breit und sechs Meter tief war. Drei stabil aussehende Tische, auf denen sich zahlreiche Gefäße befanden, standen parallel zueinander. In einer Ecke lagen mehrere große, transparente und prall gefüllte Tüten aufeinandergestapelt.

»Was ist das?«, wollte der Finne wissen.

»Koks.«

»Du meinst Kokain?«

»Könnte auch Mehl sein. Aber irgendetwas sagt mir, dass das hier keine Backstube ist, und so, wie alles eingerichtet ist, würde ich sagen, dass hier Profis am Werk waren. Das, was du dort siehst, dürfte mindestens dreihunderttausend Euro wert sein, vielleicht sogar mehr, je nachdem, wie rein das Zeug ist.«

»Unsere beiden Toten waren also …«

»… Dealer, und zwar nicht irgendwelche Kleinkriminellen, sondern von größerem Kaliber.«

»Das verleiht dem Fall eine ganz neue Dimension«, erwiderte Halonen.

»Und Nevalainen hat einiges zu erklären«, fügte Burgmeister grimmig hinzu. »Zeig den beiden Kollegen da oben mal das Labor hier. Sie sollen ihre Dienststelle verständigen, dass der Laden abgeriegelt werden soll. Danach sollen sie ein Spezialisten-Team rankarren, die den Laden fachgerecht auf den Kopf stellen. Als Letztes rufst du Niemi an und erklärst ihm, was wir gefunden haben. Er soll dafür sorgen, dass Nevalainen bereit ist, wenn wir kommen. Wenn wir wieder in Nurmes sind, knöpfen wir uns den Sack nämlich mal gepflegt vor.«

Vor der Polizeistation hatte sich das Bild seit dem heutigen Morgen nicht geändert. Der Bereich vor dem Revier war immer noch von Demonstranten bevölkert, die niemanden hinaus oder herein ließen.

»Ruf mal deine Kumpanen an, die sollen uns abholen«, verlangte Burgmeister.

Halonen tat wie befohlen und tippte die allgemeine Nummer der Station ein, die ihn mit der Zentrale verbinden würde. Nur wenige Sekunden später kam Bewegung in die mit Brustpanzerung und Helm ausgestatteten Polizisten, die noch immer vor dem Haupteingang postiert waren. Mit vorgehaltenen Schlagstöcken trieben sie die Demonstranten auseinander und bildeten auf diese Weise einen schmalen Korridor, der bis zu den beiden wartenden Beamten reichte. Als die versammelten Jäger schließlich erkannten, wer da in die Station hinein wollte, wurde ihr Protest noch lauter und wütender. Während der Deutsche und sein Dolmetscher hintereinander zwischen den Uniformierten durchgingen, wurden sie von allen Seiten beschimpft. Teilweise flogen auch halb leere Bierdosen und sogar verfaultes Obst. Nur knapp konnte der Oberkommissar einer schimmeligen Tomate ausweichen, die dort, wo er gerade noch gewesen war, auf dem Boden zerplatzte. Burgmeister fühlte sich, als sei er ins finstere Mittelalter zurückversetzt worden, wären da nicht die modern gekleideten Polizisten gewesen, die eher Rittern als Friedenswächtern ähnelten. Schließlich gelangten sie zur Eingangstür, die von einem weiteren Beamten geöffnet und für sie aufgehalten wurde. Kaum, dass sie drinnen waren, ging die Tür wieder zu und wurde abgeschlossen.

»Ich will allein mit ihm reden«, erklärte der Oberkommissar.

»Bist du dir sicher?«

»Er versteht doch jedes Wort, was ich sage. Außerdem kann ich besser verhören, wenn niemand zusieht.«

»Damit du dich über die Gesetze hinwegsetzen kannst?«

Burgmeister zuckte zur Antwort mit den Schultern und begab sich dann in den Gang, der ihn zu den Verhörzellen brachte. Passenderweise war der Vereinsvorsitzende in derselben Zelle untergebracht, die auch schon Lauri Tiltti beherbergt hatte. Im Gegensatz zu dem Jäger lag Nevalainen aber nicht auf seinem Bett, sondern stand in einer Ecke und lehnte mit dem Rücken an der Wand.

»Hallo«, begrüßte ihn der Vereinsvorsitzende, als er bemerkte, dass der Oberkommissar anwesend war.

»Fühlen Sie sich wohl hier?«, fragte Burgmeister, ohne den Gruß zu erwidern.

»Nicht besonders«, erwiderte Nevalainen.

»Das ist aber schade. Sie sollten sich lieber an die Gitter gewöhnen, denn Sie werden noch viel Zeit in einer Zelle verbringen.«

»Ich habe nichts falsch gemacht.«

»Die Beweise sprechen glücklicherweise eine ganz andere Sprache. Wir wissen, dass die Kugeln, mit der die Opfer getötet wurden, aus Ihrer Waffe stammen. Das hat die Untersuchung eindeutig ergeben. Jeder Richter in diesem Land wird es als erwiesen ansehen, dass Sie die beiden Männer auf dem Gewissen haben.«

»Was ist mit der Tatsache, dass ich, als die Schüsse zu hören waren, bei meinen Leuten war? Wie soll ich das denn gemacht haben?«

»Sie haben in Ihrer Aussage erklärt, dass Sie nur einen Schuss gehört haben«, wandte Burgmeister ein.

»Da Sie aber von zwei Opfern sprechen, müssen folglich auch mehrere Schüsse gefallen sein.«

»Sie sind wirklich clever«, merkte der Oberkommissar in einem Tonfall an, der vor Ironie nur so troff. »Aber das ändert nichts an der Tatsache, dass die Waffe, mit der die beiden Menschen umgebracht wurden, Ihnen gehört.«

»Und wer sagt, dass sie mir nicht gestohlen wurde, während ich unterwegs war?«

»Sie wollen also zugeben, dass Sie nicht die Kontrolle über Ihre eigenen Waffen haben?«

»Herr Burgmeister, ich habe einige Gewehre zu Hause. Ich schaue nicht jeden Tag nach, ob sie noch alle da sind, denn ich rechne ja nicht damit, dass mir eines gestohlen wird. Oder kontrollieren Sie jeden Tag, dass auch wirklich all Ihre Sockenpaare noch in der Schublade liegen?«

»Mit Socken tötet man aber nicht. Zumindest nicht so leicht. Also Pekka – ich darf Sie doch Pekka nennen, oder?«

»Eigentlich nicht.«

»Danke. Also, Pekka, noch mal zum Mitschreiben: Mit Ihrer Waffe wurden zwei Menschen umgebracht. Wir wissen inzwischen, wie die Opfer heißen und was sie vor ihrem vorzeitigen Ableben gemacht haben. Ich möchte jetzt noch nicht zu viel verraten, um die Dramatik nicht zu zerstören, aber glauben Sie mir, Sie stecken ziemlich tief in der Scheiße.«

»Das werden wir noch sehen.«

»Ich lasse Sie jetzt wieder allein, damit Sie in Ruhe überlegen können, was Sie im Gefängnis am liebsten tun möchten. Ich habe gehört, dass es in den finnischen Gefängnissen hervorragende Arbeitsmöglichkeiten gibt, und die Partnerwahl ist dort hervorragend, besser als jedes Blind Date. Wenn Sie möchten, lasse ich Ihnen schon mal einen Katalog zukommen.«

»Nein danke, ich verzichte.«

»Auch recht. Schönen Tag noch.«

»Johannes«, sagte Halonen, als der Oberkommissar ihr gemeinsames Büro betrat. »Wie war es?«

»Nicht so schön wie ein Besuch im Puff, aber man kann ja nicht alles haben«, erwiderte Burgmeister.

»Während du dich mit Nevalainen unterhalten hast, habe ich mit der Dienststelle in Lieksa telefoniert. Die Spezialisten haben die erste Durchsuchung des Geschäfts abgeschlossen.«

»Wow, die sind aber schnell«, antwortete der Oberkommissar anerkennend. »Und das Ergebnis?«

»Sie haben bestätigt, dass die Drogen mindestens dreihundertfünfzigtausend Euro wert sind. Genaue Angaben sollen demnächst folgen.«

»Schön.«

»Was aber weitaus interessanter ist, ist ein Notizzettel, den sie in einem in die Wand eingelassenen Fach im Keller gefunden haben.«

»Was steht denn darauf?«

»Das wissen sie noch nicht genau. Es scheint sich um eine Art Code zu handeln. Sie haben sich die Freiheit genommen, das Blatt einzuscannen und nach Helsinki zu schicken. Dort wird es momentan dechiffriert.«

»Wie lange wird das ungefähr dauern?«

»Kommt natürlich auf die Komplexität des Codes an, aber in der Hauptstadt haben sie sowohl die technischen Voraussetzungen als auch die menschlichen Experten dafür zur Verfügung. Als ich dort angerufen habe, wurde mir gesagt, dass sie in den nächsten drei Stunden damit rechnen, dass der Code geknackt wird.«

»Hervorragend. Endlich mal Profis«, sagte der Oberkommissar erfreut.

»Du denkst immer noch, dass hier in der Provinz nur Amateure arbeiten, oder?«

»Soll ich ehrlich sein?«, fragte Burgmeister. »Meiner Erfahrung nach sind Beamte, die in der Großstadt operieren, deutlich erfahrener. Auf dem Land sind eher diejenigen zu finden, die nicht über einen so hohen Intellekt verfügen.«

»Zähle ich in deinen Augen auch zu diesen Leuten?«

»Du, mein lieber Matti, bist eine angenehme Ausnahme«, gestand der Deutsche. »Ich gebe zu, dass ich zuerst nicht gerade eine hohe Meinung von dir hatte, weil du noch so jung und obendrein ein Schreibtischhengst bist, aber du hast mir gezeigt, dass du etwas auf dem Kasten hast.«

»Ich fühle mich geschmeichelt«, antwortete Halonen ehrlich.

»Hast du Lust auf ein bisschen Ärger?«

»Mit dir?«

»Nein, mit den Flachzangen da draußen«, erklärte Burgmeister und deutete mit dem Daumen grob in die Richtung des Haupteingangs.

»Ich glaube, wir sollten uns lieber von diesen Leuten fernhalten.«

»Sag bloß, du hast keinen Bock auf etwas Spaß?«

»Um ehrlich zu sein, kann ich mir etwas deutlich Lustigeres vorstellen, als mich mit diesen Leuten anzulegen.«

»Du hast dich doch bereits mit ihnen angelegt, als du hierhergekommen bist und dich in die Ermittlungen involviert hast. Außerdem hat ein guter Polizist keine Angst und scheut sich nicht davor, anderen gegenüberzutreten.«

»Lass es gut sein«, sagte Halonen. »Wir müssen nicht auch noch Öl ins Feuer gießen.«

»Na gut«, erwiderte Burgmeister und zuckte mit den Schultern.

Dann ging er zu einem Stuhl, setzte sich darauf und legte die Füße auf den Tisch, bevor er die Hände hinter dem Kopf verschränkte und an die Decke starrte.

»Wie spät ist es?«, fragte Burgmeister seinen finnischen Kollegen nach einiger Zeit.

»Fünf Uhr«, antwortete Halonen nach einem kurzen Blick auf sein Handy.

»Noch immer nichts aus Helsinki?«

»Nein. Seit den fünf Minuten, als du das letzte Mal gefragt hast, ist nichts passiert.«

»Warum brauchen die denn so lange? Machen die Brotzeit oder was?«

»Was ist *Brotzeit*?«

»Das ist ein bayerisches Wort für Pause, bei der etwas gegessen wird. Also so ähnlich wie ein Picknick.«

»Soll ich mal dort anrufen?«, bot der Finne an.

»Ich bitte darum.«

Halonen nahm sein Telefon zur Hand und wählte die Nummer aus Helsinki.

»Hei. Kyse on Lieksan asiakirjasta. Oletteko saaneet mitään selville?«, fragte der Dolmetscher in seiner eigenen Sprache und lauschte dann der Antwort.

»Er sagt, der Code ist komplizierter als zunächst angenommen. Wird also noch etwas dauern.«

»Wie lange?«, wollte Burgmeister wissen.

»Kuinka kauan se kestää? – Sie wissen es noch nicht genau.«

»Sie sollen sich beeilen. Ich habe hier einen Verdächtigen, dem ich gern so schnell wie möglich den Arsch aufreißen will.«

»Koettakaa pitää kiirettä«, sagte Halonen zu seinem Gesprächspartner in Helsinki. »Kiitos.«

Er legte auf und wandte sich wieder seiner Beschäftigung zu, die momentan darin bestand, diverse Blätter zu stapeln, sie wieder auseinanderzulegen und dann erneut zu stapeln.

»Sag mal«, wandte er sich nun an den Deutschen. »Ist Ermittlungsarbeit eigentlich immer so?«

»Was meinst du mit *so*?«

»Naja, in einem Moment ist man unterwegs und unterhält sich mit diversen Leuten, dann muss man Schreibkram erledigen, dann muss man um sein Leben fürchten, und dann sitzt man wieder im Büro und langweilt sich.«

»Glaub mir, meistens ist es noch schlimmer«, erklärte Burgmeister. »In den Filmen sind die Ermittler ständig auf Achse und erleben Abenteuer, während ihre Ermittlung schnell voranschreitet, aber in der Realität ist es eher so, dass man oft im Büro sitzt, irgendwelche Unterlagen wälzt, Dokumente ausfüllt und wartet. Längst nicht so aufregend, wie man als Außenstehender denken würde. Manchmal ziehen sich Ermittlungen auch über Wochen und Monate hin, manchmal sogar über Jahre.«

»Ist das nicht furchtbar langweilig?«

»Hin und wieder schon, aber normalerweise hast du als Ermittler mehr als einen Fall, das heißt, du hast immer etwas zu tun.«

»Ich weiß nicht, ob das wirklich etwas für mich wäre.«

»Das weißt du nur, wenn du es ausprobiert hast. Ich als verdeckter Ermittler zum Beispiel erlebe deutlich mehr als einige meiner Kollegen.«

»Gefällt dir das?«

»Eigentlich schon, solange nicht meine Frau an der Haustür steht und mir mit dem Nudelholz droht, weil ich nicht pünktlich zum Abendessen zu Hause bin.«

Bei der Vorstellung, dass sein deutscher Kollege wie ein unartiges Kind behandelt werden könnte, musste Halonen unwillkürlich grinsen. »Vielleicht sollte ich es in Erwägung ziehen.«

»Tu das«, sagte Burgmeister nickend. »Aber sorge dafür, dass deine Freundin damit keine Probleme hat, sonst ist sie nicht mehr lange mit dir zusammen.«

»Sie unterstützt mich immer in meinen Wünschen.«

»Bis sie merkt, dass ihre eigenen Vorstellungen und Pläne davon beeinflusst werden. Sprich mit ihr, dann weißt du schon etwas mehr. Jetzt ruf noch mal in Helsinki an, ob die inzwischen etwas rausgekriegt haben.«

»Das werde ich nicht tun«, stellte Halonen klar. »Ich lasse die Kollegen in Ruhe arbeiten.«

»Von mir aus. Dann jammere aber nicht, dass dir langweilig ist.«

»Ich werde mich bemühen.«

Die Sonne war bereits hinter dem Horizont verschwunden, und die letzten Strahlen tauchten den Himmel in eine Mischung aus Grau und Blau, als Halonens Telefon endlich klingelte.

»Hei«, beantwortete er den Anruf. »Johannes, da ist ein Mitarbeiter aus Helsinki dran.«

Sofort war Burgmeister hellwach und setzte sich auf.

»Er sagt, sie haben den Code geknackt. – Kyllä – Hast du einen Stift?«

Der Oberkommissar schob einen Kugelschreiber über den Tisch. Der Finne nahm ihn und schrieb für einige Sekunden auf ein Blatt Papier, das er sich aus dem Drucker geholt hatte, und legte dann auf.

»Soll ich vorlesen?«

»Hast du auf Deutsch geschrieben?«

»Ja.«

»Dann kann ich es selbst lesen. Schieb rüber.«

Halonen tat, wie ihm aufgetragen wurde, und wartete, bis Burgmeister das Notierte durchgelesen hatte. Auf dem Gesicht des Oberkommissars breitete sich ein kaltes Lächeln aus, welches die Augen allerdings nicht erreichte.

»Jetzt haben wir ihn!«

»Hey, Pekka, aufwachen!«, rief Burgmeister in die Zelle hinein, während Halonen schweigend neben ihm stand.

Nevalainen, der auf seiner Pritsche lag, öffnete die Augen und stand auf.

»Hallo Herr Oberkommissar«, antwortete der Finne. »Sind Sie hier, um mich zu entlassen?«

»Hätten Sie wohl gern. Quizfrage: Was haben Sie mit den Opfern aus Lieksa gemeinsam?«

»Diese Frage kann ich nicht beantworten.«

»Okay, dann sage ich es Ihnen. Die beiden Burschen gehören zu einem Drogenring der finnischen Mafia. Laut einer Notiz, die wir bei ihnen entdeckt haben, hatten Sie mehrfach mit den beiden zu tun. Die zwei Toten haben übrigens für einen Mann namens Paavo Valo gearbeitet. Klingelt da etwas bei Ihnen?«

»Sollte ich diesen Mann kennen?«

»Laut des finnischen Landeskriminalamts ist er einer der höchsten Drogenbosse des ganzen Landes. Warum legen Sie sich gerade mit so einer Person an? Sie können sich weiter dumm stellen und hier drin versauern, oder Sie sagen mir alles, was ich wissen will. Dann lasse ich mich vielleicht dazu erweichen, ein gutes Wort für Sie einzulegen. Könnte sich positiv auf Ihre Strafe auswirken, denn machen wir uns nichts vor: Sie werden verurteilt werden, und dann sind Sie nicht nur Ihren Job als Vereinsfutzi los, sondern Ihr guter Ruf wird ebenso ruiniert sein. Ihr ganzer Verein wird aufgelöst werden, und Ihre Mitglieder werden wegen Beihilfe,

Falschaussage und Verschwörung hinter Gittern landen. Wollen Sie wirklich dafür verantwortlich sein, dass Familien, die Sie schon lange kennen, und die Sie respektieren, zerrissen werden und der ganze Ort hier in Verruf geraten wird?«

Nevalainen schwieg.

Anscheinend hat ihn das noch nicht genug beeindruckt, dachte Burgmeister und mahlte mit dem Kiefer.

Vielleicht bringt es dich ja weiter, wenn du auf die persönliche Schiene gehst, meldete sich seine innere Stimme zu Wort.

Damit könntest du recht haben, antwortete der Oberkommissar im Geiste.

»Haben Sie eigentlich schon an Ihre Mutter gedacht? Sie ist alt und gebrechlich und auf Sie angewiesen. Wie soll sie ohne Sie zurechtkommen? Wie soll sie auf die Straße gehen, in dem Wissen, dass ihr Sohn eine ganze Ortschaft ruiniert hat? Wie wird sie wohl damit umgehen? Wie werden die Leute auf sie reagieren? Ich schätze mal, dass man sich von ihr abwenden wird. In so einem hohen Alter ist das bestimmt schwer zu verkraften. Sie wird ganz allein sein und schließlich einsam sterben, in dem Wissen, dass ihr geliebter Sohn sie geopfert hat.«

Mit der Erwähnung von Nevalainens Mutter hatte er anscheinend einen Nerv getroffen, denn der Finne, der bisher so standhaft gewesen war, schien in wenigen Augenblicken beinahe körperlich zu schrumpfen. In diesem Augenblick wusste der Oberkommissar, dass der Vorsitzende des Jagdvereins innerlich aufgegeben hatte.

»Also gut«, seufzte Nevalainen. »Was wollen Sie wissen?«

»Ich will wissen, warum diese beiden Männer sterben mussten.«

»Das ist eine lange Geschichte.«

»Ich habe Zeit«, erwiderte Burgmeister, nahm sich einen der unbequemen Plastikstühle und setzte sich rittlings darauf, die Arme lässig über die Lehne gekreuzt.

Der Vereinsvorsitzende setzte sich auf seine Pritsche und faltete die Hände im Schoß. »Vor über vierzig Jahren waren Paavo Valo und ich befreundet. Wir haben alles zusammen gemacht und alles miteinander geteilt. Wir waren wie Brüder.«

Burgmeister sah, wie sich ein leichter Schleier über Nevalainens Gesicht legte, als der Finne weiter in die Vergangenheit abtauchte.

»Eines Tages verliebte ich mich in ein junges Mädchen. Ihr Name war Maria. Sie war wunderschön, sehr klug und so liebevoll, wie ich es noch nie zuvor erlebt hatte.«

»Lassen Sie mich raten. Paavo Valo wurde auf die Frau eifersüchtig.«

»Nein, sondern auf mich«, erklärte der Vereinsvorsitzende. »Erst im Laufe der Zeit erfuhr ich, dass er ebenso ein Auge auf sie geworfen hatte, wie ich und oft versucht hatte, sie für sich zu gewinnen. Ich war viel mit ihr unterwegs, aber ebenso oft leistete Paavo ihr Gesellschaft, ohne dass ich davon wusste.«

»Da war es dann vorbei mit dem Teilen«, kombinierte Burgmeister.

»Ja«, bestätigte Nevalainen. »Paavo und ich eiferten um Maria, und dabei erkaltete unsere Freundschaft. Irgendwann verlangte ich von ihr, dass sie eine Wahl treffen musste. Sie entschied sich für ihn, und ich war darüber natürlich sehr wütend. Ich nahm sie zu einem Angelausflug mit, um ihr zu erklären, warum ich die bessere Wahl für sie wäre. Wir fuhren mit einem Boot auf den Pielinensee hinaus und blieben dort für eine lange Zeit. Als ein Sturm aufzog, schafften wir es nicht mehr rechtzeitig ans Ufer, und das Boot kenterte. Ich überlebte, aber Maria schaffte es nicht.«

»Das muss ein schwerer Schlag für Sie gewesen sein«, sagte der Oberkommissar mitfühlend.

»Sie können sich nicht vorstellen, wie sehr ich am Boden zerstört war. Sie musste sterben, weil dieser Mistkerl nicht die Finger von ihr lassen konnte.«

Eigentlich musste sie wegen deiner Verbohrtheit sterben, du Mistkerl, dachte Burgmeister und fragte laut: »Was ist dann passiert?«

»Die polizeiliche Untersuchung ergab, dass es ein Unfall war, und sie stellten die Ermittlungen ein. Kurz darauf verschwand Paavo aus Nurmes. Ich habe seitdem nicht mehr mit ihm gesprochen.«

»Und was hat das alles mit den beiden Opfern zu tun?«

»Herr Burgmeister, Sie sind doch clever. Haben Sie sich den Nachnamen eines der Opfer mal genauer angesehen?«

»Ja. Und?«

»Dann ist Ihnen vielleicht aufgefallen, dass, wenn man ihn rückwärts ausspricht, der Name Valo herauskommt.«

»Sagen Sie nicht, die beiden sind verwandt?«

Nevalainen nickte. »Väinö. Olav ist Paavo Valos Sohn.«

»Dann musste er also sterben, damit Sie sich an Ihrem ehemaligen Freund rächen können?«

»Juuri niin«, bestätigte der Vereinsvorsitzende auf Finnisch.

»Sie wollten also Ihren Schmerz mit ihm teilen?«

»Ich wollte, dass er genauso leidet, wie ich es bis heute tue!«, donnerte der Finne.

»Und was ist mit dem anderen Opfer?«

»Der war Väinös Lebensgefährte.«

»Und das war sein einziges Verbrechen?«

»Er war wie ein zweiter Sohn für Paavo.«

»Ich verstehe«, sagte Burgmeister nickend. »Also nicht nur Auge um Auge, sondern doppelte Rache. Jetzt erklären Sie mir mal, wie Sie es geschafft haben, die beiden Männer zu erschießen, ohne sich dabei von Ihrer Jagdgruppe zu entfernen. Oder waren Sie doch allein im Wald und haben alle angestiftet, für Sie zu lügen?«

»Nein«, erklärte Nevalainen. »Ich habe jemanden beauftragt, die Sache für mich zu erledigen.«

»Einen Profikiller?«

»Ein Mitglied.«

»Sagen Sie mir den Namen. Sie wissen, dass ich ihn früher oder später sowieso herausfinde.«

»Er heißt Kimi Turunen«, hauchte der Vereinsvorsitzende.

Burgmeister stand auf und verließ, gefolgt von seinem Kollegen, ohne ein weiteres Wort den Zellentrakt.

Nevalainen blickte den sich entfernenden Beamten, mit Tränen in den Augen hinterher.

»Matti, finde heraus, wo dieser Kimi Turunen steckt«, befahl der Oberkommissar, als sie zurück im Büro waren. »Er ist eines der Vereinsmitglieder und unser gesuchter Mörder. Danach organisierst du bitte einen Eingreiftrupp.«

»In Ordnung«, antwortete Halonen knapp.

»Und ich will, dass sich diese Hillbillys da draußen endlich verpissen. Wir treffen uns in zwanzig Minuten an der Tür.«

Auf die Sekunde pünktlich stand Halonen neben dem Deutschen und betrachtete die noch immer aufgebrachte Menge auf dem Parkplatz, bevor er einen unbehaglichen Blick auf die Schrotflinte warf, die der Oberkommissar locker in der rechten Hand hielt.

»Was hast du vor?«, fragte der Finne beunruhigt.

»Wirst du gleich sehen.«

Burgmeister gab den Wache stehenden Polizisten das Zeichen, die Tür zu öffnen, und ging dann nach draußen. Die Menge erblickte ihn sofort und schob sich wie eine Wand auf ihn zu. Wortlos lud der Oberkommissar die Waffe durch, richtete sie nach oben und feuerte sie ab. Der Knall war ohrenbetäubend. Sofort blieben die Versammelten stehen.

»Jetzt, wo ich Ihre Aufmerksamkeit habe …«, begann er und wartete, bis Halonen übersetzt hatte, »… will ich, dass Sie sich alle in Ihre Autos setzen und das Gelände verlassen. Wer in fünf Minuten noch hier ist, muss damit rechnen, erschossen zu werden. Dies ist meine einzige Warnung.«

Der Finne übersetzte geflissentlich jedes Wort, während Burgmeister die Leute im Auge behielt. Obwohl die meisten der Anwesenden hart gesotten aussahen, schienen sie nicht damit gerechnet zu haben, dass ausgerechnet die Polizei mit Waffengewalt drohte. Als Halonen fertig gedolmetscht hatte, lud Burgmeister für alle gut sichtbar eine weitere Patrone in die Kammer und gab zur Unterstreichung des Gesagten einen weiteren Schuss in die Luft ab. Beinahe umgehend setzten sich die Leute in Bewegung und stiegen in ihre Fahrzeuge. Der Oberkommissar verzog keine Miene, bis der Parkplatz verwaist dalag und nur noch Müll davon zeugte, dass hier bis vor wenigen Minuten überhaupt jemand gewesen war.

»Gut gemacht«, lobte der Finne in die eingekehrte Stille hinein.

»Ist das Team bereit?«, wollte Burgmeister wissen.

»Da kommen sie«, antwortete Halonen und zeigte auf die Eingangstür.

Auf das Stichwort hin kamen zehn Uniformierte in voller Ausrüstung und Bewaffnung aus dem Gebäude und stellten sich in einer Reihe auf.

»Erkläre ihnen, was Sache ist, und dann satteln wir die Pferde«, befahl der Deutsche und wandte sich ab.

Kapitel 7

Das Einsatzteam verteilte sich auf drei Autos und fuhr los. Das erste Fahrzeug beherbergte Burgmeister und Halonen sowie zwei Uniformierte. Im zweiten und dritten Auto saßen jeweils vier weitere Beamte. Das Licht der Scheinwerfer schnitt durch das mondlose Dunkel und folgte der Landstraße, die sie zu ihrem Ziel bringen würde. Während der gesamten Fahrt sagte niemand etwas. Halonen saß am Steuer, während Burgmeister immer wieder sein Gewehr prüfte. Bisher war niemand darauf gekommen, es ihm wegzunehmen, und er war bestimmt nicht gewillt, diesen Umstand zur Sprache zu bringen. Das grotesk hell leuchtende Display des Navigationsgeräts zeigte an, dass sie die nächste Abzweigung nehmen sollten. Wortlos setzte der Dolmetscher den Blinker und fuhr in einen schmalen und zwischen all den Bäumen nur schwer sichtbaren Feldweg ein, der kaum zwei Meter breit war und tief in den Wald hineinführte.

»Schalte die Scheinwerfer aus«, brach der Oberkommissar irgendwann das Schweigen.

»Aber dann sehe ich nichts mehr«, wandte Halonen ein.

»Es ist wolkenlos, und die Sterne spenden genug Licht. Du wirst dich schon zurechtfinden. Ich will Turunen nicht vorwarnen, dass wir kommen. Sag es den anderen weiter.«

Der Finne sprach einige Worte zu den auf dem Rücksitz befindlichen Kollegen, die ihrerseits die Anweisung per Helmfunk an ihre Kameraden in den anderen Autos weitergaben. Halonen drückte danach einen kleinen Knopf dicht neben dem Lenkrad. Die Scheinwerfer aller drei Wagen erloschen beinahe gleichzeitig. Nun war nur noch das regelmäßige Brummen der Motoren zu hören. Im kalten Licht der Sterne konnte Halonen den Schotterweg nur schwer erkennen und drosselte daher zur Sicherheit die Geschwindigkeit. Nach einigen Hundert Metern kam ihr Ziel schließlich in Sicht. Es handelte sich um einen alten Bauernhof, der von drei Seiten von Wald umgeben war, während sich an der vierten Seite ein Acker etwa fünfzig Meter weit vom Haus entfernt erstreckte.

»Bleib stehen«, sagte Burgmeister ruhig.

Die Kolonne hielt an, und die Motoren wurden ausgeschaltet. Ohne Worte stieg das Einsatzteam aus und verteilte sich. Der Oberkommissar und sein finnischer Dolmetscher verließen ebenfalls ihren Wagen. Die Autotüren ließen sie angelehnt, um keinen Lärm zu erzeugen. Burgmeister erblickte eine Scheune, die ziemlich heruntergekommen wirkte, und ein Stück dahinter einen kleinen Schuppen sowie ihr eigentliches Ziel, das Wohnhaus. Es war einstöckig und in einem dunklen Rot gestrichen. Aus keinem der Gebäude drang Licht, was darauf hindeutete, dass entweder niemand zu Hause war oder der Bewohner bereits zu Bett gegangen war. Der Oberkommissar hoffte auf Letzteres, als er seinem Team per Handzeichen den Befehl gab, vorzurücken. Die Männer schlichen langsam vorwärts und hielten ihre Maschinenpistolen vom Typ Heckler &

Koch MP 7 dabei im Anschlag. Burgmeister und Halonen blieben einige Meter dahinter.

»Sie sollen anklopfen, wir wollen ja nicht unhöflich sein«, flüsterte Burgmeister.

Halonen übersetzte den Befehl mit gedämpfter Stimme.

Während sich sieben Polizisten um das Haus herum postierten, schlichen drei weitere in geduckter Haltung zur Eingangstür. Zwei kauerten sich links und rechts davon nieder, während der Dritte das Schloss überprüfte. Burgmeister trat nun ebenfalls vor und betrachtete die Eingangstür. An einigen Stellen blätterte bereits die Farbe ab, was darauf hindeutete, dass die Tür nicht mehr die Beste war. Die Türangeln waren rostig und hingen teils schief. Er entschied sich dazu, es erst einmal auf die freundliche Art und Weise zu probieren, obwohl es ihn juckte, die Kollegen von der Leine zu lassen und das Gebäude einfach zu stürmen. Er ballte die rechte Hand zur Faust, klopfte mehrfach vernehmlich gegen das morsche Holz und horchte, ob sich im Haus etwas tat. Nach mehrmaligem Versuch entschied er sich, es nun auf die radikale Art zu probieren. Mit einigen Gesten informierte er den ihm am nächsten befindlichen Beamten, die Tür gewaltsam zu öffnen. Der Polizist holte mit einem seiner in schweren Stiefeln steckenden Beine aus und trat so fest gegen die Tür, dass die Angeln aus ihrer Verankerung brachen und die Pforte nach innen hin umfiel.

»Kiitos«, sagte der Oberkommissar, während zwei Beamte ins Haus eindrangen.

Innerhalb von zwei Minuten war das gesamte Gebäude durchsucht worden, leider ohne eine Spur des Bewohners.

»Das gibt's doch nicht«, murmelte Burgmeister. »Verflucht!«

Frustriert trat er mehrfach gegen den beschädigten Türstock.

»Haben Sie eine Zigarette?«, wandte er sich an einen der Polizisten und hielt sich zur Verdeutlichung seines Wunsches den Zeige- und Mittelfinger gespreizt vor den Mund.

Der Beamte verstand und zog eine etwas zerknautschte Packung aus seiner Brusttasche, öffnete sie und hielt sie dem Oberkommissar hin. Burgmeister nahm sich eine Zigarette und steckte sie in den Mund. Der finnische Polizist hielt bereits ein Feuerzeug in der Hand und entzündete es. Der Deutsche zog kräftig an der Zigarette und sog gierig den Rauch ein, inhalierte ihn tief in seine Lunge und ließ ihn danach langsam wieder aus seiner Nase entweichen. Augenblicklich wurde ihm schwindlig, und er musste sich gegen die Hauswand lehnen. Das hielt ihn aber nicht davon ab, weiter an seinem Glimmstängel zu ziehen.

»Ich dachte, du rauchst nicht mehr«, wandte Halonen ein.

»Es gibt Momente, da muss einfach eine sein«, erwiderte Burgmeister.

»Was machen wir jetzt?«

»Wir werden wohl nicht darum herumkommen, eine Großfahndung auszurufen«, erklärte der Oberkommissar. »Wir müssen diesen Typen erwischen. Ich will nicht schon wieder einen Fall verlieren.«

»Ich kümmere mich darum. Denkst du, wir werden ihn schnappen?«

»Das müssen wir«, sagte der Oberkommissar. »Wenn nicht, dann haben wir …«

»Was ist los?«, fragte Halonen, als Burgmeister seinen Satz nicht fortführte.

»Siehst du das hier?«, antwortete der Deutsche und zeigte auf den Boden nur einen Meter vor sich.

Der Finne richtete seine Taschenlampe auf die angewiesene Stelle. Dort, wo er hinleuchtete, befand sich eine kleine, beinahe trockene Schlammpfütze, und in dieser war einwandfrei ein Schuhabdruck zu erkennen.

»Ist das einer von unseren?«, wollte der Finne wissen.

»Nein«, erwiderte Burgmeister. »Der gehört nicht zu unseren Leuten. Gib mir mal die Lampe.«

Er bewegte das Licht in einer geraden Linie von dem Schuhabdruck fort und bemerkte in einer Entfernung von zwei Metern einen weiteren Abdruck.

»Siehst du das?«, fragte er seinen Begleiter.

»Sind die frisch?«

»Ich bin mir nicht sicher. Lass uns mal weitergehen.«

Sie folgten der unregelmäßigen Spur, bis sie an den Waldrand kamen.

»Sollen wir einen Suchtrupp anfordern?«, fragte Halonen.

»Bis die hier sind, ist Turunen längst über alle Berge. Nein, wir müssen uns selbst darum kümmern. Sag deinen Kollegen, dass drei von ihnen hierbleiben und das Haus bewachen sollen. Der Rest kommt mit uns.«

Zwei Minuten später waren alle versammelt und stellten sich in einer Reihe auf, mit einem Abstand von rund fünf Metern zueinander. Burgmeister drückte seine Zigarette aus und steckte sich die erloschene Kippe in die Tasche, um es der Spurensicherung später nicht schwerer als nötig zu machen. Dann gab er per Handzeichen das Signal zum Abmarsch. Wie ein Mann gingen sie in den Wald hinein.

Es war dunkel, und nur wenig Sternenlicht drang durch das dichte Blätterdach. Burgmeister hatte die Taschenlampe ausgeschaltet, um nicht unnötig auf sich aufmerksam zu machen. Im Moment wünschte er sich sehnlichst ein Nachtsichtgerät oder eine von diesen Lampen mit Rotlicht, die ihm erlauben würde, besser zu sehen, was vor ihm lag, ohne seine Augen dabei zu blenden und seine Position zu verraten. Er wünschte sich außerdem, nicht geraucht zu haben, denn jetzt entfaltete das inhalierte Nikotin seine volle Wirkung. Er versuchte, den Kopf so wenig wie möglich zu bewegen, um dem Schwindelgefühl Herr zu werden. Außerdem schmerzte sein Rachen, und es kam ihm so vor, als würde ein Käfer in seiner Luftröhre herumwühlen und sich gerade einen Weg nach oben bahnen. Vorsichtig schlich er durch das Unterholz, immer darauf bedacht, keinen Lärm zu erzeugen, denn schließlich konnte der Verdächtige hier irgendwo auf sie lauern und sie angreifen. Die anderen Polizisten taten es ihm gleich.

Sie waren noch nicht weit gekommen, als Burgmeister ein Rascheln hörte. Er hob blitzschnell sein Gewehr und hielt es in die Richtung, aus der das Geräusch gekommen war. Ein Schatten, den er nur verschwommen wahrnahm, sprang zur Seite.

»Entschuldigung«, flüsterte Halonen, der gerade in einem Hügel aus heruntergefallenem Herbstlaub stand.

»Das nächste Mal passt du besser auf, sonst knalle ich dich noch aus Versehen ab«, flüsterte der Oberkommissar zurück.

Sie gingen weiter in den Wald hinein, der immer dichter und unwegsamer wurde. Mehrfach stolperte Burgmeister über eine Wurzel, die sich am Erdboden entlangschlängelte. Sein noch nicht vollständig verheilter Fuß protestierte mit schmerzhaftem Pochen. Der Oberkommissar biss die Zähne zusammen und bemerkte, wie ihm der Schweiß ausbrach. Noch immer war ihm etwas schwindelig, und als er einen weiteren Schritt vorwärtsmachte, blieb er mit dem verletzten Fuß erneut an einer besonders großen Wurzel hängen.

»Fuck!«, rief er halblaut und stürzte der Länge nach hin.

Glücklicherweise stieß er mit seinem Kopf nicht gegen einen der zahlreichen herumliegenden Äste, sondern fiel auf weiches Moos. Diese Ungeschicklichkeit rettete ihm das Leben, denn genau in dem Moment, in dem er hinfiel, ertönte ein Schuss. Der Oberkommissar meinte, den Lufthauch der vorbeifliegenden Kugel spüren zu können, als sich diese auch schon in einen Baum nur einen halben Meter neben ihm bohrte.

»Angriff!«, schrie er und zog dabei den Kopf ein.

In seiner Nase machte sich der Geruch feuchter Erde breit, und seine Sinne schalteten instinktiv auf absolute Alarmbereitschaft. Bei seinem Sturz hatte er das Gewehr fallen lassen, doch glücklicherweise besaß er noch seine Pistole. Er zog sie, hielt sie vor sich und spähte über Kimme und Korn in die nächtliche Schwärze. Seine Augen hatten sich zwar inzwischen an

die Dunkelheit gewöhnt, aber unter diesen Sichtver-
hältnissen war es dennoch schwer, den Schützen aus-
findig zu machen. Einige Meter zu seiner Linken
meinte er, eine Gestalt wahrnehmen zu können, richtete seine Waffe aus und gab einen Schuss ab. Doch alles, was er traf, war ein Baum, der vage in der Form eines Menschen gewachsen war. Um seine Position zu
wechseln, rollte er sich nach rechts. Er wusste nicht,
was die anderen Polizisten gerade taten, aber er hoffte
darauf, dass sie wussten, wo er war und nicht aus Versehen auf ihn schießen würden. Langsam ließ er seinen
Blick schweifen, in dem Versuch, denjenigen, der auf
ihn geschossen hatte, zu entdecken. Als ein zweiter
Schuss abgegeben wurde, entdeckte er das kurze Aufblitzen von Mündungsfeuer.

»Jetzt habe ich dich«, flüsterte er, hob die Waffe und
zielte sorgfältig.

Burgmeister atmete langsam aus und zog dann den
Abzug durch.

Einmal.

Zweimal.

Dreimal.

Nach dem dritten Schuss hörte er ein scharfes Einat-
men, und dann das Geräusch von etwas Schwerem, das
zu Boden fiel. Im Geiste begann er, zu zählen. Als er bei
Drei angekommen war, fing der Getroffene zu schreien
an. Grimmig kam er hoch, noch immer die Waffe vor
sich haltend, und ging dann vorsichtig auf die Quelle
der Schreie zu. Zwischen zwei Bäumen lag eine ge-
krümmte Gestalt und schrie sich die Seele aus dem
Leib.

»Ich habe ihn!«, rief er laut.

Nur wenige Augenblicke später war der Verletzte umzingelt und blickte in die Mündungen von sieben Gewehren und einer Pistole. Halonen selbst hatte seine Waffe eingesteckt und begutachtete die Verletzungen. Von den drei Kugeln, die Burgmeister abgefeuert hatte, waren zwei in den Leib des am Boden liegenden Mannes eingedrungen.

»Er blutet stark, ich muss ihn versorgen«, erklärte der Finne gepresst.

»Oletko Kimi Turunen?«, fragte der Oberkommissar den Verletzten in schlechtem Finnisch.

»Olen«, hauchte der andere, das Gesicht von Schmerz verzerrt.

»Matti, frag ihn, ob er die Morde verübt hat.«

»Sollten wir ihn nicht erst einmal ärztlich versorgen?«

»Wir wissen nicht, ob er noch so lange lebt, bis die Sanitäter hier sind. Ich will zuerst ein Geständnis.«

Der Dolmetscher wiederholte Burgmeisters Frage auf Finnisch.

»Minä tapoin«, presste Turunen zwischen zusammengebissenen Zähnen heraus.

»Warum?«

»Miksi? – Er sagt, Nevalainen hätte ihn dazu gezwungen.«

»Wie kann man sich dazu zwingen lassen, jemanden zu töten?«

»Ihm wurde angedroht, seine Mitgliedschaft aufzulösen«, übersetzte Halonen die Antwort.

»Und deswegen ... also wirklich«, sagte Burgmeister. »Wie hat er es geschafft, dass die beiden Männer im

Wald waren? Sie waren nicht gefesselt, und man hat auch keine Druckstellen an ihren Körpern gefunden.«

»Er sagt, dass er es nicht genau weiß. Nevalainen hat ihm nur erklärt, wann er an welchem Ort zu sein hat.«

Burgmeister wollte soeben eine weitere Frage stellen, als er bemerkte, dass Turunen ohnmächtig geworden war.

»Kümmere dich um ihn«, verlangte der Oberkommissar. »Die Jungs sollen einen Krankenwagen rufen.«

»Hey, Pisskopf!«, rief Burgmeister und hämmerte an die Gitterstäbe von Nevalainens Zelle.

Der Vereinsvorsitzende richtete sich auf seiner Pritsche auf.

»Wir haben Turunen geschnappt«, verkündete der Oberkommissar. »Er ist schwer verletzt, wird es aber überleben. Vermutlich jedenfalls. Er hat bestätigt, dass Sie ihm befohlen haben, Olav beziehungsweise Valo und Perunen zu töten. Er sagte, Sie hätten ihm mit dem Rauswurf aus dem Jagdverein gedroht. Können Sie mir das näher erklären?«

»Kimi Turunen ist eines unserer jüngsten Mitglieder«, antwortete Nevalainen ruhig. »Der Verein ist sein Ein und Alles. Er ist ein wenig ... seltsam in seiner Art, und er hat weder eine Familie noch Freunde. Eigentlich immer, wenn ich im Vereinsheim war, habe ich ihn dort gesehen. Unser Verein ist wie ein zweites Zuhause für ihn.«

»Und Sie haben das ausgenutzt. Wie haben Sie es geschafft, Perunen und Valo junior in den Wald zu locken?«

»Ich habe mit ihnen Kontakt aufgenommen und so getan, als würde ich mit ihnen ins Geschäft kommen wollen. Als Treffpunkt für weitere Besprechungen hatte ich den Wald vorgeschlagen, und die beiden Männer sind darauf eingegangen«, erklärte der Vereinsvorsitzende.

»Warum haben Sie die Morde nicht selbst begangen?«

»Weil ich ...«

»... weil Sie feige sind, und Sie hatten auch nicht die Eier, um sich mit Paavo Valo direkt anzulegen. Habe ich recht?«

Der Vereinsvorsitzende antwortete nicht.

»Ihr Schweigen ist Antwort genug«, stellte Burgmeister fest. »Sie und auch Ihr Freund Turunen werden – sofern er überlebt – angeklagt werden. Sie, mein lieber Pekka, werden den Rest Ihres Lebens hinter Gittern verbringen. Ich könnte mir vorstellen, dass einige von Valos Leuten im Knast sind, also könnte Ihre Zeit im Gefängnis kürzer werden als gedacht. Freuen Sie sich schon mal darauf.«

»Was ist mit dem Verein?«

»Ich stehe zu meinem Wort. Sie haben mir die Informationen geliefert, die ich brauchte, daher werde ich davon absehen, Ihre Leute einzubuchten. Aber Sie werden trotzdem einen Schuss vor den Bug erhalten, denn ich werde veranlassen, dass der örtliche Jagdverein aufgelöst und Ihren Leuten die Waffenscheine weggenommen werden. Ist sowieso besser, wenn keine Typen mit Flinten durch die Gegend rennen.«

Nevalainen blickte mit leeren Augen auf den Boden vor sich.

»Noch ein persönliches Wort«, hob Burgmeister an. »Ich habe in meinem Leben schon mit einigen Wichsern zu tun gehabt, aber Sie sind der größte Abschaum, den ich je erlebt habe. Richtige Männer regeln ihre Angelegenheiten selbst und spannen nicht andere Leute für sich ein, vor allem keine Minderbemittelten. Wenn ich könnte, würde ich Ihnen ins Gesicht spucken, aber meine Kehle ist gerade etwas trocken. Schönen Abend noch, und ficken Sie sich selbst.«

Mit diesen Worten verließ Burgmeister den Zellenblock und ging direkten Schrittes zum Ausgang der Polizeistation, wo Halonen bereits auf ihn wartete.

»Schon die Nachrichten gesehen?«, fragte der Dolmetscher seinen deutschen Kollegen, als sie sich einige Tage später in einem Café zum Mittagessen trafen.

»Nein«, sagte Burgmeister wahrheitsgemäß.

»Die Medien überschlagen sich geradezu in ihrem Versuch, Informationen über die Ergreifung des Täters zu erhalten. Das *Monster von Nurmes* nennen sie ihn.«

»Wen? Turunen oder Nevalainen?«

»Nevalainen. Turunen wird natürlich auch genannt, aber die Geschichte, dass seine Ergebenheit ausgenutzt wurde, spielt ihm einige Sympathien zu.«

»Von mir aus«, antwortete der Oberkommissar schulterzuckend.

»Wir kriegen übrigens viele Anfragen von diversen Medien, die ein Interview mit dir führen wollen.«

»Werden sie nicht kriegen, da habe ich keine Lust drauf. Wenn du willst, mach du die Interviews.«

»Wirklich? Es macht dir nichts aus?«

»Überhaupt nicht«, sagte Burgmeister. »Du hast schließlich einen ebenso großen Anteil daran, dass wir den Fall lösen konnten wie ich. Hat sich Turunen eigentlich mal dazu geäußert, warum er bei dem ersten Opfer so gründlich war und bei dem zweiten nicht?«

»Nur wenig«, erklärte Halonen. »In den kurzen Phasen, wo er ansprechbar ist, faselt er, dass nicht genug Zeit gewesen sei, um die Spuren sorgfältiger zu verwischen.«

»Denkst du, dass er geschnappt werden wollte?«, fragte der Oberkommissar.

»Ich bin mir nicht sicher, ob er intelligent genug dazu ist.«

»Unterschätze die Menschen nie. Ist eine der goldenen Regeln des Ermittlertums.«

Halonen erwiderte darauf zwar nichts, aber der Oberkommissar sah ihm an, dass er stolz auf ihre Leistung war. Schließlich hatten sie es geschafft, nicht nur einen gefährlichen Mann zu schnappen, sondern es war ihnen auch gelungen, den hiesigen Teil des Drogenschmuggels zum Erliegen zu bringen. Zumindest für eine gewisse Zeit.

»Du siehst ein wenig abwesend aus«, sagte der Finne in die Gedanken des Deutschen hinein. »Ist etwas nicht in Ordnung?«

»Mein Chef aus München hat vorhin angerufen. Es geht um die internen Ermittlungen gegen mich.«

»Und? Wie ist der Stand der Dinge?«

»Die Vorwürfe gegen mich wurden vollumfänglich fallengelassen.«

»Du meinst ...?«

»Ja«, bestätigte Burgmeister. »Ich darf daheim wieder Polizist spielen.«

»Herzlichen Glückwunsch!«

»Danke«, sagte der Oberkommissar und lächelte jetzt breit.

»Was sagt deine Frau dazu?«

Sofort verdüsterte sich Burgmeisters Gesicht wieder. »Ich habe direkt nach dem Telefonat mit meinem Chef bei ihr angerufen und ihr gesagt, was Sache ist. Sie will sich weiterhin von mir trennen.«

»Oh«, meinte Halonen. »Und deine Tochter?«

»Petra will das alleinige Sorgerecht für Janine beantragen, und sie will mir den kompletten Umgang mit ihr untersagen.«

»Und was willst du?«

»Ich weiß es ehrlich gesagt nicht«, gab Burgmeister zu.

»Es gibt doch dieses Modell, dass das Kind zu gleichen Teilen bei beiden Eltern ist«, erklärte der Finne. »Zwei Wochen bei der Mutter, zwei Wochen bei dem Vater. Wäre das nicht eine Möglichkeit?«

»Janine und ich haben einen recht guten Draht zueinander, zumindest glaube ich das, aber ob ich mich um sie kümmern könnte, wie sie es braucht ...«

»Wie wäre es, wenn du erst einmal nach Deutschland fliegst und schaust, was genau Sache ist? Dann kannst du dir in Ruhe überlegen, was Janine will, was du willst und was du leisten kannst.«

»Ich werde auf jeden Fall einen guten Anwalt brauchen.«

Halonen nickte zustimmend. »Wenn du irgendwie Unterstützung benötigst, ruf mich an, okay?«

»Das mache ich, danke.«

»Weißt du schon, wann du zurückfliegen wirst?«

»Ich habe bereits für morgen früh einen Flug gebucht, aber ich weiß noch nicht, wie ich zum Flughafen kommen soll.«

»Ich fahre dich.«

Am nächsten Morgen standen Burgmeister und Halonen am Kleinflughafen Kuopio und warteten darauf, dass das zweimotorige Propellerflugzeug vom Typ *Atr Sieben-Zwei* aus Helsinki landete. Beide sprachen nicht, während sie in der Eingangshalle saßen und der Sonne zusahen, die sich langsam über den Horizont hob und die ersten Strahlen des Tages in Richtung Erdboden sandte. Burgmeister sehnte sich nach einer Zigarette, aber er hatte beschlossen, dass sein kürzlicher Ausrutscher eine einmalige Angelegenheit bleiben würde.

Als der Flieger schließlich gelandet war und der Aufruf erklang, dass sich nun alle Passagiere in den Sicherheitsbereich zu begeben hatten, reichten sich die beiden ungleichen Polizisten die Hand.

Burgmeister sah seinem Gegenüber in die Augen und stellte fest, dass er nicht mehr nur einen Kollegen ansah, sondern einen Freund.

»Viel Glück«, sagte Halonen. »Und melde dich zwischendurch mal bei mir.«

Burgmeister nickte dankend und wandte sich dann in Richtung Sicherheitsschleuse.

Der Flug nach Helsinki war ereignislos, bis auf die Tatsache, dass die Passagiere nach der Landung am

Flughafen lange auf ihre Abholung warten mussten. Die Durchsage des Kapitäns war auf Finnisch, aber glücklicherweise hatte sich Burgmeister während des Flugs mit einer Flugbegleiterin angefreundet, die in München studiert hatte und daher fließend Deutsch sprach.

»Er sagt, dass er nicht genau wisse, was los ist, aber, dass er gerade mit dem Tower spricht, damit die Anschlussflüge warten«, übersetzte sie die Durchsage.

»Na hoffentlich, denn ich muss in zwanzig Minuten bei meinem Gate sein«, entgegnete Burgmeister und sah zum wiederholten Mal auf sein Handy, um die Uhrzeit zu überprüfen.

»Ich werde versuchen, Ihren Flug zu informieren, dass er auf Sie warten soll, aber ich kann leider nichts versprechen«, bot sie an.

»Vielen Dank.«

Die Flugbegleiterin verschwand in den vorderen Bereich, und während die Minuten vergingen, wurde der Oberkommissar immer ungeduldiger. Er hatte sich im Geiste schon damit abgefunden, seinen Anschlussflug zu verpassen, als schließlich endlich die Durchsage ertönte, dass der Transportbus nun vorgefahren war und die Passagiere von vorne nach hinten aussteigen dürften. Das Fahrzeug war vollgestopft mit ungeduldigen Fahrgästen, die es kaum erwarten konnten, zum Terminal zu gelangen, und sie standen so eng beieinander, dass der Oberkommissar nur schwer atmen konnte. Der Bus fuhr eine gefühlte Ewigkeit über das Flughafengelände, bis er endlich vor dem Untergeschoss von Terminal Zwei anhielt, und Burgmeister schickte sich an, das Fahrzeug als einer der ersten zu verlassen. Er versuchte, sich zu orientieren, und blickte abwechselnd auf den Abflug- und auf den Lageplan, die nebeneinander hinter einer Plexiglasscheibe prangten. Schließlich fand er seinen Flug, an dem bereits in roter Schrift *Letzter Aufruf* stand. Im gleichen Moment ertönte aus den Lautsprechern sein Name mit der Bitte, sich unverzüglich zum Gate zu begeben. Burgmeister drängte sich zwischen den anderen Fluggästen hindurch und eilte im Laufschritt zu dem angezeigten Schalter. Bei seinen Ausweichversuchen rempelte er aus Versehen ein junges Paar an, das ihn mit Schimpfwörtern bedachte. Der Oberkommissar rief ihnen ein gehetztes »Entschuldigung!« zu, während er weiterlief.

»Hey, warten Sie!«, rief er außer Atem, als er an seinem Gate angekommen war.

Der Angesprochene, seines Zeichens Flughafenangestellter und gerade damit beschäftigt, den Schalter zu schließen, sah den schwer atmenden und verschwitzten Mann auf sich zukommen und verstand sofort. Er ließ von seinem Tun ab, ging zu seinem Computer und rief die Buchungsmaske auf. Burgmeister kramte hektisch in seiner Hosentasche, fand sein Handy, auf dem sich die digitale Bordkarte befand, sowie seinen Reisepass und zeigte beides unaufgefordert vor. Der Mitarbeiter, ein junger Mann von vielleicht sechsundzwanzig Jahren, der adrett gekleidet war, las die Daten von Burgmeisters Dokumenten ab und ließ seine Finger gleichzeitig über die Tastatur gleiten. Nach wenigen Sekunden sah er von seinem Bildschirm auf.

»Sie haben Glück, dass Sie noch rechtzeitig gekommen sind«, erklärte er in glasklarem Deutsch. »Wir wollten gerade starten.«

»Vielen Dank«, erwiderte der Oberkommissar, nahm seine Dokumente wieder an sich und ging durch die offene Tür und dann die Fluggastbrücke entlang, bis er schließlich den Eingang zum Flugzeug vor sich sah.

»Terve«, sagte ein Flugbegleiter und lächelte.

»Servus«, antwortete Burgmeister und sah auf seine Bordkarte.

»Bitte hier entlang, wir starten in wenigen Minuten«, erklärte der Flugbegleiter in Deutsch, wobei er jeden Buchstaben deutlich aussprach, was charakteristisch für einen Finnen war, wenn er eine für ihn fremde Sprache sprach.

Burgmeister zwängte sich zwischen den Sitzreihen hindurch und fand schließlich seinen Platz im hinteren Bereich direkt am Mittelgang. Schwerfällig ließ er sich nieder, schnallte sich an und lehnte sich dann so gut wie möglich zurück. Kaum, dass er sich hingesetzt hatte, ertönte auch schon die Durchsage, dass nun die Startvorbereitungen durchgeführt würden. Den Rest des Ablaufs bekam er nicht mehr mit, denn vor lauter Müdigkeit fielen ihm die Augen zu.

Epilog

Matti Halonen stieg aus dem Taxi aus und betrachtete die Fassade des vor ihm stehenden Apartmenthauses. Das Gebäude war fünf Stockwerke hoch und so schmucklos, wie es nur ein Komplex dieser Art sein konnte. Auch die strahlende Juli-Sonne konnte nicht verhindern, dass das Bauwerk hässlich wirkte. Er schulterte seinen Rucksack und ging zur von der Straße ein wenig zurückgesetzten Eingangstür. Dort studierte er für einen Moment die zahlreichen Klingelschilder, bis er das Richtige fand und den Knopf tief in die Fassung drückte. Der Klang war schrill und unangenehm und tat in seinen Ohren weh.

»Hallo?«, fragte eine ihm wohlbekannte Stimme.

»Johannes? Ich bin es, Matti.«

»Was zum ... Warte, ich mache auf.«

Mit einem Summen, das wie das Geräusch einer missgebildeten Biene klang, wurde der Öffnungsmechanismus betätigt, und der Finne zog die aus Aluminium und Plastikglas bestehende Außentür auf. Im Flur roch es leicht muffig, und in einer Ecke stand ein halb kaputter Kinderwagen, dem die Vorderräder fehlten.

»Hier oben«, rief Burgmeister. »Dritter Stock. Nimm die Treppe, der Aufzug ist nicht sicher.«

Halonen stieg die Stufen hinauf, bis er im genannten Stockwerk angekommen war. Dort stand der Oberkommissar in der Tür und lächelte ihn breit an.

»Wie kommst du denn hierher? Was machst du hier? Egal, komm erst einmal rein«, verlangte er und ging nach drinnen, um dem Ankömmling Platz zu machen.

Der Finne betrat die kleine Wohnung und blickte sich um. Die Wände waren nackt bis auf ein Foto eines jungen Mädchens, von dem er annahm, dass es sich um Burgmeisters Tochter handelte. Er stellte seinen Rucksack ab und streifte sich die Schuhe von den Füßen.

»Wenn ich gewusst hätte, dass du kommst, hätte ich etwas vorbereitet«, erklärte der Deutsche, der sich im Eingang zur Küche postiert hatte und seinen Freund musterte.

»Ich wollte dich überraschen, darum habe ich nicht vorher angerufen«, antwortete Halonen.

Dann ging er auf Burgmeister zu und reichte ihm die Hand. Der Oberkommissar ergriff sie, zog den Finnen dann aber an sich, umarmte ihn fest und klopfte ihm auf die Schulter.

»Schön, dich zu sehen, Matti. Was verschlägt dich hierher?«

»Ich könnte behaupten, dass ich beruflich in Deutschland bin, aber das wäre gelogen«, entgegnete der Finne. »Ich habe mir Sorgen um dich gemacht. Ich habe so lange nichts von dir gehört, und du hast weder meine Nachrichten noch meine Anrufe beantwortet.«

»Tut mir leid, ich hatte viel zu tun«, erklärte Burgmeister mit einem Anflug von Schuldbewusstsein in der Stimme. »Möchtest du einen Kaffee? Ist frisch.«

»Gern.«

»Geh du schon mal ins Wohnzimmer, ich komme gleich. Ist das Zimmer, wo kein Bett drinsteht.«

Der Oberkommissar nahm zwei Tassen und stellte sie auf die Anrichte. Dann nahm er die bis fast an den Rand gefüllte Kanne und goss das belebende Gebräu ein. Als er fertig war, trug er die dampfenden Tassen in den Wohnraum, welcher der Größe nach zu urteilen, eher einer Abstellkammer glich. Sie setzten sich auf die durchgesessene Couch, welche das einzige Sitzmöbel im Zimmer bildete, und tranken von ihrem Kaffee.

»Du willst mir also wirklich erzählen, dass du den weiten Weg aus Finnland auf dich genommen hast, nur weil ich nicht geantwortet habe?«, fragte Burgmeister.

»Ja«, bestätigte der Finne. »Ich hatte gedacht, dass dir vielleicht etwas passiert wäre.«

»Du hättest bei meiner Dienststelle anrufen können.«

»Hätte ich, aber ich wollte dich lieber persönlich sehen.«

»Sollte ich mich geehrt fühlen oder eher geängstigt?«

»Vielleicht von beidem ein wenig«, antwortete Halonen grinsend. »Wie geht es dir?«

»Ich bin so weit okay.«

»Wie sieht es mit deiner Ehe aus?«

»Wir müssen noch das Trennungsjahr erledigen, aber das dauert nur noch wenige Monate. Danach steht der Scheidung nichts mehr im Wege.«

»Ihr müsst ein ganzes Jahr lang getrennt sein?«

»Ja, und das Schärfste ist, dass es erst dann beginnt, wenn man sich tatsächlich räumlich getrennt hat, also nicht mehr in einer gemeinsamen Wohnung lebt.«

»In Finnland muss man nur sechs Monate getrennt sein, es sei denn, man lebt bereits seit zwei Jahren an unterschiedlichen Anschriften.«

»Auch nett«, kommentierte Burgmeister.

»Was ist mit Janine?«

»Sie unterstützt uns, denn sie weiß selbst, dass Petra und ich nicht miteinander leben wollen und können. Mein Anwalt hat gesagt, dass er davon ausgeht, dass ich kein Sorgerecht bekommen werde.«

»Warum das denn nicht?«

»Wegen meines Berufs«, erklärte der Oberkommissar. »Ich bin in juristischen Augen nicht unbedingt das, was einen fürsorglichen Vater auszeichnet, wenn du verstehst, was ich meine.«

»Und ein Schreibtischjob käme für dich nicht infrage?«

»Hat mein Chef abgelehnt. Er sagt, dass er mich im Feld braucht.«

»Na wunderbar.«

»Ich sehe, du hast Sarkasmus gelernt. Aber jetzt mal ein anderes Thema. Warum bist du wirklich hier? Versuch nicht, es zu verleugnen. Ich bin ein erfahrener Ermittler und weiß, wenn man mich anlügt.«

»In Ordnung«, lenkte Halonen ein. »Ich habe dir ja vor einiger Zeit erzählt, dass ich mich dazu entschieden habe, meinen Bürojob aufzugeben und Ermittler im Außeneinsatz zu werden. Dabei habe ich herausgefunden, dass es einen eklatanten Mangel an erfahrenen Polizisten bei uns gibt.«

»Und?«, hakte Burgmeister nach.

»Und … ich dachte, dass du vielleicht Interesse hättest. Wie ist dein Finnisch mittlerweile?«

»Abgrundtief schlecht«, erklärte der Oberkommissar. »Das wenige, was ich damals gelernt habe, habe ich schon wieder vergessen.«

»Das ließe sich hinkriegen. Die finnische Polizei bietet für ihre Mitglieder diverse Sprachkurse an. Ich bin mir sicher, dass es machbar ist, dass du einen Kurs in Finnisch bekommst.«

»Ich habe nicht ganz verstanden, warum ich das tun sollte.«

»Weil wir dich brauchen. Du bist erfahren, und du hast dir bei der finnischen Polizei bereits einen Namen gemacht. Deine für uns unorthodoxen Methoden und der daraus resultierende Erfolg haben dafür gesorgt. Wenn du dich dazu entscheidest, zurück nach Finnland zu gehen, würden wir für alles Weitere sorgen. Du bekämst ein gutes Gehalt, der Umzug würde von der finnischen Polizei durchgeführt und bezahlt, und gemeinsam mit dir würde eine gute Wohnung für dich gefunden werden.«

»Und was wird meine Hauptaufgabe sein? Werde ich wirklich ermitteln können, oder lande ich in einem Klassenzimmer und muss den Kindern erklären, wie man sich die Schuhe zubindet?«

»Von beidem etwas«, gab Halonen zu. »Deine Erfahrung hilft uns nichts, wenn du sie für dich behältst.«

»Und wenn ich Nein sage?«

»Dann verbringen wir beide noch einen schönen Tag miteinander, betrinken uns, und dann reise ich wieder ab.«

»Willst du, dass ich mich sofort entscheide? Das wird nämlich nicht passieren.«

Halonen hob abwehrend die Hände. »Nein, du hast natürlich Zeit, es dir zu überlegen.«

»Wie lange?«

»Solange du willst.«

»Okay, das ist ein Deal. Weißt du was? Meine Kehle ist etwas trocken, und ich brauche etwas anderes als Kaffee. Wie wäre es, wenn wir in meine Lieblingskneipe gehen und ordentlich einen drauf machen?«

»Da bin ich voll dabei.«

Burgmeister lag bäuchlings auf seinem Bett und schlief seinen Rausch aus. Halonen, der bereits wach war, stand in der Küche und machte sich an der Kaffeemaschine zu schaffen. Dabei musste er bei jeder Bewegung darauf achten, nirgendwo anzustoßen, denn der Raum, der vollmundig als *Küche* tituliert wurde, war nicht viel größer als eine Besenkammer. Er zog eine Schublade auf und wollte einen ehemals metallenen, aber inzwischen reichlich angelaufenen Löffel herausnehmen, als ihm dieser entglitt und scheppernd zu Boden fiel.

»Was ... Wer ...«, murmelte der Oberkommissar aus dem Nebenzimmer und drehte sich träge um.

»Perkele«, flüsterte der Finne und ging in die Hocke, um den Löffel wieder aufzuheben, in der Hoffnung, dass Burgmeister nicht aufwachen würde.

Diese Hoffnung wurde allerdings zerstoben, als der Oberkommissar grunzend die Augen aufschlug.

»Wo bin ich ...«, sagte er leise und versuchte, sich hinzusetzen.

Sein Mund fühlte sich trocken wie eine Wüste an, und trotz mehrmaligem Schmatzen schaffte er es nicht, wenigstens etwas Flüssigkeit in seinen Rachen zu bewegen.

»Guten Morgen«, sagte Halonen, stellte eine Tasse frischen Kaffee vor seinen Kollegen und ließ sich dann in einem durchgesessenen Sessel gegenüber des Bettes nieder.

»Wie spät ist es?«, fragte Burgmeister matt.

»Kurz nach elf«, antwortete Halonen.

»Wir haben es gestern ziemlich krachen lassen, was?«

»Ich glaube, mit unserem gestrigen Umsatz haben wir den Kindern des Wirts die Uni finanziert.«

Burgmeister setzte sich nun vollständig auf, fuhr sich über das stoppelige Gesicht und betrachtete den Finnen dann ausführlicher.

»Wie kommt es, dass du so frisch aussiehst? Ich bin verkatert wie sonst etwas, und du sitzt hier wie das blühende Leben.«

»Du weißt doch, was man über Finnen sagt. Wir trinken Alkohol, als wäre es Wasser.«

»Darum seid ihr auch regelmäßig auf Platz Eins der glücklichsten Nationen der Welt, was?«

Halonen hob die Hand, als würde er sich stumm entschuldigen wollen. Der Oberkommissar winkte ab und nahm seine Kaffeetasse zur Hand. Der Duft des frisch aufgebrühten Getränks stieg ihm in die Nase. Sofort fühlte er sich etwas klarer. Nach einem ordentlichen Schluck schmatzte er laut.

»Der ist gut!«, lobte er.

»Ich habe vom Besten gelernt«, erwiderte Halonen grinsend.

Burgmeister trank einen weiteren Schluck, nahm sein Handy vom Nachttisch und tippte darauf herum.

»Was machst du?«, fragte der Finne.

»Ich schreibe Janine, dass ich sie heute treffen möchte.«

»Du willst ihr wirklich verkatert begegnen?«

»Ja. Etwas dagegen?«

»Nein, aber ich frage mich, ob du nicht lieber zuerst duschen solltest. Du siehst nicht gerade vorzeigbar aus, und du riechst wie jemand, der in der Kloake unter der Brücke geschlafen hat.«

Burgmeister hob einen Arm und roch versuchsweise an seiner Achsel, dann verzog er angewidert das Gesicht. »Da hast du wohl recht.«

»Warum willst du sie unbedingt heute sehen?«

»Weil ich mit ihr über dein Angebot sprechen will.«

»Ich verstehe«, antwortete der Finne nickend. »Und deine Frau?«

»Die hat da nichts mitzureden«, erwiderte Burgmeister abweisend. »Jetzt lass mich in Ruhe schreiben.«

Drei Stunden später hatte der Oberkommissar ausführlich geduscht, war glattrasiert und hatte sich eine frische Jeans sowie ein sauberes, weißes Hemd angezogen.

»Wenn du willst, kannst du gerne hier in der Wohnung bleiben. Falls du rausgehen willst, liegt der Zweitschlüssel vor der Tür unter der Fußmatte«, erklärte er.

»Alles klar. Viel Spaß mit Janine«, antwortete Halonen.

Der Oberkommissar verließ die Wohnung und fuhr dann mit seinem Dienstwagen zur Schule, denn er hatte mit seiner Tochter verabredet, dass er sie dort abholen und dann etwas mit ihr unternehmen würde. Pünktlich auf die Minute stand er vor dem Haupteingang der Bildungsstätte. Kurz darauf öffnete sich der

Haupteingang, und eine Horde Kinder stürzte laut rufend heraus. Zwischen all den Schülern entdeckte er schließlich Janine.

»Papa«, rief sie und kam auf ihn zu.

»Hey«, antwortete er und nahm seine Tochter zur Begrüßung kurz in den Arm. »Wie war die Schule?«

»Passt schon«, antwortete sie ausweichend. »Wo wollen wir denn hin?«

»Sag du es mir, du entscheidest.«

Janine beäugte ihren Vater kritisch. »Okay, was ist los?«

»Dir kann man auch nichts vormachen. Du würdest eine gute Polizistin abgeben.«

»Weich mir nicht aus«, verlangte sie. »Normalerweise sagst du immer, was du machen willst, und ich muss dann folgen. Also, was ist passiert?«

»Das besprechen wir lieber, wenn wir ungestört sind. Also, wo wollen wir hinfahren?«

»Wie wäre es mit dem See? Dort können wir Eis essen und in Ruhe reden.«

»Einverstanden. Steig ein.«

Janine Burgmeister bugsierte ihre Schultasche auf den Rücksitz und setzte sich vorne auf den Beifahrersitz. Der Oberkommissar stieg ebenfalls ein, startete den Wagen und fädelte sich in den laufenden Verkehr ein.

Die Fahrt zum See dauerte nur zwanzig Minuten. Unter der Woche war es glücklicherweise leicht, dort einen Parkplatz zu finden. Nachdem der Oberkommissar die Gebühr bezahlt und den Wagen abgestellt hatte, gingen sie zur Eisdiele, kauften sich jeweils einen großen Eisbecher und gingen danach ein wenig abseits, wo sie eine freie Bank mit ungehindertem Blick auf das Wasser fanden.

»Also Papa, was willst du mir erzählen?«, brach Janine das Schweigen.

»Ich rücke am besten direkt mit der Sprache heraus. Also, gestern hat mich Matti Halonen besucht. Von ihm habe ich dir ja erzählt.«

»Er ist der finnische Polizist, der dir geholfen hat, richtig?«

»Genau der«, bestätigte Burgmeister. »Er hat mir ein Angebot gemacht. Die finnische Polizei möchte, dass ich für sie arbeite.«

»Und?«

»Das heißt, dass ich nach Finnland ziehen würde.«

»Ooookay«, sagte Janine gedehnt. »Willst du das Angebot annehmen?«

»Ich denke noch darüber nach.«

»Das heißt, du willst es annehmen.«

Der Oberkommissar lächelte wegen der Tatsache, dass seine Tochter ihn so gut kannte, dass sie ihn so leicht durchschauen konnte.

»Es hat mir dort gefallen. Es ist eine schöne Gegend, und wenn man mal die Hillbillys außer Acht lässt, leben dort gute Menschen.«

»Seit wann interessieren dich Menschen denn überhaupt?«

»Was ich eigentlich damit sagen will, ist, dass ich sehr gerne dort leben und arbeiten möchte.«

»Und was ist mit mir?«

»Das ist genau der Punkt, warum ich noch nicht zugesagt habe. Aller Voraussicht nach wird Mama zwar das Sorgerecht für dich bekommen, aber man wird mir nicht den Umgang mit dir verbieten können. Sollte ich aber in Finnland leben, würde es nicht möglich sein, dich regelmäßig zu sehen. Ich kann ja schlecht ständig hin und her fliegen.«

Janine blickte auf das ruhige Wasser hinaus, wo sich gerade eine Schwanenfamilie eingefunden hatte und ihr Gefieder ausgiebig putzte.

»Und ich kann nicht einfach mitgehen nach Finnland«, stellte das Mädchen fest.

»So ist es«, bestätigte Burgmeister überflüssigerweise.

»Früher hätte ich gesagt, dass es mir egal ist, aber seit du aus Finnland zurück bist, verhältst du dich anders. Du nimmst dir öfter Zeit für mich und unternimmst etwas mit mir. Du fragst mich, wie es mir geht und was ich mache. Ich muss ehrlich sagen, dass mir dieser *neue* Papa sehr gefällt. Wenn du gehen würdest, würdest du mir sehr fehlen.«

»Genau darum würde ich nicht gehen.«

»Nur wegen mir?«

»Ja«, gab Burgmeister offen zu. »Als ich voriges Jahr dort war, habe ich gemerkt, wie sehr du mir fehlst und wie viel ich von deinem Leben schon verpasst habe. Wenn ich jetzt umziehe, habe ich Angst, dich erneut zu verlieren.«

»Ich habe da vielleicht eine Lösung«, erklärte Janine in einem Ton, den nur Teenager haben können, wenn sie der Meinung sind, die cleversten Menschen der Welt zu sein. »Wie wäre es, wenn wir alle zwei Tage telefonieren? Oder noch besser: Wir machen Video-Calls.«

»Da müsste ich mich erst einmal reinfuchsen. Ich habe tatsächlich keine Ahnung, wie diese Technik funktioniert.«

»Da könnte ich dir helfen, ist gar nicht so schwer. Während der Pandemie habe ich mir viel beigebracht.«

»Wir könnten uns zusätzlich mehrmals im Jahr besuchen. Ich zu dir, du zu mir ... Wir könnten gute und intensive Tage miteinander verbringen.«

»Und du könntest mir Matti endlich mal persönlich vorstellen.«

»Bist du immer noch scharf auf ihn?«, fragte der Oberkommissar grinsend.

»Papa! Ich bin nicht *scharf* auf ihn«, erwiderte seine Tochter entrüstet. »Ich bin ein glücklicher Single, aber ich möchte mir gerne Optionen offenhalten.«

»Schon verstanden«, antwortete Burgmeister so ernst wie möglich. »Das ließe sich bestimmt einrichten.«

»Aber nur, wenn du mir versprichst, dass du unsere Termine auch einhältst und dir, wenn wir uns sehen, wirklich Zeit für mich nimmst.«

»Das sollte kein Problem sein.«

»Versprich es mir.«

»Also gut. Ich verspreche hoch und heilig, dass ich alle unsere Termine wahrnehme und mich ausschließlich mit dir beschäftige, wenn wir uns sehen. Ich werde dir nicht von der Seite weichen und dir rund um die Uhr auf der Tasche sitzen.«

»So extrem muss es auch wieder nicht sein«, wandte sie ein. »Ich bin jung und befinde mich gerade in einer wichtigen Entwicklungsphase, die mein restliches Leben prägen wird. Ich brauche auch etwas Freiraum.«

»Ist ja schon gut«, meinte Burgmeister lachend, wurde dann aber wieder ernst. »Also ist es beschlossene Sache?«

»Ja.«

Zur Besiegelung ihrer Übereinkunft reichten sie sich die Hände und schüttelten sie ausgiebig.

»Weiß Mama eigentlich schon davon, dass du wegziehen wirst?«, wollte Janine wissen.

»Bisher nicht. Ich wollte erst einmal mit dir darüber sprechen.«

»Soll ich es ihr erzählen?«, bot sie an.

»Nein, das mache ich selbst.«

»Okay. Noch ein Eis?«

»Sehr gern.«

Vater und Tochter standen auf und gingen zurück zur Eisdiele. Für den Oberkommissar überraschend, griff Janine nach seiner Hand und umklammerte sie fest, fast, als würde sie ihn daran hindern wollen, irgendwohin zu gehen, wo sie nicht dabei sein konnte. Unwillkürlich erinnerte er sich an die Zeit, als sie noch klein und wackelig auf den Beinen gewesen war. Damals hatte sie ihm blind vertraut, und heute schien es nicht viel anders zu sein. Zumindest hoffte er das. Sie unterhielten sich noch über viele andere Dinge, bevor Burgmeister seine Tochter schließlich am frühen Abend nach Hause brachte.

»Johannes, was willst du hier?«, fragte seine Noch-Ehefrau Petra, als sie die beiden an der Haustür entdeckte.

»Darf ein Vater keine Zeit mit seiner Tochter verbringen?«, erwiderte Burgmeister.

»Du führst doch schon wieder etwas im Schilde«, stellte sie fest.

»Im Zweifel für den Angeklagten. Darf ich reinkommen?«

»Eigentlich nicht.«

»Okay, dann eben hier. Ich werde demnächst das Land verlassen.«

»Bist du schon wieder suspendiert worden?«

»Nein«, erklärte er. »Ich habe angeboten bekommen, an einem Ort zu arbeiten, wo man mich und meine Fähigkeiten zu schätzen weiß.«

»Im Zirkus? Da werden schließlich immer Clowns gesucht.«

»Sei nicht so frech«, ermahnte er seine Frau. »Die finnische Polizei hat mir einen Job angeboten.«

»Ach ja? Haben die noch nicht mitbekommen, was für eine unangenehme Person du bist?«

»Doch, und genau deswegen wollen sie mich haben, denn sie wissen, dass ich Ergebnisse liefere. Du kannst noch so giftig reagieren, aber auch du wirst anerkennen müssen, dass ich ein guter Polizist bin, und ich habe mich zu einem besseren Menschen entwickelt. Nicht, dass dich das etwas angehen würde.«

»Du brauchst dich vor mir nicht zu rechtfertigen«, sagte sie.

»Das tue ich auch nicht, denn die Zeiten sind glücklicherweise vorbei.«

»Was sagt Janine dazu?«

»Frag sie doch selbst, wenn dich die Meinung eines Teenagers wirklich interessiert.«

Petra Burgmeister sah ihrer Tochter fragend in die Augen.

»Ich finde es gut«, antwortete das Mädchen schlicht.

»Du wirst aber nicht versuchen, die Scheidung hinauszuzögern, oder?«, wollte Petra wissen, wieder an den Oberkommissar gewandt.

»Wenn ich könnte, würde ich sie sogar beschleunigen, aber da müssen wir uns beide noch gedulden.«

»Wann geht dein Flug?«

»Bald. Ich muss vorher noch einige Dinge organisieren, dann bin ich weg.«

»Dann mal viel Glück.«

»Danke. Übrigens, obwohl es dir wahrscheinlich nichts bedeutet, möchte ich dich um Entschuldigung bitten.«

Diese Aussage schien seine Frau aus dem Konzept zu bringen, denn sie fing an, auf ihrer Unterlippe zu kauen, für Burgmeister ein sicheres Zeichen, dass sie nachdachte.

»Ich bin mir nicht sicher, ob ich dir glauben kann«, erwiderte sie schließlich.

»Das musst du auch nicht. Du bist eine erwachsene Person, du kannst für dich selbst entscheiden. Jedenfalls wünsche ich dir alles Glück der Welt, und dass du jemanden findest, der deiner würdig ist.«

»Du bist doch schon wieder ironisch.«

»Ausnahmsweise nicht«, erklärte er. »Wir hatten viele Kämpfe, und wir haben uns viel Böses gesagt und angetan, aber ich habe nachgedacht. Ich war oft nicht freundlich zu dir, und ich habe mich zu sehr auf meinen Job konzentriert. Ich habe nicht wahrhaben wollen, dass auch ich Verantwortung zu Hause zu tragen habe. Ich dachte, du kümmerst dich um alles, und ich bin nur dafür zuständig, das Geld nach Hause zu bringen. Ich habe außerdem zu oft den Mund gehalten, anstatt zu sagen, wenn mir etwas nicht gefiel. Das war ein Fehler, das weiß ich jetzt. Bevor es hier aber noch irgendwelche rührenden Szenen gibt, verabschiede ich mich lieber. Alles Gute.«

Er wandte sich ab und ging zu seinem Wagen, doch bevor er einstieg, drehte er sich noch einmal um. Sicher war er sich nicht, aber er meinte, ein leichtes Glänzen wie von Tränen in den Augen seiner baldigen Ex-Frau zu sehen. Dann stieg er ein und fuhr davon, im Geiste schon einmal durchgehend, was er alles für den Umzug zu erledigen hatte.

Janine Burgmeister stieg aus dem kleinen, zweimotorigen Flugzeug und wurde von einer Welle kalter Luft mitten ins Gesicht erwischt. Umgehend fing sie an zu zittern, zog den Reißverschluss ihrer Daunenjacke bis zum Kragen hoch und richtete den Schal um ihren Hals. Sie verstand zwar kein Wort von dem, was der Mann im grauen Overall zu ihr sagte, aber den Gesten nach zu urteilen, sollte sie sich unverzüglich zu dem niedrigen Gebäude begeben, wo bereits andere Passagiere standen und nacheinander durch eine Tür gingen. Hinter der hohen Glasfront standen einige Menschen und beobachteten das Flugzeug. Als sie durch die Tür trat, wurde sie von der plötzlich warmen Luft fast erschlagen. Sofort öffnete sie die Jacke wieder, um nicht zu ersticken.

»Moikka«, sprach sie eine ihr sehr bekannte Stimme von der Seite an.

»Papa!«, rief sie und fiel ihrem Vater überschwänglich um den Hals.

»Hey, nicht so stürmisch«, sagte Burgmeister lachend und drückte seine Tochter an sich. »Guten Flug gehabt?«

»Ein bisschen holperig, und der Flug von München hatte Verspätung, also habe ich fast den Anschlussflug verpasst, aber sonst alles nice«, erklärte sie. »Du siehst gut aus.«

»Ich habe ein bisschen abgenommen«, gab er zu und klopfte sich zur Unterstreichung seiner Aussage auf den flachen Bauch unter seinem dicken Pullover. »Hast du Gepäck?«

»Nur ein kleiner Koffer.«

»Okay, lass uns den holen und dann von hier verschwinden. Sind mir zu viele Leute. Matti wartet draußen auf uns.«

Janines Reisekoffer war tatsächlich sehr klein, und Burgmeister hatte keine Mühe, ihn zu tragen. Vor dem Haupteingang schlängelten sie sich zwischen den anderen Ankömmlingen durch und überquerten die schmale Zufahrtsstraße. Dort stiegen sie eine schmale und nur dürftig geräumte Treppe hinunter, die sie zu einem durchaus großen Parkplatz führte. Janine rutschte zwei Mal fast aus, aber jedes Mal konnte der Oberkommissar sie mit seiner freien Hand auffangen. Er zeigte auf einen roten Kombi, der im einsetzenden Schnee wie ein Leuchtfeuer wirkte. Der Wind war sehr stark, und dem Geruch der Luft nach zu urteilen, würde es bald einen richtigen Schneesturm geben.

Am Steuer des Wagens saß ein junger, gutaussehender Mann, der, seinem rhythmischen Trommeln auf das Lenkrad nach zu urteilen, gerade Radio hörte. Burgmeister öffnete seiner Tochter die hintere Wagentür und ließ sie einsteigen, bevor er ihren Koffer in den Kofferraum bugsierte und sich dann auf den Beifahrersitz setzte.

»Darf ich vorstellen? Meine Tochter Janine. Janine, das ist Matti Halonen, mein Kollege und bester Freund.«

Der Finne beugte sich leicht nach hinten und lächelte. »Hallo. Dein Vater hat mir schon viel von dir erzählt. Freut mich, dich kennenzulernen.«

»Freut mich auch«, erwiderte Janine und schüttelte die angebotene Hand.

»Zum ersten Mal in Finnland?«

»Ja«, bestätigte sie. »Ist das Wetter hier immer so scheiße?«

»Eigentlich ist heute ein recht angenehmer Tag«, erklärte Halonen, noch immer lächelnd.

»Dann bin ich schwer gespannt, wie es hier an schlechten Tagen ist.«

»Hannes, man merkt, dass sie deine Tochter ist«, erklärte der Finne grinsend und wandte sich wieder nach vorne. »Alle angeschnallt?«

»Yap«, erwiderten die beiden Burgmeisters wie aus einem Munde.

Grinsend legte Halonen einen Gang ein und fuhr los.

»Janine, ich hatte dir ja versprochen, dass ich Urlaub nehme, wenn du mich besuchst«, erklärte Burgmeister. »Leider ist etwas dazwischengekommen, und ich muss ein wenig arbeiten.«

»Papa, du hast es versprochen!«

»Nur ein Scherz«, sagte der Oberkommissar und grinste. »Ich habe Urlaub, und ich habe mein Handy ausgeschaltet. Ich bin ausschließlich für dich da.«

»Und was ist mit dir, Matti?«, fragte das Mädchen.

»Ich werde arbeiten, aber dein Vater hat mich gebeten, hin und wieder mit euch Zeit zu verbringen. Ich bin sozusagen euer Fremdenführer.«

»Schön, das freut mich.«

»Dir wird es hier bestimmt gefallen. Der Winter ist härter als in Deutschland, aber er hat seine ganz eigenen schönen Seiten.«

»Ich bin gespannt«, antwortete sie ehrlich.

Janine blickte aus dem Seitenfenster und sah, dass sie die Außenbezirke der Stadt langsam hinter sich ließen. Rund um sie herum erblickte sie bald nur noch hohe Birken und Tannen, die über und über mit Schnee bedeckt waren.

Sie griff nach vorne und fand die Hand ihres Vaters. Für den Rest der Fahrt ließen sie beide nicht los. Ja, es würde ein schöner Urlaub werden.

ENDE

Danksagung

Dass dieser Roman zum Leben erweckt werden konnte, habe ich maßgeblich den folgenden Personen zu verdanken:

Alisha Bionda und **Uschi Zietsch** von der Agentur Ashera für ihre unermüdliche Unterstützung (und viel Geduld mit mir) in ihren jeweiligen Fachbereichen!

Alexandra Völker und **Rebecca Hägele** vom dp Verlag für das in mich gesetzte Vertrauen!

Astrid Pfister, die in ihrer Rolle als Lektorin nicht nur unzählige Rechtschreibkorrekturen vorgenommen und Formulierungen angepasst hat, sondern mir auch inhaltlich Tipps gegeben hat, die diesen Roman so viel besser machen!

Sandra Bongartz-Lehrmann für ihre Unermüdlichkeit, mir Hinweise und stets offene sowie konstruktive Kritik zu geben!

Mark Freier, herausragender Cover-Artist und Autor, der mich mit Alisha überhaupt erst bekannt gemacht hat!

Vor allem danke ich aber meiner Frau **Tina Hannele**, die von Anfang an dabei war, mich ermutigt hat, niemals aufzugeben und mir trotz des manchmal hektischen Alltags immer Zeit zum Schreiben eingeräumt hat. Du bist die Beste!

Selbstverständlich hatten noch viele weitere Personen ihren Anteil daran, diesen Roman Wirklichkeit werden zu lassen. Da die Aufzählung allerdings den Rahmen sprengen würde, sage ich nur: Vielen Dank euch allen, ihr seid großartig!

Mehr Infos über mich gibt es auf meiner Webseite https://www.david-seinsche.de/ und auf Facebook unter https://www.facebook.com/DavidSeinscheSchriftsteller/